Le Destin du Roi Loup

TESSONJA ODETTE

Traduit de l'anglais (États-Unis)
par Camille Cosson

KORRIGAN
ÉDITIONS

Publié pour la première fois aux États-Unis
sous le titre *Curse of the Wolf King*.
Visuel de couverture : © Tessonja Odette

ISBN : 978-2-3851-6012-8
Code Hachette : 13 5023 4
Catalogues et manuscrits : city-editions.com/korrigan

Dépôt légal : Octobre 2023

1

Respire. Ici, personne ne peut me faire de mal.

Je pousse un profond soupir. Mon souffle couvre la fenêtre de buée et m'empêche de voir les énormes flocons qui tombent du vaste ciel blanc pour s'écraser dans les rues. L'index posé sur la vitre, je trace un cercle auquel j'ajoute plusieurs lignes qui rayonnent tout autour. Lorsque je dessine la dernière, l'image s'estompe et mon soleil fugace disparaît. Renfrognée, je soupire de nouveau. J'ai horreur de la neige… presque autant que de cette ville.

À travers les tourbillons de flocons, je m'efforce de discerner les rues animées aux abords de ma maison. En face se dresse une rangée de bâtisses identiques à la mienne. Impatiente de profiter de la neige, une famille se précipite au-dehors en se bousculant. Une fois dans la rue pavée, parents et enfants se ressaisissent. Le père redresse sa cravate, lève son chapeau et articule ce que j'imagine être quelques paroles aimables à l'attention de ses voisins, qui s'arrêtent pour le saluer. Du haut de mon petit salon, je ne déchiffre pas leurs échanges. En revanche, les cris de joie des enfants sont assez assourdissants pour me parvenir. Un garçon et une fillette piaffent d'admiration à la vue du ciel, ravis par le spectacle de la neige. J'en viendrais presque à me demander si ces affreux flocons glacés sont vraiment si épouvantables. Malheureusement, l'entrain des enfants et le mien s'évanouissent quand leur mère, soucieuse de voir sa progéniture sage comme une image, les réprimande d'une gifle chacun, avant de gratifier ses voisins de sourires forcés.

— Vous avez raison, madame Aston ! marmonné-je, ironique. Réprimez la joie de vos enfants tant qu'il en est encore temps. Il ne faudrait surtout pas que leur enthousiasme pour les premiers plaisirs de la vie entache votre précieuse réputation !

Exaspérée, je quitte mon poste d'observation. Comme tous les habitants de la ville de Vernon, ma voisine n'est qu'une faible d'esprit, aussi austère que moralisatrice. Comment ai-je pu croire que cet endroit m'offrirait un nouveau départ ? Qu'il me permettrait d'échapper à la rigidité de la société humaine et d'être… moi-même ?

Il n'y a pas de place pour moi dans ce monde. Mon sort est tracé d'avance. En tant que femme, je ne suis que la fille de, une épouse en devenir. Condamnée à être éternellement réservée, chaste.

Sur une île gouvernée par les faés – des créatures magiques que je pensais autrefois n'exister que dans les mythes –, on pourrait s'attendre à ce que les normes sociales diffèrent quelque peu. Lorsque père a annoncé qu'il nous emmenait, ma sœur cadette et moi, vivre à la Faérie, et à la cour de l'Hiver, plus précisément, un torrent d'émotions m'a assaillie. Mélange de terreur, de stupéfaction, de soulagement et, la plus pitoyable d'entre toutes, d'espoir. Je n'aurais pas dû me bercer d'illusions, car il s'avère que les villes d'humains de la Faérie sont tout aussi collet monté que celles de Bretton, d'où nous venons.

Si seulement je pouvais rentrer chez moi… retrouver mon vrai foyer. Pas cette maison, ni même Bretton, mais la terre de mon enfance, où je jouais au grand air avec mes sœurs dans la plus grande insouciance, la peau dorée par le soleil qui brillait toute l'année. À cette époque, nous vivions dans la joie, le bonheur, notre famille était entière et mère était encore…

Mes épaules se crispent. Ces réflexions chassées de mon esprit, je vais me réfugier auprès du feu, à l'autre extrémité de la pièce. Les bras croisés, une hanche de côté, je foudroie du regard les flammes timides. Une attitude puérile, sans doute, mais pourquoi m'en soucier ? Je suis seule dans le petit salon de notre maison familiale.

Je refoule un frisson. Je regrette que la chaleur de la cheminée ne se diffuse pas mieux dans la pièce. Comment se fait-il que les âtres inefficaces du pays d'où je viens m'aient suivi jusqu'ici, dans cette contrée qui regorge pourtant de magie ? La cour de l'Hiver, plus que toutes les cours de la Faérie, devrait faire du chauffage une priorité pour ses habitants, non ?

Entre mes dents serrées, je marmonne un chapelet de jurons. Par tous les saints ! Pourquoi suis-je aussi à cran, aujourd'hui ? Comme pour répondre à cette interrogation, mon regard se pose sur la table placée devant le divan, d'où me nargue un livre usé.

Ah, c'est vrai. Je suis de nouveau à court de lecture.

Je m'approche du sofa et récupère le châle posé sur l'un des coussins pour m'en envelopper les épaules. Mon livre en main, je m'installe sur le siège en plaquant les plis de ma jupe de satin bleu au plus près de mes jambes. J'aurais mieux fait de préférer mes bas de laine à ceux de soie que j'ai enfilés aujourd'hui. Je tire la cordelette de la grande lampe à côté de moi. Sa lueur chaude et tamisée éclaire les pages de mon ouvrage.

On ne dispose peut-être pas de technologie de pointe en matière de chauffage, mais on est au moins alimentés en électricité, qui nous fournit de la lumière – une certaine forme, du moins. Contrairement au pays de Bretton, où elle est générée de manière traditionnelle, ici, elle provient d'une étrange magie faérique qui se répand par le biais de courants énergétiques.

Je tourne la page de titre de mon livre, *La Gouvernante et le Débauché*. Dès la première ligne, les mots familiers m'apaisent. Trois pages plus tard à peine, cependant, je me surprends à divaguer. J'ai beau adorer ce roman, je l'ai déjà lu trois fois. J'ai besoin de nouveauté.

Je le ferme d'un coup sec et le repose sur la table. L'ongle du pouce entre les dents, je reprends mon poste devant la fenêtre. Pendant ma courte absence, les rues ont été prises d'assaut par les passants.

À la vue de la foule, mon cœur s'emballe. Les conversations enjouées se mêlent au martèlement des sabots, au grondement des roues des carrosses et au vrombissement d'un moteur solitaire. L'ensemble produit un rugissement assourdissant.

La scène me transporte dans un souvenir récent : celui d'une rue similaire, peuplée de rictus, de messes basses, de regards brûlants de haine et de mépris, tous braqués sur moi, aussi cinglants que des coups de fouet sur ma peau. Je me mordille l'intérieur de la joue, une manie qui m'aide à retrouver mes esprits.

Respire. Reste dans le moment présent.

Bon sang ! Il me faut vraiment de la lecture. Sinon, mes pensées vont finir par avoir raison de moi. Mais, pour me procurer un nouveau livre, je n'ai pas d'autre option que de quitter cette pièce, de m'aventurer sous cette maudite tempête de neige… au milieu de tous ces gens. Un frisson d'angoisse me parcourt.

Voilà maintenant trois semaines que nous habitons Vernon. La première était presque un répit. Cette station, nichée à proximité des montagnes de la cour de l'Hiver, venait tout juste d'ouvrir ses portes. Notre famille faisait partie des premières à s'y installer. Parmi les jeunes commerces regorgeant d'articles flambant neufs se trouvait, par chance, une librairie. Ni une ni deux, j'en ai fait mon repaire et je dois admettre que, dès ma première visite, j'y ai dépensé la totalité de mon argent de poche hebdomadaire. La semaine suivante, de nouvelles familles ont investi les maisons jusqu'alors vides. C'est là qu'est arrivée cette fouineuse de Mme Aston. Indifférente, j'ai continué de me réfugier dans mes livres et de me réapprovisionner sitôt parvenue à la fin d'une histoire. Au début de cette semaine, cependant, une foule de nouveaux résidents est arrivée, certains pour y emménager de façon permanente, d'autres pour un court séjour. Quels qu'ils soient, tous piaffent d'impatience à l'idée de prendre part à un événement jugé comme majeur : l'ouverture de la saison des bals de la cour de l'Hiver.

Plus jeune, je rêvais moi aussi de ces festivités. Désormais, je les redoute au plus haut point. Elles m'inspirent un éventail de jurons indignes d'une dame. Bon sang. Merde. Bordel.

Il est vraiment temps que je me trouve un nouveau livre. Les poings serrés, je scrute les rues une dernière fois et compte jusqu'à cinq pour rassembler mon courage.

Un.

La librairie n'est qu'à quelques rues de là.

Deux.

Personne ici n'est au courant de mon passé.

Trois.

Ces gens ne savent rien de moi.

Quatre.

Et je ferai tout pour qu'ils n'apprennent jamais à me connaître.

Cinq.

Après une profonde inspiration, je me redresse et ravale ma peur. Aidée par mon corset étroitement noué, je rentre le ventre, bombe le torse. J'inspecte ma coiffure, veillant à ce que chaque boucle noire soit bien rangée dans l'élégante couronne tressée que je porte sur la nuque. Le menton relevé, j'étire les lèvres en un sourire hautain, le premier ingrédient du masque derrière lequel je me cache. La Gemma Bellefleur que je présente au monde, le personnage qui me permet de rester forte, sûre de moi, insensible.

C'est un leurre, je l'admets. Mais il me va comme un gant.

2

La tête haute, je sors par la porte de devant. Une bourrasque glaciale me frappe aussitôt et s'insinue sous la laine épaisse de mon manteau. Je remonte mon col de zibeline, dont la fourrure m'effleure les joues. Je regrette qu'il ne soit pas assez haut pour me couvrir les oreilles. Au moins, les bords larges de mon chapeau me protègent des flocons qui continuent de tomber du ciel.

Le vacarme est dix fois plus tonitruant qu'il ne l'était depuis le confort de mon petit salon. Mon pouls s'accélère, mais le sourire que j'arbore tient bon. Une voiture fonce près de moi en vrombissant, effrayant les piétons qui se ruent hors de son passage. Pour ma part, je ne tressaille même pas. En mon for intérieur, je meurs d'envie de rentrer à toutes jambes, de retrouver la chaleur de la cheminée, le calme du salon. Mais je prends sur moi et me concentre sur ma mission.

Respire, souris. Tu n'as qu'à faire semblant.

Après une longue inspiration, je descends les marches du perron pour m'engager sur le trottoir. Les petits talons de mes bottes s'enfoncent en craquant dans le tapis de neige fraîche. Ici, elle est toujours immaculée. Quelle que soit la quantité tombée la veille, elle ne s'accumule jamais à plus d'un demi-centimètre dans les rues. Ce doit être la magie qui l'en empêche.

— Mademoiselle Bellefleur ! me hèle une voix depuis le trottoir d'en face.

C'est Mme Aston qui me salue avec enthousiasme. Pourquoi faut-il que je sois si réactive ? Si je n'avais pas croisé son regard, j'aurais pu faire semblant de ne pas l'avoir vue. Mais c'est trop tard : elle traverse déjà la chaussée pour venir à ma rencontre. Je parviens à réprimer un grognement. Cependant, je suis prête à parier que mes yeux trahissent mon irritation. Pour compenser, j'affiche un sourire forcé.

— Bonjour, mademoiselle Bellefleur ! Votre père est-il chez lui ? J'aimerais vous inviter à dîner ce soir, votre sœur et vous.

Au milieu de tous ces corps qui nous contournent sur le trottoir, j'ai du mal à respirer. J'ai horreur de me trouver immobile parmi la foule. J'entends presque les chuchotements, les plaisanteries et autres remarques moqueuses mêlés au martèlement des pas, au vacarme d'un klaxon…

Je cligne plusieurs fois des paupières pour chasser ces souvenirs. *Reviens dans le moment présent.* Concentrée sur mon attitude, je me répète la question de Mme Aston.

— Non, il s'est absenté, me contenté-je de répondre.

— Oh, mais je tiens absolument à vous recevoir ! Il faut que je vous présente à Gavin. Il est enfin arrivé en ville.

Elle a les yeux brillants de joie, le sourire mielleux.

— Gavin, répété-je d'une voix blanche.

Sa gaîté retombe.

— Mon fils aîné. Rappelez-vous, je vous ai parlé de lui la dernière fois que vous m'avez invitée à prendre le thé.

— Ah.

Je sais ce qu'elle a en tête : elle cherche à nous caser. C'est l'activité la plus odieuse de la saison des bals. Il est temps de m'éclipser, et vite.

— Mon père est au marché avec ma sœur, continué-je. Vous n'aurez qu'à lui en parler à son retour.

J'esquisse un pas de côté, mais elle m'imite.

— Au fait, vous avez entendu ce qu'on dit sur Mlle Weathersbee ? demande-t-elle en baissant juste assez le ton pour feindre la discrétion, tout en restant parfaitement audible. Quand j'ai appris la nouvelle, je suis tombée des nues. Elle se promenait avec M. Evans – sans chaperon – quand…

— Madame Aston, la coupé-je, une certaine aigreur dans la voix. Je ne connais ni cette Mlle Weathersbee ni ce M. Evans. Je doute donc que cette affaire me concerne.

Le rouge monte à ses joues, déjà généreusement fardées. Elle fait la moue avant de me gratifier d'un nouveau sourire forcé.

— J'allais simplement vous prévenir qu'ils ont aperçu un loup. Deux, même ! À l'orée du bois, sur Whitespruce Lane.

Je grince des dents. Voilà comment se répandent les rumeurs les plus ignobles : on les dissimule derrière un avertissement. J'ai déjà tout entendu. « Je ferais un bien piètre ami si je ne vous mettais pas dans la confidence », ou encore : « Je vous annonce uniquement la nouvelle parce que… » Il y a toujours une raison. Un prétexte pour justifier de s'immiscer dans les moments les plus intimes d'autrui.

Le cuir de mes gants s'étire sur mes poings serrés. Il me faut rassembler toutes mes forces pour garder mon calme. Au moins, l'agacement a pris le pas sur la peur. Je ne distingue presque plus le flot de passants qui continuent de se bousculer autour de nous. Quand je prends la parole, ma voix est posée, imperturbable, à l'image de l'expression dont je m'affuble en public.

— Nous vivons à la cour de l'Hiver. Repérer des loups à la lisière de la forêt n'a rien de sensationnel, quels que soient les qu'en-dira-t-on que vous avez trouvé le moyen d'associer à la nouvelle.

Je m'attends à la voir rougir de plus belle, mais elle ne se laisse pas dérouter. Au contraire, ma remarque semble même l'encourager. Son sourire s'illumine.

— C'étaient peut-être des faés-loups.

— Ici ? rétorqué-je, faussement inquiète. Au cœur d'une cour faérique ? Alors, là, je ne peux pas le croire !

Cette fois, elle semble saisir mon ironie. La mine revêche, elle joint les mains devant elle.

— Les faés ne courent pas les rues à Vernon. Après tout, c'est une ville humaine.

— Elle n'a ouvert ses portes que depuis quelques semaines.

Elle m'empoigne par le bras.

— Autrement dit, la moindre apparition de faés mérite d'être signalée ! Vous êtes nouvelle en Faérie, ma chère Gemma, dit-elle avec lenteur, le ton condescendant. Vous ne connaissez pas encore nos coutumes. Certes, les faés nous gouvernent et côtoient librement les êtres humains dans certaines villes. Mais, dans le Sud, on les aperçoit très rarement. Les personnages les plus éminents vivent dans les villes du Nord, à proximité du palais du roi seelie. En revanche, les créatures faériques de second ordre, comme les loups et les ours, ont plutôt tendance à éviter les villes comme la nôtre.

Un sourire placardé sur les lèvres, je penche la tête.

— Détrompez-vous, je suis déjà au courant. On m'a également informée que les faés trouvent insultant d'être qualifiées de « créatures faériques de premier ordre » ou « de second ordre ». Elles préfèrent les termes « seelie » et « unseelie ». À votre place, je m'abstiendrais donc de répéter les premiers.

Elle balaie ma remarque d'un geste de la main.

— Ce n'est pas comme si elles risquaient de m'entendre ! Je ne vais vexer personne, ici. Comme je vous l'ai dit, il y a très peu de créatures faériques qui habitent Vernon. Sauf si on compte la nouvelle femme de M. Hamish. L'avez-vous rencontrée ? On dirait l'une des nôtres, mais figurez-vous qu'elle serait à moitié faé !

Décidément, cette femme ne veut rien entendre ! Au fond, vu comme se sont déroulés nos précédents échanges, j'aurais dû m'attendre à ce que celui-ci prenne la même tournure.

— Je dois vous quitter, madame Aston.

Je m'écarte. Une fois de plus, elle m'emboîte le pas.

— Où allez-vous ? Je peux vous accompagner. Nous allons retrouver Gavin. Il serait sûrement ravi de vous rencontrer avant…

— C'est très aimable à vous, dis-je sans la moindre chaleur, mais je dois partir seule. Bonne journée.

Elle ouvre la bouche pour protester, mais je me retire déjà – à pas pressés, cette fois-ci.

*

Comme toujours, la librairie est pratiquement déserte. Sitôt la porte fermée derrière moi, j'ai l'impression de pouvoir enfin respirer, baisser ma garde. Ici, je peux être moi-même, au calme.

Je me dirige vers le comptoir où se trouve M. Cordell, le libraire. Un sourire chaleureux aux lèvres, il m'accueille d'un signe de tête. C'est un homme âgé, qui doit avoir une vingtaine d'années de plus que mon père. Il a les cheveux gris, les yeux d'un bleu limpide. Je lui rends son sourire – contrairement à celui que j'affiche en ville, celui-ci est sincère.

— Combien en voulez-vous aujourd'hui, mademoiselle Bellefleur ? me demande-t-il.

— Ça dépend. Des nouveautés ?

Les yeux plissés, il se tapote le menton de l'index pour faire mine de réfléchir.

— Oh, je n'en manque pas. Dans le genre que vous recherchez, en revanche…

— Pas de cachotteries ! m'esclaffé-je. Dites-moi.

Il pousse un soupir théâtral et tire de sous le comptoir un paquet rectangulaire enveloppé de tissu. Il a tout juste le temps de le glisser vers moi que je m'en empare pour en déchirer l'emballage. En découvrant le titre de l'ouvrage, je trépigne de joie. *La Gouvernante et le Comte.*

Je n'en crois pas mes yeux ! C'est le dernier tome de la série de romans *La Gouvernante amoureuse*. Il est là, entre mes mains. Bouche bée, je serre l'exemplaire contre mon cœur et croise le regard de M. Cordell. Il dodeline de la tête, l'air entendu.

— Il est très bien.

— Vous l'avez déjà lu ? C'est injuste ! Vous auriez dû me le livrer en personne dès sa réception.

— Peut-être, mais vous ne seriez pas venue égayer ma triste boutique. J'ai très peu de clients amateurs de cette lecture.

Il n'a pas tort, je dois le reconnaître. Je ne connais personne qui sache apprécier comme M. Cordell la complexité des romans d'amour. Le rencontrer est sans doute la plus agréable surprise – pour ne pas dire la seule – que j'aie eue depuis mon arrivée à Vernon.

— Sans vous, je serais bonne pour l'asile. Vous êtes un saint !

— Je ne suis pas certain de mériter ce titre après avoir lu le chapitre dix-huit. À mon âge, il en faut beaucoup pour me faire rougir. Pourtant... vous allez voir.

Il me tarde de rentrer pour me plonger dans ma lecture, mais j'ai terminé le tome précédent si vite que je ferais peut-être mieux d'acheter plus d'un livre.

— C'est la seule nouveauté que vous ayez reçue ?

— Oh non ! J'en ai un tas. Je savais que c'est celui-ci qui vous emballerait le plus. Et puis, ç'aurait été criminel de ma part de ne pas vous réserver un exemplaire au comptoir. Allez jeter un œil. Vous savez où trouver les pépites.

Il me décoche un clin d'œil. Toujours cramponnée à *La Gouvernante et le Comte*, je me faufile au fond de la boutique. Lorsque je gagne le rayon des romans d'amour, un mur de mes livres préférés se dresse devant moi. Pour la plupart, je les ai lus au moins une fois, si ce n'est plus. Le parfum du papier m'enveloppe comme une couverture douillette. Je me sens chez moi, en sécurité. Cet instant me procure un tel réconfort que les larmes me montent aux yeux. Je fais courir mes doigts sur le dos de chaque ouvrage, dont je déchiffre attentivement le titre, comme si je saluais un tendre ami. C'est le cas, au fond. Ici, je suis parmi mes semblables. Des hommes et des femmes victimes des affres de l'amour, de ses tourments, de ses folies et de son insondable bêtise. Bien sûr, les personnages de ces romans finissent toujours auprès de l'élu de leur cœur. Ils surmontent scandale, trahison et chagrin et connaissent une fin heureuse… contrairement à moi.

Ce qui explique peut-être pourquoi je choisis de me réfugier dans la lecture. Je m'y sens perçue comme celle que je suis vraiment, estimée pour les épreuves que j'ai traversées. Personne ne juge ni mes actes ni les erreurs que j'ai commises. Et, entre ces pages, j'entrevois le dénouement qu'on m'a dérobé. Celui qui, à mes yeux, n'existe plus dans la vraie vie : l'amour. À l'image du rôle que je joue en public, c'est un tissu de mensonges.

Je continue d'inspecter mes compagnons silencieux. Chaque nouveau titre intrigant vient compléter la pile qui s'amoncelle sur le sol. Tout à coup, je remarque un ouvrage qui n'est pas à sa place. Je n'ai même pas besoin d'en lire le titre pour deviner qu'il a été rangé dans le mauvais rayon : la couleur quelconque de sa couverture et son format encombrant évoquent tout sauf un roman d'amour. Je ne peux pas croire que M. Cordell soit coupable d'un tel outrage. Non, c'est l'œuvre de clients négligents, le genre qui me fait enrager. Excédée, je retire l'intrus pour le poser au sommet de ma sélection. Compte tenu de la hauteur de la pile, je ferais sans doute mieux d'écourter mes emplettes, ou je risque de dépenser toutes mes économies et de devoir de l'argent au libraire à ma prochaine visite.

Je rassemble mes livres, ainsi que l'ouvrage égaré, avant de me diriger vers la caisse. Pendant que j'étais absorbée dans la tranquillité de mon petit coin, la librairie s'est bien remplie. Des couples flânent main dans la main dans les allées. Ils parcourent les étagères comme s'ils observaient de fragiles artéfacts et non de bons amis. Deux jeunes femmes discutent près d'une table chargée de livres et les manipulent sans même regarder ce qu'elles touchent. Moi qui n'avais jamais vu plus d'un ou deux clients à la fois dans la boutique, voilà qu'elle est bondée ! Si c'est la fréquentation à laquelle je dois m'attendre maintenant que les mondanités de Vernon ont commencé, il va me falloir prévoir mes visites à la librairie plus tôt le matin.

Je presse le pas et fonce droit sur M. Cordell. Je ne suis plus qu'à quelques pas quand…

— *Souffrance infinie au Jardin du hasard.*

Un jeune homme, de quelques années mon aîné peut-être, me bloque le passage. Il ne regarde pas mon visage, mais ma poitrine. Ou, plutôt, les livres qui la dissimulent.

Surprise de le voir surgir si près de moi, je me cramponne à mes trouvailles. Cette frayeur passagère a lancé mon cœur à cent à l'heure. Je prends plusieurs inspirations le temps de retrouver mon calme, puis recule d'un pas.

— Pardon ?

Il croise enfin mon regard. Avec ses cheveux et ses yeux d'ébène, son veston noir très chic, son gilet bleu ciel et sa cravate assortie, je dois admettre qu'il est plutôt séduisant. Cependant, le sourire arrogant qu'il arbore vient gâcher son allure. Sans parler de sa voix nasillarde qui m'écorche les oreilles.

— Ce livre, explique-t-il. C'est la plus grande œuvre littéraire de tout le pays de Bretton. Je suis épaté de le voir entre les mains d'une jeune femme aussi belle que vous ! C'est le signe infaillible d'une éducation exceptionnelle et d'une intelligence sans pareille.

Je réprime un grognement. Il s'imagine que je m'intéresse au livre que j'ai trouvé dans le mauvais rayon. Mais ce qui m'agace le plus, c'est qu'il juge mon intellect au choix de mes lectures.

— En fait, Monsieur…

— Gavin Aston, me coupe-t-il en me faisant la révérence.

Je me retiens d'éclater de rire. Il s'agit donc du fils de Mme Aston. Quelle surprise !

— M. Aston…

— Et vous êtes ?

Je me rembrunis.

— Gemma Bellefleur. Je…

Il lève le menton et me décoche ce qu'il pense sans doute être un sourire charmeur.

— Appelez-moi Gavin.

Je plisse les yeux.

— M. Aston, insisté-je en détachant bien chaque syllabe, pour tout vous dire, je suis pressée de passer à la caisse.

— Mais bien sûr ! Suis-je bête.

Sans me laisser le temps de réagir, il m'arrache la pile de livres des mains pour la poser sur le comptoir. Je me précipite à sa suite.

— Je peux les porter moi-même.

Il fait la sourde oreille.

— Permettez-moi de vous raccompagner chez vous. Vous ne devriez pas marcher dans la neige avec une charge pareille.

Je me redresse, ce qui m'amène presque à sa hauteur. Je suis grande, pour une femme. J'ai les épaules et les hanches larges – une carrure solide, comme dirait mon père. Même si c'est sans doute une insulte de sa part, je suis fière de ma silhouette. Elle m'aide à renforcer le rôle que je joue. En comparaison, M. Aston est élancé. Je doute fort qu'il soit plus robuste que moi.

— Comme je vous l'ai dit, je me débrouille très bien toute seule.

— Dans ce cas, peut-être accepterez-vous de me laisser vous faire la conversation ? J'ai bien peur de ne pas trouver grand monde en ville avec autant d'esprit que moi.

Je me tourne vers le comptoir. Dubitatif, M. Cordell nous observe tour à tour, mon indésirable compagnon et moi.

— Vous vous méprenez sur mon compte, M. Aston, dis-je sans le regarder. Je vous assure que nous ne sommes pas aussi bien assortis que vous le pensez. Il y a même un vaste fossé entre nous.

— Je salue votre modestie, mais ne soyez pas si critique envers vous-même. Il est clair que vous êtes presque aussi intelligente que moi, si ce n'est autant.

Les mains tremblantes, je me retiens de lui remettre les idées en place d'un coup de poing sur le nez. Au lieu de quoi, je considère ma pile de livres. Avec un geste appuyé, je pousse l'ouvrage mal rangé vers le libraire.

— Celui-ci n'était pas à sa place. Je ne vais pas l'acheter, mais je vous prends les autres. Avec le journal du jour, s'il vous plaît.

Je refuse de me retourner vers M. Aston, dont je sens le regard me brûler la nuque. M. Cordell acquiesce et entreprend de calculer ma note, non sans jeter quelques coups d'œil à l'importun, qui, pour une obscure raison, n'a toujours pas compris qu'il était temps de prendre congé. Le vieux libraire me tend la facture, ainsi que mes achats, qu'il a soigneusement empaquetés avec de la ficelle.

— Ça fera douze cristaux de quartz.

Après avoir tiré de mon porte-monnaie le nombre exact d'éclats de quartz transparent – la monnaie de la cour de l'Hiver –, je ramasse mes livres. Tout sourire, M. Aston me tend le bras.

— Alors ?

Malgré moi, je me contrains à soutenir son regard.

— Là d'où je viens, il existe un mot que j'aurais peut-être dû utiliser plus tôt, car je suis sûre qu'il est connu dans toute la Faérie : non.

La tête rejetée en arrière, il éclate de rire.

— Vous êtes vraiment maligne…

— Gemma ! hoquette une voix féminine.

Inutile de me retourner pour savoir à qui elle appartient.

Il fallait que je tombe sur elle aujourd'hui ! pesté-je intérieurement. Avec tout le sang-froid dont je suis capable, je cache une grimace derrière un sourire pour faire face à mon ennemie jurée : Imogen.

3

Sans se soucier des livres qui m'encombrent les bras, Imogen me salue d'une étreinte machinale. Ses boucles blondes rebondissent sous son chapeau rose.

— Je reviens de chez toi et j'ai été très contrariée de ne pas t'y trouver. As-tu oublié qu'on avait convenu de se retrouver pour le thé ?

— Non, parce qu'on ne s'est jamais donné rendez-vous. Je me souviens que tu as dit vouloir passer prendre le thé dans la matinée, mais il ne me semble pas t'avoir promis que je serais là pour te recevoir.

Elle part d'un grand rire, mais le bleu de ses yeux se fait glacial.

— Ce que tu peux être drôle ! Mais ton père n'aimerait sûrement pas apprendre que tu manques un de nos rendez-vous.

— Non, soupiré-je. C'est vrai.

Maudit soit-il de m'avoir présentée à Imogen Coleman, la fille de l'affreuse mégère qu'il courtise depuis notre arrivée à Vernon. Elle se prétend mon amie. Moi, je la considère plutôt comme ma geôlière. Elle est là pour veiller à ma bonne conduite et m'empêcher de tomber en disgrâce.

— Heureusement que je savais où te trouver ! se félicite-t-elle, avant de se tourner vers l'odieux personnage planté à côté de moi. Je vois que tu as déjà fait la connaissance de M. Aston. Nous sommes de vieux amis.

J'aurais dû m'en douter…

— Quel plaisir de vous revoir, mademoiselle Coleman ! dit-il en la saluant d'un signe de tête. Je ne savais pas que votre famille avait l'intention de séjourner ici.

L'air taquin, elle lui donne une tape sur le bras.

— Pourtant, vous savez bien qu'on ne manque jamais les plus belles soirées mondaines.

— C'est vrai. D'ailleurs, on croirait presque que vous les traquez.

Le sarcasme de Gavin me prend de court. C'est la première remarque intelligente que je l'entends prononcer. Une expression courroucée déforme les traits d'Imogen, mais elle la cache aussitôt derrière son sourire.

— Venez donc, monsieur Aston. Vous pouvez nous raccompagner et porter les livres de Mlle Bellefleur.

— Non, m'obstiné-je sans laisser au jeune homme le temps de m'approcher. J'ai grand besoin d'un moment seule à seule avec mon amie.

Jamais je n'aurais imaginé dire un mensonge pareil au sujet d'Imogen ! Les mains tendues vers les ouvrages auxquels je reste étroitement cramponnée, l'arrogant fait la moue.

— Au fait, monsieur Aston ! intervient le libraire. Je vous ai entendu dire que vous adoriez *Souffrance infinie au Jardin du hasard*. Si vous cherchez une lecture similaire, j'ai un nouvel ouvrage à vous recommander dont les jeunes hommes intelligents ne disent que du bien.

L'intéressé retrouve le sourire.

— Oui, volontiers ! Je vous laisse discuter entre vous. Je sais que les dames aiment cancaner.

Après nous avoir lancé un clin d'œil, il se précipite auprès de M. Cordell, ce qui me permet de m'échapper. Enfin… il reste toujours Imogen.

Lorsque mon ennemie et moi quittons la librairie, mon ventre se noue. Adieu l'odeur rassurante du papier et la lumière tamisée. À la place, je retrouve la foule et le blanc aveuglant de la neige. Au moins, ma colère contre M. Aston a pris le dessus sur mon anxiété. Parcourir les rues bondées me paraît donc moins pénible qu'à l'aller. Ces temps-ci, c'est chaque fois la même chose quand je quitte la maison. Au début, la simple idée de mettre le nez dehors me tétanise. Lorsque je m'y résous enfin, ce n'est guère mieux. Mais je constate bientôt que mes souvenirs du passé ne resurgissent pas. Je finis donc par m'habituer.

Reste dans le moment présent.

Imogen désigne quelque chose sur le trottoir d'en face.

— Bonté divine ! Serait-ce une… une faé ?

Je suis son regard. Elle indique un élégant hôtel encore en construction. Devant sa façade, une silhouette masculine à la chevelure brune et chaussée de lunettes en écaille discute avec une femme aux boucles cuivrées. À l'exception du curieux choix vestimentaire de cette dernière – un manteau de brocart d'un éclatant vert chartreuse –, elle présente une apparence humaine. L'homme, quant à lui, a clairement les oreilles en pointe. Autour d'eux, le trottoir est presque désert. Les passants préfèrent traverser la route pour leur laisser de la place. Même si j'ai horreur de donner raison à Mme Aston, il est vrai que les faés se sont, jusqu'à présent, faites très discrètes à Vernon. Et, lorsqu'elles se montrent enfin, elles ont tendance à attirer tous les regards. Pour autant, les deux inconnus de l'autre côté de la rue ne semblent pas le remarquer. Ils sont focalisés sur la façade de l'hôtel.

— Je n'arrive pas à croire que l'hôtel Vérité soit encore en construction, bougonne Imogen. C'est le seul qui ait la place pour accueillir une salle de bal digne de ce nom. Comment allons-nous profiter de la saison si nous n'avons nulle part où danser ?

— Je suis sûre qu'on va se débrouiller, assuré-je, blasée.

— Ils pourraient tout de même se dépêcher… Avec un architecte d'intérieur à sa tête, on pourrait croire que le chantier avancerait plus vite !

Elle continue de regarder l'édifice d'un air mauvais, comme si sa désapprobation pouvait suffire à accélérer l'affaire. Tout à coup, une jeune femme menue vient à notre rencontre. Elle est coiffée d'un gigantesque bonnet bleu, bien qu'elle semble plutôt mûre pour se passer d'accessoires aussi enfantins, et porte un manteau de laine gris à l'ourlet effiloché.

— Je suis allée chercher tes rubans, annonce-t-elle à Imogen, qui ne lui accorde pas un regard.

— Prends les livres de Mlle Bellefleur, Ember, ordonne la pimbêche en me désignant, avant de se mettre en marche.

Un sourire chaleureux aux lèvres, la jeune fille m'ôte mon fardeau des mains pour l'ajouter aux nombreux sacs et paquets dont elle est déjà chargée.

— Merci, dis-je avant de rejoindre Imogen. C'est une nouvelle bonne ? Je ne l'avais encore jamais vue t'accompagner.

Elle se penche pour marmonner :

— Non, c'est ma demi-sœur. Autant la mettre à contribution.

Les joues en feu, je fais volte-face et manque de trébucher.

— Je suis sincèrement navrée. Je vous ai prise pour une domestique. Je vais reprendre mes livres, merci.

— Ça ne me dérange pas, je vous assure, répond la jeune fille.

— Oui, ça ne la dérange pas, répète Imogen sur un ton glacial.

Sans jamais se départir de son sourire, elle m'entraîne en avant.

— Une dame digne de ce nom ne porte pas ses propres livres, Gemma, glisse-t-elle. Ce n'est pas comme ça que tu vas te dégoter un mari.

Ses paroles ravivent mon agacement, mais elles me rappellent également de renfiler mon masque d'impassibilité.

— Qu'en est-il de ta sœur ? rétorqué-je avec une courtoisie feinte. Si ce n'est pas digne de moi, ce n'est pas digne d'elle non plus.

Un rire strident échappe à mon ennemie.

— Ember n'est pas à la recherche d'un mari. Nous, si. Et je suis ton aînée, alors tu dois m'écouter.

Je me retiens de répliquer. Je paierais très cher pour dire à Imogen Coleman de se mêler de ses oignons ! Mon père me tuerait, bien sûr. Sans notre prétendue amitié, il serait constamment sur mon dos à me chercher un prétendant. Je me contente donc de la prendre de haut.

— Qu'est-ce qui te fait dire que je souhaite me marier ?

Elle me dévisage d'un regard atterré.

— Eh bien, comme on a pu le constater, tu n'as aucune qualité susceptible de t'attirer les faveurs d'une créature de sang royal. La seule alternative viable pour une femme célibataire sans dot est de rejoindre leur précieuse escorte d'artistes. Or tu ne sais ni chanter ni jouer du piano et tu n'as aucun talent. De toute manière, il est rare que le roi seelie engage de nouvelles recrues. Quant au roi unseelie, il ne donne pas d'auditions. Et même s'il daignait enfin nous faire l'honneur de sa présence, à nous, modestes villageois, je ne me ferais pas trop d'espoirs, à ta place. On ne sait presque rien de lui, si ce n'est qu'il déteste les êtres humains. Je me demande même comment…

Elle interrompt sa diatribe, ce qui ne lui ressemble pas. Je constate avec surprise que son regard s'est fait distant. Ce qu'elle allait dire semble lui être subitement sorti de la tête. Avec un peu de chance, elle va se taire pour de bon. Mais cette curieuse expression s'efface aussi vite qu'elle est apparue.

— Non, ta place n'est pas dans les prestigieuses villes et palais des faés.

La mélancolie dans sa voix ne m'échappe pas. Je me demande si elle parle aussi pour elle. À plus d'une reprise, je l'ai entendue geindre que trop peu de princes d'extraction faérique avaient assisté aux derniers bals des cours voisines. Manifestement, il n'existe pas de plus grand accomplissement pour les jeunes femmes humaines de Faérie qu'un mariage royal. Imogen pousse un soupir.

— Elle est ici, parmi les humains, comme la mienne, reprend-elle. Donc tu n'as pas le choix. Il te faut un mari.

Je ravale un cri de frustration. Pourquoi les gens d'ici sont-ils si… si rétrogrades ? Je n'avais jamais considéré mes précédentes demeures comme particulièrement progressistes. Mais, à chaque rencontre que je fais à Vernon, j'ai la sensation que cet endroit a plusieurs années – voire décennies – de retard.

D'un autre côté, je sais par expérience qu'il est difficile d'échapper au carcan des normes sociales… et comme ceux qui veillent à les faire respecter peuvent être cruels. Les rumeurs, les ricanements, la méchanceté des railleries…

— M. Aston est un très bon parti, commente Imogen, qui coupe court à mes réflexions. Je ne te le pardonnerai jamais si tu arrives à lui mettre le grappin dessus. De toute manière, j'ai sûrement gâché mes chances avec lui.

J'ai beau avoir horreur de ce genre de futilités, sa remarque a piqué ma curiosité.

— Pourquoi ça ?

— L'an dernier, on s'est fait la cour à peine une semaine et c'était un calvaire. Pour lui autant que pour moi, j'en suis sûre. Il voulait sans arrêt discuter et débattre des sujets les plus rasoirs et moi, je n'avais rien à dire. Toi, en revanche, tu pourrais lui plaire. On voit bien qu'il est déjà sous le charme. En plus, vous aimez tous les deux… lire.

Elle prononce le dernier mot avec un geste de la main, l'air dégoûté. Je lève le menton.

— Ce n'est pas une raison pour tolérer sa compagnie. Il est imbuvable et imbu de sa personne.

J'entends un rire étouffé et surprends Ember qui fait mine de tousser derrière nous. Imogen, quant à elle, s'est figée net, les yeux écarquillés, les joues écarlates.

— Ne parle pas comme ça de M. Aston ! chuchote-t-elle furieusement, avant de reprendre son calme. Si tu veux mon avis, il pourrait te rendre un grand service.

Ce disant, elle m'agrippe par le bras et nous reprenons notre route. Je me rembrunis.

— Un service ? C'est-à-dire ?

Un sourire entendu au coin des lèvres, elle lève les yeux vers moi.

— Vous pourriez vous marier avant que tout le monde ne découvre ton secret.

Cette fois, c'est moi qui freine brusquement.

— Quel secret ?

— Ton père a tout raconté à ma mère et elle me l'a répété.

Un bourdonnement m'emplit les oreilles. Le temps semble à la fois ralentir et s'accélérer. Lorsqu'Imogen reprend la parole, ses murmures faussement discrets résonnent comme un cri et me font l'effet d'un coup de poing dans le ventre.

— Le scandale qui est arrivé en Bretton.

J'arrête de respirer, mon cœur fait un bond dans ma poitrine. Soudain, je suis transportée dans la rue où je me trouvais quelques mois plus tôt, encerclée par les visages familiers de celles que je considérais autrefois comme mes amies. Elles m'insultent tour à tour.

Traînée !

Il se moquait éperdument de toi.

Garce !

Il ne t'appartenait pas.

Allumeuse !

Comment as-tu pu trahir la princesse comme ça ?

Tentatrice !

Tu l'as ensorcelé, n'est-ce pas ?

Une main douce se pose sur mon bras et me ramène dans le présent. C'est celle d'Ember qui se tient à côté de moi, la mine soucieuse.

— Tout va bien, mademoiselle Bellefleur ?

Affolée, je me rends compte que je tremble, les yeux dans le vague. Je reporte le regard sur Imogen qui m'observe, un sourire triomphant aux lèvres. Je ne peux pas la laisser me voir dans cet état. Ni elle, ni personne d'autre. C'est en révélant mon vrai visage que je permets aux autres de me faire du mal.

Avec une profonde inspiration, je balaie ces souvenirs dans un coin de ma tête et me calfeutre derrière mon masque d'assurance. *Ne dévoile aucune faiblesse*, m'intimé-je. *Si tu ne peux pas échapper à leur jugement, montre-leur la personne qu'ils croient avoir cernée.*

Sans relever l'inquiétude d'Ember, je me remets en chemin. J'attends qu'Imogen m'ait rattrapée pour répondre :

— Ah, oui, le fameux « scandale », comme dit mon père. Pour moi, c'était plutôt du bon temps.

Sa mâchoire se décroche.

— Tu ne peux pas te conduire comme ça ici. Tu te permettais peut-être de jouer les catins en Bretton, mais les gens de Vernon ne l'accepteront pas. Si tu te retrouves entraînée dans une autre histoire de ce genre, tu devras dire adieu à notre amitié.

— Dommage.

— Tu n'as donc pas honte ? Aucun homme ne veut épouser une femme déshonorée. Si tout le monde venait à découvrir ton… ton passé tumultueux, tu salirais la réputation de cette ville et de ceux qui t'entourent. La mienne, notamment.

Je tourne brusquement la tête vers elle, un éclat rageur dans les yeux.

— Dans ce cas, tu ferais peut-être mieux de ne pas en parler.

Ember cache un nouveau rire derrière une quinte de toux et nous finissons notre chemin dans le plus délicieux des silences.

4

Lorsque nous arrivons chez moi, je peine à contenir ma joie de dire au revoir à Imogen. Et mon soulagement redouble quand la bonne m'informe que mon père et ma sœur ne sont pas encore rentrés. *Un moment rien qu'à moi !* Je lui tends mon manteau et mon chapeau ruisselants de neige fondue.

— Parfait ! Le courrier est arrivé ?

— Non, Mademoiselle, répond Susan. Je vous l'apporterai dès que nous le recevrons.

Je ne sais pas pourquoi je m'obstine à espérer. Je doute qu'on m'ait adressé quoi que ce soit d'intéressant aujourd'hui. Des invitations à prendre le thé ou à dîner, certes, mais rien de comparable aux correspondances que j'attends, qui pourraient bien détenir la clé de ma liberté.

Mes livres dans les bras, je monte dans le petit salon. Je me sens exténuée, aussi bien mentalement que physiquement. M'aventurer dehors me coûte beaucoup, surtout quand je dois faire face aux habitants de cette ville. Heureusement, dans la maison presque vide, je peux ôter mon masque et me détendre enfin. Profiter de cet instant de solitude sans artifices.

Le feu flambe toujours doucement dans la cheminée. Comparé à l'air glacé qui souffle au-dehors, il me fait l'effet d'un brasier. Je tire un fauteuil et une petite table au coin de l'âtre pour m'y installer. Susan m'apporte un plateau de thé agrémenté de scones. Je la gratifie d'un sourire chaleureux et me confonds en remerciements avant de porter mon attention sur mes nouvelles acquisitions. J'organise les titres dans un ordre bien précis. Même s'il me tarde de les lire tous, je me languis d'en découvrir certains plus que d'autres. Naturellement, *La Gouvernante et le Comte* trône tout en haut de la pile. J'échange les derniers à plusieurs reprises. Une fois satisfaite, j'ouvre le journal à la page des petites annonces.

Comme chaque jour, je parcours les rubriques d'offres d'emploi, qui ne manquent pas. Dans cette ville toute neuve, les opportunités se multiplient. Sans surprise, à peine en ai-je étudié la moitié que je fulmine déjà. Presque tous les postes un tant soit peu prestigieux se destinent exclusivement à des candidats masculins. Pourquoi ? Les rares offres auxquelles les femmes peuvent postuler sont nettement moins lucratives ou concernent des occupations que je ne suis pas assez désespérée pour accepter. Manutentionnaire dans une fabrique, domestique, secrétaire, gouvernante… Je ne serais pas contre travailler comme secrétaire, mais pas pour un salaire si modique. Il me faudrait plusieurs dizaines d'années avant de devenir financièrement autonome, me libérer des griffes de mon père et échapper au mariage. Par ailleurs, malgré le plaisir que j'ai à lire *La Gouvernante Amoureuse*, cette profession n'est pas faite pour moi.

Je préfère donc chercher les annonces intitulées « comptable », « intendant » ou encore « directeur », mais elles sont toutes réservées aux hommes. Les seuls métiers dans lesquels j'aie de l'expérience sont ceux dont je suis exclue. C'est insensé ! Qui de mieux pour gérer comptes et ménages qu'une fille cadette qui a sauvé sa famille du dénuement ?

À cette pensée, ma colère cède la place au chagrin, car elle me rappelle inévitablement ma mère. Une boule se forme dans ma gorge.

Cinq ans se sont écoulés depuis son décès. Pourtant, j'en souffre encore au quotidien. Les ténèbres qui l'ont suivi ont marqué à jamais ma famille. Sa perte nous a tous irrémédiablement changés, surtout mon père. Après tout, elle est morte dans l'effondrement d'une des mines dont il était propriétaire. Un incident qui a fait plus d'une victime et a valu à mon père plusieurs procès – sans compter les grèves dans les autres mines – dénonçant les conditions de travail hasardeuses. L'exploitation minière a fait faillite et nous avons tout perdu. À croire que la mort de ma mère annonçait la fin de la vie telle que nous la connaissions.

Sans délai, nous avons dû quitter notre patrie, l'Isola, et dire adieu à nos souvenirs heureux. Dans l'espoir de renflouer ses coffres, mon père a choisi d'élire domicile dans la capitale animée du pays de Bretton. Lui étant toujours absent pour affaires et ma sœur aînée, occupée à se chercher un époux, on m'a confié la gestion de nos finances. C'est grâce à moi qu'on a survécu, que personne n'a su qu'on était pauvres. J'ai supervisé nos économies d'une manière si stratégique qu'un simple coup d'œil à nos livres de comptes aurait suffi à nous trahir. Quand nous avions de la visite, nos invités s'arrêtaient au luxe du petit salon, sans se douter du dépouillement de nos chambres. Lorsqu'elles nous croisaient en ville, nos connaissances nous voyaient vêtus d'élégantes toilettes, pas des tenues que nous avions savamment repensées ou vendues. Cette façade était si convaincante que j'ai fini par attirer l'attention d'un vicomte…

Et voilà que la fureur refait surface. Je replie le journal pour le jeter sur mes genoux. Je prends alors une bonne gorgée de thé, que j'aurais volontiers troqué contre du vin.

Des pas retentissent dans le couloir et font retomber mon accès de colère. Je pose ma tasse sur sa sous-tasse et époussette ma jupe, comme si ce geste pouvait balayer ma mauvaise humeur par la même occasion. Au dernier moment, je glisse le journal derrière mon dos et me redresse. L'intrus franchit le seuil de la pièce. À mon grand soulagement, ce n'est que Nina, ma sœur cadette.

— Encore là, Gemma ? s'étonne-t-elle, les joues rosies par sa promenade dans le froid. C'est à croire que tu n'as même pas quitté la maison aujourd'hui !

Elle s'assied dans un fauteuil et tend les mains vers le feu.

— Si, je suis sortie. Père est-il rentré avec toi ?

— Non.

Rassurée, je m'affaisse de nouveau dans mon siège et reprends mon journal. Nina a beau se tenir mieux que moi, elle est l'une des rares personnes avec qui je peux être moi-même. À la vue de ma pile de livres, elle lève les yeux au ciel.

— Tout s'explique ! Quand je te propose de sortir avec moi, tu ne veux rien entendre. Mais si tu as besoin de lecture, c'est autre chose. Rappelle-moi de cacher tes romans quand j'aurai besoin de compagnie.

— Je ne vois pas comment tu pourrais en manquer, remarqué-je, malicieuse. Tu es déjà fiancée et amie avec la moitié des dames de la ville.

— Tu le serais aussi si tu sortais ton joli nez de tes livres, pour une fois !

Elle fait mine de me sermonner, mais la tendresse dans son expression me rappelle notre mère. C'est son portrait craché. Elle est petite, bien en chair, elle a les joues rondes et les cheveux d'un noir d'ébène, comme ses yeux. Marnie, ma sœur aînée, pourrait passer pour sa jumelle, quoiqu'elle la dépasse de quelques centimètres. Pas étonnant qu'elles aient toujours été les préférées de notre père. Avec ma taille et ma carrure, je lui ressemble davantage à lui.

Je me sers une nouvelle tasse de thé que je porte à mes lèvres.

— Je ne veux pas me marier. Tu le sais bien.

Elle se mord la lèvre un instant, comme pour se retenir d'exprimer le fond de sa pensée. Je lui lance un regard menaçant qui signifie : « Ne t'avise pas de parler du vicomte. N'essaie pas de me persuader une fois de plus que l'amour existe encore. J'ai connu ses plaisirs comme ses peines et je n'en veux plus. »

Elle comprend le message.

— Tu peux encore changer d'avis, affirme-t-elle, souriante. À condition de rencontrer la bonne personne. Tâche seulement de ne pas faire comme toujours.

— Je peux savoir ce que tu entends par là ?

Elle me lance un regard éloquent.

— Tu ne laisses pas leur chance aux gens. Si tu n'étais pas si pessimiste, tu aurais remarqué tous les beaux messieurs qui sont arrivés en ville cette semaine.

— Formidable, marmonné-je.

Je reprends mon journal pour me cacher derrière ses pages, dont je vois les mots sans les déchiffrer. Nina pousse un grognement.

— Ne me dis pas que tu te cherches encore un travail ! Tu sais bien que père ne le permettra pas.

— J'ai dix-huit ans. Je n'ai pas besoin de son autorisation.

— Il va te priver d'argent de poche.

— C'est le but.

— Il risque même de te chasser de la maison !

— Ça aussi, c'est un des avantages de trouver un emploi.

Ma sœur se met à bafouiller.

— Tu… tu ne te dégoteras jamais de mari riche si tu travailles, fait-elle valoir en prononçant le dernier mot avec dégoût.

Je replie le coin de mon journal pour l'observer d'un œil agacé. Lorsque je déploie la page à nouveau, elle poursuit :

— Bon, alors, as-tu reçu des réponses à tes demandes ?

Le feu me monte aux joues. Je sais où elle veut en venir. Et non, toutes mes candidatures restent encore sans réponse. Voilà pourquoi je suis si impatiente de recevoir le courrier, même si mes espoirs se révèlent vains. J'ai postulé à tous les postes pour lesquels je m'estime qualifiée, excepté ceux qui ne répondent pas à mes besoins financiers. Autrement dit, la plupart étaient réservés aux hommes. Pas un employeur ne m'a transmis ne serait-ce qu'un merci, sans parler d'une invitation à passer un entretien.

— Quelles demandes ?

En entendant retentir dans le couloir la voix de baryton de mon père, je sursaute et m'empresse de replier le journal pour le cacher sous la couverture d'un de mes livres. Je me redresse au moment où il entre dans le petit salon. L'air soupçonneux, il m'étudie de son regard sombre, les lèvres pincées sous sa moustache noire.

— Je me cherche une nouvelle robe de soirée, me hâté-je de répondre.

Frottant la barbe courte qui lui orne la mâchoire, il réfléchit un instant, puis finit par approuver d'un signe de tête.

— Ça pourrait t'ouvrir des portes.

Je m'efforce de sourire au lieu de le foudroyer du regard. M'ouvrir des portes… C'est tout ce qui compte à ses yeux. Maintenant que nous sommes de nouveau nantis, grâce à un revirement de situation survenu quelques mois plus tôt, il n'a plus besoin de moi pour gérer nos dépenses. Il a engagé des hommes pour me remplacer et je me vois contrainte de reprendre le rôle auquel il me destinait depuis toujours : celui d'épouse en devenir, de bien à faire fructifier. Sauf que, contrairement à mes sœurs, je lui donne autant de fil à retordre que ses exploitations minières après la mort de notre mère.

Prenant une profonde inspiration, je me cache de nouveau derrière mon masque d'indifférence. D'une main délicate, je me saisis de ma tasse et prends une petite gorgée de thé. Je suis condamnée à rester la fille dévouée, la bête de foire primée.

Mon père s'avance d'un pas.

— Mme Aston m'a dit que tu as rencontré son aîné, aujourd'hui.

Ainsi, la nouvelle s'est déjà répandue. J'aurais dû m'y attendre.

— Oui, il s'est présenté quand je l'ai croisé à la librairie, ce matin.

— Tu as refusé qu'il te raccompagne, poursuit-il sans se donner la peine de dissimuler ses reproches.

— En effet. J'avais envie de passer un peu de temps en tête à tête avec cette chère Imogen, rétorqué-je d'un ton que je ne voulais pas si sarcastique.

— Certes, je préfère te voir manifester cette retenue plutôt que te jeter sur ce jeune homme…

Ma fureur ravivée, je manque de m'enflammer. À tous les coups, il fait allusion à ce qui, selon lui, est arrivé avec le vicomte, en Bretton. Ravalant ma colère, j'aspire une nouvelle gorgée de thé entre mes dents serrées.

— Mais tâche de te montrer plus courtoise, si l'occasion se représente. Pour prouver ta vertu, ne refuse ce genre d'invitation qu'une fois. Si tu décourages trop souvent les tentatives d'un prétendant, il risque de baisser les bras.

— Peut-être faudrait-il lui apprendre à ne pas insister de manière importune, au lieu de l'encenser, dis-je de mon ton le plus détaché.

Malgré mes efforts, mon amertume transparaît. Sous ses épais sourcils froncés, les yeux de mon père ne sont plus que deux fentes.

— Tu ne me semblais pas de cet avis quand nous vivions en Bretton.

Cette fois, j'explose. D'un geste brusque, je repose ma tasse sur sa sous-tasse. J'ai beau tout essayer, jamais je ne serai la fille qu'il espère. Même faire semblant ne suffit pas. Au diable mon masque et le rôle que je joue !

Des éclairs dans les yeux, je me lève. Mais, face à lui, je suffoque, les mots me manquent. J'ai déjà expliqué ma version des faits. J'ai dit la vérité, pleuré, mis à nu mon cœur meurtri. Et comment a réagi ma famille ? Mon père et Marnie, ma sœur aînée, deux personnes que j'aime et que je pensais m'aimer, ne m'ont témoigné que du dégoût. C'est moi qui les écœurais, pas la situation ni l'homme qui m'a entraînée dans ce fameux scandale.

Celui qui jurait de m'aimer m'a abandonnée et, pourtant, c'est à moi qu'on a reproché de lui avoir offert ma vertu, d'avoir causé ma propre disgrâce, mon chagrin. C'est moi qu'on a jugée responsable des bruits qui couraient à mon sujet, d'avoir fait honte à ma famille, anéanti nos précieuses ambitions.

Un rictus narquois aux lèvres, mon père plante son regard dans le mien. Affublé de cette grimace, il m'évoque davantage un démon que le père qui m'a élevée. L'homme tendre et aimant dont les yeux se plissaient à chacune des plaisanteries de ma mère n'est plus. Il n'en reste qu'un pâle reflet insensible. À cet instant, il sait que je n'ai aucune défense à lui opposer. Je ne peux que bouillir, le foudroyer du regard et serrer les poings. Lentement, il fait un pas en avant.

— Tu ferais bien de te tenir à carreau, ma fille. Si tu te retrouves mêlée à un nouveau scandale, je ne te protégerai pas.

Un rire cinglant m'échappe.

— Quel dommage ! Vous l'avez si bien fait la dernière fois…

— Oui, Gemma, affirme-t-il d'un ton calme, si catégorique qu'il en est sûrement convaincu. Tu es trop entêtée pour reconnaître ce que j'ai accompli pour toi. Nous aurions pu rester en Bretton, où tout le monde aurait continué de te voir comme la traînée qui a séduit le fiancé de la princesse. Mais je t'ai emmenée ici pour t'offrir un nouveau départ. Si je n'avais pas eu un tel coup de chance avec la mine de quartz, ça n'aurait pas été possible.

Il a raison sur ce dernier point, il faut le reconnaître. Sans l'immense gisement décelé sur l'une de ses parcelles quelques mois plus tôt, nous n'aurions jamais pu déménager. La découverte s'est produite pile au moment où le scandale m'impliquant atteignait son paroxysme et lui a permis de conclure un marché avec la cour de l'Hiver. En échange de l'exclusivité sur le quartz, il a obtenu de la cour un salaire important et la citoyenneté faérique. Un privilège rare, puisque seuls les êtres humains escortés personnellement par les faés sont autorisés à franchir la barrière magique qui protège l'île. Pour autant, ce n'est pas dans mon intérêt qu'il nous a conduits ici, mais pour sauver sa précieuse réputation.

— Dis merci, gronde-t-il entre ses dents, et retourne t'asseoir.

Il y a bien quelque chose que j'aimerais lui dire, mais ce n'est pas le « merci » qu'il espère. Au contraire, ça s'accompagne d'un geste grossier...

— Nous vous sommes reconnaissantes, père, affirme Nina qui se précipite à mon côté pour me prendre par la main. Gemma tout comme moi.

Elle lève vers moi deux grands yeux suppliants. Elle a horreur qu'on se dispute, notre père et moi. Quant à moi, je déteste cette moue qu'elle fait à chacun de nos désaccords. Elle sait qu'il n'en faut pas plus pour m'attendrir.

Son intervention me permet au moins de me calmer avant de dire quelque chose que je risquerais de regretter. Si je pousse mon père à bout, il finira par me couper les vivres et me marier au premier preneur – et pas nécessairement le plus offrant.

Non, avant toute chose, il me faut assurer mon indépendance financière. Ensuite, je pourrai lui dire de me lâcher les basques. Le regard toujours brûlant de rage, je sens une goutte de sueur me couler sur la nuque. Une expression obséquieuse plaquée sur le visage, je m'incline. Dans mon esprit, ce n'est que de la comédie. Je ne suis pas moi-même, mais l'une des gouvernantes de mes romans. Dans le premier tome de la série, la protagoniste est contrainte de jouer le rôle de l'élève modèle pour échapper aux foudres de ses odieux instituteurs. C'est le même exercice. Je n'ai qu'à faire semblant.

L'histoire bien présente à l'esprit, je réponds :

— Merci pour tout ce que vous avez fait, père. Je regrette profondément de ne pas avoir su vous témoigner ma gratitude.

Quand je croise son regard, il a les lèvres pincées. Je n'arrive pas à savoir s'il croit à mon numéro, mais il s'abstient de contester. Il se contente de désigner mon fauteuil d'un geste de la main. J'obéis à son ordre silencieux. Sans rien ajouter, il quitte le petit salon.

Agrippée aux accoudoirs, je me mets à frémir de tout mon corps. Secouée par la rage que j'ai réprimée, j'écoute le bruit des pas de mon père qui s'éloigne avec lenteur. Lorsque leur écho s'est évanoui, je me tourne enfin vers ma sœur. Elle éclate de rire, comme si elle venait d'assister à un spectacle des plus comiques.

— Je suis étonnée que tu aies tenu si longtemps ! Tu as dû battre ton record. Trente secondes de bonne conduite, c'est énorme !

Incapable de me joindre à ses rires, je secoue la tête. Les yeux fermés, je pousse un soupir las qui détend à peine mes muscles crispés. Je m'applique à respirer lentement jusqu'à parvenir à me calmer. Lorsque je rouvre les paupières, je me sens vide. Usée, exténuée. Les épaules tombantes, je m'apprête à reprendre mon journal quand Susan entre dans la pièce, un plateau chargé d'enveloppes entre les mains.

— Le courrier est arrivé, annonce-t-elle.

Une bouffée d'espoir m'envahit et suffit à chasser mon épuisement. Je me lève d'un bond. Sur mes talons, Nina s'élance elle aussi vers la bonne.

— Pas de nouvelles de Marnie ? demande-t-elle.

— J'en doute.

J'atteins le plateau la première et rassemble les enveloppes. Lorsqu'on a déménagé, notre sœur aînée est restée en Bretton avec son mari et ne nous a encore adressé aucune lettre. Après notre dernière conversation, je ne peux pas dire qu'il me tarde de reprendre contact. Je me souviens de chaque mot qu'elle m'a dit ce jour-là.

Tu l'as cherché, Gemma.

Il n'y est pour rien.

Inutile de pleurer. Tu ne peux t'en prendre qu'à toi-même.

Bien sûr que les gens jasent à ton sujet ! Tout ce qu'on raconte est vrai.

Je chasse ces souvenirs et examine la pile de lettres.

— Elles sont toutes adressées à père, soupire Nina.

Elle a raison. J'arrive bientôt au bout et jusqu'à présent... Mon cœur fait un bond. Là, sur la dernière enveloppe, est griffonné mon nom. Les doigts tremblants, je déchire le papier et libère la missive. Je parcours son contenu une fois, puis deux, puis trois.

— Qu'est-ce que c'est ? questionne ma sœur, perplexe.

Voilà enfin ce que j'espérais. Tout compte fait, j'ai eu raison de ne pas me décourager. Même si rien n'est encore assuré, c'est un progrès. Ma première chance de m'émanciper, de m'épanouir comme je l'entends. Rien que moi, seule, libre. Les yeux embués de larmes, je croise ceux de ma cadette.

— On m'invite à passer un entretien !

5

— Un entretien ! répète Nina, à qui je dois faire signe de rester discrète. Pour un emploi ? ajoute-t-elle en baissant le ton.

Elle jette des regards à la porte que notre père a franchie quelques instants plus tôt.

— Bien sûr, chuchoté-je, la voix chevrotante.

Ma fébrilité est telle que je suis à deux doigts de défaillir. Susan, la seule domestique capable de garder un secret, s'approche d'un pas.

— Voulez-vous que j'envoie une réponse ? suggère-t-elle à mi-voix.

— Oui, sans délai.

Ni une ni deux, je me précipite au bureau. À chacun de mes pas, ma jupe froufroute autour de mes chevilles. À la hâte, je me munis de papier et d'un porte-plume et rédige une réponse dans laquelle j'accepte l'invitation. Nina la lit par-dessus mon épaule.

— C'est déjà demain, signale-t-elle.

— Que les saints soient loués !

La missive signée, je laisse à peine le temps à l'encre de sécher que je la fourre dans une enveloppe, sur laquelle je recopie l'adresse de l'expéditeur : 33 Whitespruce Lane.

— Mais… tu as vu l'adresse ? Et c'est pour un poste d'intendant ? Je ne suis même pas sûre qu'il y ait des habitations, là-bas !

— Je ne vais pas tarder à le découvrir, dis-je en fermant l'enveloppe, que je remets à Susan. Veillez à ce qu'elle parte au plus vite. Et… vous savez bien.

— En toute discrétion, confirme-t-elle avec un hochement de tête.

Sitôt la bonne sortie, Nina se tourne vers moi. Son air bougon contraste singulièrement avec le sourire qui étire mes lèvres.

— C'était un peu impulsif, même pour toi.

Son ton menace d'entamer mon triomphe. Renfrognée, je croise les bras.

— Tu plaisantes, j'espère ? Tu sais que je cherche un travail depuis notre arrivée. On me propose enfin de passer un entretien et tu trouves… impulsif que j'accepte ?

— L'adresse n'indique même pas de nom. Est-ce que tu te souviens d'où vient l'offre d'origine ? qui tu vas rencontrer ? Tu aurais dû demander plus d'informations avant de dire oui.

Forcée de reconnaître qu'elle marque un point, je me mordille la lèvre.

— Ç'aurait sans doute été plus prudent, avoué-je en décroisant les bras, sans renoncer à ma fierté. Mais c'est trop tard.

Un grognement de frustration lui échappe.

— Tu n'as pas intérêt à te ridiculiser, Gemma ! Si on recherche un intendant, c'est à coup sûr pour la maison d'une personne importante. Tu vas arriver sans rien savoir de ton potentiel employeur.

Indifférente, je retourne m'asseoir sur mon fauteuil et me saisis de *La Gouvernante et le Comte*, que je fais semblant de lire.

— C'est peut-être justement ce qu'il espère.

Elle vient se planter devant moi, la mine réprobatrice.

— Non, ça m'étonnerait. Il faut qu'on se renseigne. Quelqu'un doit savoir qui habite à Whitespruce Lane. (Un hoquet lui échappe. Je reporte mon attention sur elle.) On n'a qu'à demander à Mme Aston ! Elle est au courant de tous les potins.

— Non.

Je referme mon livre dans un bruit sourd. L'idée de poser la moindre question à notre voisine me hérisse – sans parler d'aborder les ragots du coin.

— Hors de question d'en parler à qui que ce soit, insisté-je. Je ne peux pas courir le risque que père l'apprenne et tente de m'en empêcher.

— Mais… (Avec une nouvelle exclamation étranglée, elle recule d'un pas, les yeux écarquillés.) Une seconde. Whitespruce Lane… Mme Aston m'en a justement parlé aujourd'hui. C'est là qu'on a aperçu des loups !

Je lève les yeux au ciel.

— Ce n'était qu'une excuse pour propager innocemment les rumeurs sur Mlle Weathersbee.

— Ça ne veut pas dire que c'est faux. Après tout, ce chemin traverse la forêt. Et les loups peuvent être dangereux.

— Ils n'attaquent pas par plaisir, signalé-je. D'après ce que j'ai entendu sur la Faérie, c'est une île luxuriante. S'il y a bien des loups ici, je doute qu'il s'agisse de bêtes affamées et enragées. Ceux qui ont été vus vaquaient sûrement à leurs occupations.

Voilà qui ne semble pas rassurer ma cadette.

— Et si c'étaient des faés-loups ?

Elle glisse le mot « faés » dans un souffle, comme si c'était un juron. Je lui jette un regard éloquent.

— Tu sais aussi bien que moi que toute faé qui s'en prend aux humains ici s'expose à des sanctions sévères.

Elle trépigne de frustration.

— Comment se fait-il que tu n'aies pas peur ? On ne sait encore rien de cette île et des créatures qui la gouvernent.

En toute franchise, derrière ma fébrilité et mon soulagement se cache une certaine inquiétude. Toute notre enfance, nous avons cru que les créatures faériques n'existaient que dans les mythes. Ce n'est qu'au moment d'emménager au pays de Bretton, séparé de la Faérie par un simple canal, que nous avons découvert que cette île mystérieuse était aussi réelle que le prétendaient les légendes. Et bon nombre de ces histoires étaient terrifiantes. Elles évoquaient des guerres dévastatrices, des monstres épouvantables et des pactes meurtriers. Mais certains récits, qui semblaient plus plausibles, décrivaient deux guerres ayant opposé humains et faés. La première, très lointaine, s'est soldée par un traité. La seconde, en revanche, s'est achevée il y a seulement vingt ans, après que les créatures faériques ont protégé les humains des forces armées de Bretton. C'est ainsi que la Faérie a obtenu son indépendance du continent avant de se confiner dans un bouclier magique.

Oui, je dois admettre que j'ai un peu peur. Malgré tout, je sais faire la différence entre mythe et réalité. Je n'ai encore que peu d'expérience avec le peuple des faés, mais j'ai l'impression qu'il s'agit en effet d'une race pacifique, qui a mis fin à une guerre injuste, et non de monstres qui enlèvent les enfants dans la nuit.

De toute manière, ma détermination l'emporte sur mes craintes. C'est cette volonté de fer qui me pousse à sortir me racheter des livres alors que je préférerais rester calfeutrée chez moi, qui m'aide à braver l'autorité de mon père pour envoyer des candidatures dans son dos et qui me convainc de m'aventurer dans les bois demain, en quête de liberté. Nina doit deviner ma résolution, car elle joint les mains dans un geste implorant.

— N'y va pas toute seule, c'est tout ce que je te demande.

— Est-ce que tu te portes volontaire pour m'accompagner ?

Elle pâlit.

— Bien sûr que non ! Je ne suis pas folle, moi.

Je prends un air faussement indigné.

— Tu préfères laisser ta vieille sœur chérie risquer sa vie toute seule ?

— Emmène au moins Susan, suggère-t-elle, à bout de patience.

Je pousse un soupir résigné.

— Bon, d'accord. J'irai avec Susan.

— Bien, approuve-t-elle avec un hochement de tête. Comme ça, si les loups t'attaquent, elle pourra dire à tout le monde où retrouver ton corps.

J'essaie de lui lancer un regard noir, mais un rire m'échappe. Ma sœur se rassied dans son fauteuil et le silence finit par retomber. Je reprends mon roman. J'ai très envie de le lire, mais les pensées se bousculent dans mon esprit.

Demain, à cette heure-ci, j'aurai peut-être un emploi. Par tous les saints, faites que ma candidature soit acceptée !

*

J'ai menti : je n'ai aucune intention d'emmener Susan. Bien qu'elle soit capable de tenir sa langue, je ne suis pas sûre qu'elle s'opposerait à la volonté de mon père en m'accompagnant à un entretien d'embauche dans les bois. Par chance, le temps que Nina découvre ma trahison, je serai rentrée saine et sauve et j'aurai peut-être même une excellente nouvelle à annoncer. Mon père et elle sont déjà sortis pour la journée. Ma sœur est invitée à prendre le thé avec la famille de son fiancé et mon père doit parler affaires je ne sais où. Ils devraient être occupés un bon moment. Ce qui veut dire, en revanche, que je ne peux pas compter sur la voiture et je n'ose pas faire appel à un chauffeur. Du reste, il aurait été risqué de faire confiance à celui de ma famille. Au fond, ce n'est peut-être pas plus mal que je me rende à mon entretien à pied.

Malheureusement, le trajet se révèle un vrai cauchemar. La neige qui craque sous mes bottes imbibe l'ourlet de ma jupe et de mon manteau. Je porte la plus sobre et austère de toutes mes toilettes : ma robe de satin gris imprimée de roses noires, au corsage montant, orné de dentelle couleur ivoire. J'espère que j'ai l'allure de l'emploi. J'ai toujours peine à croire que ma candidature a été retenue. Le métier d'intendant ressemble à ce que j'ai fait par le passé : gérer le quotidien du foyer, les domestiques et les dépenses. Mais je n'ai jamais eu à régenter que notre modeste maisonnée brettonne. Comment savoir à quoi m'attendre au 33 Whitespruce Lane ?

Pour ma plus grande joie, les rues sont presque désertes en périphérie de la ville, loin de la place du marché. Habitations et piétons se font si rares que je regrette presque que notre père n'ait pas choisi d'emménager dans ce quartier, plutôt qu'à quelques pas du tumulte du centre. Cela dit, je serais contrainte de marcher plus longtemps pour me rendre à la librairie et de croiser davantage de monde… Cette simple idée me donne un frisson.

Tout à coup, une autre pensée me refroidit. Si je décroche ce poste, où irai-je vivre ? Mon père me chassera-t-il sur-le-champ ? Mon employeur me fournira-t-il le gîte et le couvert ? Y a-t-il à Vernon des logements accessibles pour une femme célibataire ?

Ces réflexions suffisent à me faire paniquer. Mes joues se réchauffent instantanément, mais je me calme d'une longue inspiration. Pour l'heure, ces inquiétudes restent injustifiées. Avant toute chose, encore faut-il qu'on m'engage.

La forêt qui borde la ville se dessine peu à peu. Les maisons se font de plus en plus petites, rares, comme les traces de pas dans la neige. Pavés et trottoirs cèdent la place à des chemins de terre. Heureusement, il y a bien un sentier qui mène à Whitespruce Lane. Quelqu'un semble d'ailleurs l'avoir emprunté il y a peu. Je me sens quelque peu rassurée. J'ai beau dire, les mises en garde de Nina me trottent tout de même dans la tête.

Le chemin me mène à un premier bosquet. Au moment d'y pénétrer, un silence cotonneux s'installe autour de moi. Si je trouvais calmes les abords de Vernon, ce n'était rien comparé à l'atmosphère feutrée qui règne à la lisière de la forêt. Quelques bruits se font entendre, bien sûr, comme le craquement de mes bottes dans la neige, le murmure des flocons qui tombent du ciel et le frémissement des arbres. En revanche, c'en est fini des roues de carrosses, des sabots et des passants qui se pressent en discutant. Ici, tout est… paisible.

Cette tranquillité me rappelle l'Isola, ma terre natale. Certes, le climat ne pourrait pas être plus différent de celui d'ici, mais ce calme… C'est comme si j'y étais. Là-bas, nous vivions à la campagne, sur plusieurs hectares de terre. Ma mère s'occupait de ses chevaux et mon père supervisait les exploitations minières. Chaque soir, le chant des coyotes me berçait et, au matin, j'étais réveillée par l'ascension silencieuse du soleil.

Mon cœur se serre. L'espace d'un instant, je sens presque la chaleur des bras de ma mère. Je nous revois, assises sur la terrasse, occupées à admirer les teintes orangées du lever de soleil au-dessus des montagnes. Je cligne des yeux. Sans m'en rendre compte, je me suis arrêtée.

Ces souvenirs chassés de mon esprit, je me concentre sur le présent. Je suis parvenue à un carrefour où bifurquent plusieurs sentiers. Sur le panneau orné du nom de différentes rues, je repère Whitespruce Lane. C'est le chemin le plus large, celui de gauche.

Je m'y engage et constate qu'il monte en pente douce. Le tapis de neige qui le recouvre semble plus épais qu'en ville. Whitespruce Lane est sûrement moins fréquenté que le sentier qui m'y a conduite, mais je remarque tout de même quelques traces de pas. Il me faut toutefois retrousser ma jupe et mon manteau pour ne pas les laisser traîner dans la neige.

Je cherche parmi les arbres enneigés un quelconque croisement, des écriteaux portant le numéro des maisons. Jusqu'à présent, je n'ai rien vu qui indique l'existence du 10 ou du 20 Whitespruce Lane, encore moins du 33. Malgré tout, je continue mon chemin. Peu à peu, le calme que j'éprouvais laisse la place à l'appréhension. Le silence ne me paraît plus ni nostalgique ni accueillant, mais… menaçant. Sans compter qu'il fait plus froid et sombre parmi les arbres, de plus en plus touffus.

Et… ne serait-ce pas du mouvement que j'entends dans les sous-bois, là, devant ? À moins qu'il ne vienne de ma droite… Non, de derrière moi.

Tétanisée, je me fige net. Des fourmillements me courent sur la nuque et je n'ai qu'une pensée à l'esprit : tourner les talons et rentrer avant qu'il ne soit trop tard. Mais trop tard pour quoi ? À tous les coups, l'inquiétude de ma sœur me monte à la tête. L'angoisse que j'éprouve… C'est certainement la même que celle qui me pétrifie quand je quitte la maison, non ? Cependant, j'ai l'impression qu'il s'agit de deux peurs bien distinctes. Celle qui me pousse à rester cloîtrée le plus possible – le cœur battant à la simple idée de me mêler à la foule – est ancrée dans mes souvenirs, dans les bribes douloureuses qui criblent mon cœur et mon esprit. Celle qui me taraude en cet instant, en revanche, n'a rien à voir. Tous mes sens sont en alerte, à l'affût du moindre mouvement, du moindre son. Mes bras et ma nuque se couvrent de chair de poule et j'ai la certitude de ne pas être à ma place.

Tu ne peux pas rater cet entretien ! insiste une petite voix dans ma tête. Je suis trop près du but. C'est la première fois qu'on répond à l'une de mes candidatures. Qui sait si l'occasion se présentera de nouveau un jour ? Hors de question d'abandonner maintenant.

Je ravale ma peur et fais un pas en avant, puis un autre. Je presse l'allure et balaie la forêt du regard jusqu'au moment où – bénis soient les saints – un panneau de bois apparaît devant moi. Cloué à un tronc au niveau d'une intersection, il indique : « 33 Whitespruce Lane ». Ma jupe retroussée bien haut, j'accélère encore le pas pour le rejoindre. Lorsque je l'atteins, mon cœur bat à tout rompre, mes aisselles dégoulinent. J'aimerais sauter de joie, me sentir enfin soulagée, mais je n'ai qu'une idée en tête : me réfugier à l'intérieur le plus vite possible.

Sans hésiter un seul instant, je tourne au niveau du panneau pour emprunter l'étroit sentier. Tout à coup, je m'arrête à nouveau, blême. À une dizaine de pas seulement, une gigantesque créature à la fourrure brune et hirsute et aux yeux dorés montre ses longs crocs pointus.

— C'était donc vrai, grommelé-je. Il y a bien des loups dans cette forêt.

6

Maintenant qu'une de ces bêtes féroces se trouve devant moi, je ne m'amuserais plus à affirmer que « les loups n'attaquent pas par plaisir ». Cet animal n'a rien à voir avec les petits coyotes craintifs de mon enfance en Isola. Non, c'est un monstre immense aux pattes grandes comme des poêles à frire et dont le museau fait presque la taille de ma tête. Le grognement qu'il pousse résonne jusque dans ma moelle et me donne la chair de poule.

— Tout doux, balbutié-je.

Je lève les mains en signe de reddition. Mais depuis quand les loups connaissent-ils les gestes humains ? À moins que… Une minute…

— Êtes-vous une créature faérique ? demandé-je d'une voix calme.

Pour toute réponse, la bête s'avance d'un pas. J'en fais trois en arrière.

— Si c'est le cas, je ne vous veux aucun mal, précisé-je. Et vous n'avez pas le droit de m'attaquer.

L'expression mauvaise, le loup gronde de plus belle. Je ne vois que deux possibilités : soit il s'agit d'un loup ordinaire, soit c'est un être faérique qui se moque des lois. Aucune de ces options ne me rassure. Je continue de battre en retraite.

— Doucement. Je vais m'en aller. Tout ce que je vous demande, c'est de me laisser partir…

Un nouveau grognement retentit. Cette fois, il vient de derrière moi. Je fais volte-face pour me retrouver nez à nez avec deux autres loups. Dressés au milieu du sentier, ils m'empêchent de regagner la route principale.

Ça sent mauvais… Je n'ai aucune arme et je ne sais pas quelle attitude adopter face à une meute de loups. Pour effrayer des coyotes, il suffit de se tenir bien droit, de crier et de se montrer agressif. J'ai vu ma mère le faire plus d'une fois lorsqu'ils tentaient de nous voler nos poules. Mais quelque chose me dit que ces bêtes ne se laisseront pas intimider par cette technique.

Leurs grognements se font de plus en plus forts. Ils se mettent alors à m'encercler. Afin de les dissuader d'approcher, je garde les bras écartés, mais on a connu défense plus efficace. Tout ce que je risque, c'est qu'ils me dévorent les bras avant de s'attaquer au reste. Et je n'ai aucune envie de leur servir de repas.

Le front humide de sueur, je tourne la tête de gauche à droite dans l'espoir de n'en perdre aucun de vue plus d'une seconde. Toujours aussi menaçants, ils gagnent du terrain, exhibant leurs crocs tranchants comme des lames de rasoir. Mon cœur bat si fort que je le sens prêt à exploser. Au fond, peut-être serait-ce une fin préférable au sort que ces loups me réservent. Il ne me reste plus qu'un espoir.

— Au secours ! hurlé-je à pleins poumons. À l'aide !

Si le 33 Whitespruce Lane se trouve au bout de ce chemin, on pourrait m'entendre. Mais les loups grondent de plus belle. Puis soudain, ils s'arrêtent.

Le premier que j'ai vu, le brun à la fourrure hirsute, baisse la tête. Il fléchit les membres, une patte repliée, l'air prêt à attaquer. Je lance un nouvel appel à l'aide, mais aucun son ne sort de ma gorge sèche. Le loup bondit sur moi. Je pousse un cri d'effroi, ferme fort les yeux et me protège le visage de mes bras.

Et… l'assaut ne vient pas. Les grognements continuent, mais ils se mêlent à des bruits de bousculade. J'ose enfin ouvrir les paupières. Un quatrième loup – aussi colossal que ses congénères, mais paré d'une fourrure immaculée – a plaqué le brun au sol et tous deux s'affrontent au bord du sentier. Les oreilles couchées sur la tête, les deux autres observent le combat en faisant les cent pas.

C'est le moment ou jamais de fuir. Je tourne les talons pour m'élancer vers le chemin principal. Tout à coup, une tache brune surgit devant moi. Un autre loup me barre la route. Il est plus petit que les autres, mais pas moins féroce. Toutes dents dehors, il se rapproche. Trois nouvelles bêtes du même gabarit jaillissent des sous-bois pour se joindre à lui. Je pivote à la hâte et constate qu'au milieu du sentier, la bagarre a cessé. Je n'entends plus les bêtes s'affronter. En revanche, les trois grands loups sont toujours là et s'avancent à leur tour, les yeux braqués sur moi.

Ça ne va pas recommencer !

Un grondement tonitruant déchire l'air glacé. Je me tourne dans sa direction. Derrière le groupe de loups plus chétifs se dresse le loup blanc, la fourrure hérissée sur le dos. Il pousse un jappement sonore qui manque de me faire sursauter. Seulement ce n'est pas sur moi qu'il aboie, mais sur ses congénères.

Les plus petits sont les premiers à prendre la fuite. À toute allure, ils quittent le sentier et disparaissent. Un nouveau jappement et les autres s'élancent à leur suite, la queue entre les jambes.

Le loup blanc – un mâle – arrime son regard au mien. Ses yeux sont d'une étonnante teinte rubis. Soudain, une voix grave et râpeuse me parvient.

— Il semble que je vous aie sauvée.

Sans que l'animal ait eu à ouvrir la gueule, je sais que c'est lui qui a prononcé ces paroles. Je réprime un frisson. Ainsi, il s'agit d'une faé-loup.

— Je… je vous remercie, marmonné-je en claquant des dents.

Il s'approche de quelques pas. Sa démarche est moins gracieuse que celle des autres loups. Il semble boitiller.

— Votre gratitude est compréhensible. S'ils avaient décidé de vous dévorer, vous n'auriez pas survécu.

Je n'en doute pas un seul instant, mais je suis incapable de parler. Le simple fait de rester debout constitue une véritable épreuve. Quand l'animal s'avance encore, je recule en chancelant. Cette faé-loup m'a peut-être sauvée, mais rien ne me garantit que je suis hors de danger.

La bête reprend la parole.

— Les créatures faériques ne sont pas tenues de protéger les humains. La moindre intervention peut nous coûter la vie.

J'acquiesce, tremblante.

— J'ai conscience du geste que vous avez fait pour moi et je vous en remercie.

Si j'étais naïve, je croirais presque voir un sourire étirer sa gueule.

— Ah, oui. J'ai fait preuve d'une grande bravoure, n'est-ce pas ? C'était très risqué. Vous devez être… sous le choc d'avoir survécu.

Où veut-il en venir, au juste ? Je plisse les yeux.

— En effet.

— Oui, sous le choc et… et très reconnaissante. Vous avez l'impression de me devoir la vie, à n'en pas douter.

Ses paroles me glacent le sang. Elles empestent les pactes faériques dont j'ai eu vent, que je croyais jusqu'alors trop fantastiques pour être vrais. Tâchant de me rappeler tout ce que j'ai pu entendre à leur sujet, je choisis mes mots avec soin.

— Vous m'avez rendu un grand service, Monsieur… Monsieur le loup.

— C'est ça, un grand service. Vous n'auriez pas envie de me rendre la pareille, par hasard ? De votre plein gré, bien sûr, s'empresse-t-il d'ajouter.

Méfiante, je recule d'un pas.

— Il faut que j'y aille. J'ai un rendez-vous au 33 Whitespruce Lane. Ce doit être juste au bout du chemin.

Je pointe l'index derrière moi et continue de battre en retraite. Le prédateur pousse un soupir rauque.

— Quel dommage que vous deviez partir… J'aimerais beaucoup poursuivre cette conversation, insiste-t-il en articulant chaque mot, le ton sec.

Il a haussé la voix bien plus que nécessaire. Sans me laisser le temps de répondre, le loup brun de tout à l'heure surgit de nulle part pour foncer droit sur moi. Avec un cri d'effroi, je prends mes jambes à mon cou. Mais, une fois de plus, le loup blanc se précipite à mon secours. Les deux bêtes se lancent dans un nouveau combat. Elles roulent sur elles-mêmes hors du sentier et s'enfoncent dans les sous-bois dans un tourbillon indistinct de gueules pleines de crocs. Je me retrouve seule sur le chemin. C'est le moment ou jamais de fuir une bonne fois pour toutes. Mais dois-je courir au 33 Whitespruce Lane dans l'espoir d'y trouver refuge ou reprendre la route principale et tenter de regagner la ville avant que mes assaillants ne me rattrapent ? Les deux solutions comportent des risques. Hélas, je n'ai pas le temps de peser le pour et le contre.

Mon instinct me hurle de faire demi-tour. Au diable cet entretien et le détraqué qui m'a convoquée ici au lieu de me recevoir en lieu sûr ! Je rebrousse chemin, non sans déraper dans la neige piétinée par les loups, puis bifurque sur le sentier principal. Je descends la pente à toute allure, glissant dans ma hâte. Je dois être à mi-chemin du carrefour lorsqu'une gigantesque silhouette pâle surgit devant moi.

Je me fige et manque de défaillir. Tête baissée, la langue pendante, le loup blanc traverse la route en claudiquant. Son arrière-train est maculé de sang écarlate. Il pousse un gémissement d'agonie et ne fait que trois pas de plus avant de s'effondrer.

— Oh ! Quelle douleur atroce ! C'est un supplice. Aidez-moi, par pitié !

Tremblante de la tête aux pieds, je m'approche de l'animal. Je suis tentée de le contourner pour m'évader. Mais, à la vue du sang qui lui couvre le dos, je prends pitié. Par ailleurs, il ne s'agit pas de n'importe quel animal, mais d'une faé-loup. La laisser mourir pourrait m'attirer de sérieux ennuis. Le souffle court, je m'agenouille à côté du loup. Je tends les mains vers lui, mais je ne sais pas quoi faire. Je n'ai jamais soigné que des genoux écorchés. Que suis-je censée faire avec une blessure pareille ? Et puis… Par tous les saints ! Est-ce que je rêve ou il a perdu une patte arrière ?

— Je souffre le martyre, gémit-il. Décidément, mon courage doit vous impressionner. C'est la deuxième fois que je vous sauve la vie.

Drôle d'idée fixe pour quelqu'un qui se vide de son sang.

— C'est vrai, suis-je forcée de reconnaître. Je vous en remercie.

— Me voir dans cet état doit vous faire beaucoup de peine… Vous êtes tout attendrie, n'est-ce pas ? Je suis sûr que vous vous sentez redevable. La gratitude que vous éprouvez est telle que vous seriez prête à… à sacrifier quelque chose. Votre trésor le plus précieux, peut-être ?

Sans relever, j'ôte mon manteau dans l'idée d'étancher le sang qui coule sur sa patte arrière. Mais je suspends mon geste. Je ne trouve pas la source de la plaie. Je ne vois ni chair déchiquetée ni flot de sang. Lorsque je me penche en avant, un arôme familier me chatouille les narines. Serait-ce de la… de la sauce tomate ? Je me recule et me lève avec lenteur.

— Que faites-vous ? Vous ne voyez donc pas dans quel état je me trouve ?

Son terrible jeu d'acteur aurait dû me mettre la puce à l'oreille, mais je l'ai mis sur le compte de l'extravagance des faés.

— Ne restez pas plantée là ! insiste-t-il, avant de déformer sa gueule en un semblant de grimace. Ma patte ! Oh ! Ma pauvre patte…

— Elle n'a rien, affirmé-je, les dents serrées.

Je m'efforce de rester aussi calme que possible. Même si j'ai compris qu'on me tendait un piège, je ne suis pas rassurée. Cependant, l'agacement et la colère, qui se mêlent désormais à ma peur, me donnent la force de ne pas m'effondrer.

— Rien ? répète-t-il, sans parvenir à cacher son irritation. Comment pouvez-vous dire une chose pareille ? Elle a disparu !

— En effet, mais je ne vois aucune blessure récente.

Il lève la tête pour m'observer de ses prunelles rubis.

— Que faites-vous de tout ce rouge ?

Je lui lance un regard soupçonneux.

— Vous pensiez que je ne reconnaîtrais pas l'odeur de la sauce tomate ?

Avec un soupir dédaigneux, il se hisse sur ses trois pattes. Voilà pourquoi sa démarche m'a paru moins gracieuse que celle des autres.

— Ainsi, vous ne souhaitez pas sacrifier votre bien le plus cher en témoignage de l'immense respect et de l'admiration que je vous inspire ? De votre propre gré, j'entends, ajoute-t-il après coup, comme la fois précédente.

Sidérée, je lui jette un regard sardonique.

— Non.

— Très bien.

Tout à coup, le loup disparaît dans un tourbillon blanc pour céder la place à un homme. Un colosse aux épaules larges, à la longue chevelure mordorée et au menton orné d'une barbe fournie. La couleur rubis de ses yeux s'est assombrie. Elle évoque davantage le velouté d'un vin rouge grenat. L'homme sautille sur le pied gauche ; sa jambe droite, qui s'achève au niveau du genou, est cachée par l'étoffe marron de son pantalon épinglé. Sans me quitter des yeux, il pousse un sifflement.

Plusieurs silhouettes humanoïdes, aussi hirsutes que celle du boiteux, se matérialisent de part et d'autre du chemin. Quelque chose me dit que ce sont les autres loups, qui se montrent simplement sous une forme différente. Cette notion ne m'est d'aucun réconfort.

— Que se passe-t-il ? demandé-je d'une voix chevrotante, que je voudrais pourtant assurée.

Personne ne me répond. Une femelle au visage buriné et aux boucles grises jette au chef un long bâton noueux qu'il saisit au vol. Il cale sous son bras gauche l'extrémité de la canne en forme d'Y.

— Passons à la phase deux, dans ce cas, annonce-t-il.

Ses acolytes acquiescent avant de se tourner vers moi. Inutile de jeter un regard en arrière pour savoir que je suis cernée – je le sens.

— Qu'est-ce que c'est, la phase deux ? me risqué-je à demander, le souffle court.

Sous sa barbe broussailleuse, l'homme-faé esquisse un sourire en coin.

— Saisissez-vous d'elle.

7

Je ne vois rien, mais des murmures me parviennent. Je cesse de me débattre contre mes liens. Pour l'instant, je n'ai qu'une certitude : on m'a ligotée à un fauteuil. J'ai les poignets attachés dans le dos et les chevilles entravées aux pieds du siège. Au prix de grands efforts, je me penche en avant et incline la tête dans l'espoir de déchiffrer les paroles étouffées qui semblent venir de derrière une porte.

Encore une chose dont je suis presque sûre : je me trouve à l'intérieur. Juste après l'apparition des faés-loups, on m'a bandé les yeux, attachée et bâillonnée. Je n'ai pas vu où mes ravisseurs m'ont emmenée, mais il ne leur a pas fallu longtemps pour m'y transporter, hissée sur l'épaule d'un d'entre eux. Malgré mes cris de panique, assourdis par l'étoffe qui me couvrait la bouche, je me souviens du moment où l'air glacial a cessé de me fouetter le visage et où l'écho de bottes sur un sol dur et contre les murs a remplacé le craquement des pas dans la neige.

Ces informations ne me sont d'aucune utilité, car je ne distingue pas le moindre de leurs mots. De quoi peuvent-ils bien parler ? De la méthode la plus efficace pour me démembrer ? Des scènes sordides se succèdent dans mon esprit. Dans l'une, les créatures faériques se retransforment en loups et me dévorent alors même que je hurle à pleins poumons. Dans une autre, ils me lancent un sort qui me condamne à danser jusqu'à ce que mes pieds saignent, comme dans les épouvantables légendes que je prenais naïvement pour de la fiction. De toute évidence, je me suis trompée sur toute la ligne en ce qui concerne les faés.

Pourquoi fallait-il que je m'obstine à venir ici ? Voilà des semaines que je fuis les villageois, leurs commérages et leurs mensonges, alors que le véritable ennemi, c'étaient eux : les faés, les loups et leur forêt. N'importe quel être humain sensé s'y serait attendu.

Un son semblable au grincement d'une porte se fait entendre, suivi de pas en approche. À travers mon bandeau, ma vision s'éclaircit quelque peu. Il semble qu'une source de lumière vienne de s'allumer dans la pièce où je suis retenue prisonnière. Des mains rugueuses m'effleurent l'arrière du crâne et je sens le bandeau se desserrer peu à peu. Tétanisée, je suffoque presque. Que vais-je découvrir lorsqu'on m'aura rendu la vue ? Un cachot ? Une chambre de torture ? Un…

Je cligne des paupières. La clarté ambiante est aussi tamisée que l'éclairage intérieur de notre maison de ville. Quant à la pièce où je me trouve, il s'agit d'une… d'une simple chambre à coucher, chichement meublée. Elle semble avoir été délaissée un demi-siècle durant, mais c'est tout ce que je trouve à lui reprocher. Enfin, sans compter les trois silhouettes dressées devant moi, toujours sous leur forme humanoïde.

Le chef – le brun qui a remplacé l'insupportable loup blanc et ne peut qu'être l'alpha de la meute – se tient au premier plan, son bâton sous le bras, les cheveux en bataille sur les épaules. Lentement, je tends le cou pour l'observer. Il paraît bien plus jeune que je le pensais. Entre sa chemise de lin tachée, retroussée jusqu'aux coudes, et son affreuse pilosité indomptée, on ne peut pas dire qu'il soit soigné. Mais il a la peau lisse, dépourvue des rides que j'imaginais de loin. Il ne doit pas avoir plus de vingt-cinq ans.

C'est une faé, me rappelé-je. Leur peuple ne vieillit pas comme celui des humains. Pour ce que j'en sais, il pourrait avoir des siècles. Du reste, son âge ne change rien à ma situation.

Je foudroie l'alpha du regard, mais j'ai bien peur de n'intimider personne tant je tremble comme une feuille. L'une des deux faés plantées derrière lui – un mâle aux cheveux noirs et à la barbe fournie – ricane, avant de traverser la pièce pour s'installer à un bureau poussiéreux. Il en essuie le plateau d'une main, puis tire d'un tiroir quelques feuilles de papier et un porte-plume. Leur acolyte, la femelle grisonnante que j'ai vue plus tôt, croise les bras, l'air farouche. Sans leurs oreilles pointues, je ne devinerais jamais que ces créatures ne sont pas humaines, comme celle que j'ai aperçue devant l'hôtel Vérité avec Imogen.

Le chef de la meute se penche en avant. Je me recroqueville, mais il se contente de se saisir de mon bâillon. L'air dégoûté, il le tire vers le bas, avant de reculer à la hâte en essuyant sur sa chemise la main qui l'a touché.

— Qu'est-ce que vous me voulez ?

J'espérais paraître dure, mais j'ai la voix étranglée, rauque. L'alpha jette un regard à l'homme-loup assis au bureau, qui hoche la tête, papier et plume en main. Il reporte son attention sur moi.

— Êtes-vous mariée ?

Je blêmis. Pourquoi me pose-t-il cette question ? Dans quel guêpier me suis-je fourrée, pour l'amour des saints ? Un grommellement agacé échappe à l'être faérique, dont le ton se fait plus cinglant.

— Répondez, humaine !

Ma gorge se noue. J'aimerais résister à mes ravisseurs, mais coopérer est sans doute plus prudent… pour l'instant.

— Non. Je ne suis pas mariée.

— Qui est votre gardien, dans ce cas ? interroge-t-il avec un geste de la main. Votre espèce considère ses femelles comme des biens matériels, je me trompe ?

Je frémis, brûlant de le contredire. L'idée me met hors de moi, mais je dois reconnaître qu'il n'a pas tort.

— Je vis avec mon père, dis-je, les dents serrées.

Ma réponse semble l'encourager. Son regard s'illumine.

— Très bien. Comment s'appelle-t-il ?

J'ouvre la bouche pour répondre, sans pouvoir m'y résoudre. J'ai beau ne pas m'entendre avec mon père, je ne voudrais pas lui causer du tort en révélant son nom.

— Pourquoi ? À quoi rime cet interrogatoire, au nom des saints ?

Agrippé d'une main à l'accoudoir de mon fauteuil, l'homme-faé se penche en avant pour me faire face. Je retiens ma respiration et me recroqueville autant que possible.

— C'est moi qui pose les questions. Dites-moi son nom et ne vous avisez pas de mentir. Sinon, pour chaque fausseté que vous aurez prononcée, on vous arrachera un doigt à coups de dents.

— Très bien, finis-je par acquiescer, d'une voix plus aiguë que je l'aurais voulu. C'est… c'est Richard Bellefleur.

Mon ravisseur se redresse, claque des doigts, puis désigne son acolyte installé au bureau.

— Richard Bellefleur, répète-t-il, le ton ferme.

La créature faérique griffonne quelques mots. Il relève ensuite la tête vers son maître, qui poursuit sur le même ton retentissant :

— Je détiens votre fille… (Il se retourne vers moi et baisse la voix.) Votre nom, humaine. Comment vous appelez-vous ?

J'agite les lèvres silencieusement avant de parvenir à balbutier :

— Gemma Bellefleur.

Il reprend ce ton singulier, que je ne peux que décrire comme une « voix de méchant ». C'est une imitation presque parfaite de celle que j'imagine quand s'expriment les antagonistes de mes romans préférés.

— Je détiens votre fille, Gemma Bellefleur. Elle est saine et sauve… pour le moment. Insiste sur « pour le moment », d'accord ? précise-t-il à mi-voix en agitant la main à l'attention de son scribe.

Celui-ci dodeline du chef et continue d'écrire.

— Si vous voulez la récupérer, j'accepte… reprend le chef avant de s'interrompre à nouveau, les lèvres pincées.

Tout en se frottant la barbe d'une main, il m'interroge du regard.

— Quelle est la fortune de votre père ? questionne-t-il.

— Sa fortune ?

L'homme-faé hoche la tête d'un geste théâtral, les traits empreints d'exaspération.

— Son salaire annuel, humaine.

Je plisse les yeux et tente de comprendre le sens de cette mascarade.

— Avez-vous l'intention de… de lui réclamer une rançon ?

Mon interlocuteur fronce les sourcils.

— C'est ça, le terme ?

— Oui, il me semble, opine la femelle, révélant une rangée de dents aussi croches que pointues.

Un calme apaisant se mêle à la terreur qui m'habite. Si cette confirmation ne suffit pas à me rasséréner pour de bon, elle me fournit au moins un avantage. Je peux me débrouiller d'une demande de rançon – ce n'est qu'une affaire de chiffres, chose que je maîtrise bien. Prenant une grande inspiration, je m'efforce de me réfugier derrière mon personnage. Avoir les mains liées dans le dos me complique la tâche : je ne peux pas m'asseoir bien droite comme je le fais lorsque je feins une attitude pleine d'assurance. Je parviens au moins à contrôler l'expression de mon visage, à ralentir ma respiration et calmer les tremblements de ma voix.

— Je regrette de vous l'annoncer, mais nous n'avons pas d'argent. Ma famille est pauvre. Nous n'avons pas les moyens de vous payer une rançon. Vous feriez mieux de me laisser partir.

Le chef de la meute éclate d'un rire moqueur.

— Vous mentez. Il n'y a qu'à voir l'affreuse robe que vous portez.

Mes joues s'enflamment, mais je ravale mon indignation pour afficher une mine honteuse.

— C'est la plus belle que j'aie. Je… je l'ai mise exprès pour passer un entretien – un entretien d'embauche. Quand vous m'avez trouvée, je me rendais au 33 Whitespruce Lane…

Tout à coup, mon esprit tire une nouvelle conclusion et les mots meurent sur mes lèvres. Bon sang… Je ferme fort les yeux. Quand je les rouvre, c'est pour lancer à l'alpha un regard meurtrier.

— Laissez-moi deviner. Nous y sommes, n'est-ce pas ? (Le colosse affiche un sourire suffisant.) Vous vous êtes servis de cette annonce pour m'appâter ici ?

— Je préfère le terme « attirer ».

De rage, je me mets à haleter, mais je m'efforce d'adopter un ton calme.

— Je croyais que les faés ne pouvaient pas mentir.

À vrai dire, je tâte le terrain. Les légendes sont-elles fiables sur ce point ?

— Je n'ai pas menti.

La femme-faé dodeline de la tête, comme pour confirmer ses dires. J'arque un sourcil.

— Vous avez rédigé une annonce pour solliciter les services d'un intendant.

L'alpha hausse les épaules.

— Je n'en ai pas. Donc, techniquement, il m'en faut un. Les faés ne mentent peut-être pas, mais nous excellons en matière de subterfuge. Bien, assez discuté. Dites-moi quelle est la fortune de votre père.

Je cherche une solution qui me permettrait de retrouver ma liberté sans l'impliquer. Quelle que soit la somme attendue par mes ravisseurs, je ne suis pas sûre qu'il viendrait à mon secours. Il a peut-être retrouvé ses richesses, mais serait-il prêt à les dilapider pour me tirer de ce traquenard, dans lequel je suis tombée toute seule, au mépris de son autorité ? J'ignore combien de temps s'est écoulé depuis mon départ. Quoi qu'il en soit, Nina et Susan lui ont peut-être déjà dit où je me trouve et ce que j'ai fait. À l'heure qu'il est, il doit écumer de rage. S'il apprend qu'en plus d'être sortie en douce pour passer un entretien d'embauche, je me suis fait prendre en otage…

Je lève le menton.

— J'ai menti. Je suis riche. Mais ne prenez pas l'argent de mon père. À la place, je vous propose un pacte. Si vous me libérez, je vous offrirai le double de ce que vous comptez lui demander.

L'alpha pouffe d'un rire grave.

— Je ne veux pas d'argent.

Incrédule, je cligne plusieurs fois des yeux.

— Dans ce cas, qu'espérez-vous obtenir en me prenant en otage ?

Il serre les dents.

— La rançon n'est qu'une façade, sombre idiote. Quand votre père viendra remplir sa part du marché, il vous trouvera cernée par des brigands. (Les deux autres faés opinent du chef, l'air impatient.) Alors, en valeureux héros, je les affronterai et vous rendrai saine et sauve à votre famille.

Incrédule, j'observe la mine fière des êtres qui me font face.

— Pourquoi ?

— Il ne saura pas comment me remercier d'avoir sauvé à la fois sa fille et sa fortune. Il sera si reconnaissant envers moi qu'il acceptera de sacrifier ce qu'il a de plus précieux. De son plein gré, naturellement.

Voilà donc ce que signifie cette étrange charade qu'il a répétée plusieurs fois, avant ma capture. Pour une obscure raison, cette créature faérique cherche à obtenir le sacrifice consenti d'un être humain. Le plus invraisemblable, cependant, c'est qu'elle s'imagine que mon père acceptera de… de…

Je pars d'un grand rire.

— Vous croyez que mon père vous sera reconnaissant de m'avoir sauvée ? Moi ?

Le chef de la meute fait la moue.

— C'est le but de la phase deux, explique-t-il, presque penaud. Si la phase un ne suffit pas, nous prenons pour cible un des proches de notre prisonnier, quelqu'un qui l'aime terriblement.

Il me faut un certain temps pour contenir mes rires. Mon sérieux enfin retrouvé, c'est à peine si je parviens à articuler :

— Cette technique fonctionne peut-être d'habitude, mais vous n'obtiendrez rien de mon père comme ça, je vous le garantis.

— En fait, elle n'a encore jamais fonctionné, chuchote l'homme-faé au bureau en grattant sa barbe noire.

— Ce n'est pas une raison pour baisser les bras ! rétorque l'alpha, des éclairs dans les yeux. Notre plan tient la route.

Je secoue la tête et glousse de plus belle.

— Vous avez choisi la mauvaise fille, Monsieur l'homme-loup. Jamais mon père ne consentirait au moindre sacrifice pour moi.

Surtout s'il pense que je me suis empêtrée dans un nouveau scandale. Bien sûr, je garde cette précision pour moi. Sous sa barbe, l'homme-faé vire au rouge vif. Une grimace déforme ses lèvres.

— Dans ce cas, restez donc croupir ici à jamais !

Sur ces paroles, il quitte la pièce en clopinant sur son bâton. Derrière lui, ses deux acolytes me toisent avant d'éteindre la lumière pour me plonger dans le noir.

8

Maintenant que sont retombés l'adrénaline, la peur et même mon accès d'hilarité face au plan ridicule de mon ravisseur faérique, je ne ressens plus que la morsure du froid. Je suis transie jusqu'à la moelle, j'ai les jambes gelées là où ma robe et mes jupons se sont imbibés de neige fondue. Quelques mèches de cheveux humides se sont échappées de ma coiffure pour me coller aux joues. Je sens à peine mes pieds trempés dans mes bottes. Au fond, c'est sans doute pour le mieux, car je risque de souffrir le martyre une fois l'engourdissement passé.

Peu à peu, mes yeux s'accoutument à l'obscurité. Je tends le cou çà et là afin d'inspecter les lieux. La pièce compte deux grandes fenêtres dont les épais rideaux ne laissent entrer qu'une faible clarté. À l'extrémité de mon champ de vision, je devine un lit à baldaquin. Avec ses quatre colonnes de bois sculptées et son épaisse couverture de brocart, il devait être élégant, autrefois. Malgré la pénombre, je constate qu'il est affreusement poussiéreux.

D'un regard circulaire, je discerne le bureau, une cheminée, une armoire, un meuble de toilette et un coin salon, aussi délaissés les uns que les autres. C'est à se demander si cette meute de faés-loups s'est introduite par effraction dans une maison de vacances abandonnée pour y élire domicile et mettre au point leurs infâmes manigances. Je ne comprends toujours pas la raison qui les pousse à tenter de soutirer des sacrifices aux humains. Le font-ils pour le plaisir ? Est-ce la manière qu'ils ont trouvée de tuer l'ennui ? Ou existe-t-il une véritable raison ?

Sans parler de cet odieux mâle alpha ! Dans l'obscurité ambiante, je distingue encore son insupportable sourire en coin, la voix grinçante avec laquelle il a tenté de dicter la demande de rançon. Quelle bande d'idiots ! Enfin... Il faut sans doute être plus sotte encore pour tomber dans leur piège.

Le grincement de la porte me fait sursauter sur mon fauteuil. Le cœur battant, je me prépare à la prochaine confrontation. Découpée dans la lumière du couloir, une silhouette sombre se faufile dans la pièce. Je constate avec perplexité qu'elle est nettement plus petite que celles de tout à l'heure. L'intrus lève la main vers le mur et plusieurs orbes lumineux s'éclairent. Ils lévitent au-dessus d'appliques semblables à des lampes à huile. Comme à Vernon, je sais que l'électricité ne provient pas de l'huile, mais des courants énergétiques qui traversent le pays – de la magie faérique.

Un plateau entre les mains, mon visiteur ferme la porte et s'adosse contre le battant pour m'observer de ses yeux écarquillés. C'est un petit garçon qui ne doit pas avoir plus de huit ans. Vêtu comme les enfants des rues de Bretton, il porte un pantalon trop court retenu par des bretelles effilochées, des bottes usées et une chemise beige qui, à l'origine, devait être blanche. Ses cheveux trop longs sont surmontés d'une casquette grise d'où dépassent deux oreilles pointues.

Sur son plateau trônent un verre d'eau et un quignon de pain. Il n'y a pas assez longtemps que je suis prisonnière pour mourir de faim, mais la vue de l'eau me fait prendre conscience que j'ai la bouche affreusement sèche.

— C'est pour moi ? demandé-je, affublée d'un sourire que j'espère rassurant.

L'air sévère, il s'approche.

— N'essayez pas de vous échapper ou ma meute vous rattrapera dès que vous aurez atteint la porte. Si vous tentez quoi que ce soit sous ma surveillance, je vous arrache le bras avec les dents.

Mon sourire s'évanouit. Ce doit être l'un des louveteaux que j'ai rencontrés lors de la fausse attaque. Autrement dit, quel que soit son âge, ce petit garçon n'est pas inoffensif.

Le plateau posé à mes pieds, il contourne le fauteuil pour passer derrière moi. Je sens les cordes qui m'entravent les poignets se desserrer.

— N'oubliez pas que je mords, me prévient-il dans un grondement.

Malgré tout, je perçois dans sa voix un léger tremblement. On dirait qu'il… qu'il a peur de moi. Partiellement délivrée, je lève prudemment les bras pour poser les mains sur mes genoux. Je brûle de les secouer dans tous les sens, de m'étirer, mais l'attitude méfiante du garçon m'en dissuade. S'il prétend qu'il mord, je suis prête à le croire.

Soucieux de passer bien au large, il va ramasser le plateau pour me le tendre. Dès que je le lui prends des mains, il recule d'un bond en montrant les crocs.

L'espace de quelques secondes, je reste immobile, sans briser le contact visuel. Enfin, l'enfant se détend. D'une main prudente, je me saisis du verre afin de boire une bonne gorgée d'eau. À cet instant, elle me semble plus exquise encore que le plus délicieux des vins. Avec un soupir de satisfaction, je repose le verre sur le plateau et reporte mon attention sur le petit garçon. Lui ne m'étudie plus. Les yeux rivés sur le croûton de pain, il se lèche les babines. Son visage paraît plus rond, poupin, étonnamment vulnérable. Au fond, il n'est peut-être pas si farouche. Il se peut qu'il ait faim.

— Veux-tu partager mon repas ? proposé-je d'un ton égal.

Un regard noir remplace son expression avide.

— Non. Je déteste la nourriture humaine. Elle est sèche et insipide. Elle n'est pas digne des Unseelies.

Malgré son ton catégorique, ses paroles semblent machinales. Je lève le morceau de pain pour l'examiner.

— Tu as raison, il a l'air sec. Il tombe en miettes, d'ailleurs. Et ça, ajouté-je en approchant la tartine de mon nez pour la renifler. Est-ce que c'est du beurre ? Alors, là, je ne vais pas pouvoir l'avaler. C'est trop riche pour moi. Je ferais mieux de réduire cette tartine en miettes et de la jeter.

— Non ! s'exclame-t-il en s'avançant d'un pas, la main tendue, avant de se ressaisir. Je… je vais la rapporter aux cuisines.

Je réprime un sourire pour garder une expression innocente.

— Et si tu la mangeais à ma place ?

La mine piteuse, l'enfant scrute le quignon.

— Je n'ai pas le droit. Je suis censé vous regarder manger, renouer vos liens et rapporter le plateau à la cuisine. C'est tout.

— Prends-en au moins un bout.

Je romps la tranche en deux pour en humer la mie, encore chaude.

— Oh, ce que ça sent bon ! m'exclamé-je. Finalement, je me suis trompée. Ce pain n'est pas sec du tout. Il est moelleux et bien beurré, exactement comme je l'aime. Tiens.

Il ne considère qu'une seconde ma main tendue et le morceau de pain avant de me l'arracher pour y mordre à pleines dents. Pour ma part, je goûte timidement à ma moitié de tartine et constate avec surprise qu'elle a bon goût. En fin de compte, j'ai eu raison d'en faire l'éloge. Le garçon engloutit sa dernière bouchée.

— Alors ? demandé-je sur le ton de la conversation.

— Pas mal, marmonne-t-il.

— Tu l'as avalé très vite. Tu es bien nourri ?

Il me lance un regard mauvais.

— Oui. J'aime bien le pain… c'est tout.

— Je croyais que la nourriture humaine était dégoûtante.

— Elle est sèche et insipide, s'empresse-t-il de confirmer. Les loups sont censés ne manger que de la viande fraîchement chassée.

— Succulent…

— Ça l'est. (L'expression de l'enfant vacille et son regard noir se radoucit.) Quand je suis un loup, en tout cas.

Je penche la tête sur le côté.

— Quand tu es un loup ?

— Ma forme unseelie. Sous ma forme seelie, eh bien… Je préfère le pain.

Unseelie, seelie… Je tente de déchiffrer le sens de ces termes d'après ce que j'ai entendu dire sur les faés. Si ce qu'on m'a appris concernant leurs préférences est vrai, je suppose que le loup est l'apparence unseelie de ce garçon et son corps humanoïde, sa forme seelie. Jusqu'à présent, je croyais que les êtres faériques étaient soit l'un, soit l'autre ; je ne les pensais pas capables de se métamorphoser à loisir. Cette aptitude surpasse de loin les glamours dont j'ai eu vent. Comment se fait-il que la brochure que j'ai lue lorsqu'on nous a accordé la citoyenneté faérique ne mentionnait rien à ce sujet ?

Bien décidée à finir mon repas le plus lentement possible, je prends une petite gorgée d'eau. Cette conversation m'a déjà appris quelque chose. Je pourrais en découvrir davantage en continuant d'interroger cet enfant.

— Comment t'appelles-tu ?

Il lève le menton d'un air de défi.

— On n'a pas de nom.

— Pourquoi ? m'étonné-je.

Sa lèvre tremble un instant.

— On ne s'en souvient pas. Sa Majesté m'appelle le Bagarreur.

Il prononce le dernier mot d'une si petite voix que je l'entends à peine. Cependant, c'est le terme « Sa Majesté » qui retient mon attention.

— Qui est ce souverain dont tu parles ?

— Le roi, répond le petit garçon, comme si ça tombait sous le sens.

— Et… qui est-ce ?

Il fait les yeux ronds.

— Vous lui avez parlé. C'est le roi unseelie de la cour de l'Hiver.

Je me fige, un morceau de pain suspendu à quelques centimètres de la bouche. Mon interlocuteur semble tout à fait sérieux. Pourtant, il s'agit à coup sûr d'une nouvelle farce concoctée par cette troupe de saltimbanques faériques.

— Laisse-moi deviner… Le loup blanc à trois pattes ? Le mâle alpha qui marche avec une béquille ? (Le garçon dodeline du chef.) Mais ce n'est pas vraiment le roi, si ?

— Si, c'est bien lui, affirme-t-il, avant de croiser les bras, une moue boudeuse aux lèvres. Je ne peux pas mentir, Madame.

Je pâlis. Le temps d'analyser cette révélation, je m'absorbe dans la contemplation de mon morceau de pain. Admettons que les faés soient incapables de mentir… Que se passe-t-il lorsqu'elles sont convaincues d'une fausse information ? Ce rustre ne peut tout de même pas être le roi… Mon nouveau roi ! Je passe en revue tout ce que j'ai pu entendre sur les différentes familles royales de la Faérie, notamment celles de la cour de l'Hiver. Je sais que chaque cour est gouvernée par deux représentants royaux, un roi ou une reine seelie et un unseelie, auxquels doivent allégeance les êtres humains et faériques de la cour en question. Ils peuvent être sollicités tous les deux mais, d'après ce que j'ai compris, la plupart de mes congénères préfèrent avoir affaire au souverain seelie ou au représentant humain de sa cour. Certes, la population humaine ne côtoie presque jamais le roi unseelie. Mais les habitants de Vernon doivent tout de même savoir qu'il vit tout près, non ? Sa nature de loup et son allure de fou furieux tout droit sorti des montagnes n'ont pas pu leur échapper non plus ! Comment se fait-il que je n'aie jamais entendu son nom ? Il a forcément été mentionné…

Je fouille ma mémoire, mais en vain. Je repense alors à ma discussion de la veille avec Imogen. Lorsqu'elle a abordé le sujet du mystérieux roi unseelie, elle s'est interrompue subitement et m'a semblé perdue. Sur le moment, j'en ai fait peu de cas. Après réflexion… que se passe-t-il dans ce pays de fous ?

Je mastique mon pain avant de me rincer le gosier avec une gorge d'eau.

— Tu dis que vous avez oublié vos noms… J'en conclus que le roi non plus ne se souvient pas du sien ? (Le petit garçon confirme d'un signe de tête.) Dans ce cas, comment pouvez-vous être sûrs que c'est bien lui le roi ?

Le garçon hausse les épaules.

— On le sait, c'est tout. Il l'est depuis toujours. Voire plus longtemps.

Je l'étudie, soupçonneuse.

— Donc tu te souviens qu'il est le roi, mais pas de son nom ? Comment est-ce possible ?

Nouveau haussement d'épaules.

— C'est le sortilège. Les sortilèges, ça fait toutes sortes de trucs idiots.

Je relève la tête.

— Une seconde. Le sortilège ?

— Oui, répond l'enfant, les yeux rivés sur le dernier bout de pain. Alors, vous ne finissez pas ?

Je suis tentée de continuer de manger pour le contraindre à s'attarder et poursuivre notre conversation, mais il me reste encore de l'eau.

— Non, tu peux le prendre.

Il s'empare du restant de pain et l'avale en une bouchée. Je me penche en avant.

— J'ai quelques questions sur ce fameux sortilège.

— Je ne suis pas censé en parler, répond mon interlocuteur, la bouche pleine.

— Il doit aussi avoir un effet sur toi.

— Oui.

— Et qu'est-ce qu'il te fait exactement ?

Il pousse un grognement.

— C'est vraiment trop nul.

Je bats des paupières.

— Explique-moi quand même.

— Bon, d'accord.

Le petit garçon se laisse tomber à genoux sur le sol. Mais à peine a-t-il le temps d'ouvrir la bouche que quelqu'un frappe à la porte. Ni une ni deux, il se relève et m'arrache le plateau, qu'il manque de jeter par terre dans sa hâte. Il passe alors derrière mon fauteuil pour me rattacher. Par chance, il ne serre pas autant mes liens que la personne qui m'avait ligotée à l'origine. Son œuvre achevée, il récupère le plateau et s'élance vers la porte.

— Faut que j'y aille, au revoir !

— Attends !

Les doigts sur la poignée, il marque une pause et me jette un regard méfiant. Maintenant qu'il m'accorde son attention, je ne sais plus quoi dire. Je sens que ce petit garçon pourrait devenir mon allié – et, vu la situation dans laquelle je me trouve, j'ai grand besoin de quelqu'un sur qui compter. Je lui adresse un sourire chaleureux.

— Tu veux bien m'apporter un plus gros morceau de pain, la prochaine fois ? Ça nous en fera plus à partager. (L'air ravi, il opine du chef.) Au fait, si tu n'aimes pas le nom que te donne le roi… Le Bagarreur, c'est bien ça ? (Il prend un air bougon.) Oui… Je pourrais t'appeler autrement, si tu veux. Que dirais-tu de… Micah ?

L'espace d'une seconde, un sourire radieux illumine son visage, mais il s'empresse de reprendre une expression nonchalante.

— Ce n'est pas mal… pour un nom d'humain.

— Alors, va pour Micah. Moi, c'est Gemma.

De nouveaux coups retentissent, plus vigoureux. Le garçon se rue hors de la pièce. Cette fois, on m'enferme sans éteindre la lumière.

Seule, je me repasse notre échange et m'efforce d'y voir plus clair. Le petit garçon – Micah, comme je l'ai baptisé – m'a donné du grain à moudre. Mais il a aussi éveillé en moi une multitude d'interrogations. Si l'occasion de lui parler se présente encore, je parviendrai sûrement à glaner une information qui me permettra de m'enfuir. Avant toute chose, il me faut en apprendre davantage sur ce prétendu sortilège et sur le chef de cette meute, qui s'autoproclame roi. Ce sont deux facteurs qui compliquent foncièrement ma situation, mais je n'ai pas d'autre option que de les comprendre si j'espère m'en sortir. Car je vais m'en sortir, j'en suis convaincue. Si j'ai réussi à sauver ma famille de la misère à l'aide de simples calculs et d'un plan bien pensé, je devrais pouvoir échapper à… à ce curieux bourbier.

Pour commencer, il est temps de me libérer de ces satanées cordes.

9

Ma conversation avec Micah m'a permis de me changer les idées. L'incertitude et la peur planent toujours sur moi. Mais, au moins, ce garçon m'a montré qu'il est possible de raisonner les faés. Celles qui ont faim et qui aiment le pain, du moins. C'est le signe qu'il y a de l'espoir avec les autres, non ?

Déterminée, je tortille mes poignets entre les liens desserrés en agitant les épaules. Peu à peu, les cordes se défont. Maintenant que je peux me dégourdir les bras et me masser les poignets, je m'occupe des entraves nouées à mes chevilles. Lorsqu'elles sont libérées à leur tour, je me lève, chancelante. Le moindre de mes mouvements fait protester mes muscles, j'ai de douloureux pincements dans les orteils et, à chacun de mes pas, mes pieds font un bruit de succion dans mes chaussures.

Non sans un gémissement, je me rassieds pour délacer mes bottes, avant d'ôter mes bas trempés. Au contact de ma jupe humide, je frissonne. Je ne vois aucun signe de mon manteau dans la pièce. Je me souviens alors l'avoir retiré pour étancher la fausse plaie du loup blanc.

Si l'intention de cette bande de loups faériques est de me tuer, ils obtiendront bientôt le résultat escompté. Sans feu ni vêtements secs, je risque fort de succomber à l'hypothermie. À cette pensée, mon rythme cardiaque s'affole.

Pieds nus, je traverse la pièce pour fouiller l'armoire. J'ai peu d'espoir d'y trouver quoi que ce soit d'utile. Je suis donc agréablement surprise d'y découvrir une cape de laine grise et trois robes. Excepté leur légère odeur de renfermé, les habits semblent en bon état. La cape est longue, épaisse – elle me supplie presque de l'enfiler. Après l'avoir ôtée du cintre, je porte mon attention sur les robes. J'effleure l'étoffe de la première. Elle est d'une douceur étonnante. Peut-être est-ce le froid qui me donne l'impression que tout est somptueux… car je n'en reviens pas de la soie de ce tissu. La coupe du vêtement sort de l'ordinaire, elle aussi, avec son jupon fluide à plusieurs couches de volants et ses longues manches évasées aux poignets. Le corsage, ample et décolleté à la poitrine comme dans le dos, ne semble pas conçu pour être porté avec un corset. En dépit de l'étrange élégance de sa forme, la robe, d'une couleur vert sapin, est dépourvue de dentelle ou de volants, ce qui lui donne l'air destiné à un usage quotidien.

Il me suffit d'un coup d'œil aux deux autres toilettes pour remarquer qu'elles sont semblables à la première, mais dans d'autres coloris de vert. Sans hésitation, je me saisis de la plus foncée et je me débarrasse de mes vêtements humides aussi vite que possible. Au contact de l'air froid de la pièce, ma peau nue se couvre de chair de poule, mais le soulagement me gagne sitôt la nouvelle robe enfilée. Par chance, je n'ai pas besoin d'aide pour finir de m'habiller, comme avec mes robes habituelles. Je parviens à atteindre sans peine les agrafes qui se trouvent au niveau de mes reins. En dépit de la coupe ample du vêtement, je suis un peu à l'étroit. Mais dans la chaleur de la soie qui m'enveloppe comme une couverture, ça m'est bien égal. Vient ensuite la cape, que j'attache sur mes épaules à l'aide d'un fermoir doré en forme de feuille.

Entièrement vêtue, je ferme les yeux et pousse un soupir. Au moins, je peux cesser de craindre l'hypothermie. J'ignore encore comment réagiront les loups quand ils s'apercevront que j'ai fouillé l'armoire et pris des libertés, mais ce n'est pas ce qui me préoccupe le plus. Pour l'heure, je dois faire le bilan de mes atouts.

J'ai une chambre et des vêtements secs, pensé-je en arpentant la pièce. *On m'a offert à boire et à manger et je suis en train de me faire un allié de Micah. Si mes ravisseurs me nourrissent, ils n'ont sans doute pas l'intention de me tuer... pour le moment.*

Parvenue au bureau, je fouille les tiroirs dans l'espoir d'y dénicher une arme de fortune – un coupe-papier ferait l'affaire. Sans succès. Je ne trouve que du papier. Ils n'ont même pas laissé leur porte-plume.

Je délaisse le bureau pour examiner la cheminée, qui est vide et ne dispose de rien qui permette d'y allumer un feu. J'inspecte ensuite le lit, veillant à regarder dessous, puis derrière les oreillers. Malgré moi, je me remémore les histoires dans lesquelles l'héroïne s'échappe par une fenêtre en nouant ensemble une série de draps. Étant donné la longueur et l'épaisseur de la parure, de l'édredon tapissé de brocart et de la couverture de laine, il faudrait que ma chute soit courte pour que j'aie la moindre chance de m'en sortir.

Cette pensée me mène ensuite aux deux fenêtres. J'en tire les rideaux afin de contempler la vue par la seconde. Au premier coup d'œil, j'abandonne toute idée d'évasion : la distance qui me sépare du sol est en effet terrifiante. Je dois me trouver au troisième étage. Il n'y a ni rebords ni arbres auxquels grimper et j'atterrirais droit sur la pierre dure, saupoudrée de neige, qui compose une allée de jardin.

Mon cœur se serre. Il semble que je doive faire une croix sur mon escapade digne d'un conte de faés. Je considère alors la luminosité et tente de déduire l'heure qu'il peut être. J'ai quitté la maison peu après neuf heures du matin. Depuis, le ciel couvert ne semble pas s'être assombri. N'ayant aucun talent en matière d'orientation, je suppose que midi approche. Cette idée me rassure un peu. S'il est tôt, mon père et Nina ne sont sans doute pas encore rentrés. Il me reste une chance de m'échapper avant qu'ils ne s'aperçoivent que quelque chose cloche, que mon père découvre mon erreur et me coupe les vivres pour de bon… qu'il décide de me marier pour se débarrasser de moi… que tous mes espoirs de trouver un emploi et de m'émanciper s'envolent à jamais…

Je chasse ces angoisses de mon esprit. J'ai d'autres problèmes plus urgents. Sur le point de me détourner de la fenêtre, je remarque le paysage qui s'étend au loin. Sous le ciel nuageux se dresse une chaîne de montagnes couleur émeraude parsemée de neige immaculée. Plus près, je distingue la cime de grands arbres élégants. Sur le chemin, je ne m'étais pas rendu compte que Whitespruce Lane m'avait conduite à de telles hauteurs. Je ne prétends pas avoir gravi un sommet, mais j'ai tout de même parcouru bien plus de distance et grimpé plus haut que je ne le pensais. Ma prison m'offre une vue splendide sur les montagnes qui, depuis la ville de Vernon, ne semblent guère plus qu'une vulgaire toile de fond. D'ici, au contraire, elles forment un chef-d'œuvre panoramique.

Je retrouve le sentiment de sérénité que j'ai éprouvé en pénétrant dans le calme de la forêt, ce matin. D'ordinaire, lorsque je regarde par la fenêtre et imagine le murmure constant des conversations dans les rues de Vernon, je sens mes entrailles se nouer, mon cœur s'accélérer et la bile me monter à la gorge. Ici… je ne ressens rien de tout cela. Il n'y a ni commérages, ni carrosses, ni voitures. Rien que le silence absolu, le calme de ces bois indomptés. *Et dangereux*, me rappelé-je en coupant court à ces réflexions.

Je reprends mon inspection des alentours en étudiant le jardin, dans lequel je suis surprise d'apercevoir du mouvement. Je plisse les yeux, mais la vitre couverte de givre m'empêche d'y voir plus clair. J'abandonne cette fenêtre pour me poster devant l'autre, qui m'offre une vue plus nette. Au fond du parc, au milieu d'une petite cour cernée par d'immenses ronces, se tient une silhouette. Non loin de là, une tache rouge laisse entrevoir une rose cachée sous la neige. L'inconnu s'assied sur un banc de pierre. Je ne pourrais pas l'affirmer, mais ses épaules larges et le brun mordoré de ses cheveux me poussent à croire qu'il s'agit de l'alpha – le prétendu roi. Qui que soit cet homme, il est recroquevillé sur lui-même, la tête basse, les coudes appuyés sur les cuisses. Serait-ce… serait-ce de l'abattement que je vois dans sa posture ? Les yeux plissés, je l'observe plus attentivement…

Tout à coup, il se tourne vers moi. À la hâte, je m'écarte de la fenêtre pour me cacher derrière le mur. Mon souffle s'accélère, les battements de mon cœur s'emballent. Ce n'est tout de même pas moi qu'il regardait, si ? Je reste tétanisée un moment. Les yeux fermés, je m'efforce de calmer ma respiration, avant de reprendre prudemment mon poste devant la fenêtre, veillant à rester en grande partie cachée. Quand je reporte le regard sur la cour, elle est déserte. Je pousse un soupir, mais mon soulagement est de courte durée. L'absence de l'alpha m'inquiète davantage que sa présence, car elle suppose qu'il m'a bel et bien vue et qu'il vient me rattacher au fauteuil. Ou pire.

Je me mordille la lèvre et fouille la pièce du regard. Aucune échappatoire. Pas d'armes. J'envisage de renouer mes liens pour faire semblant de ne jamais m'être libérée, mais mon changement de robe me trahira. Et il n'est pas question que je renfile mes vêtements humides.

Sans surprise, des pas retentissent dans le couloir. Mon cœur bat à tout rompre. Au pied du mur, je compte jusqu'à cinq pour rassembler mon courage.

Un.

J'inspire profondément et bombe le torse.

Deux.

À grandes enjambées, je vais me planter au centre de la pièce, les bras croisés.

Trois.

Je lève le menton et étire les lèvres en un sourire hautain.

Quatre.

La poignée tourne. Les yeux plissés, je me cache derrière mon masque.

Cinq.

L'alpha entre en trombe, martelant le sol de son pied comme de son bâton. Sur ses talons se trouvent les deux faés de tout à l'heure – le mâle aux cheveux noirs et la femelle âgée. Je m'avance pour rejoindre le chef à mi-chemin.

— Vous êtes culotté de m'enfermer ici sans feu. J'exige que vous y remédiiez immédiatement.

Il se fige et recule d'un pas, manquant de trébucher. Il me considère de la tête aux pieds.

— Vous osez me donner des ordres ?

— Si vous avez l'intention de me retenir en otage, vous feriez peut-être mieux de tenir parole.

Sidéré, il cligne plusieurs fois des yeux.

— Pardon ?

— Dans la lettre que vous avez écrite à mon père, vous avez affirmé que j'étais saine et sauve. Mais c'est un mensonge. On m'a abandonnée dans une chambre glaciale, sans feu, avec des vêtements trempés sur le dos. Si les faés ne peuvent pas mentir, que faites-vous de cette promesse ?

Il porte une main à sa poitrine et une grimace déforme peu à peu ses traits.

— Vous allez très bien, affirme-t-il entre ses dents serrées. Vous avez trouvé des vêtements secs.

Je balance la hanche de côté.

— Ce n'est pas grâce à vous. J'ai dû me libérer pour mettre la main dessus.

Les yeux fermés, il semble submergé par une douleur insoutenable. Le voyant souffrir ainsi, une main serrée sur le cœur, je sens mon assurance s'émousser. Serait-ce ce qui arrive lorsque les faés mentent ? Elles sont punies par des douleurs physiques ? Mais qui leur inflige ce châtiment ? Une force mystérieuse ou… ou elles-mêmes ?

— Je n'ai pas envoyé la lettre, dit-il à toute allure. Je n'ai menti à personne. Personne !

Son expression commence à se détendre, sa respiration saccadée ralentit. Il rouvre les yeux pour me jeter un regard mauvais.

— Vous êtes saine et sauve, soutient-il dans un grondement.

— Tant que je ne disposerai pas d'un feu digne de ce nom, j'ai bien peur de ne pas pouvoir vous donner raison. Je risque l'hypothermie.

— Barbe Noire ! lance-t-il. (L'homme-faé s'avance.) As-tu toujours la lettre ?

L'interpellé – dont le nom manque cruellement d'originalité à mon goût – tire de la poche de son pantalon une feuille de papier.

— Déchire-la, ordonne son maître.

L'homme de main s'exécute. Il déchire la lettre en deux, en quatre, puis en huit. Au fur et à mesure, le chef de la meute semble se détendre. Pour ma part, je n'en mène pas large. Je sens mon masque glisser, menacer de révéler la jeune fille effrayée qu'il dissimule. Une fois la lettre réduite en confettis sur le sol, l'alpha affiche un sourire suffisant.

Il franchit les quelques pas qui nous séparent. La tête haute, je ravale ma peur. À ma grande surprise, il me faut lever le menton pour soutenir son regard. Pourtant, j'ai l'habitude d'être aussi grande que la plupart des hommes, sinon plus. C'est pour le moins déroutant.

— Étiez-vous sérieuse au sujet de votre père ? Pensez-vous vraiment qu'il ne croira pas à ma ruse ?

— Si vous espérez le pousser à sacrifier quoi que ce soit pour vous remercier de m'avoir sauvée moi, vous rêvez. En fait, je doute même qu'il soit capable de faire un jour le moindre sacrifice.

Même si je ne suis pas sûre du bien-fondé de cette dernière affirmation, la certitude dans ma voix ne laisse rien paraître. Mon ravisseur pousse un soupir.

— Dommage. Vous ne m'êtes d'aucune utilité, dans ce cas.

Je blêmis.

— Non, je…

Il plonge dans mes yeux son regard incendiaire.

— Tuez-la.

10

Les deux faés se précipitent sur moi. Sans me laisser le temps de réagir, elles m'immobilisent les bras derrière le dos. Je me retiens de crier et me débats comme un diable, mais elles sont trop fortes, même la femelle âgée. Mon assurance feinte envolée, la peur se lit clairement sur ma figure.

— Lâchez-moi !

Planté face à moi, le chef de la meute se contente d'afficher son sourire en coin. Il semble s'amuser de ma détresse. Derrière lui, dans le couloir, des ombres s'agitent et des visages curieux jettent des regards à l'intérieur de la pièce. J'aperçois Micah cramponné à l'encadrement de la porte, les yeux écarquillés.

— Que voulez-vous qu'on fasse d'elle ? questionne la femme aux cheveux gris, à côté de moi.

L'alpha me quitte des yeux pour s'adresser au groupe de sauvageons rassemblé à la porte.

— Voyons voir… Est-ce que vous avez faim ?

— Je ne serais pas contre un en-cas, répond Barbe Noire.

Ses congénères lancent des hourras approbateurs.

— Non ! m'écrié-je. Ne faites pas ça, pitié.

Sans me prêter la moindre attention, mes deux geôliers me poussent vers la foule qui se faufile peu à peu dans la pièce. Seul Micah reste en retrait, toujours agrippé au chambranle, blême. Les faés affamées me jettent des regards avides. Elles prennent des paris sur la manière dont mes os vont se fracturer, sur la chaleur de ma chair.

Ma tête se met à tourner, mes membres s'engourdissent. Amplifiées dans mon esprit, les messes basses et plaisanteries licencieuses me rappellent un autre incident, survenu il n'y a pas si longtemps. Ce jour-là, ce n'est pas une horde de faés malintentionnées qui m'a encerclée, mais mes amies. Des amies qui, du jour au lendemain, m'ont acculée pour me cracher leur venin au visage et me lancer des insultes comme autant de poignards.

La vision obscurcie, le front luisant de sueur, je perds à la fois le fil de mes souvenirs et de la réalité. Peu à peu, les faés se rapprochent. Chacun de mes muscles se met alors à convulser. Sans la poigne de mes deux ravisseuses, je m'effondrerais sur-le-champ.

— Non, ne la mangeons pas ! lance une petite voix tremblante, qui me ramène dans le présent.

J'en cherche la source : c'est Micah. Il se faufile entre deux adultes pour regarder son maître, toujours planté devant moi.

— Ce n'est pas la peine, insiste-t-il. Nos réserves sont pleines. On a chassé hier !

Sans l'écouter, l'alpha le repousse doucement. La silhouette menue du garçon se retrouve engloutie par celles des faés, plus robustes. Son intervention a eu l'avantage de me tirer de ma stupeur. Je parviens à retrouver ma voix, ma force.

— Laissez-moi la vie sauve, je vous en prie ! Je peux vous être utile. Passons un marché.

Les faés continuent de ricaner, de pourlécher leurs lèvres avides, mais le chef de la meute se fait de marbre. D'une main levée, il réduit l'assemblée au silence.

— Je pourrais me montrer clément.

Je m'efforce de me redresser, mais l'angle de mes bras, tordus dans mon dos, m'en empêche.

— Les créatures faériques n'ont pas le droit de s'en prendre aux humains.

Il me toise de toute sa hauteur.

— Je suis le roi unseelie de l'Hiver. C'est moi qui fais respecter les lois. Et il me semble que vous êtes entrée par effraction sur une propriété privée. On pourrait même supposer qu'on vous a envoyée vous infiltrer chez moi dans le but de me nuire.

L'entendre affirmer lui-même qu'il est bel et bien le roi me glace jusqu'à la moelle. Si les faés ne peuvent pas mentir, soit il dit vrai, soit cette meute de créatures sauvages délire complètement. Quoi qu'il en soit, ce prétendu roi se croit en droit de disposer de moi à sa guise. Autrement dit, rien ne l'arrêtera, pas même la peur de la justice. Mais je lui ai déjà découvert une faiblesse.

— C'est faux ! C'est un mensonge et vous le savez.

Je m'attends à le voir grimacer, se tordre de douleur face à cette accusation, mais il ne cille pas.

— Détrompez-vous, dit-il de sa voix grave et râpeuse. Ce n'est qu'une question de point de vue. N'allez donc pas croire que ma miséricorde vous est due. Si je vous l'accorde, c'est de mon plein gré. Compris ?

Autour de nous, les faés pouffent de rire. À contrecœur, je hoche la tête.

— Bien, reprend-il. Dans ce cas, vous devriez comprendre que si j'accepte de vous délivrer pour vous permettre de rentrer chez vous indemne, vous me serez redevable.

J'ai la gorge nouée, le souffle court.

— Laissez-moi partir, je vous en supplie. Je ne dirai à personne ce qui s'est passé.

— Bien sûr… C'est la liberté que vous voulez, n'est-ce pas ? Dites-moi à quel point vous désirez que je vous la rende.

— J'aimerais beaucoup que vous me rendiez ma liberté, dis-je d'un ton sec, plein d'amertume.

— Si j'ordonne à ma meute de vous relâcher sur-le-champ et de vous laisser partir saine et sauve, me seriez-vous très reconnaissante ?

— Oui, éternellement.

Un sourire en coin aux lèvres, il s'avance d'un pas.

— Au point de prendre conscience que vous me devez la vie ?

La rage et la terreur s'évanouissent, remplacées par des soupçons glaçants. Le roi, lui, se fait songeur.

— En fait, poursuit-il, vous pourriez même éprouver l'envie soudaine de marchander quelque chose pour me prouver l'ardeur de votre gratitude. Comme… votre bien le plus cher.

Les yeux écarquillés, je vois plusieurs de ses acolytes se retenir d'éclater de rire. D'autres observent la scène en silence, impatients. Lorsque je reporte le regard sur le monarque, une colère bouillonnante me saisit de nouveau. De toutes mes forces, je me rue en avant, prenant de court les gardes qui m'immobilisent. Ayant relâché leur prise durant la tirade du roi, ils vacillent en arrière, ce qui me permet de libérer mes bras. Je profite de mon élan pour planter mes paumes dans la poitrine de l'alpha.

— Espèce de sale… Vous m'avez encore roulée !

Mon attaque n'a que peu d'effet sur mon ravisseur. Malgré sa posture précaire, en équilibre sur son unique jambe valide et sa béquille, il amortit le coup sans ciller. Il se rembrunit. Ses deux sbires me rattrapent.

— Rattachez-la et laissez-la dans le noir, grogne-t-il. Nous allons rédiger une nouvelle demande de rançon, qui ne stipule pas qu'elle est indemne, cette fois. Et si son père refuse d'obtempérer, on trouvera une solution. Un autre membre de sa famille, peut-être, ajoute-t-il en me coulant un regard triomphant.

Je songe aussitôt à Nina.

— Laissez ma famille en dehors de ça !

Une à une, les créatures faériques s'éclipsent. Mes deux escortes, elles, me traînent vers la chaise. Quant au roi, il tourne les talons pour regagner la porte en claudiquant.

— Attendez ! lancé-je dans l'espoir de le retenir avant qu'il ne franchisse le seuil. On peut trouver un accord !

Sans relever, il disparaît dans le couloir. Ses sous-fifres me font asseoir de force sur le fauteuil et m'y maintiennent le temps de ramasser mes liens. Résolue, j'inspire profondément avant de crier :

— Parlez-moi du sortilège !

Les deux faés se figent et le bruit de pas s'interrompt. L'espace d'un instant, le temps semble suspendu. Puis le maître des lieux revient d'un pas raide, martelant le dallage de son bâton. Une grimace mauvaise déforme ses lèvres.

— Qui vous en a parlé ?

J'entends un hoquet. Dans l'entrebâillement, Micah secoue vigoureusement la tête. Je braque le regard sur le roi.

— Une malédiction plane sur cet endroit, c'est évident. Sinon, à quoi bon me manipuler de la sorte ? Chercher toutes les manières possibles de me duper jusqu'à ce que je me résigne à commettre un sacrifice ridicule ?

— Un sacrifice ridicule ? s'indigne-t-il dans un souffle, d'une voix si grave qu'elle résonne dans mes os. Il pourrait me coûter la vie !

— Dans ce cas, vous vous y prenez mal. Vous n'obtiendrez rien avec vos prises d'otage, vos fausses attaques et vos mensonges.

— Vous ne savez pas de quoi vous parlez.

— Expliquez-moi, alors. Au lieu de m'utiliser comme appât, faites de moi votre alliée.

Je dissimule la vérité derrière un masque de neutralité. En réalité, je n'ai aucune intention de m'associer à cette faé-loup. Mais il me faut des informations, des chiffres, de quoi trouver la faiblesse qui me permettra de la vaincre.

Nous nous toisons un long moment. Les yeux plissés, le monarque me transperce de son regard couleur grenat. Il n'a pas l'éclat rubis de ses prunelles de loup, mais son expression n'en est pas moins carnassière.

— Dehors, ordonne-t-il enfin, la voix basse. Tout le monde dehors ! s'emporte-t-il dans un rugissement.

— Même nous… commence Barbe Noire.

— J'ai dit dehors !

L'homme-faé et son acolyte me lâchent pour quitter la pièce à la hâte. J'avise une dernière fois le regard affolé de Micah. Un instant plus tard, Barbe Noire ferme la porte et me laisse, seule et tremblante, en tête à tête avec le roi.

11

Il s'abat sur la pièce un silence si cotonneux que je sens mon cœur me marteler les côtes. Ce n'est pas la sérénité des montagnes et de la forêt, mais le calme étrange qui précède la tempête.

Les yeux rivés sur moi, le maître des lieux fait un pas de plus, puis un autre. Le torse bombé, je me lève du fauteuil. L'instinct me hurle de prendre la fuite, de me cacher, mais je refuse de céder. Si mon heure est venue, je partirai la tête haute. Je compte jusqu'à cinq dans l'espoir de calmer ma respiration, serre les poings afin d'empêcher mes bras de trembler. Puis, de ma voix la plus ferme, je brise le silence.

— Êtes-vous vraiment le roi unseelie de l'Hiver ?

Un rictus mauvais aux lèvres, il ignore ma question. Pour autant, son expression vacille. Les épaules tombantes, il baisse les yeux. Puis, à pas lents, il franchit la distance qui nous sépare. Malgré les battements effrénés de mon cœur, je tiens bon. Mais il agite la main.

— Écartez-vous.

Je m'efface et il s'assied à ma place dans le fauteuil. Avachi sur le côté, il s'appuie sur son coude, le menton sur le poing. De l'autre bras, il tient son bâton.

— Ainsi, vous souhaitez devenir mon alliée, dit-il d'un ton froid.

Non, me dis-je. *Je veux évaluer vos faiblesses. Frapper là où ça fait mal.* À voix haute, néanmoins, je glisse avec aisance :

— Je crois qu'ensemble, nous pourrions trouver une solution.

— Très bien, acquiesce-t-il avec un geste dédaigneux de la main. Expliquez-moi ce que vous avez en tête.

D'un pas mesuré, je prends un peu de distance avant de me tourner vers lui.

— Avant, j'aimerais que vous répondiez à mes questions. Êtes-vous vraiment le roi ?

— Oui, grommelle-t-il, agacé.

C'est la deuxième fois qu'il l'affirme. Puis-je me fier à lui, ou n'est-il qu'un fou qui s'imagine de sang royal ?

— Dans ce cas, où sont vos richesses ? Le luxe dans lequel vous devriez vivre ?

Le monarque hausse un sourcil, comme s'il ne comprenait pas ma perplexité.

— Je suis riche.

— Alors, pourquoi n'êtes-vous pas vêtu comme un roi ? Où est votre couronne ?

Il étouffe un rire moqueur.

— Ce ne sont que des… quel est le terme humain, déjà ? Des fanfreluches. À quoi bon m'en affubler ?

Je décide de ne pas insister.

— Ainsi, cet endroit est votre palais, ajouté-je en tendant les bras pour désigner la pièce.

— C'est là que je vis.

Dans un tableau imaginaire, j'établis la liste de ses atouts. Il se prétend fortuné, propriétaire d'un manoir décrépit. À présent, quels sont ses défauts ? Ses faiblesses ? Il ne peut pas mentir. Malheureusement, cet élément ne me suffit pas pour le déstabiliser. Je dois poursuivre mes recherches, continuer à lui faire croire à notre alliance.

— Je n'ai encore jamais entendu votre nom, confié-je, ne laissant paraître que ma curiosité. Ni ici ni à Vernon. C'est vrai que vous ne le connaissez pas ?

— Je l'ai oublié, comme tous ceux qui daignent penser à moi. Ça fait partie du maléfice : il efface peu à peu mes souvenirs et ceux des faés qui vivent sous mon toit. Nos noms sont la première chose qu'on ait oubliée.

Voilà qui est intéressant…

— Pourquoi êtes-vous maudit ?

Indigné, il croise mon regard un instant.

— J'ai tué un être humain, admet-il, une grimace aux lèvres, avant de se laisser glisser davantage sur son fauteuil. Plusieurs, même.

Quand j'entends cet aveu, ma gorge s'assèche.

— Pourquoi ?

Son expression s'assombrit.

— Ils ont chassé et tué un de mes frères. Alors, pour me venger, j'ai décimé tout leur groupe. Je… je ne savais pas que le loup avait été abattu sur un terrain de chasse approuvé. Ma vengeance était donc contraire à la loi, surtout sans l'accord du conseil Alpha.

J'opine du chef. Pourtant, j'ai du mal à le suivre. De ce que je sais, le conseil Alpha est la plus haute institution de la Faérie. Constitué de tous les rois et reines de l'île, il œuvre main dans la main avec les représentants humains des différentes cours. J'ignorais en revanche qu'il existait des terrains de chasse approuvés ou non. C'est logique, au fond. Ce découpage permet de rendre certaines zones sans danger pour les faés et d'en ouvrir d'autres aux humains afin qu'ils continuent de chasser à des fins sportives, commerciales ou de survie.

— Personne ne vous a dit où le loup avait été tué ?

— Si, je le savais. Simplement… je ne m'étais pas rendu compte de ce qu'était ce terrain.

— Il ne se trouvait pas dans votre cour ?

— Si.

J'arque un sourcil.

— Vous ne connaissez pas vos propres terres ?

Il me jette un regard noir.

— Autrefois, si. Comme ma poche, même. J'ai régné sur l'Hiver pendant des siècles. Mais quand ma cour a été expulsée…

— Comment ça, « expulsée » ?

— Vous ne savez rien de l'histoire de la Faérie ? rétorque-t-il, condescendant. C'est vrai que vous avez l'air à peine plus âgée qu'un louveteau. Tout de même, vous avez sûrement entendu parler de la guerre.

— Je sais qu'il y a eu deux guerres, dont la plus récente s'est terminée il y a une vingtaine d'années. Simplement… je ne suis pas d'ici. J'ai emménagé il y a quelques semaines.

Je me mordille l'intérieur de la joue. J'espère ne pas regretter cette confidence. Cela étant, je ne vois pas l'intérêt de lui cacher la vérité. Son expression s'adoucit et il poursuit sur le ton de la conversation.

— Dans ce cas, vous êtes peut-être au courant qu'avant, l'île de la Faérie s'appelait la Belle-Île et était divisée en deux. La partie nord portait le nom actuel de notre île – la Faérie – et le Sud, dirigé par le pays de Bretton, s'appelait alors l'Islet. Lorsque Bretton a trahi les humains et déclaré la guerre à l'île, ce sont les faés qui ont sauvé tout le monde. Nous avons vaincu les armées humaines et érigé un mur de monolithes imprégnés de magie. À votre arrivée, je présume qu'on vous a escortée entre les pierres ?

— Oui.

En fait, quand notre navire est entré au port, une garde faérique tout entière nous attendait sur les quais. Chacun flanqué de deux gardes armés, mon père, ma sœur, les quelques autres humains qui s'étaient vus octroyer la citoyenneté faérique et moi-même, nous avons été escortés en file indienne entre deux gigantesques pierres dressées. Au moment de franchir la barrière invisible, il n'a surgi ni explosion ni lumières scintillantes, mais les petits cheveux de ma nuque se sont hérissés. À ce souvenir, je frissonne.

— Imaginez un instant à quoi ressemblait l'île après la guerre, poursuit le roi. Les faés ont pris le pouvoir de la moitié sud, autrefois humaine. Il a fallu des années au conseil Alpha pour remanier le partage des terres, délimiter les nouvelles frontières. Bon nombre d'entre nous ont dû déménager leurs palais, leurs foyers, leurs gens. Ensuite, la terre a dû s'adapter à la magie et au climat de chaque cour. J'ai fait partie des moins chanceux… Un roi contraint de quitter son trône de toujours pour s'installer dans le Sud, récupérer un territoire qui empestait encore le fer. J'ai refusé de faire reconstruire mon palais et préféré installer ma cour dans les grottes des montagnes. Puisque je n'avais manifestement pas mon mot à dire, je n'ai prêté attention ni aux humains ni aux décisions prises par le conseil Alpha concernant mes terres.

Je tique sur cette information.

— Vous ne faites pas partie de ce conseil ? Pourtant, vous êtes roi.

Il éclate d'un rire jaune.

— On ne tenait presque jamais compte de mon avis. Disons simplement que je ne faisais pas – et que je ne fais toujours pas – l'unanimité au conseil. Moi non plus, je ne porterais sûrement pas cette bande d'abrutis dans mon cœur… si je parvenais à me souvenir d'eux, ajoute-t-il dans un grommellement.

— J'en déduis que vous ne vous êtes pas soucié d'où se trouvaient les terrains de chasse agréés.

Nerveux, le monarque change de position sur son fauteuil sans daigner croiser mon regard.

— Exact.

Je pince les lèvres. C'est donc sa propre négligence qui a scellé son destin. J'ai du mal à compatir.

— Donc, malgré l'interdiction, vous vous êtes vengé sur un groupe de chasseurs. Et c'est pour cette raison qu'on vous a lancé un mauvais sort. Est-ce un… un châtiment habituel, chez les faés ?

Il hausse les épaules.

— Les sortilèges et les pactes sont notre spécialité et le conseil Alpha ne jure que par ce type de sanctions.

— Depuis combien de temps subissez-vous ce mauvais sort ?

Les paupières closes, il se masse le front du pouce et de l'index.

— C'est la cinquième année. Et ce sera la dernière si je ne trouve pas le moyen de le conjurer, confie-t-il, un mélange de lassitude et d'agacement dans la voix.

— Que voulez-vous dire ? Ce sort ne se contente pas d'effacer votre mémoire ?

Il ouvre les yeux pour m'observer sous les mèches de son épaisse crinière emmêlée, très différente de la fourrure immaculée de sa forme lupine. Il lâche un rire sec et secoue la tête.

— Ma mémoire, répète-t-il. Si seulement il n'effaçait qu'elle ! En ce qui me concerne, je lui céderais volontiers tous mes souvenirs jusqu'au dernier.

— De quoi d'autre vous prive-t-il ?

Sa béquille calée sous le bras, il se lève et boitille jusqu'à la fenêtre. Immobile, je le regarde se poster devant la vitre par laquelle je l'ai épié, un peu plus tôt.

— Il y a près de cinq ans, on m'a condamné à purger une peine d'un an pour chaque vie que j'avais ôtée, soit cinq en tout. À la fin de cette sentence, le sortilège me privera définitivement de quatre choses : mes souvenirs, mes pouvoirs, mon immortalité et ma forme unseelie. En somme, je deviendrai mortel, humain, et je n'aurai plus la moindre idée de qui je suis. Mais rien de tout ça n'a d'importance. Lorsque mon âge me rattrapera, il ne me restera que quelques secondes à vivre. J'ai déjà vu les effets de ce type de sort. Ce n'est pas une sanction clémente.

Des images affreuses défilent dans ma tête. J'imagine un homme vieillir sous mes yeux, sa peau se rider, ses chairs fondre sur son squelette. Je ravale ma salive.

— Et maintenant ? Le sortilège vous affecte déjà, n'est-ce pas ?

— En effet. Pendant ma peine, j'ai dû goûter à un aperçu de ma sentence à venir. D'abord, j'ai perdu mes pouvoirs et ma forme unseelie. Sauf lors des nuits de pleine lune, où ma magie me permet de redevenir un loup. Le reste du temps, cependant, je suis prisonnier d'une enveloppe humaine et privé de tout lien avec la magie.

Je me remémore certains romans terrifiants dans lesquels des lycanthropes se métamorphosent au contact des rayons de la pleine lune. Se pourrait-il que ces histoires affreuses renferment une part de vérité ?

— Mais vous étiez un loup, ce matin, souligné-je. Pourtant, la lune était cachée.

— Tant que la lune est pleine, je peux me transformer, de jour comme de nuit, souffle-t-il, la voix presque trop basse pour être entendue. Mais rien qu'une fois. Si je ne reprends pas mon apparence seelie de moi-même, j'y suis contraint dès que la lune commence à décroître.

Je l'étudie un instant et pose les yeux sur sa canne de bois.

— Est-ce le mauvais sort qui a causé la perte de votre jambe ?

Toujours absorbé avec nostalgie dans la contemplation du paysage, il fait non de la tête.

— Je l'ai perdue à la guerre – la deuxième. Après les premiers effets du maléfice, j'ai commencé à vieillir comme un humain, à souffrir comme un humain. Puis ce sont mes souvenirs qui se sont effacés petit à petit. D'abord mon nom, puis des détails – d'autres noms, certains visages… Parfois, j'oublie même la sensation du vent glacé dans ma fourrure.

Il se cramponne si fort au bord de la fenêtre que ses jointures blanchissent. Je passe en revue l'ensemble de ses révélations. Rien de tout ce qu'il m'a confié ne pourrait me permettre de marchander ma libération. Pourtant, il doit bien y avoir quelque chose, un élément qu'il ne m'a pas encore fourni…

— Vous avez dit que le sortilège prendra définitivement effet cette année. Savez-vous à quel moment ?

Il confirme d'un signe de tête.

— D'après les roses, c'est pour bientôt.

— Les roses ?

Le front plaqué contre la vitre, il pousse un soupir maussade.

— Pour remplacer mon palais, on m'a offert ce manoir, abandonné par les humains qui l'habitaient. C'est une cage dorée qui nous empêche, ma meute et moi, de franchir les limites du sort. Nous ne pouvons pas nous éloigner du manoir à plus d'une certaine distance et toutes les faés qui pénètrent ce périmètre se voient contaminées par ma malédiction et contraintes d'adopter une apparence seelie. Chez les visiteurs, les effets ne sont que temporaires, ce qui leur permet d'aller et venir chez moi. Mais ceux qui sont restés à mes côtés lorsque le sort a été jeté sont maudits à jamais, comme moi.

Le rapport avec les roses m'échappe, mais je préfère ne pas relever. Cette information fait naître de nouvelles questions. Pourquoi certains de ses sujets ont-ils choisi de rester à son service après qu'il a reçu ce sort ? Pourquoi ne pas avoir fui ?

— En plus de ce manoir, poursuit-il, on m'a offert vingt roses, toutes pourvues d'une centaine de pétales – certaines plus, d'autres moins. Chaque jour depuis le début du mauvais sort, un pétale tombe, privant peu à peu de vie la rose qui le porte. Quand une rose fane, des ronces viennent prendre sa place, étouffer la vie qui fleurissait là. Aujourd'hui, j'ai vu tomber le dernier pétale de l'avant-dernière fleur. Il n'en reste plus qu'une. Une centaine de pétales. Soit une centaine de jours, tout au plus. Ensuite, je succomberai au sortilège.

Je fais le calcul. C'est dans environ trois mois. En admettant qu'il ait l'intention de me retenir prisonnière jusqu'à parvenir à ses fins, c'est tout ce que j'aurai à attendre. Après ce délai, si ce qu'il dit est vrai, il mourra et je retrouverai ma liberté.

— Ne vous faites pas d'illusions, dit-il en m'étudiant. Je vais réussir à briser ce sort.

Le menton levé, je dissimule mes réflexions derrière un masque stoïque.

— Et comment comptez-vous faire ?

Il quitte la fenêtre pour s'approcher.

— Deux issues s'offrent à moi. Voilà la première : si, parmi les quatre choses que je risque de perdre, je sacrifie celle qui compte le plus à mes yeux, on me restituera les trois autres.

Je reste bouche bée.

— Une seconde. Vous avez les moyens de rompre le sort vous-même ? Et, au lieu de saisir cette chance, vous préférez prendre des innocents en otage ?

— Vous ne m'avez pas écouté ? Pour conjurer le maléfice, je dois renoncer à ce qui m'est le plus cher. Par ailleurs, il ne serait qu'en partie rompu.

Je lui lance un regard assassin.

— Et quelle est cette chose si précieuse qui compte plus à vos yeux que la liberté ?

Il se désigne d'un geste de la main.

— C'est évident, non ? Ma forme unseelie. Pour redevenir immortel et retrouver mes pouvoirs et ma mémoire, il me faudrait dire adieu à mon corps de loup et adopter une forme humaine pour le restant de mes jours.

— Ce serait si terrible que ça ?

— Je préfère mourir plutôt que de vivre éternellement, coincé dans cette hideuse enveloppe humaine, réplique-t-il, méprisant. À quoi bon avoir des pouvoirs s'ils ne me permettent pas de me transformer ?

Cette hideuse enveloppe humaine. Je n'arrive pas à croire qu'il puisse être si vaniteux. Je cherche le jeune homme enfoui sous ces cheveux en bataille et cette barbe hirsute. Il prétend avoir commencé à vieillir lorsque sa peine a commencé, mais seule son apparence négligée lui donne l'air plus âgé. Je ne le qualifierais pas forcément de séduisant, mais il est tout de même loin d'être hideux. À l'extérieur, du moins. Je ne peux pas en dire autant de sa personnalité.

— Vous seriez… tout à fait présentable si vous faisiez un effort, vous savez. Vous pourriez même apprendre à vous aimer tel que vous êtes.

Il m'observe d'un œil perplexe, comme si mes paroles n'avaient aucun sens.

— Impossible. Vous ne me voyez donc pas ? Je suis… immonde. Repoussant, ajoute-t-il, les traits déformés par le dégoût. Humain.

— Un instant… Vous vous trouvez hideux parce que vous avez l'air… humain ?

— Bien sûr.

Je manque d'éclater de rire. Finalement, ce n'est pas une question de vanité, mais de préjugés.

— Les humains vous paraissent-ils aussi affreux que vous pensez l'être ? Si c'est le cas, je dois vous sembler laide, moi aussi.

Il me considère de la tête aux pieds.

— Naturellement.

Une vague de chaleur m'embrase le cou.

— Je suis presque tentée de me vexer.

— Ne gâchez pas vos émotions avec moi, humaine. Je n'en ferai pas autant, je vous le garantis.

Les lèvres pincées, je tente de ravaler mon indignation. Au fond, ce qu'il pense de moi m'importe peu. Par le passé, plaire aux hommes ne m'a jamais apporté que des ennuis.

— Très bien. Dans ce cas, quelle est la seconde option ? Celle qui, manifestement, implique un sacrifice humain ?

— L'autre moyen de conjurer le sort – pour de bon, en l'occurrence – est d'inspirer à un être humain une telle estime qu'il accepte de renoncer à ce qu'il a de plus cher.

Je médite sur ses paroles, tente de les appréhender sous plusieurs angles. Cette fois, impossible de me retenir de pouffer.

— Et vous pensez y arriver avec des pièges comme ceux que vous m'avez tendus ? gloussé-je, avant de rejeter la tête en arrière, des larmes aux coins des yeux. Ce n'est pas comme ça qu'on obtient l'estime des gens ! Ni en simulant un sauvetage à la suite d'une attaque arrangée.

Le rouge aux joues, il se raidit et fait la moue.

— Ah non ? Et je peux savoir comment vous vous y prendriez, vous ?

— Avez-vous envisagé l'idée de… vous lier d'amitié avec un être humain, par exemple ?

— Ça marcherait ? s'étonne-t-il, sceptique, bien qu'il y ait une lueur d'espoir dans sa voix. Cette amitié convaincrait-elle l'être humain en question de commettre un tel sacrifice pour moi ? Vous, par exemple. Le feriez-vous pour votre plus cher ami ?

Sa question me refroidit subitement. J'ai beau ne plus avoir un seul ami intime, je suis tout de même capable de m'imaginer face à cette décision. Consentirais-je à sacrifier ce qui m'est le plus cher pour quelqu'un que j'aime ? J'ai beau réfléchir, j'ai du mal à identifier mes plus précieux trésors. Puis tout s'éclaire. Rien ne compte plus à mes yeux que ce dont je suis privée : ma liberté, mon indépendance, une vie rien qu'à moi. Je n'y renoncerais pour personne, quelles que soient les circonstances. Qu'adviendrait-il de moi, sinon ? En admettant que j'obtienne l'inverse, je me retrouverais… prise au piège, captive, contrôlée. À cette simple idée, je pâlis.

— Non, vous avez raison. Même l'amitié ne suffirait pas.

— Voilà pourquoi je préfère créer une situation de peur, de malaise, qui rend la cible plus encline à prendre des décisions hâtives.

— Sauf que ça ne marche pas non plus, souligné-je. Il vous faut une autre approche. Un élément plus fort que la peur ou l'amitié pour faire perdre ses moyens à votre victime et la pousser à s'engager.

— Eh bien, si vous avez une brillante idée, je suis tout ouïe, réplique-t-il, le ton empreint de sarcasme.

Je me fige, frappée par une révélation. Je passe en revue tout ce qu'il m'a confié : ses atouts, ses défauts. Je visualise ses besoins et ses difficultés. Et là, au milieu de cette trame, s'esquisse une possibilité. Un espoir, pas seulement pour lui, mais aussi pour moi.

Je me détourne. Dans mon esprit, un plan s'élabore peu à peu. Je me le répète inlassablement afin de m'assurer qu'il ne comporte aucune faille.

— J'ai une idée.

— Laquelle ? interroge-t-il, soupçonneux.

Un sourire au coin des lèvres, je lui fais face.

— Je vous propose un marché.

12

Au moment d'emménager en Faérie, je n'ai peut-être pas reçu une instruction complète concernant ses autochtones. Néanmoins, il est une règle que pratiquement tous les êtres humains qui nous ont accueillis à Vernon m'ont répétée : ne jamais conclure un pacte avec le monde magique. Jusqu'à ma conversation avec le roi, j'avais la ferme intention de m'y tenir.

Seulement, lorsqu'on parle de pacte magique, on fait souvent allusion à de terribles obligations, des sortilèges terrifiants ou des châtiments mortels. Jamais il n'est question d'un marché susceptible d'avantager l'être humain, peut-être plus encore que la créature faérique.

Pourtant, c'est précisément le résultat que j'escompte obtenir. La perspective d'y parvenir me fait bouillonner d'effervescence, mais je m'efforce de rester de marbre face au roi.

— Quel genre de marché ? questionne-t-il en reculant d'un pas hésitant.

Les mains sur les hanches, je me redresse de toute ma hauteur.

— J'ai trouvé ce qu'il vous faut pour qu'un être humain brise le mauvais sort.

Il plisse les yeux.

— Je vous écoute.

— Si la personne en question doit sacrifier ce qu'elle a de plus cher, il vous suffit de chercher quelqu'un qui n'accorde d'importance qu'à des futilités, des biens matériels.

— Et vous connaissez le candidat idéal ? demande-t-il, un sourcil arqué.

Malgré mes efforts, un sourire étire mes lèvres. Je peine à réprimer le rire machiavélique qui me supplie de le laisser éclater.

— Oui. Elle s'appelle Imogen Coleman.

— Très bien, répond le monarque d'une voix lente. Comment comptez-vous la persuader de briser le sort ? Il faut qu'elle accomplisse le sacrifice de son plein…

— De son plein gré, oui, j'ai compris. Décidément, la subtilité n'est pas votre fort, souligné-je, avant de m'approcher de quelques pas. C'est là que commence ma phase deux. Ce sera le moment de lui faire perdre ses moyens et de la persuader qu'elle veut vous aider.

— Ça paraît simple, à vous entendre.

— Parce que ça l'est. Il faut la faire tomber amoureuse de vous.

Il éclate d'un rire méprisant.

— Amoureuse de moi ? Une humaine ?

Je pince les lèvres pour me retenir de sourire davantage.

— Tout à fait. Rien de tel que l'amour pour faire perdre la tête aux êtres humains et créer entre eux et l'élu de leur cœur un lien irrationnel. Vous avez vu juste quand vous avez dit qu'il fallait profiter d'un élan impulsif pour obtenir ce sacrifice. C'est exactement ce que fait l'amour : il change les gens en parfaits idiots, inconscients de leur propre folie.

— Vous semblez l'avoir vécu personnellement.

Voilà qui m'enlève aussitôt le goût de sourire. Pour autant, je ne me laisse pas abattre.

— J'ai en effet de l'expérience dans ce domaine, ce qui fait de moi l'alliée idéale. Même si je ne suis plus sensible aux ruses de l'amour, je reste capable de les identifier. Mieux encore : je connais Imogen Coleman et les rêves qui l'animent. Je sais quel pouvoir l'amour et le mariage exercent sur elle et quel genre d'homme peut la pousser à commettre les pires idioties.

Il m'étudie de son regard pénétrant, carnassier, ce qui me laisse entendre qu'il n'a aucune notion des convenances et ne sait pas se comporter avec les êtres humains. À cette pensée, mon pouls s'accélère et un vent de panique me saisit. Dans quel bourbier suis-je en train de m'embarquer ? Suis-je vraiment convaincue de parvenir à faire en sorte qu'Imogen Coleman – ou qui que ce soit – s'amourache de cette créature indomptée ?

Il a de l'argent, me rappelé-je. Et puis, c'est un roi, nom des saints ! Je n'aurai qu'à le mentionner pour que mon ennemie cherche à s'attirer ses faveurs, sans même l'avoir vu. De là à ce qu'elle renonce à ce qui compte le plus à ses yeux… il faudra qu'elle soit véritablement amoureuse de lui.

— Nous avons du pain sur la planche, marmonné-je.

— Certainement pas. Hors de question que j'accepte ce marché absurde et que je vous laisse me caser avec une femelle humaine. Je n'ai pas besoin d'une compagne, encore moins d'une humaine.

— Vous n'aurez pas à en faire votre compagne, assuré-je. Vous allez la faire tomber sous votre charme, comme vous avez essayé de me piéger de sorte que je rompe le sort. Sauf que, cette fois, on procédera à ma façon. Il faudra mêler la ruse à une part de vérité. Une fois qu'elle vous aura délivré du sortilège, vous pourrez la chasser et ne plus jamais la revoir.

Après m'avoir observée un moment d'un regard noir, le roi écarquille les yeux, l'air… admiratif.

— Que vous a fait cette jeune humaine ?

Sa question me laisse sans voix. Je considère mon plan du point de vue d'Imogen. Je sais qu'il lui tarde de se trouver un mari, un bon parti qui la rendra riche. Elle ferait des pieds et des mains pour un titre royal, j'en suis certaine.

Mais qu'éprouvera-t-elle quand ce rêve lui sera arraché ? Lorsqu'elle aura sacrifié son trésor le plus précieux pour quelqu'un qui l'abandonnera ?

Moi, je connais ce sentiment. Je sais ce qu'on ressent quand on se donne à un homme pour qu'il finisse par tout dénier. Chaque promesse, chaque baiser… Mais, au lieu de m'inspirer de l'empathie, ces réflexions ne font que me conforter dans mon idée. Je ne me souviens que trop bien des avertissements qu'elle a proférés la veille à notre sortie de la librairie.

Tu te permettais peut-être de jouer les catins en Bretton…

Aucun homme ne veut épouser une femme déshonorée…

Tu salirais la réputation de cette ville…

Résignée, je serre les poings.

— Une petite leçon d'humilité ne lui ferait pas de mal, dis-je, surprise par l'hostilité dans ma voix. De toute manière, je suis sûre qu'il n'y a rien de plus précieux pour elle qu'une robe de bal.

Le roi pose sa main libre sur sa hanche. De l'autre, il se tient à sa béquille.

— Qu'en est-il du marché dont vous avez parlé ? Vous n'avez pas encore dit ce que vous espérez obtenir de ce scénario.

Tout à coup, je retrouve un peu de ma fébrilité et je dois me retenir de sourire jusqu'aux oreilles. *Reste sereine, Gemma. N'aie pas l'air trop enthousiaste.*

— Êtes-vous vraiment si riche ?

Il me lance un regard acéré.

— Quel est le rapport ?

— Pour que notre plan fonctionne, il va nous falloir des moyens. Comme vous ne pouvez pas quitter le manoir, je vais devoir attirer Imogen ici. Et il n'y a aucune chance qu'elle tombe amoureuse de vous si cet endroit ressemble à ça, ajouté-je en désignant les meubles poussiéreux.

— Hors de question que je dilapide ma fortune pour décorer un manoir que je compte bien abandonner dès que le sort sera levé.

— Ne craignez rien, je ne vais pas tout dépenser. Je sais gérer les finances comme il faut. C'est pour ça que j'ai postulé pour le poste, d'ailleurs.

— Le poste ?

— La petite annonce que vous avez passée. J'ai de l'expérience pour ce qui est de tenir une maison avec un budget très restreint. Et j'ai toujours besoin d'un emploi.

— Où voulez-vous en venir ?

Je plante mon regard dans le sien.

— Vous allez me donner du travail.

Un rire sonore lui échappe.

— Je n'ai pas vraiment besoin d'un intendant.

— Maintenant, si. Si vous tenez à ce marché et à ce que je vous aide, vous allez devoir me nommer intendante de cette maison, me fournir un bon salaire hebdomadaire en plus du gîte et du couvert…

— Pardon ? Ne me dites pas que vous comptez vous installer ici !

— Si. C'est un point non négociable.

En fait, c'est la réponse à toutes les inquiétudes que je pouvais avoir à l'idée de trouver un travail. Je n'ai plus à craindre que mon père me coupe les vivres ou me mette à la porte. Grâce à ce marché, j'aurai tout ce qu'il me faut : un salaire, un emploi adapté à mes qualifications, un toit.

— En plus de ces conditions, une fois le sort conjuré, vous m'offrirez une généreuse somme d'argent.

— En plus de votre rémunération hebdomadaire ?

Il lève sa main libre vers le ciel et secoue la tête.

— À quoi vous sert tout votre argent ? De toute évidence, vous ne l'utilisez pas. En plus, il me semble vous avoir entendu dire que rien ne compte plus à vos yeux que votre apparence unseelie. La retrouver n'a pas de prix.

— J'économise peut-être ma fortune pour le moment, mais j'aime faire des dépenses quand je suis un loup, humaine.

Je m'avance vers lui d'un pas ferme.

— Je m'appelle Gemma, pas « humaine ». Et, si on doit travailler ensemble, vous m'appellerez Mlle Bellefleur.

Un éclat menaçant dans les yeux, il s'approche à son tour.

— Dans ce cas, il va falloir cesser de me parler sur ce ton et m'appeler « Votre Majesté ».

Je refuse de flancher sous son regard mauvais.

— Très bien, Votre Majesté. Alors, qu'en dites-vous ? Vous acceptez mes conditions ?

Il esquisse un sourire en coin.

— Vous êtes ma prisonnière et moi, votre roi. Je pourrais vous tuer pour insubordination.

Je croise les bras et affiche un sourire forcé.

— En effet, mais je doute que le conseil Alpha le voie d'un très bon œil, surtout quand ses membres apprendront que vous m'avez enlevée. En plus, je suis sans doute votre seule chance de conjurer le sort. Tuez-moi si ça vous chante. Si cette malédiction doit vous ôter la vie à la fin de votre sentence, on se verra en enfer d'ici trois mois.

Il écarquille les yeux.

— Je n'ai pas besoin de vous.

Je bats des paupières.

— Non, c'est vrai. Vous pouvez continuer de jouer les sauveurs pour piéger d'innocents villageois ! Sauf que ce n'est pas très concluant, n'est-ce pas ? ironisé-je en battant des cils.

Un grommellement exaspéré lui échappe.

— Quelle somme d'argent voulez-vous ?

Je marque une pause le temps de faire quelques calculs.

— Mille cristaux de quartz par semaine. (Il pousse un gémissement.) Plus vingt mille perles de quartz quand le maléfice sera conjuré.

La mâchoire du roi se décroche, mais aucun sort ne sort de sa bouche.

— Vingt mille perles ! finit-il par s'exclamer, les yeux exorbités. Vous avez perdu la tête !

— Quoi ? Vous ne les avez pas ?

— Bien sûr que si.

À pas prudents, je franchis la distance qui nous sépare pour ne m'arrêter qu'à quelques centimètres de lui.

— Dans ce cas, sommes-nous d'accord ? Je vous aide à rompre le sort en faisant en sorte que Mlle Coleman tombe amoureuse de vous. En échange, vous me fournissez le gîte et le couvert, me payez la somme convenue et consentez à suivre mon plan. Oubliez votre idée de séquestration et de demandes de rançon. À la place, faites ce que je vous dis. Quand vous serez libéré de votre maléfice, vous me paierez le reste. Ensuite, on pourra se dire adieu à jamais.

Bouche bée, il se frotte la barbe.

— Normalement, ce sont les faés qui fixent les conditions, marmonne-t-il, un soupçon d'irritabilité dans la voix.

Je lui tends la main. Il me transperce de son regard cruel. On dirait qu'il s'efforce de résoudre une équation mathématique compliquée dont moi seule détiens la solution. À contrecœur, il pousse un soupir qui se change en grommellement, puis finit par me serrer la main.

— J'accepte ce pacte.

13

Comme le jour où j'ai franchi les pierres dressées à l'entrée de la Faérie, il n'apparaît aucun signal magique symbolisant la conclusion de notre marché. Cette fois encore, cependant, les petits cheveux de ma nuque se hérissent. Est-ce une coïncidence ? Ma propre réaction à l'idée d'avoir scellé un pacte avec un être faérique ? Ou simplement l'effet de la magie ? Quoi qu'il en soit, le roi n'a pas l'air ravi. Lorsqu'il me lâche la main, il ose à peine croiser mon regard.

— Je n'arrive pas à croire que je viens de mettre ma vie entre les mains d'une humaine.

Je n'arrive pas à croire que j'ai un emploi ! suis-je tentée de m'exclamer quand la réalité de notre pacte s'impose à moi. Ce monarque n'imagine pas comme j'en ai rêvé, à quel point j'en avais besoin. Pas de ce marché en soi, mais du premier pas vers la liberté qu'offre le travail. Je redresse les épaules.

— Et moi, je n'arrive pas à croire qu'il vous a fallu cinq ans pour essayer ! glissé-je, un soupçon de malice dans la voix.

— Essayer quoi ? De conclure une alliance avec un être humain ? Je vous signale que c'était bien calme, par ici, avant la construction de cette affreuse ville. Pas un seul humain à l'horizon pendant près de cinq ans. Pourtant, ce sale furet a reçu une autre proposition…

Il laisse ses divagations en suspens et passe une main dans sa crinière hirsute.

— Un furet ? m'étonné-je.

— Bon, d'accord, c'est une hermine. Mais même sous sa forme seelie, il n'est rien de plus qu'une vulgaire fouine à mes yeux. Il a profité de ce que j'étais coincé ici, incapable de contester, pour se revendiquer roi seelie de l'Hiver. Autrefois, je régnais seul sur cette cour, vous savez.

— Je croyais que chacune comptait deux souverains, un seelie et un unseelie.

— C'est le cas, répond-il entre ses dents. Mais sans le maléfice qui m'empêche de quitter ce manoir, j'aurais pu garder le pouvoir sur le royaume bien plus longtemps.

— Vous avez sûrement la possibilité de vous opposer aux propositions adoptées par le roi seelie, non ?

Le monarque m'observe brièvement avant de détourner le regard aussi sec.

— Oui, mais c'est une vraie plaie.

— Une plaie ? répété-je en pouffant de rire.

Cette fois, il soutient mon regard, les joues rouges d'indignation.

— Tout à fait. Pour contester ses décisions, je dois soit m'adresser à mon ambassadrice et l'envoyer s'exprimer en mon nom, soit l'inviter lui ici pour en discuter.

J'arque un sourcil.

— Et vous trouvez ça… difficile ?

— C'est… Vous ne pouvez pas comprendre. Très peu de personnes sont au courant de ma situation. Le sortilège les empêche de penser à moi et me rend facile à oublier. Et parmi les quelques faés qui sont dans la confidence, rares sont celles prêtes à subir les effets du mauvais sort en me rendant visite. Ça ne dérange pas mon ambassadrice, mais… mais je préfère qu'on ne me voie pas dans cet état s'il est possible de l'éviter, grommelle-t-il en se tournant vers les fenêtres. En plus, quand j'ai lu la proposition de construction de la nouvelle ville, je n'ai pas compris l'emplacement qu'elle décrivait, reprend-il, l'air de nouveau nostalgique. Je n'ai pas grandi dans les monts Chamberlain ni au col d'Holbrook. Ces noms sont des vestiges d'un règne humain, pas ceux qui sont gravés en moi depuis ma naissance.

Ma poitrine se serre. Je me reconnais dans ses paroles. Moi aussi, je sais ce qu'on ressent lorsqu'on est déraciné, plongé dans l'inconnu. C'est la deuxième fois que ça m'arrive et chaque nouvelle ville, chaque nouveau pays me fait l'effet d'un monde inédit. Mais le roi, lui, ne vit pas seulement dans une contrée étrangère : il la gouverne. Et, étant donné son âge, le temps qu'il a passé à s'adapter aux changements survenus depuis la fin de la guerre doit lui paraître infime comparé à son existence immortelle.

Cette pensée menace de briser ma façade. Sans m'en apercevoir, j'ouvre la bouche pour prendre la parole. Mais à quoi bon ? Je voudrais lui dire que je le comprends, qu'au fond, humains et faés ne sont peut-être pas si différents. Réticente, je ravale ces mots. Ce n'est pas pour faire ami-ami avec le roi que j'ai conclu ce pacte. Je n'ai pas l'intention de perdre mon temps à tisser des liens, surtout avec un être faérique qui a essayé de me rouler et m'a menacée de mort. Non, il ne mérite pas ma pitié. Nous ne sommes que des alliés tactiques et il n'est rien de plus que mon passeport pour la liberté. Je lève le menton.

— Si on espère convaincre Imogen Coleman de tomber amoureuse de vous, il va falloir paraître plus compétent.

Sans se retourner vers moi, il marmonne dans sa barbe :

— Cette maudite humaine a un cœur de glace !

— Puisqu'il est question de glace, glissé-je en m'approchant de quelques pas, je ne plaisantais pas à propos du feu. Je ne peux pas tolérer de vivre sans chauffage. Parlons arrangements. Est-ce dans cette chambre que je vais loger ?

Le maître de maison se frotte le menton.

— Elle est réservée à mon ambassadrice. Mais, comme je l'ai dit, je ne la convoque que rarement. Elle ne s'attarde pas, même quand elle vient en visite officielle.

— D'où l'état de cette chambre, grommelé-je, avant de repérer mon tas de vêtements humides sur le sol. Oh, votre ambassadrice ! m'exclamé-je en portant les mains au jupon de ma robe. C'est à elle qu'appartient cette toilette, je présume ?

Un sourire en coin aux lèvres, il promène son regard sur mon vêtement.

— Tant que vous y êtes, vous n'avez qu'à récupérer sa garde-robe. Elle ne s'en sert pas, de toute manière.

Son expression et l'étincelle qui illumine ses yeux à la vue de ma robe me poussent à me demander s'il a eu une liaison avec son ambassadrice – à moins que leur relation ne soit toujours d'actualité. Après tout ce qu'il a dit sur les êtres humains, que mon physique lui inspire ce regard me semble inconcevable. Lorsque je prends conscience de l'indiscrétion dont j'ai fait preuve, tant par ma présence que par mes actes, la honte me prend aux tripes.

— Je peux occuper une autre chambre et aller chercher mes vêtements chez moi…

— Inutile, grogne-t-il. Je ne vais pas en faire préparer une autre pour vous.

Je m'efforce de ravaler la boule qui m'obstrue la gorge et mon malaise d'un seul coup.

— Dans ce cas, il va falloir changer les draps et dépoussiérer la pièce. Avez-vous des domestiques ? Un cuisinier ?

Il se campe plus fermement sur sa jambe pour me toiser de toute sa hauteur.

— Nous nous débrouillons seuls.

— Un roi sans serviteurs ? C'est inadmissible. Mais ne vous en faites pas : en tant qu'intendante, je vais veiller à pourvoir tous les postes indispensables. Il vaudrait mieux attribuer les tâches quotidiennes à des personnes de confiance. L'idéal serait de mettre votre meute de loups à contribution, vous ne trouvez pas ? Quant au cuisinier… Qui a préparé le pain qu'on m'a apporté ?

— Bertha, répond-il dans un grommellement. Une ourse qui vit près d'ici et insiste pour nous nourrir.

— Une ourse ?

— Sous sa forme unseelie. Mais elle est seelie jusqu'à la moelle. Elle est sans arrêt à nous faire du pain, des tartes et…

— Parfait ! m'exclamé-je en frappant dans mes mains – un nouvel atout à ajouter dans mon tableau imaginaire. Il va falloir me communiquer ses coordonnées immédiatement.

— Ses coordonnées ?

— Son adresse, un moyen de la contacter… vous savez bien. Ou sur quelle intonation hurler pour l'appeler, si vous préférez, ajouté-je pour plaisanter.

Mon humour semble lui échapper. Perplexe, il se contente de me dévisager.

— Elle passe quand ça lui chante, sans invitation.

— Très bien. Dans ce cas, je lui parlerai à sa prochaine visite. Venez.

Je tourne les talons et me dirige vers la porte.

— Est-ce que je rêve ou… ou vous m'ordonnez de vous suivre ?

Une vague de terreur me frappe de plein fouet. Je ne me rends pas toujours compte que je me laisse emporter par mon rôle. Malgré tout, je continue de jouer le jeu, comme si je n'avais commis aucun faux pas.

— Nous sommes associés, Votre Majesté, dis-je en m'emparant de la poignée de porte. Je ne fais qu'agir dans l'intérêt de notre objectif commun. Pour ce faire, j'ai besoin de visiter le manoir. Il faut que je détermine l'étendue du travail à accomplir.

— Vous ne manquez pas d'air, commente-t-il de sa voix râpeuse, avant de m'emboîter le pas.

J'ouvre la porte et retiens un cri perçant. Un groupe de curieux, dont les oreilles en pointe devaient être plaquées au battant, bascule presque dans l'entrebâillement. Je recule d'un bond et manque de perdre l'équilibre à mon tour, mais une poigne de fer me rattrape par le coude. Je me ressaisis et croise le regard du roi. À ma grande surprise, un rien sépare son visage du mien. J'ai le souffle coupé, le cœur affolé par cette proximité soudaine.

Il me lâche et secoue la main comme si le contact de mon bras lui avait brûlé la paume. Il se rue alors sur le groupe de faés qui s'empressent de battre en retraite, l'air faussement nonchalant.

— Ne faites pas semblant ! Je sais que vous avez écouté toute la conversation.

Je reconnais Barbe Noire qui se gratte la tête, appuyé contre le mur d'en face. Son acolyte plus âgée, elle, s'inspecte attentivement les ongles. Je remarque enfin Micah, caché entre les jambes de deux faés inconnues.

— Alors, elle reste ? demande-t-il. On n'est pas obligés de la manger ?

— Pas aujourd'hui, répond le souverain d'un ton sec. Je vous présente notre nouvelle intendante.

*

Dès que je m'engage dans le couloir à la suite du roi, la plupart des créatures faériques s'éclipsent. Seules quelques-unes nous emboîtent le pas. Parmi ces dernières se trouvent Barbe Noire et la femelle que le roi appelle Grise – un choix qui manque cruellement de créativité, une fois de plus. Derrière le maître des lieux, nous parcourons les couloirs du manoir. Malheureusement, ils se révèlent aussi crasseux que ma chambre, sinon pires. Toutes les surfaces sont couvertes de poussière et des toiles d'araignée ornent chaque recoin. Intimidée à la fois par l'ampleur de la bâtisse et par son état déplorable, je prends note des améliorations nécessaires.

À l'idée des prouesses que je vais devoir accomplir, mon pouls s'accélère. Heureusement, j'ai déjà de l'expérience en la matière. J'ai dissimulé la misère de ma famille derrière une façade de richesse, caché la noirceur du désespoir de manière à ne montrer que luxe et lumière. Rien ne m'empêche de recommencer. Surtout si ma liberté est à la clé, si c'est ma seule chance de prendre mon indépendance, de vivre ma vie comme je l'entends.

Nous gagnons un palier qui fait la jonction entre plusieurs vastes escaliers. Le monarque désigne celui de gauche.

— L'aile est se situe par ici. Vous n'y trouverez rien que des chambres vides, explique-t-il, avant de pointer l'index à droite. De ce côté-là, c'est l'aile ouest, mais n'y allez pas.

— Pourquoi ? Qu'est-ce qu'il y a, là-bas ?

— Qu'est-ce qu'il y a là-bas ? répète-t-il, moqueur. D'après vous ? De la poussière, des araignées et leurs toiles, comme dans tout cet affreux manoir glacial. N'allez ni dans l'aile ouest, ni dans l'aile est. En fait… n'allez nulle part, ça n'en vaut pas la peine.

Barbe Noire se glisse à côté de moi.

— Les cuisines sont agréables, par contre.

Après un soupir, le maître des lieux hausse les épaules, résigné.

— Oui, c'est vrai qu'elles ne sont pas si mal.

— Et la chambre de Madame aussi, ajoute Grise, la voix aussi grinçante qu'un vieux parquet.

— Naturellement, acquiesce l'alpha. Nous veillons à ce que la suite de l'ambassadrice soit convenable.

— Le petit salon est bien éclairé, continue Barbe Noire.

Le roi étouffe un rire méprisant.

— C'est un dépotoir. Mais tu as raison, on se débrouille.

— Et la bibliothèque, intervient une autre voix.

C'est celle de Micah. Jusque-là, je n'avais pas remarqué qu'il nous suivait. Le monarque éclate de rire à nouveau.

— La bibliothèque ? Tu plaisantes, j'espère !

Une vague de chaleur se répand dans ma poitrine. Des picotements me parcourent les bras et la colonne vertébrale. Je me sens prête à décoller dans les airs.

— Vous avez une bibliothèque ? demandé-je, incapable de masquer l'envie dans ma voix.

Le roi fait signe que oui, sans remarquer mon cœur qui s'emballe et la lueur avide dans mon regard en entendant ce mot délicieux. *Une bibliothèque.*

— Bien, passons à la salle à manger, annonce-t-il avant de s'engager dans un des escaliers.

J'ai beau le suivre, mon esprit s'attarde sur le palier précédent, à l'affût du moindre signe susceptible de me conduire à ce paradis peuplé de livres et de papier, de phrases et de mondes à découvrir.

Mon corps rappelle mon âme à l'ordre et lui intime de rejoindre la visite. À contrecœur, j'obéis. Je reporte mon attention sur les marches sous mes pieds et la poussière que soulève chacun de mes pas.

14

À la fin de la visite, je suis exténuée. Nous terminons par le petit salon, qui semble être la pièce la plus fréquentée du manoir, bien que chichement aménagée de mobilier daté et défraîchi. Au moins, la lumière y est bonne, comme l'a souligné Barbe Noire. De grandes fenêtres bordent l'un des murs et offrent une vue sur les jardins. Le jour y entre à flots et illumine les particules de poussière qui tourbillonnent dans les airs avant de se déposer sur toutes les surfaces.

Je me tourne vers le roi et ses sujets qui ont continué la visite avec nous – Barbe Noire, Grise et une poignée de faés-loups dont je ne connais pas encore le nom d'adoption. Micah, semble-t-il, s'est éclipsé.

— Cette pièce fait partie des premières que nous allons rendre présentables.

Pour toute réponse, le monarque pousse un grognement. Il me tourne le dos pour s'approcher de la cheminée d'un pas raide. Ici, contrairement à ma chambre, un feu brûle dans l'âtre. Sans un mot, le chef de la meute s'installe dans une bergère face aux flammes. Soucieuses, les faés présentes se dandinent d'un pied sur l'autre en nous observant successivement, lui et moi.

Mes pieds nus me font encore si mal et je manque tant d'énergie que je sens mon masque menacer de s'estomper. J'inspire profondément pour me ressaisir. Il reste tant à faire, à découvrir, à organiser… et j'assume seule la responsabilité de la mission.

L'idée devrait m'intimider. Au contraire, elle me rappelle la dernière fois que je me suis sentie importante. Quand je gérais les dépenses de ma famille au pays de Bretton, je ne connaissais pas l'ennui. Tout le monde comptait sur moi pour assurer notre survie. En contrepartie, j'avais le sentiment d'être utile, estimée par ceux que j'aimais. Bien sûr, tout a changé au moment du scandale. Je coupe court à ces réflexions pour me concentrer sur les êtres faériques qui trépignent nerveusement devant moi.

— Y en a-t-il parmi vous qui ont un rôle dans cette maisonnée ?

Ils échangent des regards.

— Avant, je faisais partie de la garde royale, mais… on n'en a plus vraiment l'utilité, répond Barbe Noire.

— Moi, j'étais soldate, intervient Grise, à ma grande surprise – difficile d'imaginer cette vieille femme au combat. C'était il y a longtemps, cela dit, au moment de la première guerre. Maintenant, je me limite à servir le roi.

— Vous ne trouverez pas de domestiques ici, m'informe le monarque, les yeux rivés sur les flammes. J'ai perdu la majorité de mon personnel quand j'ai refusé de faire construire un palais à la nouvelle cour de l'Hiver. Tous les autres sont partis le jour où j'ai été frappé par le sortilège.

— Qui êtes-vous, dans ce cas ? demandé-je aux faés.

Comme leur maître ne répond pas, Barbe Noire s'avance d'un pas hésitant.

— Nous sommes les plus loyaux sujets de Sa Majesté et nous subissons le mauvais sort à ses côtés. Nous sommes prêts à affronter la mort s'il le faut.

— Pouah ! Ne l'écoutez pas, lance le souverain. Barbe Noire est peut-être resté par loyauté, mais les autres appartenaient à ma meute. C'étaient les plus faibles, trop grièvement blessés, trop vieux ou trop jeunes pour survivre dans un nouveau groupe. Ils n'avaient pas d'alternative.

Grise lève les yeux au ciel.

— Ce n'est pas tout à fait vrai.

Le roi se tourne dans son fauteuil pour lui faire face.

— Ah ? Et comment t'en serais-tu sortie dans une nouvelle meute ? On aurait profité de ta vieillesse pour te trahir.

— Mais pas du tout, rétorque-t-elle, les mains sur les hanches. Je suis encore fringante sous ma forme de loup, je vous signale.

Le monarque secoue la tête et se replonge dans la contemplation des flammes. Je suis curieuse de savoir pourquoi Grise semble nettement plus âgée que les autres. Comment vieillissent les êtres immortels ? Mourront-ils tous avec leur maître s'il ne parvient pas à conjurer le sort ? Ces réflexions éveillent en moi une pointe d'inquiétude, mais je les chasse de mon esprit.

— Bon, peu importe. À partir de maintenant, nous allons tous devoir mettre la main à la pâte pour rafraîchir ce manoir.

Certaines faés font les gros yeux, mais d'autres, comme Barbe Noire et Grise, paraissent enthousiastes.

— Je vais dresser une liste de postes et m'occuper de les distribuer. Maintenant, dites-moi, où sont les livres de comptes du roi ?

Grise désigne un bureau près du mur de fenêtres.

— Vous les trouverez dans le tiroir.

Je m'approche du meuble, qui semble servir bien plus souvent que celui de ma chambre. Sur le plateau sont éparpillés plusieurs documents, deux porte-plume et même une vieille plume d'oie. Je remarque deux copies à demi terminées de la demande de rançon adressée à mon père, chacune rayée d'un trait d'encre incertain. J'en frissonne. Il me reste une affreuse tâche à accomplir et vite.

— Comment faites-vous pour envoyer et recevoir du courrier ? interrogé-je. Si aucun de vous ne peut franchir les limites du sortilège, par quel moyen réussissez-vous à transmettre des lettres et publier des annonces dans le journal ?

— C'est Bertha qui les apporte en ville, explique Barbe Noire. Et elle regarde toujours si on a reçu quelque chose.

— Bertha… Celle qui prépare le pain ? (Il fait signe que oui.) Vous ne savez pas quand elle reviendra, n'est-ce pas ?

Il s'apprête à répondre, mais c'est une autre voix qui s'en charge. Elle est étouffée, comme si son propriétaire avait la bouche pleine.

— Elle est déjà là.

À la porte du petit salon, Micah nous épie par l'entrebâillement, les joues tendues par une énorme bouchée de pain.

— Elle est revenue faire du pain pour la prisonnière.

— Tant qu'on y est, autant lui demander de nous préparer un dîner complet, grommelle le roi.

Les yeux de Micah s'illuminent, mais il s'empresse de prendre un air détaché.

— Je vais la prévenir.

Je m'avance vers lui avant qu'il ne file.

— Attends !

Le petit garçon repasse la tête dans l'encadrement. Sans me laisser le temps de parler, le monarque se lève de son siège et se dirige vers la porte.

— Tu n'as qu'à faire monter la vieille ourse, dit-il avec un soupir agacé. Je suis sûr que Mlle Bellefleur a un poste à lui confier ou une bêtise dans le genre. Pendant ce temps-là, je vais me chercher un nouveau coin tranquille dans ce taudis.

*

Le temps que j'écrive, signe et scelle ma lettre, Micah revient avec Bertha. Même sous sa forme seelie, elle a tout d'une ourse avec sa carrure large et solide. Sa peau a la couleur du miel brut et ses cheveux sont d'une teinte plus soutenue. Elle porte une robe marron tout à fait sobre, couverte d'un tablier taché. Je la rejoins au milieu du petit salon, déserté par les autres faés après le départ du roi.

— Vous devez être Bertha.

Elle me salue d'un sourire chaleureux. Des pattes-d'oie ornent le coin de ses yeux.

— Et vous, la fameuse « prisonnière » dont on m'a parlé. Ravie de faire votre connaissance.

Elle insiste sur le mot « prisonnière » comme si elle faisait allusion au jeu innocent d'une bande de garnements. À la réflexion, ce n'est pas très loin de la vérité.

— Ce n'est plus notre prisonnière, signale Micah. C'est notre intendante, maintenant. Même si je ne sais pas ce que ça veut dire. Il reste du pain à la cuisine ?

Bertha fait signe que oui. Le petit garçon détale, me laissant seule avec la cuisinière.

— Alors, ils ont fait de vous leur intendante ?

— Oui. Je m'appelle Gemma Bellefleur. Il paraît que c'est vous qui nourrissez la maisonnée.

— Je fais de mon mieux. Je sais que Sa Majesté aime critiquer ma cuisine, mais quand je prépare mon fameux ragoût de lapin, il n'en mange jamais moins de trois bols !

À la seule pensée d'un ragoût bien chaud, mon ventre se met à gronder.

— Est-ce qu'il vous dédommage pour les services rendus ?

Elle agite la main d'un geste indifférent.

— C'est le moins que je puisse faire pour Son Altesse, chuchote-t-elle. Rares sont les faés qui savent qu'il vit ici et je comprends pourquoi. C'est une bonne pâte, notre roi. Il ne veut pas transmettre sa malédiction à qui que ce soit.

À mes yeux, « roi » et « bonne pâte » n'ont pas leur place dans une seule et même phrase, mais je m'abstiens de la détromper. Il serait inutile de l'informer que c'est la vanité mal interprétée du monarque qui tient les autres à distance.

— Vous êtes très serviable, mais j'aimerais vous payer et vous demander de cuisiner plus régulièrement pour le manoir.

Les yeux écarquillés, elle me donne une petite tape sur le bras – un geste si familier que je dois me retenir de rougir comme une pivoine.

— Le roi est enfin revenu à la raison ?

— Eh bien, puisque je vais vivre ici à plein temps et qu'on s'apprête à recevoir des visiteurs humains, il va nous falloir de quoi nous sustenter. Et pas seulement… de la nourriture pour loups.

Elle éclate de rire.

— Vous devriez les voir s'obstiner à mâcher de la viande crue sous leur apparence seelie ! Si vous ne l'avez pas encore remarqué, c'est une vraie meute d'entêtés.

Un sourire étire le coin de mes lèvres.

— Oui, c'est ce que j'ai cru comprendre. Alors, acceptez-vous ma proposition ? Nous pouvons discuter de votre salaire…

— Payez-moi la somme qui vous paraît juste. Je me débrouille déjà comme ça. D'ailleurs, presque à chaque fois que je viens ici, je trouve des cristaux de quartz dans la poche de mon tablier quand je rentre à ma cabane.

Elle me décoche un clin d'œil complice. Je crois d'abord qu'elle avoue voler ces pierres précieuses au manoir, mais son expression chaleureuse raconte une tout autre histoire. Elle dodeline de la tête en tapotant la poche en question.

— Son Altesse a bon fond, insiste-t-elle.

L'espace d'une seconde, je reste sans voix. Ainsi… il la paye. Mais pourquoi le faire en secret ?

La cuisinière recule d'un pas et commence à dénouer son tablier, ce qui me tire de mes réflexions.

— J'imagine que vous aimeriez manger ce soir, mademoiselle Bellefleur. Je vais aller acheter le nécessaire au village.

Je lui tends brusquement l'enveloppe que j'avais presque oubliée. En voyant la lettre trembler entre mes doigts, la peur me tord les entrailles. Je reste muette un instant.

— Pourriez-vous la livrer en allant au marché ?

La femme-faé me prend l'enveloppe des mains et consulte brièvement l'adresse, avant de fourrer la missive dans la poche de sa robe.

— Bien sûr. Autre chose ?

Le regard braqué sur son vêtement, je me contente de faire non de la tête. Ça y est. Sitôt cette lettre livrée à mon père, il saura que j'ai trouvé un emploi, que je lui ai désobéi. Entre nous, rien ne sera jamais plus pareil.

C'est pour le mieux, me rappelé-je.

— Très bien. Je ne serai pas longue. Le dîner sera prêt avant la tombée de la nuit.

Sans me laisser le temps de changer d'avis, Bertha quitte le petit salon en emportant ma lettre, scellant mon destin. Désormais seule, avec pour unique compagnie les battements de mon cœur, je sens ma peur s'envoler, flotter au loin comme un nuage poussé par le vent.

Et voilà. Un nouveau pas de franchi vers la liberté.

15

Je dîne seule, attablée au bureau du petit salon. Penchée sur une pile de livres de comptes, j'alterne chaque page tournée avec une cuillerée du fameux ragoût de lapin de Bertha. J'ai rarement mangé de si bon repas. Peut-être est-ce la fatigue qui parle ou mon ventre qui crie famine après cette curieuse journée riche en rebondissements. J'ai commencé ma journée en espérant trouver un emploi avant le soir, mais rien n'aurait pu me préparer à tout ce que j'ai traversé.

Le temps de terminer mon bol, j'ai consulté trois fois le livre de comptes le plus récent. Je suis déçue par le peu d'informations qu'il renferme. Sur la première page, on a griffonné un simple résumé des versements réguliers effectués au trésor royal. Il se solde par une somme astronomique qui, j'imagine, est liée à l'affaire conclue entre mon père et la couronne pour l'exploitation de sa mine de quartz. Les pages suivantes récapitulent des dépenses on ne peut plus modestes. En revanche, les livres plus anciens – qui doivent dater de l'époque où le monarque avait encore un palais – sont nettement plus détaillés et indiquent une succession de frais extravagants. Mobilier, vin, serviteurs, fêtes, musiciens et divertissements… À l'évidence, le roi n'exagérait pas lorsqu'il disait aimer se faire plaisir sous sa forme de loup. J'ai du mal à m'imaginer une bête sauvage donner des réceptions dans un palais, avec des domestiques à son service. Je serais sans doute surprise de voir quel genre de spectacle il commandait. Un quatuor de hurlements, peut-être ? Une contredanse à quatre pattes ?

J'étouffe un petit rire, puis repousse les livres de comptes pour me munir d'une feuille de papier. J'y inscris chaque pièce à remettre au goût du jour et les meubles nécessaires. Inutile de parer de luxe le manoir tout entier, comme notre maison en Bretton. Quelques zones clés suffisent : le petit salon, la salle à manger, le vestibule, les abords de la bâtisse, son allée et les jardins arrière. Tout le reste pourra être nettoyé et accommodé en temps voulu.

Sur une autre feuille, je fais la liste des postes à distribuer, que ce soit au quotidien ou pour des occasions particulières. Pour asseoir sa réputation auprès d'Imogen, je sens que le roi va devoir donner au moins une soirée d'exception – un dîner, peut-être. Il nous faudra donc une équipe convaincante de domestiques humains qualifiés pour faire le service. Pour le reste, les sujets du roi suffiront.

— Oh, vous êtes encore là, s'étonne-t-il justement de sa voix rauque.

Je me tourne et le découvre planté dans l'entrebâillement.

— Je peux partir, suggéré-je, prête à me lever de ma chaise au bureau.

D'un geste de la main, il me fait signe de rester assise et gagne son siège au coin du feu. Il s'affaisse sur le côté, la tête appuyée sur le poing, comme je l'ai vu faire dans le fauteuil de ma chambre. Une boucle désordonnée lui tombe devant les yeux mais, renfrogné, il continue de contempler les flammes sans se donner la peine de l'écarter.

En le voyant assis dans cette position, l'air si vieux, si fatigué, je ne peux pas m'empêcher de douter de mon plan. Ai-je perdu la tête ? Y a-t-il quoi que ce soit chez cette créature qui puisse la rendre désirable aux yeux d'Imogen Coleman ?

Son trône, me rappelé-je. Tant qu'il a un royaume et de l'argent, il n'a pas besoin d'être beau, tendre ou bienveillant. Imogen se contentera du reste, à n'en pas douter. Pour autant, son titre et sa fortune suffiront-ils à la convaincre de sacrifier ce qu'elle a de plus cher ?

Il est encore trop tôt pour m'en soucier. De toute manière, même si mon plan échoue, j'ai bien l'intention de profiter de mon arrangement avec le monarque, qu'il survive ou non. À ce propos…

Je mets ma liste de côté pour reporter mon attention sur les livres de comptes. J'esquisse alors une estimation du coût des rénovations que j'ai suggérées, ajouté à celui d'une garde-robe digne de ce nom pour le roi et du recrutement de personnel. La somme totale n'est qu'une approximation mais, même doublée, voire triplée, elle entamerait à peine la fortune du monarque. Je regrette de ne pas avoir exigé un salaire plus important au moment de sceller notre pacte. Je n'arrive pas à croire qu'il ait osé se plaindre de me céder vingt mille perles de quartz alors que ses richesses se comptent en millions !

Dépitée, je risque un regard à son fauteuil. Je m'étrangle presque : il a les yeux rivés sur moi. Lorsque je les croise, il ne cille même pas. Les joues en feu, le cœur battant la chamade, je ferme brusquement le cahier.

— C'est très impoli de fixer les dames comme vous le faites.

Il cligne plusieurs fois des paupières.

— Je ne vous fixais pas.

— Si.

Il reporte son attention sur le feu.

— Comment suis-je censée les regarder, dans ce cas ?

Je respire profondément pour me calmer les nerfs et faire ralentir les battements de mon cœur.

— Pas comme des proies que vous comptez prendre en chasse. Je vous dirais bien que vous risquez de faire peur à Imogen, mais elle n'est pas du genre à s'effaroucher de l'attention des hommes. Votre indiscrétion lui plairait peut-être, mais ce n'est pas mon cas. C'est une attitude très… canine de votre part.

Il se tortille sur son siège et marmonne dans sa barbe.

— Non, mais je rêve… Je ne vous regardais pas comme une proie.

— À partir de maintenant, je vous suggère deux manières d'observer les femmes, dis-je lorsque j'ai retrouvé mes esprits. Tout dépend du personnage que vous souhaitez incarner.

— Du personnage ?

— Oui. Imaginez que vous portez un masque. Comme vous avez prétendu me sauver avant de simuler une blessure, cette fois, vous allez devoir faire semblant d'être un gentleman en présence de Mlle Coleman. Et, pour paraître convaincant, il va falloir vous forger un personnage. Décider de l'impression que vous voulez lui faire.

— C'est comme un glamour, donc ?

Je suis prise de court un instant. J'ai entendu parler des glamours faériques, mais qu'ils puissent être vrais ne m'avait jamais effleuré l'esprit.

— Oui, je suppose. Sans vos pouvoirs, vous n'êtes sans doute pas capable d'en confectionner un ?

— Non, en effet.

Curieuse d'apprendre comment sont créées ces illusions magiques et quelle est leur utilité, je meurs d'envie de le questionner. Mais la peine que je lis sur ses traits m'incite à reprendre le sujet précédent.

— Pour en revenir à votre personnage, je vous suggère deux options : le voyou ou le gentleman impassible.

— Qu'entendez-vous par « voyou » ?

— Eh bien… (Je marque une pause et pense à mes romans préférés. *La Gouvernante et le Débauché* me vient à l'esprit.) C'est comme ça qu'on appelle un homme un peu effronté, mais charmant à la fois. Plutôt brut de décoffrage. Il n'hésite pas à se montrer entreprenant, à bousculer les convenances.

C'est un rôle qui vous irait à bien des égards. Mais il faut savoir faire de l'esprit, charmer, tenir d'agréables conversations...

Il se tourne vers moi.

— Seriez-vous en train d'insinuer que je suis idiot et dépourvu de charme ?

Lorsque je prends conscience – trop tard – de mon insulte, je m'empourpre. Je devrais m'excuser, mais l'indignation dans sa voix me donne plutôt envie de pouffer. Je pince les lèvres pour dissimuler mon sourire.

— Non, pas du tout. Je me suis seulement dit que... que vous n'aimeriez sans doute pas user de vos charmes sur une... une humaine répugnante.

Il se redresse sur son fauteuil.

— Je suis un excellent acteur.

— Oui, je l'ai constaté, assuré-je d'un ton égal. Je vous conseille quand même d'envisager le rôle du gentleman impassible. Il présente l'avantage d'être discret, réservé. Il ne s'exprime que lorsqu'il l'a décidé et donne l'impression d'être sûr de lui et inaccessible. L'idée de conquérir un homme pareil plaira beaucoup à Imogen. Quant à vous, vous pourrez... faire comme d'habitude.

— C'est-à-dire ?

— Eh bien, il y a un instant, vous ruminiez devant le feu, une activité parfaite pour le gentleman impassible. Cependant, vous allez devoir mieux vous tenir en compagnie de notre cible. Et, si vous espérez la séduire, il va falloir apprendre les bonnes manières.

Il lève les yeux au ciel et se retourne vers le feu.

— Ben voyons !

Je quitte mon poste au bureau pour m'approcher prudemment de son fauteuil.

— Vous avez aussi grand besoin d'une coupe de cheveux et de nouveaux vêtements, ajouté-je, veillant à garder le ton ferme.

Appuyé sur sa béquille, il bondit presque de son siège pour me faire face.

— Vous ne toucherez pas à un seul de mes cheveux !

Je me fige et joins les mains au niveau de ma taille.

— Si on veut vous présenter comme le désirable roi unseelie de l'Hiver à une prétendante humaine, il faut vous rendre crédible.

Il s'avance d'un pas. Dans ses yeux écarquillés brille un éclat semblable à... à de la peur.

— Il n'est pas question que vous me présentiez comme le roi unseelie de l'Hiver, ni comme aucun autre souverain !

— Ce n'est pas ce dont nous avons convenu.

— Maintenant, si. Promettez-le ou vous pourrez faire une croix sur notre marché. Il ne faut révéler mon titre à personne.

— L'ensemble de mon plan repose sur le fait que vous la séduisiez grâce à votre titre.

— Je vous interdis de le lui dévoiler.

— Pourquoi ?

— Je ne veux pas que qui que ce soit, humain ou faé, sache où me trouver. Je vous l'ai dit : rares sont les êtres faériques au courant de ma malédiction. Quant aux humains, ils sont tenus dans l'ignorance la plus totale. Ils savent qu'ils ont un roi unseelie, mais pas qui je suis et le mauvais sort les empêchent de penser à moi trop longtemps. Ce n'est pas pour me déplaire, car le souverain unseelie n'est pas tenu d'interagir avec les êtres humains à moins de l'avoir décidé. Je tiens à ce que les choses restent ainsi. Je ne veux pas qu'on m'adresse la moindre requête, que des artisans humains m'offrent leurs services ou que des créatures faériques me supplient de les accueillir chez moi. Non, personne ne doit voir ce que... ce que...

Il pince les lèvres et laisse sa phrase en suspens. Je n'ai aucun mal à deviner la suite – elle est écrite sur ses traits : « Ce que je suis devenu. »

Ce changement compromet mes plans, mais je le comprends. Moi aussi, j'ai tout fait pour tenir les autres à distance, pour les empêcher de connaître la véritable Gemma – la Gemma d'avant. La tirade du roi soulève cependant une interrogation.

— Si le sortilège vous rend facile à oublier, comment se fait-il que je me souvienne de vous ?

Il agite la main, l'air indifférent.

— Vous êtes dans la confidence, désormais, comme les faés. Ceux qui sont au courant sont moins enclins à m'oublier. En revanche, plus personne ne connaît mon nom. Vous ne voyez donc pas le mal que cette révélation pourrait me causer ? Si tout le monde venait à découvrir mon identité, ma malédiction, mon adresse… Je n'aurais plus aucune intimité.

— Bon, très bien, me résigné-je avec un soupir. Dans ce cas, raison de plus pour vous rendre présentable. Je suis navrée, mais il faut à tout prix dompter votre crinière.

Il porte une main à ses boucles mordorées truffées de nœuds.

— Mais… c'est tout ce que j'ai pour me tenir chaud. Ce maudit corps n'a pas de fourrure.

— C'est à ça que servent les vêtements. Quand je vous commanderai une nouvelle garde-robe, je veillerai à ce qu'elle soit bien chaude.

Il marmonne un chapelet de jurons.

— Rappelez-moi pourquoi je laisse une jeune humaine passer des commandes en mon nom.

Je redresse les épaules.

— Parce que nous avons conclu un marché et que je suis votre seul espoir.

— Si vos manigances ne marchent pas, je vous ferai trancher la tête.

Je ne relève pas. Il serait mort avant d'avoir pu faire quoi que ce soit.

— N'ayez crainte, je sais ce que je fais. De toute manière, si mon plan n'aboutit pas, je pourrai faire une croix sur ma récompense.

Le silence retombe. Je m'apprête à regagner le bureau lorsqu'il demande :

— Qu'allez-vous faire de cet argent ? Les vingt mille perles de quartz que je vous remettrai quand le sort sera rompu. Qu'avez-vous l'intention d'en faire ?

J'envisage d'abord de mentir mais, finalement, j'opte pour la vérité.

— Je veux rentrer chez moi.

— Chez vous ? répète-t-il, perplexe.

— En Isola, ma terre natale. C'est un pays chaud, magnifique, qu'on m'a forcée à quitter à… à la mort de ma mère. Cet argent m'aidera à financer mon voyage et peut-être à m'acheter des terres là-bas.

— Que comptez-vous y faire ?

— Tenir une ferme, comme celle où je vivais quand j'étais enfant. Y élever des chevaux, peut-être.

— Et votre père, allez-vous l'y emmener ? Ce Richard Bellefleur que vous m'avez si férocement empêché d'escroquer ?

Je serre les poings.

— Non. C'est de lui que j'espère m'émanciper. Je souhaite partir seule en Isola.

Il me scrute de ses yeux perçants, comme s'il cherchait à lire dans mes pensées. Je lui lance un regard éloquent.

— Vous recommencez à me fixer.

Exaspéré, il lève un bras vers le ciel avant de me tourner le dos.

— Vous êtes infernale.

— Au contraire, c'est un bon entraînement, insisté-je avec douceur. Je vais vous expliquer comment remédier à cette situation la prochaine fois.

Il se retourne vers moi.

— Remédier à cette situation, répète-t-il, grinçant.

— Si une dame vous surprend à l'observer ou si vous remarquez que vous fixez quelqu'un des yeux pendant, disons, plus de trois secondes, deux options s'offrent à vous. Dans le rôle du gentleman impassible, il faut jouer l'indifférent. Ne montrez aucune gêne, mais n'hésitez pas à paraître troublé, désarçonné un court instant. Comme si sa beauté vous avait captivé, mais que vous préférez vous détourner de peur de la dévorer du regard. Ensuite, vous pouvez reprendre votre attitude habituelle. Vous savez, ruminer comme vous le faites si bien.

— C'est ridicule, soupire-t-il.

— Autrement, vous avez le rôle du voyou. Quand il fixe une femme, lui n'a pas besoin de faire comme si de rien n'était. Au contraire, il faut qu'il transforme son regard en autre chose. Pas un sourire timide, mais un air malicieux, qui laisse entendre que vous savez qu'on vous a surpris et que ça vous plaît.

— Et en quoi consiste cet air malicieux, au juste ?

Je hausse les épaules.

— En un subtil sourire en coin, peut-être. Mais il doit être convaincant. Il ne faut pas qu'il ait l'air d'une grimace ni qu'il soit si flagrant que tout le monde le remarque.

— Eh bien, voilà qui m'a l'air simple comme bonjour…

— Ce n'est pas aussi compliqué que vous le pensez.

— Vous n'avez qu'à me faire une démonstration, puisque vous êtes si maligne !

J'ouvre la bouche, les joues en feu.

— Je n'ai encore jamais joué ce rôle.

— Mais un voyou s'est sûrement déjà joué de vous.

Cette affirmation me fait l'effet d'un coup de poing en pleine poitrine. Il n'y avait ni malveillance ni mépris dans sa voix. Ce n'était sans doute rien de plus qu'une habile tournure de phrase, mais elle n'en reste pas moins accablante de vérité. En effet, un voyou s'est joué de moi…

Le roi doit sentir que mon humeur a changé, car il baisse la voix pour s'expliquer avec douceur :

— J'entends par là que vous avez certainement déjà été témoin de l'expression dont vous parlez. J'aimerais voir à quoi elle ressemble.

J'inspire un grand coup afin de chasser les souvenirs qui menacent de s'immiscer dans ce moment. Je les remise à leur place, au fond de mon esprit.

— Ah, je vois. Bon, regardez ailleurs un instant. Quand vous relèverez les yeux vers moi, soyez attentif à ce que je fais.

Malgré son exaspération manifeste, il s'exécute. Lorsque nos regards se croisent, je soutiens le sien. *Un, deux, trois.* Ensuite, l'ombre d'un sourire au coin des lèvres, je brise le contact visuel à la dernière seconde. Après un coup d'œil circulaire à la pièce, je tombe le masque et me retourne vers lui.

— Vous voyez ?

Son visage est vide d'expression, ses yeux, rivés sur mes lèvres. Ils remontent peu à peu jusqu'aux miens et, une fois de plus, il me fixe bien trop longtemps. Quand je hausse les sourcils en guise d'avertissement, il pousse un soupir. La bouche déformée par une moue qui ressemble davantage à une grimace qu'à un sourire, il détourne le regard. Je dois simuler une quinte de toux pour dissimuler mon rire.

— Il va vous falloir de l'entraînement. L'avantage, c'est que vous avez compris mon signal. Pour le moment, je vous suggère de jouer le gentleman impassible. C'est plus simple, il vous suffit de faire l'innocent.

— Ça y est, vous voulez bien sortir de mon petit salon, maintenant ? peste-t-il.

— J'y viens. Mais d'abord, j'aimerais vous appeler par un autre nom que « Votre Majesté ».

— Non, c'est parfait. Bonne nuit.

— Allez, je vous en prie ! Si je dois cacher à Imogen que vous êtes le roi, je ne peux pas vous présenter en tant que tel. Il vous faut un vrai nom, qui vous donne l'air d'un gentleman distingué.

— J'en ai déjà un.

— Mais vous l'avez oublié.

D'un pas raide, il gagne la cheminée. Il se met à arpenter la pièce, la mine soucieuse.

— J'ai tout fait pour m'en souvenir. Par moments, j'ai l'impression qu'il est là, dans un coin de mon esprit. Je l'entends presque résonner dans mes oreilles. Ça ressemble à… Floyd… Farris… Varis… Elvis…

Un éclat de rire m'échappe.

— Elvis ?

— Épargnez-moi vos rires, grogne-t-il.

Je ravale mes gloussements.

— Pardon. Permettez-vous que je vous choisisse un nom, dans ce cas ?

— Si je refuse, vous n'allez faire qu'insister, je présume ?

— En effet.

Je m'avance plus près pour l'observer attentivement. Je tâche de trouver un nom qui corresponde à son visage – à l'homme caché sous cette crinière rebelle et cette barbe hirsute, qui broie du noir au coin du feu avec ses yeux couleur grenat.

— Elliot Rochester, décrété-je finalement.

— D'où sortez-vous ce nom ?

— Rochester est le nom du héros taciturne de la *Gouvernante et le Palais maudit*, l'un de mes romans préférés. Quant à Elliot… je me suis dit que ça vous irait bien.

D'un pas traînant, il regagne son siège, l'air renfrogné.

— Comme vous voudrez.

Je traverse le petit salon et m'arrête au niveau de la porte pour jeter un regard en arrière. Le roi loup se drape les genoux d'une couverture et rapproche son fauteuil de la cheminée. Le rire toujours au bord des lèvres, je ne peux pas m'empêcher de penser qu'il n'est pas si mauvais, tout compte fait. Il a peut-être une chance de séduire Imogen.

— Bonne nuit, Elliot Rochester.

— C'est « Votre Majesté », grommelle-t-il.

Au moment de me glisser dans le couloir, je suis pourtant sûre de l'entendre marmonner : « À vous aussi, Gemma Bellefleur. »

16

Sitôt le soleil levé, le triomphe et l'espoir de la veille s'évaporent. Je me réveille en sursaut dans ma nouvelle chambre, chaque centimètre de mon être glacé d'effroi.

Je sais quelle épreuve m'attend. C'est mon propre plan qui me contraint à l'affronter. Pourtant, la simple idée de retourner en ville me donne des sueurs froides.

Je repousse mes couvertures et sors du lit à contrecœur. Quand mes pieds entrent en contact avec les dalles glacées, je prends note d'ajouter plusieurs tapis à ma liste d'achats essentiels pour le manoir. D'un coup d'œil à la cheminée, je constate qu'il n'y reste plus que des braises. La veille, à mon retour du petit salon, j'ai découvert avec surprise qu'on avait allumé un feu dans ma chambre et changé mes draps. Quelqu'un avait posé mes bottes trempées près du feu et emporté mes vêtements humides pour les laver – du moins l'espéré-je. Même si je n'ai encore attribué de poste officiel qu'à la cuisinière, il semble que certains aient commencé à prendre des initiatives.

Je considère mes bottes avec réticence. Le feu a dû les faire sécher et les réchauffer, mais mes pieds me font encore mal après ma course de la veille. Je préfère donc me tourner vers l'armoire. Hier soir, j'ai fouillé le tiroir du bas. J'y ai déniché quelques chemises de nuit et d'épais bas, que je porte en ce moment même. Cette fois, j'inspecte le tiroir du dessus. J'en tire une paire de gants de laine, une pèlerine et une toque de fourrure brune d'une douceur sans pareille. Je dois reconnaître que l'ambassadrice du roi a très bon goût.

Mes nouvelles trouvailles mises de côté, j'ouvre l'armoire pour explorer l'étagère qui surplombe les robes. J'y repère trois paires de bottes de cuir noir souple, doublées de fourrure, toutes nettement plus solides que les miennes. Leurs semelles sont larges, conçues pour être antidérapantes. Je doute qu'elles soient à ma taille, mais j'en enfile une paire. Tout compte fait, elles me vont plutôt bien, bien qu'elles soient légèrement trop grandes pour moi. L'ambassadrice doit avoir le pied à la fois long et étroit. Après avoir sorti du tiroir une seconde paire de bas, qui m'aideront sans doute à remplir mes bottes, je me saisis de la tenue que je portais la veille. Au moment d'enfiler la robe vert foncé, une vague de panique me submerge. Moi qui préfère éviter les regards, je risque d'en attirer encore plus avec ce style vestimentaire inhabituel ! Par chance, la cape ne laisse paraître que l'ourlet de ma jupe. Quant à la pèlerine, la toque et les gants, ils sont d'apparence plutôt moderne.

Vêtue de la tête aux pieds, je me sens comme un soldat en armure paré pour la guerre. Je me livre donc au rituel que j'exécute avant chacune de mes sorties : je me poste à la fenêtre. Contrairement à la vue qu'offre notre maison de ville, ici, je ne distingue rien d'autre que montagnes et forêt. Mon angoisse s'évanouit, chassée par l'émerveillement que m'inspirent les cimes givrées, les flocons qui tombent paresseusement et le ciel d'opale éclairci peu à peu par le soleil levant. Comme hier, quelque chose dans le jardin capte soudain mon attention.

Là, dans la petite cour où je l'ai vu la veille, se trouve le roi – rebaptisé Elliot Rochester par mes soins. Cette fois, aucun doute n'est possible. Je reconnaîtrais entre mille sa posture avachie et sa chevelure indisciplinée. Je l'étudie plus attentivement, considère sa tête baissée, ses épaules voûtées. Entre ses doigts, il tient un petit objet rouge. Un pétale de rose.

Subitement, ma bouche s'assèche. Le voir dans le jardin porte désormais un sens qui m'échappait encore hier. Car aujourd'hui, je sais qu'il ne contemple pas un simple pétale, mais un jour perdu, rayé du restant de sa vie, le signe qu'il se rapproche peu à peu de la conséquence finale du sortilège. Cette vision suffit à me faire monter une boule dans la gorge, mais je la ravale. J'ai déjà bien assez de soucis.

Le monarque tourne la tête. Comme si la veille se répétait une fois de plus, il semble braquer le regard droit sur moi. Cette fois, je ne me cache pas à la hâte. Il ne se détourne pas non plus, ce qui ne me surprend pas ; je doute qu'il ait déjà assimilé la leçon d'hier soir. Je lève donc la main pour lui faire un petit signe. Lentement, il redresse les épaules, puis me rend mon salut.

— Il est temps d'entamer la phase une, murmuré-je.

*

Il est encore tôt quand je gagne la place du marché, ce qui me permet de me frayer un chemin sans peine sur le trottoir. Par chance, aucune de mes connaissances ne m'a encore interpellée. J'ai bien conscience qu'avant la fin de mon excursion à Vernon, il va me falloir parler à au moins une personne indésirable, mais je préfère ne pas y penser. D'abord, il y a quelqu'un d'autre que je tiens à rencontrer.

Aux abords de la librairie, je sens presque le parfum du papier m'appeler, j'entends les livres chuchoter mon nom. Je meurs d'envie de leur répondre. Tourner le dos à la boutique pour traverser la route me fait l'effet de la plus infâme traîtrise. Mais je ne suis pas venue pour m'acheter des livres.

Parvenue devant l'hôtel Vérité, je me fige et prends une longue inspiration. Je ne sais pas si cette partie de mon plan va porter ses fruits, mais il faut que je tente ma chance. Étroitement drapée dans mon personnage, je pousse la porte. D'emblée, le fracas de marteaux me parvient. Sous mes pieds, le sol est couvert de sciure et de débris. Je savais que l'établissement était encore en construction, mais je ne m'attendais pas à y voir régner un tel désordre. De l'extérieur, il semble presque terminé. J'ai beau suivre les bruits du chantier, je ne trouve personne sur les lieux.

— Ohé ! lancé-je à la cantonade. Y a-t-il quelqu'un à qui je puisse m'adresser ?

Seul le martèlement des outils me répond. Je continue donc de m'enfoncer dans la bâtisse. Je parviens alors à un vaste espace dégagé où le vacarme du chantier résonne tel un rugissement. Chaque centimètre de cette immense salle est encombré d'échafaudages du sol au plafond, sur lesquels s'affairent une foule d'ouvriers. Certains peignent, d'autres peaufinent d'élégantes moulures sur les murs. Une nuée d'orbes de lumière bleue flottent dans les airs afin d'éclairer la pièce et illuminer les zones où travaillent les artisans.

Je n'en crois mes yeux. Ces boules lumineuses… Seraient-ce des… des créatures faériques ? J'ai entendu parler des feux follets, mais c'est la première fois que j'en vois. Jamais je n'aurais pu les imaginer travailler aux côtés de…

— Qu'est-ce que vous faites ici ? questionne une voix féminine.

Je pivote pour me retrouver nez à nez avec une femme aux cheveux cuivrés – celle qu'Imogen et moi avons aperçue il y a deux jours. Elle me transperce de ses yeux d'émeraude.

— Ce n'est pas un chantier public. Je vais vous demander de partir.

Elle s'apprête à m'empoigner par le bras, mais je me recule. Le menton haut, je me redresse de toute ma hauteur.

— J'aimerais m'entretenir avec quelqu'un.

— Vous avez rendez-vous ? interroge-t-elle sans animosité.

— Non, mais je viens de la part de mon employeur, qui est une personne très importante.

Elle arque un sourcil.

— Qui est-ce ?

Je réfléchis, regrettant que le monarque tienne tant à garder son identité secrète. Au demeurant, il ne m'a pas demandé de mentir au sujet de son rang.

— Une faé de sang royal. Je ne suis pas autorisée à dévoiler son identité, j'ai pour unique consigne de suivre ses instructions. Et, pour ce faire, je dois m'adresser à l'être faérique aux commandes du chantier de cet hôtel.

Sans un mot, elle m'étudie de la tête aux pieds. Je l'imite. Elle porte le même manteau vert chartreuse que la fois précédente. Vue de près, son étoffe de brocart semble encore plus élégante. Sous l'ourlet du vêtement, on devine la soie scintillante d'un jupon turquoise. Contrairement à la plupart des dames de la ville, mon interlocutrice a les cheveux détachés. Ils cascadent sur ses épaules telles de longues vagues cuivrées. L'arrondi de ses oreilles et sa carrure moyenne lui confèrent peut-être une apparence humaine, mais son style sort de l'ordinaire.

— Qui êtes-vous ?

Un homme-faé apparaît derrière la rousse. Il m'observe tout en essuyant sur sa cravate de soie bordeaux les verres de ses lunettes d'écaille. Il a les cheveux noirs, une silhouette trapue, et doit faire quelques centimètres de moins que moi. C'est lui que je cherche : l'être faérique qu'Imogen a désigné comme étant l'architecte d'intérieur de l'hôtel.

— J'aimerais solliciter vos services au nom de mon employeur.

Le nouveau venu chausse ses lunettes.

— Argh ! Éloignons-nous de ce vacarme infernal. Mes tympans vont exploser.

Il tourne le dos et part d'un pas raide dans la direction d'où je suis venue, sa collègue sur les talons. Je m'empresse de rattraper les deux faés. Elles traversent le hall d'entrée avant de s'engouffrer dans un couloir. Ici, le chantier semble achevé : le sol est tapissé de moquette moelleuse, les murs, finement peints et ornés d'élégants luminaires. Ce corridor débouche sur une pièce de taille modeste, meublée de plusieurs tables rondes entourées de chaises. Il doit s'agir de la salle de réception.

L'être faérique et la femme se dirigent vers une table où trônent un service à thé et un éventail de pâtisseries. L'air boudeur, l'homme-faé s'affale dans un fauteuil. La femme, elle, s'installe sur le siège voisin pour servir une tasse de thé.

Plantée devant eux, je tâche de ne pas m'offusquer de leur indifférence. Pour m'empêcher de m'agiter nerveusement, je joins les mains à la taille.

— C'est bien vous, l'architecte d'intérieur ? demandé-je à l'attention du mâle.

Il se munit d'une carafe à décanter remplie d'un liquide d'un violet profond et en remplit une tasse de porcelaine vide. À l'odeur, je dirais que c'est du vin. Si tôt dans la journée ? La créature porte la tasse à ses lèvres et en prend une petite gorgée.

— Oui. Difficile à croire, vu le peu de respect qu'on me porte ici. Figurez-vous que mes clients ont encore refusé la décoration que j'ai achetée pour la salle de bal ! Ils ne veulent pas qu'elle ait l'air trop faérique. Une histoire de convenances, de crainte d'éveiller des désirs charnels ou je ne sais quelle sottise. Alors, je leur ai fourni ce qu'ils souhaitaient : une salle de bal on ne peut plus humaine.

La femme s'esclaffe.

— Ce n'est pas pour autant qu'il faut recouvrir chaque surface de napperons.

Le décorateur ouvre la bouche, l'air faussement vexé.

— Les humains adorent les napperons ! Tu devrais pourtant le savoir, Amelie.

— Pas autant que tu le penses, je t'assure, réplique l'intéressée avant de se tourner vers moi, un sourire aux lèvres. En vingt ans de carrière, Foxglove n'a toujours pas saisi la nuance entre « humain » et « collectionneur invétéré d'objets hideux ». Pour lui, c'est du pareil au même. Si vous voyiez le petit salon qu'il a aménagé pour ma sœur…

— Evelyn l'a toujours trouvé à son goût ! Tant et si bien qu'elle m'a demandé de le reproduire quand Aspen et elle ont déménagé au palais de Maplehearth.

Amelie se plaque une main sur la bouche et manque de cracher son thé.

— Parce qu'il est à mourir de rire !

— Je ne vois pas la différence entre un vrai petit salon humain et l'interprétation artistique que j'en ai faite, rétorque l'homme-faé, boudeur.

Son amie se penche en avant pour lui donner une tape sur la main.

— Voilà pourquoi tu ferais mieux de m'écouter la prochaine fois. C'est pour cette raison que tu as fait appel à moi, non ? Pour mon sens artistique et ma sensibilité d'humaine ?

Je me racle la gorge afin de leur rappeler ma présence. Sans succès.

— J'en ai assez de la sensibilité des humains, grommelle Foxglove. Je crois que je n'ai jamais eu à travailler dans une ville aussi collet monté ! On me demande de décorer une salle de bal qui ne soit ni trop humaine ni trop faérique et qui ne risque surtout pas d'inspirer des désirs charnels. À quoi sert un bal, selon eux ? Pire encore : qu'est-ce que je suis censé faire du mobilier que le conseil a refusé une fois de plus ?

— Oui, c'est du gâchis. Les éléments n'étaient pas si mal, en soi. C'était seulement l'aménagement qui péchait. Si tu n'avais pas tout recouvert de napperons, de montres à gousset et de tapis, le conseil aurait sûrement accepté.

Au fil de leur échange, la nervosité monte en moi. Sans leur laisser le temps de m'ignorer une seconde de plus, je m'immisce dans la conversation.

— M. Foxglove, je suis venue vous demander vos services et j'ai une proposition qui pourrait vous arranger.

Mon employeur aimerait… donner un coup de jeune à son manoir de vacances. Si vous souhaitez vous débarrasser des meubles dont vous parlez, nous les accepterons avec plaisir, du moment qu'ils sont dans l'air du temps et en bon état. Nous aurions aussi besoin de quelques rénovations mineures. En échange d'une généreuse rémunération, bien sûr. Nous vous dédommagerons également pour votre discrétion, qui est impérative.

L'architecte d'intérieur semble enfin s'apercevoir de ma présence.

— Ma discrétion ? Pour qui travaillez-vous ?

— Un être faérique de sang royal qui préfère ne pas attirer l'attention sur son titre. Comme il a dans l'idée de recevoir des invités humains, il lui faut une décoration adaptée au plus vite. Pourriez-vous quitter votre chantier une minute ? Le temps d'une consultation, au moins.

Après un instant de réflexion, Foxglove prend une gorgée de thé.

— Je pourrais sans doute m'éclipser en attendant la nouvelle livraison de meubles. Il ne reste plus que la salle de bal à aménager.

Une bouffée d'exaltation me submerge et déferle jusqu'au bout de mes doigts. D'une main tremblante, je tire une carte de la poche de ma cape afin de la tendre à l'architecte.

— Trente-trois Whitespruce Lane, lit-il.

— Passez dès que possible. Nous aimerions entamer les rénovations du manoir sans délai.

Il acquiesce, puis glisse la carte dans son manteau.

— Très bien. Pas d'autre requête, grande humaine ?

— Eh bien… Tant qu'on y est, j'aurais bien un autre service à vous demander, qui nécessiterait aussi votre discrétion. Mon employeur a besoin de renouveler sa garde-robe. Auriez-vous un styliste à me recommander ? Et un barbier de confiance, disposé à se déplacer pour une coupe de cheveux et un rasage ?

Il porte une main à sa poitrine.

— Il y a longtemps que je ne coiffe plus. C'est un peu indigne de mes talents, aujourd'hui, confie-t-il, avant de prendre une expression malicieuse. Mais ça me manque, par moments. Je vais voir ce que je peux faire pour votre patron.

Il ne se doute pas que changer ce roi dépenaillé en l'Elliot Rochester qu'il doit devenir va nécessiter une certaine dose de magie, mais je m'abstiens de le mettre en garde.

— Et pour sa garde-robe ?

Foxglove secoue la tête. Amelie se penche en avant pour m'effleurer l'avant-bras.

— Je vais m'en charger, glisse-t-elle avec un clin d'œil complice. Disons que c'est ma spécialité.

17

Heureusement que la réussite de ma première mission me donne l'impression de flotter ! Sinon, mes jambes auraient sans doute du mal à me porter jusqu'à la destination suivante. Plus je m'en approche, plus mes entrailles se tordent. Je n'arrive pas à croire que je me rends délibérément chez Imogen Coleman.

Pense à l'argent, à ta liberté, m'intimé-je. Même si je n'ose pas me l'admettre, il y a autre chose qu'il me tarde d'obtenir. *Imagine la tête qu'elle fera quand elle s'apercevra qu'elle s'est fait rouler.*

Parvenue à la porte de chez elle, je frappe, mon masque savamment étudié bien en place. Une bonne vient m'ouvrir et m'invite à entrer. À peine ai-je fait deux pas que mon ennemie jurée descend l'escalier à toute allure, les yeux exorbités. Après m'avoir considérée brièvement, elle s'empare de mes mains à la hâte.

— Dis-moi que ce n'est pas vrai, souffle-t-elle.

— De quoi parles-tu ?

Les joues roses, elle semble à deux doigts de l'explosion.

— Je suis passée chez toi ce matin et tu n'étais pas là. En revanche, ta sœur m'a informée de la plus tragique des nouvelles.

J'arrête de respirer. Mon père et Nina ont dû recevoir ma lettre. Imogen serre fort mes mains entre les siennes.

— Dis-moi que tu ne t'es pas trouvé un emploi !

Elle prononce ce dernier mot avec un tel dégoût qu'on pourrait croire qu'il est question de meurtre.

— Si, je…

Sans me laisser le temps d'ajouter le moindre mot, elle m'entraîne vers l'escalier. Je me dérobe à sa poigne pour la suivre à une allure plus modérée. Parvenue au dernier palier, elle se met à taper du pied en attendant que je la rejoigne. À chacun de mes pas, je me délecte de son agacement.

— Ma chère Gemma, je suis si fâchée après toi que j'arrive à peine à trouver les mots, marmonne-t-elle quand je parviens enfin à son niveau.

Elle me conduit à la porte du petit salon, derrière laquelle s'élèvent des accords de piano d'une élégance stupéfiante. Nettement moins émue que moi par la mélodie, Imogen ouvre la porte à la volée et se rue à l'intérieur d'un pas raide.

— Ça suffit, Ember.

La musique cesse brusquement. Lorsque j'entre dans la pièce, la demi-sœur d'Imogen se lève de son siège au piano. Comme la première fois que je l'ai vue, elle est coiffée d'un grand bonnet qui lui cache presque entièrement le visage. Elle me salue d'un sourire, que je lui rends derrière le dos d'Imogen.

— Va-t'en, ordonne cette dernière. Toi aussi, Clara.

Une autre jeune fille, que je n'ai vue qu'une fois ou deux auparavant, se lève du divan où elle se trouvait étendue. Avec ses boucles blondes et sa moue boudeuse, elle ressemble comme deux gouttes d'eau à sa sœur.

— J'étais là avant toi, geint-elle. En plus, j'ai la migraine.

Les mains sur les hanches, son aînée fonce vers elle à grandes enjambées.

— Tu devrais te sentir mieux maintenant qu'Ember a arrêté son raffut. Allez, sors de là pour que je puisse parler à Gemma seule à seule.

Indignée, Clara se lève pour quitter la pièce en traînant les pieds, sans m'accorder le moindre regard. Sitôt la porte fermée, Imogen monte à l'assaut.

— Le suspense est insoutenable. Dépêche-toi de t'expliquer ou je sens que je vais m'évanouir.

Le regard dans le vague, elle prend la place de sa sœur sur le divan et me fait signe de m'asseoir à côté d'elle. J'ignore son invitation pour m'installer sur le fauteuil, de l'autre côté de la table.

— Tu sais déjà tout. J'ai accepté un poste.

Imogen porte une main à ses lèvres pour étouffer un cri d'effroi.

— Tu as perdu l'esprit ! Tu ne te rends pas compte de l'image que ça renvoie de toi ? Aucun homme ne veut d'une épouse qui travaille. Ça te donne l'air… pauvre.

Une foule de ripostes surgit dans ma tête, mais je les ravale en me parant d'un sourire hypocrite. Je sais qu'il est inutile d'argumenter avec Imogen. Autrement dit, il est temps pour moi de prendre les commandes. Penchée en avant, je me cache derrière un masque contrit pour préparer mes mensonges.

— J'ai bien conscience que cette nouvelle te contrarie. Mon embauche ne faisait pas partie de tes plans pour me voir trouver le bonheur et je sais que mon père t'a confié la tâche de me dénicher un mari. Mais personne n'aurait pu refuser le poste qu'on m'a proposé.

— Comment ça ?

— Disons que… que mon employeur n'aime pas qu'on lui dise non.

Un petit rire moqueur lui échappe.

— Ce n'est pourtant pas si difficile quand on est aussi riche que toi. À quoi peut bien te servir cet emploi ?

Quelle que soit ma réponse, elle ne comprendra pas. Je ne vois donc qu'une approche possible.

— Dis-moi, chère Imogen, soufflé-je à mi-voix, l'air complice, pourquoi m'as-tu caché qu'il y a une faé de sang royal à Vernon ?

Mon ennemie pâlit, bouche bée.

— Qu'est-ce que tu racontes ?

— Il vit en bordure de la ville, pour être exacte. Mais tu l'as forcément rencontré, non ?

Le choc et l'irritation se succèdent sur ses traits. Elle doit être verte de rage que je détienne une information qu'elle ignore.

— Une faé de sang royal, dis-tu ?

— Oui, un gentleman très raffiné, qui plus est. Tu es si populaire en ville que j'étais certaine que tu le connaissais déjà. Mais, après tout, il n'a peut-être pas encore eu le temps de faire connaissance avec les gens de Vernon. Il vient juste de s'y installer. C'est sa maison de vacances qui se trouve près d'ici et dont on m'a confié la gestion.

— Il ne peut pas faire partie de la famille royale, décrète Imogen, incrédule. Je refuse de le croire. Qu'est-ce qu'il peut bien être ? Un neveu éloigné ? Un prince de petite envergure ?

— Non, il est très haut placé. J'ai juré de ne pas révéler son titre, mais je t'assure que si tu l'apprenais, tu n'en reviendrais pas.

— Je ne te crois toujours pas. Comment as-tu reçu cette offre, d'abord ?

— Oh, j'ai vu une annonce intéressante dans le journal. Je peux te confier un secret ? ajouté-je en la voyant prête à poursuivre son interrogatoire.

Elle referme la bouche d'un coup sec et s'avance tout au bord du divan, à tel point que je crains de la voir s'affaler sur le sol.

— Dis-moi.

— Mon employeur se cherche une épouse, chuchoté-je.

Son expression se durcit et un éclair de fureur illumine son regard.

— Je parie que c'est pour cette raison que tu as accepté le poste, dit-elle, le ton soudain acerbe. Tu espères trouver le moyen de t'inviter dans sa chambre à coucher pour te dégoter un mari royal. Tu te crois maligne, mais les nobles n'épousent pas leurs domestiques.

Mes doigts brûlent de se recroqueviller pour former des poings, mes lèvres, d'esquisser une grimace mauvaise. Au lieu de quoi, j'affiche un sourire innocent.

— Oh non, détrompe-toi ! Ce n'est pas dans mon intérêt que je te demande de garder cette information secrète, mais dans le sien. C'est pour cette raison qu'il compte sur ma discrétion. Il voudrait trouver quelqu'un qui l'aimera, non pas pour sa fortune et son titre, mais pour qui il est. Si tout le monde apprend qu'une créature faérique de sang royal aussi riche et distinguée que lui cherche à se marier, je crains qu'il ne soit assailli par une foule de prétendantes et qu'il ait du mal à trouver la bonne. L'ennui, c'est que le temps presse. Il faut qu'il soit marié d'ici trois mois.

Soupçon et mépris quittent son expression pour céder la place à l'avidité.

— Trois mois ? Pourquoi tant de précipitation ?

— Quand un homme souhaite se marier, il n'a pas de temps à perdre. Et celle qui espère se faire une place dans son cœur doit agir sans délai. C'est ce que tu m'as dit, non ?

— Et tu n'as vraiment pas l'intention de tenter ta chance avec lui ?

Je plaque une main sur ma poitrine.

— Par tous les saints, non ! Je t'assure que mon employeur n'a aucune envie de me prendre pour épouse. En plus, nous avons convenu que notre relation était strictement professionnelle. Les nobles n'épousent pas leurs domestiques, comme tu l'as dit, donc je suis hors-jeu, ajouté-je, avant de pousser un soupir mélancolique.

« Pour autant, je sens qu'il a besoin de mon aide. Si seulement je pouvais trouver la personne idéale sans attirer l'attention de toutes les femmes de Vernon… Ça simplifierait nettement les choses.

En voyant Imogen entrouvrir les lèvres, je sais que j'ai réussi à semer le germe dans son esprit. L'alléchante perspective que je viens de lui servir la ferait presque saliver.

— Oh, Gemma ! dit-elle d'une voix douce, maîtrisée, une main sur le cœur. Ce que tu peux être généreuse ! Tu as raison. Ce serait cruel de laisser toute la population féminine de Vernon le prendre d'assaut.

— J'étais sûre que tu serais de mon avis.

— En tant que… Quel poste occupes-tu pour lui, au juste ? Celui de gérante ?

— Je suis son intendante.

— Eh bien, en tant qu'intendante, aurais-tu par hasard le contrôle sur son emploi du temps ? Ses allées et venues en ville ?

— Oh, il n'a pas l'intention de sortir. Il ne recevra de visiteurs qu'à son manoir. Et oui, j'ai connaissance de tous ses rendez-vous et il m'a demandé de le présenter aux… aux bonnes personnes.

Elle change de position et joint ses mains tremblantes sur ses genoux.

— Mais tu as très peu de relations. Tu ne peux pas te charger de cette mission toute seule.

Je fais mine de réfléchir.

— Tu as peut-être raison. Je ne connais pas bien les grandes familles de Vernon. Comment vais-je faire pour lui suggérer des personnes convenables ?

Sa fébrilité à peine contenue, Imogen se redresse.

— Tu as de la chance de m'avoir ! Je suis prête à t'aider. Encourage ton employeur à rencontrer ma famille en premier et nous jouerons le rôle d'ambassadeurs pour toute la haute société de Vernon.

De chaperons, plutôt. Tout se passe comme prévu.

— C'est une idée formidable ! Et qui sait ? Une fois qu'il t'aura rencontrée, il n'aura peut-être plus aucune envie de poursuivre ses recherches…

Mes paroles ont l'effet escompté : des étoiles se mettent à briller dans les yeux de mon ennemie.

— Voilà qui serait… idéal.

Je me lève de mon fauteuil, tirant Imogen de ses songes. Elle doit déjà rêver de cloches nuptiales.

— Je dois te quitter. J'ai promis de ne pas être longue.

Elle se remet debout d'un bond.

— Tu ne veux vraiment pas me dire son titre ? Je ne le répéterai à personne, juré.

— Je regrette, mais je suis tenue au secret. Quand tu le rencontreras, tu verras tout de suite comme il est distingué.

— Et quand aurai-je le plaisir de faire sa connaissance ? Est-ce qu'il a l'intention de recevoir des convives à dîner cette semaine ?

— Ce n'est pas encore prévu, mais tu seras la première informée, assuré-je avec un clin d'œil, avant de me diriger vers la porte.

Imogen m'emboîte le pas.

— Dis-moi au moins son nom.

Les doigts sur la poignée, je me retourne, un sourire aux lèvres.

— Elliot Rochester.

Les joues roses, elle se pâme d'admiration.

— Oh ! Même son nom est élégant.

— Et tu n'as encore rien vu.

Sur ces mots, je sors de la pièce. Le rire au bord des lèvres, je me félicite de la savoir tombée dans mon piège.

18

Rentrer au 33 Whitespruce Lane ne se révèle pas aussi pénible que lors de mon premier périple. Pas étonnant : cette fois, aucune meute de loups n'est à mes trousses. Malgré la longue marche que j'ai dû faire jusqu'au sommet de la colline, mes chaussures sont restées chaudes et sèches. Ma cape et ma jupe, en revanche, sont à nouveau trempées. Et je ne serais pas contre un bol du ragoût de lapin de Bertha, pourvu qu'elle en ait préparé aujourd'hui.

Je m'engage sur le sentier qui s'étend entre Whitespruce Lane et le manoir. Je découvre la vue pour la première fois – lors de mon passage précédent, on m'y a conduite les yeux bandés. Si j'ai profité du paysage en me rendant au village, ce matin-là, cette nouvelle perspective me permet de le contempler comme si j'étais une visiteuse – dans la peau d'Imogen, plus précisément.

Les bordures du chemin sont envahies de broussailles et de ronces qu'il va falloir tailler pour permettre le passage de chariots, de carrosses ou même d'éventuelles voitures. Aux abords du manoir, les travaux d'aménagement paysager vont devoir être plus intensifs. Le sentier est jonché d'arbres tombés et de branches, toutes sortes de plantes invasives obscurcissent les fenêtres crasseuses et les murs sont couverts de lierre. Ce n'est pas une demeure digne d'un roi. Au premier coup d'œil, on croirait même qu'elle est abandonnée.

Au moins, personne ne devinerait la vérité : qu'elle abrite une meute de faés-loups maudites. Quoi qu'il en soit, il faut que ce manoir crie : « Bon parti de sang royal à marier », pas : « Défense d'entrer, maison abandonnée. »

Sur le chemin de la porte, je tente d'organiser les tâches à accomplir selon leur priorité. Le vestibule est désert, le manoir, calme. Je me dirige donc vers le petit salon. Je suis tellement perdue dans mes calculs que je manque de trébucher sur la béquille du roi, dont la présence m'avait échappé. Je sursaute et recule de quelques pas. Elliot est assis dans son fauteuil, face au feu.

— Pardonnez-moi, Votre Majesté. Ou devrais-je dire : monsieur Rochester. J'avais la tête ailleurs.

— Inutile de vous reprendre, grommelle-t-il. Je préfère « Votre Majesté ».

Je me fraie un chemin jusqu'au bureau.

— Peut-être, mais je devrais sans doute prendre l'habitude de vous appeler monsieur Rochester. Je ne voudrais pas commettre d'erreur devant nos futurs visiteurs.

Son bâton calé sous le bras, il se lève et se poste face à moi, renfrogné.

— Je ne pensais pas vous voir revenir.

Sur le point de m'asseoir au bureau, je me fige.

— Comment ça ? Pourquoi ne serais-je pas revenue ?

Il se frotte le menton.

— Disons que… eh bien, contrairement à moi, vous pouvez aller et venir à votre guise. Puisque vous étiez partie du manoir, je ne comprends pas que vous ayez choisi d'y rentrer.

— Nous avons conclu un marché et je risque sûrement de sérieuses sanctions s'il me prend l'envie d'y manquer.

— Notre pacte m'oblige à vous fournir le gîte et le couvert, mais vous, rien ne vous force à l'accepter. Je pensais que votre sortie vous remettrait les idées en place.

Je m'installe dans le fauteuil.

— Non, elle m'a seulement rappelé pourquoi je déteste Vernon et tous ses habitants. Quoi qu'il en soit, j'ai accompli ma mission. J'ai réussi à prendre rendez-vous avec un architecte d'intérieur et une styliste. Ils devraient venir demain.

— Génial, marmonne le roi, avant de regagner son siège.

Ma liste d'objectifs retrouvée, j'y ajoute mes nouvelles idées concernant les abords du manoir. Une fois toutes mes réflexions couchées sur le papier, ma conversation avec Imogen me revient à l'esprit. Je me tourne vers le fauteuil d'Elliot.

— Au fait, j'ai vu Mlle Coleman, aujourd'hui. La jeune femme que vous devez séduire. Elle est très intriguée par le portrait que je lui ai fait de vous.

Il ne me regarde pas, mais je le vois se raidir, planter les doigts dans l'étoffe de ses accoudoirs. Je quitte mon bureau pour traverser la pièce et m'installer dans un siège de l'autre côté de la cheminée. Assise, j'étudie le roi au-dessus de la petite table ronde qui nous sépare. Il semble plus pâle que d'ordinaire et scrute les flammes d'un air absent.

— Êtes-vous nerveux à l'idée de la rencontrer ?

Il lève vers moi un regard timide, où je décèle une certaine appréhension.

— Pensez-vous que… que cette humaine me trouvera repoussant ? interroge-t-il d'une petite voix.

Ce changement de ton me fait un pincement au cœur. Je me rappelle cependant que c'est par pure vanité qu'il pose la question, pas par vulnérabilité.

— La forme humaine ne nous dégoûte pas autant que vous, je vous rassure. Une fois propre et bien habillé, vous serez tout à fait… présentable, achevé-je après une pause, le temps de chercher l'adjectif approprié.

Le monarque fuit mon regard.

— Je parle de… de ma jambe.

Je reste sans voix. Sa question prend un nouveau sens. Tout compte fait, ce n'était pas une affaire de vanité. C'était personnel. Pour ma part, je me suis déjà faite à son moignon. En plus, il n'a rien de particulièrement répugnant. En Bretton, j'ai vu plusieurs honorables messieurs qui avaient fait la guerre et portaient leurs blessures comme des médailles. Mais Bretton est un pays habitué à ce que luxe et combat aillent de pair. Ses rois semblent toujours aux prises avec tel ou tel royaume. En revanche, sur l'île de la Faérie, qui n'a connu que deux guerres en plusieurs millénaires…

— Je ne sais pas, avoué-je, anxieuse. Même si je pense que votre fortune et votre statut suffiront à conquérir le cœur d'Imogen, il vaut peut-être mieux vous faire fabriquer une prothèse.

Il me regarde et étouffe un rire dédaigneux.

— Une fausse jambe, vous voulez dire ? J'en ai déjà une. On me l'a donnée au tout début du sortilège. Je ne sais plus qui me l'a offerte… Ce doit être un des souvenirs que j'ai perdus.

— Pourquoi vous ne la portez pas ? Vous la trouvez inconfortable ?

Il hausse les épaules.

— Confortable ou non, à quoi bon ?

— Vous marcheriez peut-être mieux qu'avec ça, rétorqué-je en indiquant son bâton.

— Pourquoi voulez-vous que je me facilite les choses ? Sous ma forme de loup, je me débrouille très bien avec une patte en moins. Je tiens debout, je peux courir, sauter. Rien n'est impossible. Le problème, c'est ce maudit corps humain ! C'est une vraie épreuve de se déplacer quand on n'a qu'une seule jambe.

— Dans ce cas, pourquoi ne pas faire en sorte d'être aussi à l'aise que possible ? Je ne comprends pas.

— Il n'y a rien à comprendre. Je vous l'ai déjà dit : je n'ai pas besoin d'artifices.

Je lui jette un regard sceptique.

— Vous vous refusez le confort parce que vous estimez que votre corps humain n'en vaut pas la peine ?

— Je serai hideux de toute manière, grogne-t-il. Porter une fausse jambe ne ferait qu'attirer l'attention sur ce corps dégoûtant.

Je me lève pour aller me planter face à lui, les mains sur les hanches. Partagée entre indignation et agacement, je suis en peine de mots. J'aimerais laisser libre cours à ma colère, lui dire de ne pas avoir une opinion si négative de l'apparence humaine et dénigrer l'ensemble de mon espèce pour la simple raison que notre physique lui déplaît. D'un autre côté, je voudrais rectifier sa façon de penser, couper court à ces réflexions critiques qu'il a envers lui-même.

— Votre Altesse, je ne le dirai qu'une fois, alors ouvrez grand les oreilles.

À la vue de mon regard furieux, il s'adosse dans le fond de son fauteuil et écarquille les yeux.

— Vous n'êtes pas laid, dis-je, les dents serrées. Vous êtes énervant, arrogant et vous avez peut-être l'allure d'un trappeur dérangé qui n'a pas pris de bain depuis un an, mais vous n'êtes pas laid du tout.

Nous nous fixons dans le blanc des yeux. Au bout d'un moment, il reporte son attention sur les flammes.

— Ne mentez pas. Vous ne le pensez pas. C'est vous qui m'obligez à me couper les cheveux.

Tiraillée entre rire et colère, je serre les poings.

— Je vous y oblige parce qu'ils font peine à voir. De toute évidence, vous n'en prenez pas soin. Et puis, vos cheveux ne font pas tout. Sous ces poils, il y a des traits… tout à fait tolérables.

Il arque un sourcil, un sourire espiègle aux lèvres.

— Tolérables ? Vous me flattez ! Et quels traits tolérables prétendez-vous voir, au juste ?

Agacée, je croise les bras.

— Vos yeux ont une couleur intéressante, dis-je en gardant un ton neutre.

Le grenat de ses iris semble réagir ; il reflète le rougeoiement des flammes dans la cheminée. Lentement, le roi reporte le regard sur moi.

— Intéressante, dites-vous ?

Je hausse les épaules.

— Ce n'est pas une teinte habituelle chez les humains. Quant à vos cheveux… ils ne sont pas si affreux. Leur couleur est jolie. Elle passe du brun au doré comme si le soleil l'avait éclaircie. Il faut dompter cette crinière, oui, mais elle ne me déplaît pas tant que ça.

— Et ma barbe ? demande-t-il en grattant les poils qui ornent son menton.

— Ce n'est pas ce que je préfère, mais… mais je crois qu'il y a une mâchoire correcte là-dessous. Vous avez les pommettes définies, les yeux enfoncés et les sourcils fournis. L'ensemble rattrape un peu votre allure de sauvage. Quant à votre carrure…

Je considère ses épaules larges, son torse développé. Sous le lin taché de sa chemise, je devine les contours de muscles fermes. Une impression que confirme la vue de ses puissants avant-bras, dévoilés par ses manches retroussées. À ma grande surprise, mon pouls s'accélère. Quand je reprends la parole, j'ai le souffle court.

— Elle est désirable.

Un sourire narquois au coin des lèvres, le roi penche la tête.

— Désirable ? C'est un sacré compliment.

Les joues en feu, je recule d'un pas et me détourne légèrement.

— Aux yeux de la plupart des femmes, précisé-je.

— Et vous considérez-vous comme la plupart des femmes ? demande-t-il avec un rire taquin qui m'effleure l'échine et les bras comme une caresse.

Si je ne le connaissais pas, je croirais qu'en fin de compte, il est taillé pour le rôle du voyou. S'entraîne-t-il en vue de sa rencontre avec Imogen… ou a-t-il toujours eu cet insupportable talent pour troubler les femmes ?

— Non, certainement pas, dis-je, avant de m'élancer à grands pas vers la porte. Contrairement à Imogen, je sais reconnaître le loup derrière cette façade et il commence à me taper sur les nerfs. Bonne journée.

— Si c'est la condition pour vous faire sortir de mon petit salon, je veillerai à vous agacer plus souvent.

Agrippée à l'encadrement, je me fige et jette un coup d'œil au roi par-dessus mon épaule. Une multitude de répliques cinglantes me viennent à l'esprit, mais elles meurent sur mes lèvres. C'est la première fois que je le vois sourire pour de bon. Peu m'importe qu'il se moque de moi – il y a dans sa posture quelque chose qui n'était pas là avant. Il se tient plus droit, la tête haute. Sans ses épaules voûtées et son air morose, une certaine chaleur se dégage de lui. J'ignore s'il joue un personnage, comme je le lui ai conseillé, ou si cette aise et cette assurance nouvelles sont sincères. En tout cas, je ne peux pas me résoudre à le décourager.

Sans un mot, je me glisse dans le couloir pour regagner ma chambre, à l'étage. Tout bien réfléchi, il y a un autre détail, chez Elliot Rochester, qui ne me déplaît pas. Son sourire. Oui, il n'est même pas mal du tout.

19

Le lendemain matin, je suis réveillée par de grands coups à la porte de ma chambre. Avec trois enfants de son âge, Micah se rue à l'intérieur.

— Il y a des chariots ! s'exclame le petit garçon sans me laisser le temps de lui demander à quoi rime ce remue-ménage.

Les yeux étincelants et le sourire jusqu'aux oreilles, il se précipite à mon chevet en sautillant. Je me frotte les yeux, me redresse et croise le regard de ses amis – deux garçons et une fille –, cachés derrière lui. Visiblement moins enthousiastes que lui, ils m'observent d'un œil méfiant.

— Bonjour, dis-je d'une voix rauque, pleine de sommeil. Des chariots, dis-tu ?

Il agite vigoureusement la tête.

— Trois ! Remplis de meubles. Livrés par une faé à lunettes…

— Foxglove est déjà là ?

Quand j'ai dit au décorateur de venir dès que possible, je ne m'attendais pas à le voir arriver si vite – ni de si bonne heure. D'un bond, je sors du lit pour me ruer vers l'armoire.

— Dis-lui que je descends tout de suite.

Aussitôt, les enfants quittent ma chambre d'un pas guilleret en claquant la porte derrière eux. Je cligne plusieurs fois des paupières dans l'espoir de réveiller mes yeux endormis, puis je m'empresse de m'habiller. Après avoir choisi une nouvelle robe, je m'asperge la figure d'eau au lavabo. Sans me donner la peine de relever mes cheveux, je les brosse pour les laisser tomber librement sur mes épaules. Si Amelie, la styliste aux boucles cuivrées, se permet de porter ses cheveux détachés, je ne vois pas ce qui m'en empêche. Surtout pressée comme je suis.

Le temps que je gagne le vestibule, Foxglove et Elliot s'y affrontent déjà, aussi glacials l'un que l'autre.

— C'est votre intendante qui m'a invité à venir, Monsieur, explique l'architecte d'intérieur, indigné.

Le roi frappe les dalles de son bâton.

— Si tôt le matin ?

Le décorateur fait un geste théâtral de la main.

— On m'attend en ville pour un autre projet. Si vous souhaitez profiter de mes services, il faut les accepter quand je suis disponible.

— Je ne veux pas de…

Je m'interpose entre les deux créatures faériques. Après avoir réduit le monarque au silence d'un regard noir, je pivote vers l'homme-faé à lunettes.

— Bonjour Foxglove. C'est très aimable à vous d'être venu.

— Votre employeur ne semble pas de cet avis, rétorque-t-il, vexé.

— Il n'a pas l'habitude que des inconnus se présentent à son manoir, expliqué-je, avant de me tourner vers le roi pour lui lancer un regard furieux. Puisqu'il va bientôt recevoir des invités humains, c'est l'occasion rêvée de s'entraîner.

— Maudite humaine, marmonne l'intéressé.

Sur ces mots, il tourne les talons pour s'éloigner d'un pas raide. Je gratifie Foxglove d'un sourire obséquieux.

— Excusez-le. Il n'est pas du matin.

— Non, en effet. Bon, et si nous commencions ?

*

Rapidement, le manoir se met à bouillonner d'activité. Pour commencer, j'offre à Foxglove une visite des pièces concernées par les travaux et lui expose toutes mes idées de rénovations et améliorations. Le décorateur confie ensuite aux résidents du manoir, notamment Barbe Noire et Grise, le déchargement des chariots. Bientôt, les salles se retrouvent encombrées de meubles, livrés par Foxglove ou déménagés de leur place habituelle.

Lorsqu'Amelie arrive pour proposer à Elliot de nouvelles tenues, le roi est d'une humeur massacrante. Je l'envoie chercher sa prothèse le temps d'installer la couturière dans ma chambre. L'endroit va devoir faire l'affaire, car je ne peux pas me résoudre à envoyer cette femme et ses élégants tissus dans les pièces où le ménage n'a pas encore été fait. Par ailleurs, tant qu'Elliot reste à l'écart du chaos qui règne au rez-de-chaussée, il y a moins de risques qu'il arrache la tête de la styliste. Pendant que cette dernière organise plusieurs pans de brocart coloré sur ma coiffeuse, je m'occupe de disposer un assortiment de vestons qu'elle a apportés.

— Excusez mon employeur, il est un peu rude, glissé-je à mi-voix. Essayez de ne pas relever ses impolitesses.

— J'ai l'habitude de côtoyer les êtres faériques, assure Amelie, souriante. Moi-même, je suis un quart faé et je vis parmi les leurs depuis plus de vingt ans. Pourtant, j'ai passé toute ma jeunesse sans rien savoir de leurs étranges coutumes, mais je m'y suis faite. Même aux plus grincheux d'entre eux.

Je reste interdite. Il ne m'était pas venu à l'esprit que cette femme puisse avoir du sang faérique. Par ailleurs, je ne lui donnais pas plus d'une vingtaine d'années ! Mais, pour qu'elle ait déjà passé vingt ans auprès des faés une fois adulte… Quel âge peut-elle avoir ? Selon certaines rumeurs, la magie de la Faérie prolongerait la durée de vie humaine… Dans le cas d'Amelie, est-ce seulement son héritage faérique qui lui donne l'air si jeune ? Moi aussi, vais-je vieillir plus lentement, maintenant que j'habite ici ? Dans l'espoir de dissimuler mon émerveillement, je reporte mon attention sur les vestons que je suis censée étendre sur le lit.

— Si je comprends bien, mon employeur n'est pas le seul être faérique à être caractériel ?

— Oh non, certains sont même pires, confie la couturière, qui déplie un paravent. Et pas seulement envers les humains. Il y en a qui ne supportent pas la compagnie de leurs semblables. Les conflits éclatent souvent entre des cours rivales mais, parfois, il s'en crée même au sein de familles. Qu'est-ce qui a déclenché la seconde guerre faérique, selon vous ? À l'origine, c'était une guerre civile entre faés.

Puisqu'elle était sans doute née à cette époque-là, je la crois sur parole. Cette allusion me rappelle ce qu'a dit Elliot à propos du conseil Alpha, chez qui il ne fait pas l'unanimité. Au début, la raison m'a paru évidente : qui pourrait bien s'entendre avec l'irascible roi loup ? Mais j'en viens à me demander si les tensions entre nobles ne sont pas plus politiques que personnelles.

— Maudite humaine ! maugrée la voix d'Elliot depuis le couloir. Vous cherchez à me ridiculiser, c'est ça ?

Je reviens sur mes précédentes réflexions : si le monarque est impliqué dans un quelconque conflit, c'est forcément personnel.

— Vous y arrivez très bien tout seul. Et je me permets de vous rappeler que mon nom est Mlle Bellefleur, pas « humaine ».

Amelie, qui s'affaire toujours à installer le paravent, jette un regard en arrière pour m'adresser un sourire approbateur. Elliot apparaît enfin dans l'encadrement. Furibond, il traverse lentement ma chambre en claudiquant sur deux jambes.

— Faut-il vraiment que je porte cet instrument de malheur ?

Je me retiens de sourire.

— Ce n'est pas aussi terrible que vous le pensez.

— Ça me donne une démarche d'animal boiteux. Si j'étais un loup, je ferais une proie facile.

Amelie arque un sourcil.

— Un loup ?

— Sous son apparence unseelie, mon employeur est un loup, m'empressé-je de répondre.

Elle s'écarte du paravent pour observer le roi.

— Une faé de sang royal, unijambiste et capable de se transformer en loup…

— De quoi je me mêle ? rétorque Elliot, agacé par son regard insistant.

— Ah, je crois savoir qui vous êtes. En revanche, je ne me rappelle pas votre nom. Étrange. En tout cas, ce n'est pas Elliot Rochester…

L'air mauvais, le roi s'avance d'un pas.

— Quoi que vous pensiez savoir, occupez-vous de vos affaires.

Je rejoins la couturière et lui pose une main sur le bras.

— Ne dites rien, je vous en prie. Nous vous payons pour votre discrétion.

Imperturbable, elle hausse les épaules.

— Peu m'importe. Sans ma sœur, je n'aurais pas fait le rapprochement.

— Votre sœur ? répète Elliot.

— La reine Evelyn de la cour du Feu. Je ne fais pas de politique, ajoute la styliste avec un rire moqueur, mais j'ai cru comprendre que vous n'étiez pas les meilleurs amis du monde.

Le monarque secoue la tête.

— Je ne me souviens pas d'elle.

Amelie l'étudie d'un œil intrigué.

— Vraiment ? Qu'est-ce qui a bien pu vous arriver ?

Le maître des lieux se met à gronder. Dans un élan de panique, j'interviens :

— Ne posez plus de questions, s'il vous plaît.

La couturière acquiesce et la curiosité dans son regard s'évanouit.

— Très bien. Comme je vous l'ai dit, je ne me mêle plus des intrigues politiques. Vos affaires ne me regardent pas.

Soulagée, je sens mon ventre se desserrer. Selon toute vraisemblance, Amelie a démasqué le roi, mais elle n'est pas au courant du sortilège. Les yeux plissés, elle se tapote le menton de l'index.

— En revanche, ça me donne certaines indications…

Mon cœur s'affole de nouveau.

— À quel sujet ?

Elle esquisse un large sourire.

— La sophistication de ses tenues. Venez, M. Rochester. Mon maître ruban nous attend et je déborde d'idées.

*

Elliot et Amelie disparaissent derrière le paravent. Afin d'éviter qu'éclatent de nouvelles tensions, je reste dans la pièce pour jouer les médiatrices et assister la styliste, qui me demande de lui passer des vêtements un à un. Par chance, Elliot semble se plier aux essayages sans rien proférer de pire que quelques protestations et jurons marmonnés dans sa barbe. Après plusieurs changements de tenue, chacun soldé par un : « Non, non, certainement pas » de la part d'Amelie, j'entends la couturière s'exclamer avec joie :

— Oui ! C'est la couleur idéale et la coupe est presque parfaite.

— J'ai l'impression d'être un dindon farci, grogne Elliot. Et je dois avoir l'allure d'un paon.

Amelie sort de derrière le paravent.

— Tant mieux, c'est un très bel oiseau. Venez, demandons l'avis de Mlle Bellefleur.

Aussitôt, je me lève du lit où j'étais assise pour m'approcher du paravent. L'espace d'une seconde, il ne se passe rien. Je n'entends ni pas ni grommellements. Puis, enfin, un soupir. D'une démarche lente, claudicante, le roi sort de sa cachette. Je cligne plusieurs fois des yeux. Sa transformation me laisse sans voix. Vêtu d'un costume moderne, élégant, il semble avoir grandi de plusieurs centimètres. Il porte un pantalon ajusté d'un vert très foncé, avec un veston assorti. Son gilet est d'un brocart doré et l'émeraude de sa cravate de soie semble faire ressortir le rubis de ses yeux.

Amelie vient se poster à mes côtés pour étudier le monarque en se tenant le menton.

— Oui, je vais personnaliser votre nouvelle garde-robe en me basant sur cette tenue, conclut-elle avant de se tourner vers moi. Vous n'êtes pas d'accord ?

Les yeux toujours rivés sur le roi, je ne peux qu'acquiescer.

— Vous êtes… vous êtes incroyable, Amelie.

— Mon mannequin a une belle silhouette, ça aide ! glisse-t-elle, malicieuse.

Elliot lève les yeux au ciel.

— Ça alors ! s'exclame Foxglove, qui entre dans la pièce et contemple le cobaye de la tête aux pieds. Tu as accompli l'impossible, Amelie !

— Avez-vous fini de me traiter comme une bête de foire ? J'aimerais enlever cet accoutrement ridicule…

— Non ! s'insurge la styliste, horrifiée. Ne l'ôtez pas tant que je n'ai pas fini de composer votre garde-robe. Je ne vous permets pas d'insulter mon travail en renfilant ces guenilles.

— Elle a raison, opiné-je. Il faut vous habituer aux toilettes élégantes si vous espérez impressionner notre future… invitée.

En réalité, ce n'est qu'un prétexte pour l'admirer plus longtemps dans cette tenue. Non pas que je le trouve séduisant, non… Je suis bien consciente qu'il reste l'odieux loup qui a tenté de me piéger à coups de sauce tomate dès notre rencontre. Ce nouveau style est simplement plus seyant que les vêtements tachés et défraîchis qu'il porte habituellement.

Foxglove fait la grimace.

— Cette tignasse, en revanche… Il faut absolument la dompter.

Les yeux fermés, le roi marmonne une série de jurons. En entendant des bruits de pas pressés dans le couloir, je me tourne vers la porte. Micah surgit brusquement.

— D'autres chariots arrivent ! Il y en a un beau.

— Ah, ce sont sans doute les tableaux, dit Foxglove. Je ferais bien de leur indiquer où les placer.

— Dites donc, c'est mon manoir, tout de même ! s'indigne Elliot.

— Et il sera très beau quand j'en aurai fini, fait valoir le décorateur, une main sur la hanche. Mlle Bellefleur, pouvez-vous trouver quelqu'un pour lui démêler les cheveux, histoire que je puisse commencer à mon retour ? J'ai besoin d'une toile blanche pour travailler.

Sur ces mots, il tourne les talons et quitte la pièce à la suite de Micah. Les yeux pétillants, Amelie me décoche un sourire radieux.

— Je file chercher le reste de mes affaires au rez-de-chaussée. Il me faut plus de soie d'araignée vert émeraude !

L'idée qu'il existe un tissu pareil me révulse, mais je laisse partir la couturière sans protester. Consciente que je suis désormais seule dans ma chambre avec le roi, je vais chercher la brosse sur ma coiffeuse.

— Asseyez-vous, dis-je en désignant la chaise du bureau. Je vais tâcher de brosser cette crinière.

Non sans pester, Elliot se dirige vers la chaise – en boitant de moins en moins – et s'y laisse tomber, les bras croisés.

— Rappelez-moi pourquoi je fais ça.

Plantée derrière lui, je porte la brosse aux pointes de ses cheveux.

— Pour courir sur trois pattes, être couvert de fourrure blanche, dévorer des carcasses fraîchement abattues… Vous savez bien : ce qui compte le plus à vos yeux.

— La liberté, résume-t-il avec un soupir, avant de tourner la tête pour me couler un regard en biais. Vous, en revanche, vous me torturez pour de l'argent.

Je m'attaque à un nœud si tenace qu'il risque d'engloutir la brosse à tout moment. Lorsque mes propres cheveux me tombent devant les yeux, je m'interromps le temps de les rassembler sur ma nuque. Je regrette désormais de ne pas les avoir attachés ce matin – c'est un vrai miracle qu'ils tiennent sans la moindre pince. Je me remets au travail.

— Détrompez-vous. Moi aussi, je le fais pour être libre.

Le monarque étouffe un rire moqueur.

— Ah, vraiment ?

— Oui. C'est vrai ce que vous avez dit. Les hommes considèrent les femmes comme des biens matériels. C'est l'un de leurs pires travers, à mon sens. Je ne veux pas le subir.

— Et l'argent vous permettra d'y échapper ?

J'acquiesce.

— Les femmes célibataires comme moi n'ont pas de fortune. Même si j'étais mariée, je recevrais de l'argent de poche de la part de mon mari, comme mon père m'en a fourni, mais il ne m'appartiendrait pas. Il n'y a qu'une fois veuve que je pourrais devenir riche. Quoi qu'il en soit, le mariage n'est pas au programme pour moi.

— Pourquoi ?

Le cœur lourd, je me mordille l'intérieur de la joue.

— J'ai… j'ai renoncé à l'amour. J'ai eu mon lot d'idylle, je me suis laissée courtiser et… et l'ai regretté.

Il continue de m'observer du coin de l'œil.

— C'est pour cette raison que vous souhaitez retourner vivre seule dans votre terre natale ?

— Oui. Je veux être indépendante, libre, comme vous. Échapper aux griffes de mon père et aux desseins qu'il entretient pour mon avenir. Je ne veux plus être forcée de me marier pour vivre confortablement. J'ai bien l'intention de mener ma vie comme je l'entends.

— C'est donc ça, votre trésor le plus cher ?

J'interromps mes coups de brosse.

— Oui, chuchoté-je. Vous comprenez maintenant pourquoi vos astuces n'auraient jamais marché avec moi. Je ne renoncerais à ma liberté pour rien au monde.

— Dans ce cas, vous aussi, vous devez comprendre pourquoi je ne peux pas rompre le sort par moi-même.

Je me remémore la première solution qu'il a évoquée : « Si, parmi les quatre choses que je risque de perdre, je sacrifie celle qui compte le plus à mes yeux, on me restituera les trois autres. »

— Renoncer à ma forme de loup reviendrait à perdre ma liberté, poursuit-il. Rien ne vaut un tel sacrifice. Pas même ma survie.

— En effet, je comprends. Nous sommes… sur la même longueur d'onde, vous et moi. Voilà pourquoi notre alliance va porter ses fruits. On a tous les deux quelque chose à perdre et à gagner.

Ce n'est pas tout à fait exact. Si mon plan échoue, je ne pourrai pas retourner vivre chez mon père comme avant. Quoi qu'il arrive, je dois assurer ma réussite. Si le roi meurt, il me faudra toujours ces vingt mille perles de quartz.

Cette pensée me chagrine. Même si je le connais peu, je n'ai pas envie de le voir mourir. J'espère de tout cœur que nous allons y arriver, qu'Imogen va libérer Elliot de sa malédiction et nous offrir à tous les deux la liberté dont nous rêvons tant. Mais dans le cas d'un échec…

Obstinément concentrée sur ses cheveux, je m'efforce de rejeter ces réflexions dans un coin de ma tête. Il y a assez de travail pour occuper toute mon attention, car la brosse ne semble pas d'une grande efficacité. Je décide d'abandonner l'arrière pour me pencher sur l'avant, peut-être plus facile à dompter. J'écarte du front du roi une mèche pleine de nœuds.

— Par tous les saints… Vous ne vous êtes jamais peigné ?

— Non. C'était inutile quand j'étais loup.

— Vous deviez bien faire votre toilette, non ?

À en juger par son expression renfrognée, j'ai sans doute mis dans le mile.

— Oui, confirme-t-il, revêche.

Les doigts emmêlés dans ses cheveux, je capitule.

— Bon sang, c'est sans espoir ! Tant pis, je vais devoir demander à Foxglove de tout couper ras. À ce propos…

Je lui plaque les cheveux en arrière, avant de me pencher pour étudier le résultat de plus près. Je tente de l'imaginer avec une coupe courte. L'idéal serait qu'il puisse garder de la longueur sur le dessus tout en coupant l'arrière au niveau de la nuque, de manière à conserver ses pointes dorées. Je relève ses longueurs et penche la tête sur le côté pour l'examiner de plus belle. Mon chignon de fortune se défait pour tomber sur mon épaule. Quand je lâche les cheveux du roi afin de rassembler les miens, il s'incline légèrement en avant et… et inspire.

Prise de court, je ne bouge plus un muscle. Les lèvres à quelques centimètres de mon cou, il respire profondément. Puis, mine de rien, il se rassied dans le fond de son fauteuil. Le cœur battant à tout rompre, je peine à me ressaisir.

— Qu'est-ce qui vous prend ? demandé-je en me redressant.

— Moi ? Je n'ai rien fait.

Je lui lance un regard éloquent.

— Vous ne pouvez pas sentir les gens. C'est inconvenant.

Son regard se fait lointain.

— Le parfum de vos cheveux me rappelle celui du vent. Des montagnes, de la neige et des arbres.

Aussitôt, mes joues s'empourprent. *Pourvu qu'il ne remarque rien...*

— Eh bien, j'ai passé une bonne partie de la journée dehors, hier, marmonné-je. Quoi qu'il en soit, il va falloir faire plus attention. Ce ne sont pas des manières. Vous pourrez peut-être vous le permettre avec Imogen... quand vous la courtiserez. Mais pas avec moi. C'est aussi malpoli que de fixer les dames.

Il me lance un regard, aussi brûlant que le feu qui me consume le visage. Un sourire satisfait étire un coin de ses lèvres, mais il ne détourne pas les yeux comme je le lui ai appris.

— Bon sang, Elliot, maugréé-je dans un souffle. Vous ne faites rien comme il faut.

L'espace d'un moment, je n'entends plus que les battements frénétiques de mon cœur. Je suis comme prisonnière de son regard, pétrifiée. Une émotion, que je peine à déchiffrer, monte en moi. Est-ce la peur ? La panique ? Non, ni l'une ni l'autre. L'excitation ? À cette simple pensée, mon cœur s'emballe de plus belle. *Non, impossible. C'est du roi loup qu'il s'agit.*

— Ce n'est pas ce que j'appelle démêler, commente Foxglove depuis la porte.

Son intervention me libère du regard du roi. Sans ménagement, je pose la brosse sur le bureau et m'éloigne d'Elliot d'un pas raide, les bras croisés.

— J'abandonne. Vous n'avez qu'à tout raser s'il le faut.

Le monarque pousse un grognement en signe de protestation, auquel je réponds par un regard noir.

— Je vais faire ce que je peux, assure le décorateur. Ah, au fait ! En fin de compte, ce n'est pas moi qui ai commandé la voiture qui vient d'arriver. Il y avait des humains à bord et ils refusent de partir.

J'écarquille les yeux.

— De qui s'agit-il ?

— Un certain Richard Bellefleur, répond-il, l'air détaché. Un parent à vous, je présume.

Je blêmis. Mon cœur se remet à tambouriner – pour une tout autre raison, cette fois.

— Oh non, soufflé-je. Mon père est là.

20

Dans le vestibule, il me faut plusieurs minutes pour rassembler mon courage avant d'accueillir mon père. En mon for intérieur, je savais que j'allais devoir l'affronter un jour ou l'autre, mais je ne m'étais pas préparée à ce que ce soit si soudain. Déjà, comment a-t-il fait pour me trouver ? Quand j'ai envoyé Bertha lui livrer ma lettre l'informant de mon nouvel emploi, je n'ai indiqué aucune adresse, seulement qu'on me fournissait le gîte et le couvert et que je ne rentrerais pas.

Soudain, tout s'éclaire. Nina. Ma sœur a vu l'adresse sur l'invitation que j'ai reçue. Elle m'a déconseillé de venir à l'entretien. J'ignore si je dois lui en vouloir à elle de m'avoir trahie ou à moi-même de ne pas avoir pensé à lui adresser une lettre à part. Quoi qu'il en soit, j'inspire profondément et, à contrecœur, je franchis la porte d'entrée.

Dehors, Grise et Barbe Noire montent la garde, la mine sévère. Ils semblent avoir reçu de nouvelles tenues. Les pantalons et chemises dont ils sont affublés, sans être aussi élégants que ceux du roi, ont l'avantage d'être propres et à leur taille. Lorsque je me faufile entre eux, ils me saluent d'un bref hochement de tête, mais gardent les yeux rivés droit devant.

J'avise mon père qui arpente la file de chariots garés dans l'allée, au bout de laquelle se trouve sa voiture à cheval. Il est rouge comme une tomate. Sitôt qu'il me voit, il se fige, fou de rage.

— Qu'est-ce que tu fabriques ici, Gemma ?

Je m'arrête à quelques pas et joins les mains au niveau de ma taille. La tête haute, je range mon masque de fille dévouée pour me parer de celui que je réserve aux villageois : pétri d'assurance, glacial, hautain.

— Si vous avez reçu ma lettre, vous devez le savoir.

Les poings serrés, il montre les dents.

— De quel droit te permets-tu de m'envoyer une lettre m'informant que tu as accepté un poste ? Quand tu as parlé de chercher du travail, je te l'ai interdit.

— J'ai dix-huit ans. Vous ne pouvez pas m'en empêcher.

— Tant que tu vis sous mon toit, c'est à moi d'en décider.

— Justement, je n'y vis plus. Mon nouvel emploi comprend le gîte, le couvert et un généreux salaire. Vous pouvez toujours menacer de me renier, de me déshériter ou de me mettre à la porte. Ça m'est égal, désormais.

— Un scandale ne t'a donc pas suffi ? gronde-t-il.

Je plisse les yeux.

— Je ne vois pas ce qu'il y a de scandaleux dans le fait que j'aie accepté un travail.

— Ça l'est quand ton employeur est un inconnu qui t'invite à vivre chez lui. Qui est cet homme ?

— Qu'est-ce qui vous dit que c'en est un ?

— Il t'a prise pour maîtresse et te cache dans sa maison de campagne, c'est ça ? Comme le vicomte du Brekshire ?

En entendant ce nom, ma poitrine se serre et comprime mes poumons. Ma tête se met à tourner et ma façade se fragilise.

— Tu n'apprendras donc jamais ? poursuit mon père. Tu vas finir par gâcher toutes tes chances si tu continues de te jeter dans les bras d'hommes mariés.

Je me mords l'intérieur de la joue, priant pour que la douleur me délivre du vacarme qui résonne dans mon esprit et obscurcit tous mes sens.

Allumeuse !

Catin !

Il ne t'appartenait pas.

Mon père s'avance d'un pas.

— Monte dans la voiture, ordonne-t-il dans un souffle, le ton acéré.

Je ferme les paupières et tente de chasser mes souvenirs en respirant lentement. Quand je rouvre les yeux, je rassemble toutes mes forces, tout le calme dont je suis capable pour formuler un seul mot. Hélas, ma voix tremble malgré tout.

— Non.

Mon père franchit le peu de distance qui nous sépare afin de se planter à quelques centimètres de mon visage.

— Monte dans la voiture ! répète-t-il, les traits déformés par la rage.

Je serre les dents.

— Non !

Tout à coup, il recule. À sa place se dresse l'imposante silhouette d'Elliot, qui le tient par l'épaule d'une poigne de fer.

— Seriez-vous en train d'importuner mon intendante ? gronde le roi, menaçant.

Écarlate, mon père se dégage de sa prise et arrange son veston. Lorsqu'il remarque les oreilles en pointe d'Elliot, une grimace de dégoût se dessine sur ses lèvres.

— Comment osez-vous poser la main sur moi, sale faé ?

Les épaules raides, l'intéressé s'avance d'un pas lent, chancelant. Il toise mon père de toute sa hauteur.

— La sale faé que vous avez devant vous paie votre salaire, humain.

Pantelant, mon père tient bon sous le regard furieux du roi. Puis, tout à coup, ses joues pâlissent, il écarquille les yeux.

— Qui êtes-vous ?

— Pour cette fois, je vous pardonne de ne pas reconnaître le visage de votre roi, répond Elliot, les dents serrées. Ce n'est pas pour la reconnaissance que je suis là. D'ailleurs, si j'apprends qu'on découvre ma présence ici, je saurai à qui m'en prendre. Mon titre de roi m'autorise à vivre où je l'entends, dans l'anonymat, et à employer qui j'ai envie, y compris votre fille. Compris ?

Mon père, qui semble rétrécir à vue d'œil, recule d'un pas.

— Votre Majesté, bredouille-t-il, la voix chevrotante.

— Tant que ma présence demeure secrète, appelez-moi monsieur Rochester.

— Monsieur Rochester, s'empresse-t-il de rectifier, puis-je vous demander quelles sont vos intentions vis-à-vis de ma fille ?

— D'après vous ? rétorque Elliot, les mains sur les hanches. Je compte la payer pour ses services d'intendante. Si vous insinuez…

Les mains en l'air, mon père continue de battre en retraite.

— Non, Votre Al… Monsieur Rochester. Je n'insinuais rien de ce genre.

Un grondement menaçant s'élève de la poitrine d'Elliot.

— Sortez de chez moi immédiatement.

Mon père acquiesce. Sur le point de partir, il se fige pour me dévisager quelques secondes. Puis, avec un regard noir en guise d'au revoir, il regagne sa voiture d'un pas furibond.

Elliot se tourne vers moi, écumant de rage.

— Je comprends pourquoi vous cherchez à fuir ce misérable humain !

Son visage, que j'observe enfin après qu'il s'est précipité à mon secours, me laisse sans voix. Le temps que je me prépare à affronter mon père, la barbe du roi a été taillée court et sa crinière, retenue en arrière à l'aide d'un lien de cuir. S'il reste encore à faire – à bien y regarder, sa barbe est un peu inégale –, j'aperçois enfin la « mâchoire correcte » que j'ai cru deviner chez lui. Maintenant qu'on en discerne les contours sous sa pilosité hirsute, mes soupçons se confirment. « Correcte » est peut-être même un euphémisme.

— Ne me regardez pas comme ça, dit-il. Où sont vos manières ? C'est malpoli de fixer les gens.

Lentement, je plonge les yeux dans les siens. Il me faut un certain temps pour identifier la malice qui les illumine. Je cligne des paupières plusieurs fois dans l'espoir de me tirer de ma stupeur. Qu'est-ce qui m'arrive ? C'est ma rencontre avec mon père qui a dû me secouer. J'affiche un sourire radieux.

— Dites donc… serait-ce de l'humour ?

— Certainement pas. Tout ce que je sais faire, c'est ruminer.

Les lèvres d'Elliot s'étirent en un sourire espiègle. Ce n'est pas celui que j'ai entrevu la veille, lorsqu'il était assis au coin du feu, mais il n'est pas vilain non plus.

— Gemma ! s'exclame une voix au bout de l'allée où est garée la voiture de mon père.

C'est celle de Nina. Hostile, le roi s'avance. Un grognement résonne déjà dans sa gorge, mais je le retiens en posant une main sur sa poitrine. Aussitôt, il observe ma main, que je m'empresse de retirer, les joues rouges. Je m'efforce d'oublier la fermeté des muscles que j'ai sentis sous le brocart de son gilet.

— Ce n'est rien. Je vais lui parler.

Après avoir acquiescé, il jette à ma sœur un regard menaçant, puis regagne le manoir. N'osant pas trop m'approcher de la voiture familiale, je fais signe à Nina de me rejoindre. Les yeux rouges et humides de larmes, elle s'arrête devant moi.

— Rien qu'une lettre ? Tu n'avais pas l'intention de me dire au revoir ?

Mon cœur se serre.

— Je ne pouvais pas laisser passer cette occasion. Tu sais bien qu'il n'était pas question que je rentre à la maison si je trouvais du travail et un arrangement convenable.

— Ce n'est pas une excuse. Je comprends que tu aies choisi de ne rien dire à père, mais… tu aurais pu revenir me voir.

— J'en avais l'intention.

Et je ne mens pas. Si elle m'avait affirmé que mon père allait s'absenter, je serais venue la voir seule… un jour ou l'autre.

— J'avais besoin de… de quelques jours d'adaptation.

En voyant sa lèvre inférieure se mettre à trembler, je suis frappée par sa ressemblance avec notre mère. Quand elle pleure, elle a exactement la même expression qu'elle. Pourtant, je n'ai pas souvent vu ma mère en larmes.

— Je ne suis pas prête à te perdre, Gemma.

Je ravale mes pleurs et l'attire contre moi. D'un bras, elle se cramponne à ma taille.

— Je suis toujours là.

— Pour le moment, insiste-t-elle entre deux sanglots. J'ai déjà perdu mère et Marnie. Bientôt, je serais mariée à James et ensuite… Qu'est-ce qu'on va devenir, Gem ?

Une nouvelle boule se forme dans ma gorge, lourde du secret que je ne lui ai pas encore confié : mon projet de quitter la Faérie pour rentrer en Isola. Je lui donne donc la seule réponse que je puisse lui fournir :

— Je ne sais pas. Je n'en sais vraiment rien.

Nos larmes en partie séchées, nous nous séparons tant bien que mal. Je comprends alors ce qui l'empêchait de m'étreindre à deux bras : le livre qu'elle tient contre son flanc. Elle me le tend avec force reniflements.

— J'ai pensé que tu aimerais peut-être un peu de lecture.

Je lui prends l'ouvrage des mains avec précaution et caresse sa tranche reliée comme s'il s'agissait du corps d'un amant. Quand je lis le titre, un sourire se dessine sur mes lèvres. *La Gouvernante et le Comte.*

Le dos droit, ma sœur se ressaisit. Elle joint les mains au niveau de sa taille.

— Si tu veux le reste de tes livres, tu n'auras qu'à venir me voir.

— Je rêve ou tu les retiens en otage ? m'esclaffé-je, avant de serrer son bras affectueusement. Merci.

Un sourire maussade aux lèvres, elle me salue d'un signe de tête, puis regagne la voiture de mon père. Plantée au milieu de l'allée, je regarde les chevaux emporter le carrosse noir. Longtemps après le départ de ma famille, je continue de scruter l'horizon. Je me sens enfin soulagée, j'ai le cœur plus léger. Avec un soupir, je serre mon livre contre moi et me retourne vers le manoir. À mi-chemin de la porte, je me rappelle la manière dont Elliot s'est interposé entre mon père et moi, sa décision de lui révéler son identité dans le simple but de le faire reculer. C'était pour le moins inattendu… et je lui en suis reconnaissante.

Je souris malgré moi et tente de couper court à ces réflexions, car elles font remonter un souvenir à la surface – celui d'un bref contact avec le torse du roi. Dans l'espoir de dissiper les picotements qui me parcourent la paume, je me cramponne plus étroitement à mon roman.

21

À ma grande surprise, l'allure du manoir ne tarde pas à s'améliorer. Les murs sont lessivés, certains, repeints ou retapissés. Les résidents aident à laver les sols, dépoussiérer les recoins et astiquer les fenêtres. Tout au long de la semaine, en plus de mettre la main à la pâte, je continue de répartir les corvées et d'attribuer des postes officiels à chacun des membres de la meute du roi. Leur disposition à travailler m'impressionne – c'est à croire que la simple idée de s'occuper suffit à les séduire. J'imagine que c'est ce qui arrive lorsqu'on se retrouve désœuvré, prisonnier d'un même endroit pendant cinq ans, qu'on soit humain ou faé.

À la fin de la semaine, Foxglove a fait livrer tout le mobilier nécessaire et les objets remplacés ont été entassés dans des pièces vides. Il ne reste plus qu'à apporter quelques touches finales – ce qui donne lieu à plusieurs débats avec l'architecte d'intérieur concernant le nombre de napperons à placer dans chaque pièce.

— Vous êtes sûre que le style faérique du petit salon vous plaît ? me demande-t-il au moment de me le faire visiter. Si vous préférez, on peut essayer le style humain. Il me reste plusieurs horloges à pendule et portemanteaux refusés par l'hôtel Vérité.

J'observe les murs fraîchement nettoyés, les sols brillants, couverts d'élégants tapis moelleux, les meubles chics…

— Non, ne changez rien. C'est parfait.

— Je suis ravi que ça vous plaise ! dit-il en affichant un sourire radieux, qui ne tarde pas à se transformer en grimace. Espérons que ce grincheux de M. Rochester ne trouvera pas trop à redire.

— Je suis sûre qu'il sera aussi satisfait que moi, affirmé-je, bien qu'incapable de prédire sa réaction.

Je l'ai à peine revu depuis son altercation avec mon père. Dès lors que les travaux ont commencé dans le petit salon, il s'est fait discret. Il s'est sans doute réfugié au coin d'une cheminée, dans une aile calme du manoir. Je le comprends – c'est le chaos, ces derniers jours. Trouver un endroit où se morfondre en paix, comme il aime tant le faire, n'est pas chose facile.

Foxglove tend la main vers le mur de fenêtres, à l'autre extrémité de la pièce.

— Venez voir les aménagements du jardin !

Je le suis jusqu'aux vitres, par lesquelles se déverse le soleil de l'après-midi. Aujourd'hui, le ciel est bleu et dégagé. La neige recouvre les feuilles des plantes et broussailles telle une fine couche de sucre glace. Observer les tendances météorologiques depuis le manoir s'est révélé fascinant. Bien que les sommets des montagnes soient toujours blancs, la neige ne s'accumule jamais trop sur la propriété, comme en ville. Mais, contrairement à Vernon, où elle fond et noircit à force d'être piétinée par les piétons, ici, elle reste toujours immaculée.

Je regarde s'affairer les paysagistes que Foxglove m'a fait engager. Ils taillent les haies, sculptent les buissons et chargent leurs brouettes des déchets.

— Ça commence à avoir de l'allure !

— Les jardiniers s'occuperont aussi de la partie avant. Au fait, ajoute l'architecte en indiquant une des fenêtres, les yeux plissés, sauriez-vous pourquoi votre employeur refuse de nous laisser entrer dans cette cour, à tout hasard ? Elle est en friche, envahie de ronces, et il n'y pousse qu'une rose, pratiquement étouffée sous les épines.

Mon cœur s'affole. Je vois très bien à quelle cour il fait allusion : celle où j'ai surpris Elliot pendant qu'il contemplait ladite rose, la fleur qui compte à rebours jusqu'au dénouement du sortilège. À l'idée que quelqu'un fasse tomber ses pétales en l'effleurant par mégarde, un frisson de terreur me parcourt.

— C'est un endroit sacré. Ne laissez personne y pénétrer.

Foxglove pousse un soupir agacé.

— Bon, bon, j'ai compris. M. Rochester a dit la même chose.

— Merci. C'est très important.

— Bien, conclut-il, avant de tirer une enveloppe de la poche de son veston. Voilà ma facture pour cette semaine. Il ne reste plus grand-chose à faire. Vous allez donc pouvoir commencer à organiser l'événement grandiose auquel vous vous préparez.

Je lui prends la note des mains. L'angoisse monte en moi à la simple mention de ce fameux « événement » – la phase deux, en d'autres termes. Tout est arrivé si vite que j'ai à peine eu le temps de réfléchir à la rencontre entre Elliot et Imogen.

— Formidable. Je vais veiller à ce que vous soyez payé dès que possible.

Un sourire chaleureux aux lèvres, il acquiesce, avant de prendre congé. Aussitôt, je me précipite au nouveau bureau d'un somptueux bois d'ébène et me munis d'une feuille de papier. J'y dresse une liste d'idées et récapitule tout ce dont j'ai besoin pour exécuter la deuxième phase de mon plan. Mes réflexions m'absorbent tant que je ne remarque pas la silhouette qui entre dans la pièce d'un pas raide.

— Où est mon fauteuil ? demande l'intrus d'une voix rauque.

Je fais volte-face. Elliot scrute d'un air réprobateur l'élégant mobilier disposé devant la cheminée. Il me faut quelques instants pour retrouver mes esprits. Une fois chassés de ma vision les tourbillons de nombres et de calculs, je porte mon attention sur le monarque. Il a délaissé sa jambe de bois en faveur de sa béquille. En revanche, ses vêtements sont neufs. Sans surprise, il ne porte pas un costume complet. Mais au moins, il a choisi un beau pantalon, dont une jambe est soigneusement retroussée et épinglée sous son moignon, ainsi qu'une chemise blanche impeccable et un gilet déboutonné.

— Vous avez l'embarras du choix, dis-je en réponse à sa question.

La mine renfrognée, il considère les deux nouveaux fauteuils, avant de m'interroger du regard. Je suis surprise de constater comme sa nouvelle coupe de cheveux donne à ses yeux l'air plus grands. Heureusement, Foxglove a réussi à en sauver plus que je ne pensais : il a coupé l'arrière de sa tignasse au niveau de la nuque et le dessus un peu plus court. Elliot porte désormais la raie sur le côté et une mèche ondulée lui encadre le visage. À cette longueur, ses cheveux sont en grande partie bruns – il ne reste plus que de légers reflets dorés sur les pointes. Quant à sa barbe taillée court, elle révèle tous les angles de sa mâchoire et de ses pommettes saillantes.

— C'est mon vieux fauteuil que je cherche !

Je me renfrogne. Il a peut-être l'apparence d'un gentleman mais, à l'intérieur, il reste le même loup. Un sourcil arqué, je me lève du bureau pour m'approcher du coin salon.

— Vous êtes-vous seulement donné la peine d'essayer un de ceux-là ? J'ai demandé à Foxglove de choisir des meubles en gardant votre confort à l'esprit.

— Mon fauteuil était très bien ! Pourquoi fallait-il à tout prix le remplacer ?

— Oh, je ne sais pas… Peut-être à cause de sa décoloration, des taches, des accrocs et – ah, oui ! – de la fourrure blanche qui recouvrait le siège.

— J'aimais bien m'y installer sous ma forme de loup !

— Et maintenant, je suis sûre que vous allez vous satisfaire de celui-ci, affirmé-je en désignant l'un des fauteuils. En revanche, la prochaine fois que vous vous transformerez, il faudra veiller à brosser l'assise après votre passage.

Le roi prend une mine soucieuse.

— Vous croyez que votre plan n'aura pas abouti avant la prochaine pleine lune ? interroge-t-il, un soupçon d'inquiétude dans la voix.

— Difficile à dire. Je doute qu'il en faille beaucoup à Imogen pour tomber amoureuse de vous, ou, du moins, pour se persuader qu'elle l'est tant elle espérera vous épouser. Mais il est tout de même possible que ça prenne un certain temps. En plus, il va falloir la convaincre de faire le sacrifice qui va rompre le sort. On ne peut pas aborder le sujet avant d'être certains qu'elle a jeté son dévolu sur vous.

Les épaules raides, Elliot fait glisser sa mâchoire d'avant en arrière.

— Et si ça prend trop de temps ?

Je me faufile entre le divan et la table pour m'approcher de lui.

— On va y arriver, assuré-je de ma voix la plus calme. Il nous reste presque trois mois. Je suis confiante.

— Comment pouvez-vous l'être ?

— Je le suis, c'est tout.

La fermeté de mes mots dissimule le soupçon de doute qui plane en moi chaque fois que j'envisage ce plan. J'ai beau souhaiter de tout cœur le voir porter ses fruits, rien ne garantit sa réussite. S'il est une leçon que j'ai retenue, c'est que même les certitudes les plus absolues peuvent chavirer complètement. La vie a le don de me jouer des tours dans les moments où tout semble aller parfaitement bien. C'est ce qui est arrivé quand j'ai perdu ma mère, puis avec le vicomte… Non ! Hors de question de penser à lui. L'important, pour tout bon comptable, c'est d'être toujours prêt à subir des pertes et à les compenser. Heureusement pour moi, je sais me protéger dans cette situation. Elliot, en revanche… Ces pensées remisées dans un coin de mon esprit, j'affiche un sourire chaleureux.

— Essayez un de ces fauteuils. Je vous en prie.

Non sans grommeler, il finit par céder et choisit le siège le plus proche de la cheminée. Il lui faut un certain temps pour s'installer et trouver sa fameuse position avachie. Lorsqu'il est enfin à son aise, sa réaction est indéniable.

— Bon, très bien. Ce fauteuil est acceptable.

Ravie, je frappe dans mes mains avant de prendre place sur le siège face au sien. Le roi s'absorbe dans la contemplation des flammes et, subitement, je me demande ce qui m'a poussée à m'asseoir. Je ferais sans doute mieux de le laisser profiter de cet instant – c'est la première fois, de toute la semaine, qu'il peut se réfugier au calme dans le petit salon. Je m'apprête à me lever lorsqu'il braque les yeux sur moi.

— Ne partez pas.

M'attendant à ce qu'il entame la conversation, je me rassieds, mais il reporte le regard sur le feu. Rester les bras ballants, sans même un livre pour m'occuper, n'a jamais été mon fort. Des mots ne tardent pas à affleurer à mes lèvres, me suppliant de les laisser sortir.

— Je ne vous ai jamais remercié.

— De quoi ? demande-t-il sans me regarder.

— D'avoir tenu tête à mon père. Je suis touchée que vous ayez choisi de lui révéler qui vous êtes, malgré votre souhait de garder l'anonymat.

— Il était en train d'empester ma propriété.

Malgré son ton neutre, je sens dans sa voix une certaine douceur qui trahit la générosité de son geste. Je l'étudie un instant et me remémore la scène. Un point m'échappe encore.

— Comment vous est venue l'idée de lui dire que c'est vous qui payez son salaire ? Je présume que ce n'est pas le rôle du roi de payer chacun des citoyens. Mais, en l'occurrence, c'était vrai.

— Je connais cet homme, répond Elliot. C'est le propriétaire de la mine de quartz dont ma cour a acquis les droits il y a peu. Cette exploitation m'a permis de remplir mes coffres. Quant à lui, il s'est enrichi grâce à son contrat avec la cour de l'Hiver.

Je me rembrunis.

— Vous étiez au courant quand vous m'avez capturée ? Quand vous avez décidé de me prendre en otage ?

— Non. C'est Bertha qui me l'a dit le lendemain de votre arrivée ici. Avant ça, je ne savais rien de plus que ce qu'indiquaient les documents qu'on m'a fait signer. Ils disaient simplement que ma cour avait fait l'acquisition de quartz et que le roi seelie et moi-même allions devoir payer le salaire du fournisseur.

— Une seconde. Comment se fait-il que Bertha ait su qui était mon père ?

Un éclat de rire échappe au monarque. Cette fois, il lève les yeux vers moi.

— Apparemment, votre père est très populaire parmi les habitants de Vernon. Elle avait entendu votre nom de famille des semaines avant de faire votre rencontre.

— Mais comment ? Elle… elle appartient au peuple des faés. Ne vit-elle pas dans une cabane, ici, dans les bois ?

— Certes, mais elle est aussi friande de commérages que ces maudits humains. Quand elle se rend en ville, elle cache ses oreilles et les villageois lui rapportent toutes les dernières nouvelles. Heureusement, je sais que je peux compter sur elle pour ne jamais parler de moi.

Bertha est si sympathique que je l'imagine très bien faire du charme aux habitants de Vernon afin de leur soutirer des potins, sans jamais révéler qu'elle est en fait une faé-ourse sortie faire son marché pour nourrir une meute de loups maudits. Cette pensée me ramène au moment présent. Je me redresse dans mon fauteuil, soudain bouillonnante d'impatience – à moins que ce ne soit de l'appréhension.

— Je crois qu'il est temps, monsieur Rochester.

— De quoi ?

— D'inviter Imogen Coleman à vous rencontrer.

Après avoir cligné plusieurs fois des yeux, il contemple les flammes d'un air renfrogné.

— D'accord. C'est votre phase deux, n'est-ce pas ?

— Oui. J'étais en train de la mettre au point quand vous êtes entré. Je crois que le mieux serait de donner une petite réception.

Le roi retourne la tête vers moi, l'air affolé.

— Une réception ? Ce qui veut dire que… vous ne comptez pas inviter que la jeune humaine ?

— Croyez-moi, l'idée ne m'enchante pas plus que vous. Mais, pour l'impressionner, je pense que l'idéal serait de convier une petite sélection de familles éminentes. Je vais demander à Imogen de me faire une liste. Elle aura le sentiment qu'on lui confie une tâche importante. En réalité, elle va surtout prendre conscience qu'elle veut vous avoir pour elle toute seule quand elle va exclure toutes les jeunes femmes à marier qui risqueraient de lui faire de l'ombre.

— Combien d'invités allez-vous m'imposer ? grogne-t-il.

Je me penche en avant.

— Je vais lui dire de s'arrêter à trois familles. Elle va sans doute convier les personnes les plus pénibles et les plus ennuyeuses de toute la ville pour que sa famille ait l'air intéressante. Ce sera le dîner le plus assommant de toute l'histoire.

— Assommant ? Voilà qui donne envie…

— C'est une bonne chose. Ce sera l'occasion d'impressionner Imogen en faisant très peu d'efforts.

Elliot pousse un soupir las.

— Bon, très bien. Je suppose que vous avez déjà réfléchi au coût…

— Rassurez-vous, je ne vais pas faire de folies. Comme je vous l'ai déjà dit, je sais gérer un budget. On va engager le moins d'employés possible, Bertha se chargera de la cuisine et personne ne se rendra compte de rien. Au fait, à propos de budget…

Je me lève de mon fauteuil pour aller chercher la facture de Foxglove sur le bureau. De retour au coin salon, je me poste face à Elliot et lui remets l'enveloppe.

— Qu'est-ce que c'est ? demande-t-il en ouvrant le cachet.

— C'est la note de la semaine pour les rénovations et la décoration. Ne vous affolez pas : ce sera la plus salée de toutes. Après ça, nous n'aurons plus qu'à entretenir le manoir, ce qui coûtera nettement moins cher.

— Bon sang ! s'exclame-t-il en rejetant la tête en arrière. Combien de pièces lui avez-vous demandé de redécorer ?

Je fais la grimace.

— Seulement quelques-unes. Je vais toutes vous les montrer. Quand vous les aurez vues, vous apprécierez son travail.

Son bâton sous le bras, il se lève pour se diriger vers la porte.

— J'en doute.

— Où allez-vous ?

— À votre avis ? Si je dois payer cette somme faramineuse, il faut bien que j'aille la chercher dans ma chambre forte.

— Je vous accompagne, dis-je en lui emboîtant le pas.

Il se fige et fait volte-face.

— Non.

Sa réaction me prend de court.

— Il serait pourtant logique de me montrer où se trouve votre chambre forte. Puisque vous m'avez confié la responsabilité de vos livres de comptes, je devrais aussi me charger de contrôler les coffres et de payer le personnel.

— Je m'en sors très bien tout seul.

— Mais vous n'y êtes pas obligé. C'est pour ça que je suis là.

— Ah vraiment ? s'esclaffe-t-il.

Je ne vois pas d'amusement dans ses yeux, seulement du dédain.

— Oui. J'ai négocié pour que vous m'engagiez comme intendante parce que c'est un domaine dans lequel je suis douée. Je…

— Vous croyez que je ne vois pas clair dans votre petit jeu ? rétorque-t-il d'un ton glacial. Grise m'a rapporté que vous n'arrêtez pas de demander où se trouve la chambre forte. Vous avez sans doute remarqué que personne ne veut vous le dire.

Je sens mon rythme cardiaque s'emballer, l'angoisse me nouer les entrailles.

— Je ne comprends pas.

— Je crois que si. Il est clair que vous tenez à garantir votre réussite, mais sachez que c'est aussi mon intention.

— Exprimez-vous franchement, Votre Altesse, sifflé-je entre mes dents. De quoi m'accusez-vous ?

Lorsqu'il s'avance d'un pas, je bats en retraite.

— Si vous venez à découvrir où se trouve ma fortune, qu'est-ce qui vous empêchera de me dépouiller, que le sort soit rompu ou non ?

Une goutte de sueur perle sur ma nuque. Il sait. Il a deviné mon plan de secours. Me serais-je trahie ?

— Moi, voilà ce qui vous en empêchera. Je vais mettre en place toutes les mesures préventives nécessaires pour que vous n'ayez pas le moindre cristal de quartz si vous n'honorez pas votre part du marché et laissez le sortilège m'ôter la vie.

— Est-ce que c'est une menace ? demandé-je d'une voix que je voulais acerbe, mais qui franchit mes lèvres en chevrotant.

La sienne, en revanche, est posée, pleine d'assurance.

— Oui, Mademoiselle, c'en est une. Je ne suis pas assez bête pour accorder mon entière confiance à un être humain.

Gagnée par la culpabilité, je sens mes genoux se mettre à flageoler. Il a raison et ça m'agace. Mais il ne connaît pas toute l'histoire ! Il ne sait rien de moi ni des pressions que je subis. Ce n'est pas parce que je souhaite sa mort que j'ai échafaudé une solution de rechange, mais parce que... parce qu'en cas d'échec, je n'aurai nulle part où aller. Je ravale mes remords et les enfouis sous mon indignation. Les bras croisés, je le foudroie du regard.

— Comment osez-vous m'intimider ? Vous prétendez lire en moi, mais vous ne savez rien.

— J'ai cerné les humains. Vous n'étiez pas née que je vivais déjà parmi eux. J'ai vu de quelles folies ils sont capables. Votre espèce n'a aucune qualité rédemptrice, croyez-moi. Tous les individus que j'ai rencontrés étaient soit des voleurs, soit des menteurs, soit des meurtriers dans une certaine mesure.

— Vous vous trompez. Nous ne sommes pas tous comme ça.

— Ah non ? Pouvez-vous affirmer n'avoir jamais menti ? Pas une seule fois ?

Le feu me monte aux joues.

— Si, bien sûr que j'ai déjà menti.

— Eh bien, pas moi. J'en suis incapable.

— Pourtant, vous étiez tout à fait prêt à me piéger. Vous avez tenté de me pousser à sacrifier ce que j'ai de plus cher pour vous libérer d'un sortilège dont vous êtes l'unique responsable. Épargnez-moi vos grands airs. Si vous aviez le droit de mentir, vous le feriez sans arrêt.

Il s'assombrit. Son regard se fait brûlant de rage.

— Depuis notre pacte, je n'ai pas essayé de vous duper une seule fois. J'ai respecté notre arrangement. Et vous, en avez-vous fait autant ?

À bout de souffle, je serre les poings.

— Que croyez-vous que j'aie fait toute la semaine, si ce n'est respecter notre marché ? Pensez-vous que je me sois donné tout ce mal pour redécorer votre manoir par plaisir ? Que je me fasse une joie de devoir parler à Imogen Coleman à une fichue réception ? Non ! Je le fais parce que c'est nécessaire à la réussite de notre plan. Rien ne m'oblige à y consacrer tant d'efforts. Malgré tout, j'ai échafaudé un plan solide parce que je tiens à notre succès.

Un rictus mauvais vient retrousser les lèvres du roi.

— Vous éludez ma question pour vous donner l'air honorable. C'est très humain de votre part.

— Je suis sincère. Je ne veux pas que vous mouriez.

Il se fige et me sonde un long moment d'un regard pénétrant.

— Regardez-moi dans les yeux et dites-moi que je me trompe, finit-il par ordonner d'une voix implacable. Jurez-moi que vous ne videriez pas mes coffres si je mourais.

J'ai beau soutenir son regard, je reste muette.

— Vous ne dites rien parce que vous savez que j'ai raison, conclut-il.

Oui, il a raison. Je m'en veux d'avoir envisagé cette ruse et je lui en veux plus encore de me mettre au pied du mur. Il n'a pas le droit de me faire culpabiliser de la sorte ! À ma place, je suis certaine qu'il aurait envisagé une issue similaire. Voire pire. Il serait même tout à fait capable de me trahir dans le seul but d'assouvir sa soif de vengeance. Pour la simple raison que je suis humaine – une créature répugnante à ses yeux. J'esquisse un pas vers lui.

— Vous savez quoi ? sifflé-je, du venin plein la voix. Finalement, vous êtes parfaitement assortis, Imogen et vous.

Sur ces paroles, je tourne les talons et quitte la pièce en trombe, ravalant mes larmes à chacun de mes pas.

22

La semaine suivante, je passe le plus clair de mon temps seule dans ma chambre. Puisque Foxglove a les rênes des travaux restants bien en main, ma présence n'est plus indispensable au bon déroulement des opérations. Mais ce n'est pas la seule raison de ma discrétion : en fait, j'évite Elliot. Tiraillée entre fureur et remords, je ressasse sans arrêt notre conversation. Moi qui commençais à penser que le roi loup n'était pas aussi mauvais qu'il en avait l'air, il a fallu qu'il gâche tout ! À moins que je ne sois la fautive…

Quand arrive le jour du dîner, je ne suis plus qu'une boule de nerfs. Contrainte de superviser tous les préparatifs, je dois me résoudre à sortir de ma chambre. Dès qu'arrivent au manoir les quelques employés engagés pour l'occasion, je leur expose chacune de leurs missions. Satisfaite des commis que j'ai recrutés pour l'assister, Bertha se met au travail. Je rappelle aux résidents du manoir de se montrer irréprochables – d'être propres et polis, entre autres. La plupart d'entre eux vont se faire discrets dès l'arrivée de nos invités et se verront récompensés par un bon dîner servi à part, dans les cuisines.

L'idée de recevoir des convives me terrifie. Je sens déjà que je ne vais pas pouvoir échapper à la compagnie d'Imogen. Depuis l'invitation que je lui ai envoyée, nous avons échangé quelques lettres, dans lesquelles j'ai veillé à semer toutes les graines que j'espère voir germer en elle à son insu. Dans son dernier message, elle m'assurait avoir sélectionné les familles les plus éminentes de la ville pour les présenter à M. Rochester. Ce qui, dans son langage, veut dire : « Les familles qui risquent le moins de compromettre ses projets de mariage », soit les habitants de Vernon que j'ai le plus en horreur.

Cette éventualité à l'esprit, je profite de ce que tous les préparatifs soient bien entamés pour me changer et me coiffer. N'ayant pas trouvé le courage de retourner chercher mes affaires chez mon père, je continue de porter tour à tour les robes de l'armoire. Aujourd'hui, j'en choisis une couleur sauge. Sa coupe rappelle celle des autres : dépourvue de fioritures, elle est agrémentée d'un décolleté plongeant et d'un dos échancré. Je me suis habituée à la douceur des étoffes de ces toilettes et à leurs jupons à volants. D'ailleurs, je regrette presque de ne pas avoir demandé à Amelie de me confectionner de nouvelles robes pendant qu'elle habillait le roi.

Ah, le roi… Cet infernal homme-loup. À l'idée de le voir ce soir, un malaise m'étreint. Pas seulement le voir, d'ailleurs, mais m'asseoir à sa table et comploter avec lui. Je ne peux pas lui faire confiance pour assurer à lui seul la réussite de ce dîner. À tous les coups, si je ne suis pas là, il va dire des bêtises, enchaîner les faux pas et chasser tout le monde avant même que l'entrée soit servie. J'ai demandé à Barbe Noire de lui porter une liste des convenances à respecter lors d'une réception, mais qui sait s'il l'a lue ?

Pourquoi n'avons-nous pas prévu une répétition, pour l'amour des saints ? me dis-je, prise de vertiges.

La réponse est évidente : j'ai tout fait pour éviter Elliot, jusqu'à refuser d'entrer dans son petit salon et, à l'évidence, lui en a fait autant. Si ce dîner vire au désastre, je ne pourrai m'en prendre qu'à moi-même. Ou bien à lui… Oui, au fond, tout est sa faute.

J'étudie mon reflet dans le miroir de ma chambre et compte jusqu'à cinq pour apaiser mon angoisse.

Un.

Je me retranche derrière mon masque de placidité et le regarde me transformer peu à peu.

Deux.

Les muscles de mon visage se détendent, mes épaules se redressent et un sourire hautain se dessine sur mes lèvres.

Trois.

Ce n'est qu'un dîner. Je peux le faire.

Quatre.

Je n'ai pas besoin de dire grand-chose. C'est Imogen qui va mener la conversation. Je n'aurai qu'à la détourner si nécessaire.

Cinq.

Quant à Elliot, rien ne m'oblige à lui parler.

Quelqu'un frappe des coups pressés à la porte de ma chambre et, une seconde plus tard, Micah entre à toute allure – sa spécialité, comme je l'ai découvert.

— Des gens sont arrivés ! Des gens très élégants.

Mon cœur s'emballe. Ils sont là.

Je prends une longue inspiration, avant de me couler une bonne fois pour toutes dans mon personnage.

*

Je me glisse dans le petit salon, que je suis rassurée de trouver désert. Nos convives sortent tout juste de leurs voitures et Elliot se fait désirer, comme prévu. En plus de ma liste de règles de bonne conduite, je lui ai transmis une note lui indiquant la marche à suivre tout au long de la soirée, à commencer par son entrée remarquée dans le petit salon une fois nos invités arrivés.

Escortées par le valet de pied embauché pour la journée, les Coleman sont les premières à entrer dans la pièce. Imogen est en tête, sa mère, Mme Maddie Coleman, sur les talons. Quant à Clara et Ember, elles ferment la marche. Une fois encore, la pianiste est cachée sous un bonnet qui éclipse presque entièrement son visage. Elle croise mon regard et m'adresse un sourire, que je lui rends, avant de porter mon attention sur sa demi-sœur. Après avoir jaugé la pièce d'un air faussement détaché, cette dernière pose le regard sur moi et jette un bref coup d'œil à ma poitrine.

— Mais que portez-vous, mademoiselle Bellefleur ?

Je sens mes joues s'empourprer. J'ai tellement pris l'habitude de ne côtoyer que les résidents du manoir, qui ne font jamais de commentaires sur mes toilettes, que je ne me suis posé aucune question au moment de m'habiller. Ma robe a beau être sobre, elle est très décolletée et se porte sans corset. Un style un peu osé pour la mode moderne. Ma gêne dissimulée derrière mon masque d'assurance, j'agite la main d'un air désinvolte.

— Une vieille guenille qu'on m'a donnée quand j'ai accepté le poste. Un vêtement faérique que portent les domestiques.

Un sourire satisfait étire les lèvres de la pimbêche.

— Ah, une tenue de servante… Pas étonnant qu'elle soit si… indécente.

— C'est peu de le dire, ricane Mme Coleman.

Malgré moi, les confidences d'Imogen me reviennent à l'esprit. C'est sa mère qui lui a rapporté ce qui… ce qui s'est passé en Bretton. Grâce à l'indiscrétion de mon père, bien sûr. Pourquoi a-t-il jugé nécessaire de partager une information si intime avec une femme qu'il courtise depuis moins d'un mois ? Je ne me l'explique pas. Je peux au moins me réjouir qu'il n'ait pas reçu l'une des invitations d'Imogen. Mon ennemie jette un nouveau regard à la ronde.

— Eh bien, où est le mystérieux M. Rochester pour qui je dois jouer les hôtesses ce soir ?

— Il ne devrait pas tarder.

À ce moment-là, un autre groupe entre dans la pièce. Ce sont les Davidson, un couple d'une cinquantaine d'années que je ne connais que de vue. Imogen, Clara et leur mère vont les saluer et se mettent aussitôt à échanger des messes basses. Je surprends les regards réprobateurs des nouveaux venus, suivis des chuchotements à peine dissimulés de Mme Coleman au sujet de mes « vêtements de faé ». Je serre les dents. Ember se glisse à mes côtés, si discrètement que je sursaute presque lorsqu'elle prend la parole.

— Moi, je la trouve très belle, cette robe, dit-elle d'une voix douce, distinguée.

En dépit de sa tenue, elle semble être une jeune femme mature, bien élevée.

— J'aime beaucoup les vêtements faériques, ajoute-t-elle. On n'en trouve aucun ici, à Vernon.

Le sourire aux lèvres, je me tourne vers elle.

— C'est dommage.

— Avec l'arrivée de votre employeur, les habitants vont peut-être s'ouvrir davantage à l'influence des faés, comme c'est le cas dans d'autres villes.

— Espérons-le, marmonné-je, non sans couler un regard au groupe de commères.

Des pas retentissent dans le couloir, suivis par l'arrivée des derniers invités. Il s'en faut de peu pour que je gémisse d'agacement. Mme Aston pénètre dans la pièce en s'émerveillant du mobilier. Sur ses talons, son mari ne semble pas aussi conquis par les lieux. Quant au troisième membre de leur groupe, il n'a d'yeux que pour moi.

Il ne manquait plus que lui… Gavin Aston, l'odieux personnage que j'ai rencontré à la librairie. Le sourire jusqu'aux oreilles, il se précipite vers moi. Sans me laisser le temps de réagir, il s'empare de ma main pour y plaquer un baiser.

— Bonsoir mademoiselle Bellefleur. Il y a trop longtemps qu'on ne s'est pas vus.

Sa mère le rejoint.

— Je n'arrive pas à croire que je me trouve dans la demeure d'une faé ! Je ne savais pas que leur espèce était aussi civilisée. Finalement, nous aurions pu emmener les enfants, Edward.

— Ils n'auraient pas su se tenir, objecte l'intéressé, renfrogné.

— Oui, c'est vrai, admet Mme Aston, avant de se tourner vers moi. C'est très aimable à vous d'avoir accepté de travailler pour une créature faérique, même si j'ai du mal à comprendre ce qui vous y a poussée. Je vous pensais faite pour le mariage, pas pour le célibat.

Gavin me lâche la main pour tapoter l'épaule de sa mère.

— Rien n'empêche les femmes de souhaiter à la fois se marier et travailler. Après tout, nous vivons dans une époque moderne.

Sa mère esquisse un sourire qui ressemble davantage à une grimace.

— Tu as sans doute raison, mon chéri.

Gavin reporte le regard sur moi.

— Pour ma part, je trouve formidable que vous ayez cherché un emploi. Une femme qui démontre qu'elle est mon égale par son travail acharné… À mes yeux, c'est encourageant.

Je n'en reviens pas. Il est donc capable de se montrer… intelligent. Flatteur, même. L'aurais-je jugé trop vite ?

— Une fois mariée, vous n'aurez plus à travailler, naturellement, reprend-il. Mais, selon moi, c'est un passe-temps très enrichissant pour les jeunes femmes. Une manière pour elles d'acquérir une certaine expérience du monde au-delà des robes et des mondanités.

Réflexion faite, ma première impression était juste : Gavin Aston est un sombre crétin.

— Vous faites erreur, Monsieur. Mon travail n'a rien d'un loisir futile voué à m'occuper en attendant l'autel. Au contraire, c'est une alternative légitime au mariage.

Mme Aston étouffe une exclamation de stupeur. Son fils, en revanche, secoue la tête, hilare.

— Intelligente et drôle à la fois ! Décidément, vous êtes une vraie perle.

Les épaules crispées par la colère, j'ouvre la bouche quand, soudain, une imposante silhouette apparaît dans l'encadrement de la porte et m'empêche de commettre une bêtise phénoménale. La respiration coupée, je sens toute rage m'abandonner. C'est Elliot.

Posté à ses côtés, le valet annonce son arrivée :

— M. Elliot Rochester.

Quand le maître des lieux s'avance à pas lents, le silence s'abat sur le petit salon. Sa démarche lui donne l'air sûr de lui, déterminé. Sa prothèse rend son boitement à peine visible. Ses cheveux ont été peignés en arrière dans un style à la fois soigné et moderne. Son costume vert sapin et son gilet doré, impeccables, le distinguent du noir et blanc que portent les hommes invités et soulignent sa nature faérique. La coupe de sa veste accentue ses épaules larges et son pantalon ajusté souligne la musculature de ses cuisses.

— Bonsoir, dit-il d'une voix grave – quoique je ne l'aie jamais entendue si douce.

Il balaie du regard son public captivé, avant de plonger les yeux dans les miens. Je sens mon cœur s'affoler. Cet instant suffit à me faire perdre le fil de mes pensées et oublier la raison de ma colère après lui. Même si, de toute évidence, il n'a toujours pas retenu qu'il ne faut pas fixer les gens. Oh ! Tout à coup, mon rôle me revient à l'esprit. Je le rejoins à la hâte.

— M. Rochester, je vous présente votre charmante hôtesse, Mlle Imogen Coleman.

Les yeux ronds, brillants presque d'admiration, l'interpellée s'approche pour saluer Elliot d'une révérence.

— Merci de m'avoir confié la tâche de convier les invités de ce soir, Monsieur. Je suis ravie d'avoir pu vous être utile.

L'espace d'un instant, Elliot se contente de la dévisager, la mine impénétrable. Puis ses lèvres tressautent. Une fois, deux fois. Enfin, elles s'étirent en un sourire modeste. Il récite sans heurt la réponse qu'il a préparée :

— Merci à vous d'avoir si généreusement accepté de m'aider à organiser mon premier dîner avec l'élite de la société de Vernon.

Aux anges, Imogen me pousse presque pour prendre ma place à ses côtés.

— Permettez-moi de vous présenter ma mère et ma sœur, Mme Maddie et Mlle Clara Coleman. (Toutes deux font la révérence, puis la jeune femme entreprend de présenter chacun des convives, gardant Ember pour la fin.) Et voici ma demi-sœur, Mlle Ember Montgomery.

D'abord étonnée qu'elle ne porte pas le même nom que sa famille, je me souviens alors de leur situation. Mme Coleman est trois fois veuve. Après la mort de son dernier mari – qui devait être le père d'Ember –, ses filles et elles ont repris son nom de jeune fille. Il paraît logique que la musicienne n'en ait pas fait autant.

L'expression passive, les yeux rivés sur le sol, elle fait une révérence avant de s'effacer à la hâte.

— Bien, reprend Imogen à l'attention d'Elliot, et si nous passions à table ?

Le roi me jette un bref regard, auquel je réponds par un hochement de tête discret. Je prie pour que mes yeux lui fassent comprendre ce que je ne peux pas lui dire à voix haute : « Offrez-lui votre bras ! » S'il a lu mes instructions, il devrait savoir qu'il est temps d'escorter Imogen dans la salle à manger. À mon grand soulagement, il lui tend le bras avec raideur.

— Venez, mademoiselle Coleman. Je vous accompagne.

Elle bat des paupières et pose la main au creux du coude de son cavalier, avant de se tourner vers les autres convives. Pendant qu'ils se rassemblent deux par deux, je m'aperçois avec horreur que Gavin fonce droit sur moi.

— Madame ? demande-t-il, le bras tendu.

Sans me laisser le temps de refuser, Imogen intervient, indignée.

— Un peu de sérieux, monsieur Aston ! Mlle Bellefleur travaille ici, je vous l'ai déjà dit. Elle ne fait pas partie des convives. Vous n'avez qu'à emmener ma mère.

Son ton a beau me hérisser, elle n'a pas tort. Dans une grande maison, l'intendant occupe une place prestigieuse. Mais, pour les invités, c'est un poste comme un autre. À leurs yeux, je ne suis qu'une vulgaire domestique qui n'a pas sa place parmi les convives d'une telle réception. Compte tenu du froid qui plane entre Elliot et moi, je suis certaine qu'il va profiter de l'occasion pour m'exclure. S'il y vient, je n'aurai pas d'autre option que de le laisser se débrouiller le restant de la soirée.

— Au contraire, proteste-t-il, le ton ferme, mon intendante va se joindre à nous.

Un mélange de surprise et de soulagement me gagne.

— Merci, monsieur Rochester. C'est un honneur.

— Êtes-vous aussi aimable avec l'ensemble de votre personnel ? questionne Imogen, revêche.

Elliot réfléchit un instant.

— Gemma n'est…

Son invitée écarquille les yeux.

— Gemma ? Vous appelez donc vos employés par leur prénom ?

Je m'esclaffe d'un rire faussement détaché.

— Je passe mon temps à rappeler à M. Rochester que, contrairement aux faés, les humains s'appellent plutôt par leur nom de famille. Pour lui, c'est une drôle de coutume à laquelle il n'est pas encore habitué.

— Dans ce cas, appelez-moi Imogen.

Elle jette à Elliot un regard plein d'espoir. De toute évidence, elle attend qu'il lui retourne l'invitation, mais il n'en fait rien.

— Pouvons-nous y aller ? demande-t-il.

Une fois de plus, Gavin m'offre son bras. Ne voulant pas attirer l'attention davantage, je me résous à l'accepter.

Elliot ouvre la marche. Deux par deux, nous lui emboîtons le pas, à l'exception d'Ember, qui s'avance seule. Pourquoi se retrouve-t-elle systématiquement exclue sans le moindre ménagement ? À la réflexion, elle pourrait avoir un cavalier si je n'étais pas là. Le nombre de convives serait pair.

Nous entrons dans la salle à manger. C'est une pièce spacieuse et élégante au sol de marbre et aux hautes fenêtres par lesquelles on distingue le ciel nocturne. Lorsqu'elle s'approche de la longue table qui trône au milieu, Imogen exprime sa réprobation.

— Pas de cartons de table ? Si vous aviez besoin d'une aide supplémentaire, il aurait fallu m'inviter à venir plus tôt, mademoiselle Bellefleur ! Bon, tant pis. En ma qualité d'hôtesse à titre honorifique, je vais improviser. Monsieur Rochester, votre place est en bout de table. Même si c'est vous qui nous avez conviés, vous restez l'invité d'honneur de la soirée.

Le roi répond au regard charmeur de sa prétendante par un sourire sans joie.

— Très bien.

Imogen continue sa distribution : elle place sa mère et elle de chaque côté d'Elliot, suivies des Davidson, puis de M. et Mme Aston et termine par Clara, Ember, Gavin et moi. À mi-voix, la plus jeune des Coleman se plaint d'être reléguée à l'extrémité la moins intéressante et ne manque pas de jeter à sa demi-sœur des regards mauvais. Gavin, lui, se fait une joie de tirer ma chaise et de s'asseoir face à moi.

— Vous ai-je dit que vous êtes superbe, ce soir ? demande-t-il.

— Non, mais merci, marmonné-je avec froideur, avant de risquer un regard au bout de la table.

Penchée vers Elliot comme si elle brûlait de lui grimper sur les genoux, Imogen lui chuchote quelques paroles à voix basse. Le monarque lui répond d'un ton stoïque. Manifestement, il a choisi de jouer le gentleman impassible. Il faut admettre qu'il se débrouille plutôt bien. Je suis impressionnée.

Lorsque les domestiques s'avancent pour remplir les assiettes, Mme Aston prend la parole.

— Je ne savais pas qu'il existait un si charmant manoir ici, au beau milieu de la forêt. Cela dit, j'ai entendu toutes sortes d'histoires épouvantables au sujet de loups qui rôderaient dans les parages. En avez-vous vu, M. Rochester ?

L'interpellé croise mon regard un instant. L'ombre d'un sourire étire le coin de ses lèvres, mais il s'empresse de le chasser pour ne rien laisser paraître.

— Oui, j'en ai croisé.

Je me retiens de sourire. C'est une bonne réponse pour quelqu'un qui n'a pas le droit de mentir.

— Et vous n'avez pas subi d'attaques ? s'étrangle sa convive. À moins qu'il ne s'agisse de… de vos semblables ? ajoute-t-elle à mi-voix.

Sur le point de répondre, Elliot se tourne de nouveau vers moi. Dans son regard brille un éclat affolé. Cette fois, je doute qu'il trouve un moyen d'éluder savamment la question.

— Il n'y a rien à craindre des loups des environs, dis-je à sa place. Il est rare qu'ils se montrent et ils n'ont encore blessé personne.

Imogen me jette un regard perçant.

— Qu'en savez-vous, Mlle Bellefleur ? Vous ne connaissez pas très bien Vernon. Vous n'y êtes arrivée que quelques jours avant ma famille.

L'air grave, Mme Aston opine du chef.

— C'est vrai. On ne peut pas savoir de quoi ils sont capables.

— Avez-vous envisagé d'engager des trappeurs pour remédier à ce problème de loups ? questionne M. Davidson à l'attention d'Elliot. Ce serait dommage qu'ils envahissent votre domaine.

La façade du roi se fendille. Un frémissement agite sa mâchoire et trahit son agacement.

— Non et je n'en ai pas l'intention. D'ailleurs, il ne me semble pas avoir dit qu'ils me dérangeaient.

Intimidé par le venin dans la voix d'Elliot, M. Davidson blêmit. Après un regard échangé avec sa femme, il reporte son attention sur son assiette.

— Mon employeur a un faible pour les loups, prétexté-je. Comme vous l'imaginez sans doute, les faés n'ont pas le même rapport à la nature que les humains.

— Ah oui, c'est vrai, confirme Mme Aston avec un gloussement. C'est difficile de se rappeler ces choses-là, monsieur Rochester. Tant que je ne regarde pas vos oreilles, vous avez l'air du parfait gentleman !

En guise de réponse, Elliot pousse un grognement. Peu à peu, il reprend son sang-froid. Mme Coleman se penche vers lui.

— Moi, je n'oublie jamais, glisse-t-elle, avant de s'adresser au reste de la tablée. Je n'ai pas de mal à reconnaître les êtres faériques et à comprendre leurs coutumes. Après tout, mon premier mari en était un. Et roi, qui plus est.

À côté de moi, Ember étouffe un petit rire. Mme Aston porte une main à sa poitrine.

— Vraiment ? De quel roi s'agissait-il ?

Le sourire fier de Mme Coleman s'évanouit.

— Oh, c'était il y a longtemps, bien avant l'unification, explique-t-elle avec un geste de la main. Il est mort lors de la seconde guerre.

Mmes Aston et Davidson lui offrent leurs condoléances. Maddie Coleman se retourne vers Elliot.

— J'ai beaucoup de relations parmi l'élite des faés. La reine Evelyn et moi-même sommes très proches. J'ai grandi avec elle et sa sœur, Amelie Fairfield, la célèbre couturière et styliste.

Cette information me prend de court. J'ai du mal à les imaginer amies.

— Dans ce cas, vous avez sans doute eu l'occasion de la croiser en ville, non ?

Mme Coleman tourne aussitôt la tête vers moi.

— Pardon ? De qui parlez-vous ?

— De Mlle Fairfield. Elle est à Vernon.

Elle pâlit, puis se met à siroter distraitement son vin comme si je n'avais rien dit. Ember pouffe en silence.

— Elles sont loin d'être proches, je vous le garantis, me murmure-t-elle à l'oreille.

— À propos de créatures faériques éminentes, reprend Mme Coleman à l'adresse d'Elliot, d'après ma fille, vous descendez d'une noble lignée. Auriez-vous l'obligeance de nous en dire plus ?

Imogen foudroie sa mère du regard, mais celle-ci ne remarque rien. Elle se contente de sourire à Elliot. Lui reste mutique un instant, les yeux dans le vague.

— Non, finit-il par répondre d'un ton calme. Je préfère ne pas partager cette information.

Mme Coleman, qui ne saisit pas le message, lui pose une main sur le bras.

— Voyons, monsieur Rochester ! Quels que soient vos secrets, nous ne les répéterons pas, vous pouvez nous faire confiance. Je vous rappelle que je connais bien les coutumes des faés.

La mine glaciale, le monarque se dégage. Par tous les saints… C'est justement ce que je redoutais.

— Les raisons de la présence de M. Rochester sont privées et il tient à ce qu'elles le restent.

Les yeux plissés, Imogen pivote vers moi.

— Peut-on savoir pourquoi vous répondez sans arrêt à sa place, mademoiselle Bellefleur ?

— Étant son intendante, j'agis simplement dans ses intérêts.

— Dans ses intérêts, dites-vous ? répète-t-elle avant de porter son verre à ses lèvres pour prendre une petite gorgée de vin. Attention, vous risquez de donner la mauvaise impression.

J'ouvre la bouche, mais Elliot répond le premier :

— Et quelle impression pourrait-elle donner ?

Un rictus cruel étire les lèvres d'Imogen, qui plonge le regard dans le mien.

— Celle de vous connaître un peu trop intimement… comme elle a connu un certain vicomte.

Dans le silence assourdissant, j'entends le mot « vicomte » résonner dans ma tête. Mme Aston me quitte des yeux pour s'adresser à Imogen.

— Vicomte ? Mlle Bellefleur connaît un vicomte ?

Mon ennemie continue de me transpercer du regard.

— Parfois, je me demande si elle n'en a pas connu plus d'un.

Lentement, les convives se tournent vers moi. Dans leurs regards, j'en vois d'autres, ceux qui me hantent encore à ce jour. J'entends les huées, les railleries…

Je m'agrippe aux accoudoirs de ma chaise pour me calmer, mais déjà, mon souffle devient irrégulier, la pièce se met à basculer. *Reste dans le moment présent*, m'intimé-je. Hélas, le moment en question est bien trop déplaisant et ne suffit pas à me rassurer.

— Mademoiselle Coleman, gronde Elliot.

Sa voix grave est la seule chose qui me permette de me raccrocher à la réalité. Elle dissipe en partie le chaos qui règne dans mon esprit. Je me tourne lentement. Le regard acéré comme la lame d'un poignard, le roi est avachi de côté, le plus loin possible d'Imogen. Quand cette dernière croise les yeux du monarque, son sourire s'évanouit.

— Dois-je comprendre que votre remarque était faite aux dépens de mon intendante ? demande avec froideur le maître des lieux.

Les joues rosies, mon ennemie cligne plusieurs fois des yeux. Puis, dédaigneuse, les lèvres pincées en une ligne mince, elle plante sa fourchette dans son assiette. Le silence s'abat comme un voile sur la tablée. La tension se fait palpable.

Oh non… Ce n'est pas bon signe. Mais j'ai beau vouloir y remédier, je ne peux pas passer outre ce qu'Imogen a réveillé au fond de moi. Dans ma tête, les fantômes du passé continuent de me foudroyer du regard, de me lancer des insultes tranchantes comme autant d'éclats de verre. Avec toute la grâce dont je suis capable, je me lève de ma chaise et adresse à l'assemblée un faible sourire.

— Je m'excuse, mais je dois déjà me retirer. Je ne me sens pas bien.

Gavin se lève à son tour.

— Puis-je…

— Non ! répliqué-je sèchement, avant de me radoucir. Je ne vais pas perturber ce dîner davantage. Continuez sans moi, je vous en prie.

Alors que je traverse la pièce à la hâte, je sens le regard d'Elliot qui me suit, soucieux.

— Gem… Mademoiselle Bellefleur, chuchote-t-il.

Comme s'il s'apprêtait à me suivre, il se redresse sur son siège. Je me fige juste à temps pour voir Imogen décocher à sa mère un regard éloquent.

— Je vais bien, assuré-je dans un souffle. (Le monarque ouvre la bouche, mais je secoue discrètement la tête.) Ne me suivez pas.

Sur ces mots, je m'enfuis à toutes jambes. Malheureusement, la sensation d'être transpercée par un millier d'yeux me poursuit longtemps après avoir fermé la porte de ma chambre.

23

Étendue dans mon lit, je lis *La Gouvernante et le Comte*. Mais j'ai beau parcourir ses pages depuis au moins une heure, je ne crois pas avoir fini un seul chapitre. À chaque paragraphe, je repense au dîner, au rictus cruel d'Imogen et à la réponse glaciale d'Elliot face à ses provocations. Et à chacune des apparitions du comte taciturne de mon roman, j'imagine à sa place les traits d'un certain roi faérique.

Voilà maintenant deux heures que je me suis enfuie de la salle à manger. Mon calme retrouvé, je n'arrête pas de me demander si j'ai condamné le dîner à l'échec en abandonnant Elliot avec ses invités. Cela étant, je crois que c'est ma faute si les choses ont dérapé. À moins que ce ne soit la prise de position du roi en ma faveur qui ait éveillé les tensions… Même si je lui suis reconnaissante de m'avoir défendue, c'était une erreur de sa part. Il aurait dû tout faire pour plaire à Imogen. Désormais, je ne peux qu'espérer qu'il soit parvenu à endurer le restant du repas sans avoir à révéler d'embarrassants secrets.

Je m'obstine à lire une heure de plus sans réussir à avancer. Résignée, je finis par repousser mes couvertures avec un grognement de frustration. Je frotte mes bras gelés et vais m'appuyer au cadre de la fenêtre. Le calme règne sur les jardins. Je ne perçois aucun mouvement si ce n'est le tournoiement des flocons qui tapissent la nuit en silence. Subitement, mon esprit s'apaise et mon pouls ralentit. La tranquillité des montagnes m'envoûte. Il me prend une folle envie de respirer l'air de la forêt.

La pendule sur ma table de chevet m'indique qu'il est près de minuit. À l'heure qu'il est, nos invités doivent être partis. Je reporte mon attention sur la fenêtre et le désir de m'évader m'appelle de plus belle.

Ni une ni deux, j'enfile bas et bottes, puis jette ma cape chaude sur mes épaules, par-dessus ma chemise de nuit. Pour finir, je me coiffe d'un chapeau et quitte ma chambre avant d'avoir eu le temps de me raviser.

À pas feutrés, je traverse les étages du manoir. Les lieux sont calmes, déserts. Au rez-de-chaussée, je ne vois aucun signe de nos invités, des résidents, ni du personnel engagé pour l'occasion. Avec un soupir de soulagement, je poursuis mon chemin vers l'arrière de la bâtisse, où se trouve la porte menant aux jardins. Une fois dehors, la fraîcheur de l'air nocturne m'accueille à bras ouverts. Jamais je n'avais savouré cette sensation comme aujourd'hui. Auparavant, je ne jurais que par la chaleur et le soleil, mais la sérénité d'une nuit enneigée me procure un sentiment si rassurant que, pour une fois, le froid ne me dérange pas.

Je parcours l'allée. Focalisée sur le murmure des flocons et le craquement de mes bottes dans la neige, je fais le vide dans mon esprit. Au bout d'un moment, un nouveau bruit me parvient : celui de pas qui ne sont pas les miens.

Je fais volte-face pour tomber nez à nez avec Elliot, qui me suit dans l'allée. Son souffle forme de petits nuages de vapeur et la neige constelle ses cheveux. Ils ne sont plus peignés et coiffés comme au dîner, mais lui tombent en bataille autour du visage. Même s'il a l'air moins soigné, moins sage, il reste plutôt séduisant. Il a les mains fourrées dans les poches d'un long pardessus de laine d'un vert profond. En dessous, je devine un pantalon et une chemise de lin qu'il ne s'est pas donné la peine de rentrer. En revanche, je ne vois ni gilet ni cravate. Je me demande s'il est lui aussi sorti du lit pour venir ici.

Sans un mot, il franchit avec lenteur la distance qui nous sépare. À mon grand étonnement, il porte encore sa prothèse. Il s'arrête à quelques pas pour me gratifier d'un sourire pincé. Une expression indéchiffrable traverse ses traits. Serait-ce de l'inquiétude ? De la fatigue ?

— Je suis désolé, finit-il par dire.

Ses mots me rappellent l'affreux dîner de ce soir. La sérénité que j'avais enfin trouvée vole en éclats.

— Vous n'y êtes pour rien, soupiré-je. C'est… c'est Imogen. Elle est comme ça.

— Ce n'est pas pour cette raison que je vous présente mes excuses, signale-t-il d'une voix sourde en changeant de position, la mine assombrie par l'appréhension. Mais pour… pour ce que je vous ai dit avant. À propos de mon argent et de ma chambre forte.

Les remords me prennent aux tripes.

— Vous n'avez pas à vous excuser pour ça, assuré-je d'une voix chevrotante.

Il fuit mon regard et ouvre la bouche plusieurs fois avant de reprendre la parole.

— Je n'aurais pas dû me montrer blessant. Je pensais ce que j'ai dit. Il faut que je me protège au cas où…

— Arrêtez, Votre Majesté, je vous en prie. Je n'ai pas envie d'en parler.

Elliot plonge de nouveau les yeux dans les miens et son expression s'adoucit. Un sourire contrit retrousse un coin de ses lèvres.

— Pour commencer, épargnez-moi ces « Votre Majesté ». Appelez-moi Elliot. Aujourd'hui, j'ai découvert que c'est un honneur d'être appelé par son prénom. (La malice dans sa voix m'arrache un petit sourire.) Deuxièmement, permettez-vous qu'on parle d'autre chose ?

— De quoi, par exemple ? m'étonné-je.

Il hausse les épaules.

— N'importe quoi. Je n'arrive pas à dormir.

— Moi non plus.

— Dans ce cas, glisse-t-il en se redressant pour m'offrir son bras dans une attitude légèrement moqueuse. Ça aussi, je l'ai appris ce soir, grâce à votre liste détaillée de règles de bonne conduite.

Je pose la main au creux de son coude et nous marchons côte à côte d'un pas tranquille.

— Je suis contente d'apprendre que vous l'avez lue. À ce sujet, comment s'est passé le reste du dîner ?

Il fait la moue.

— C'était l'expérience la plus détestable que j'aie jamais été contraint d'endurer.

— Mais vous l'avez surmontée ? Tout le monde en est sorti vivant ?

— Tout juste. J'ai suivi votre liste à la lettre. À la fin du dîner, on s'est retirés dans le petit salon. J'ai pris ma place près du feu et les invités ont parlé sans particulièrement chercher à m'interroger, ce qui n'est pas plus mal, je suppose.

— Et Imogen ? (Je ne peux pas prononcer son nom sans me sentir mal.) Avez-vous réussi à reconquérir ses faveurs ?

— Il a suffi que vous sortiez de la salle à manger pour qu'elle retrouve le sourire. Elle s'est aussitôt remise à me faire les yeux doux. Après l'avoir vue se montrer si odieuse avec vous, je pouvais à peine la regarder.

Je hausse les épaules.

— Vous voyez maintenant pourquoi je l'ai choisie pour notre plan. Je ne me serais pas permis d'inciter n'importe qui à sacrifier son bien le plus précieux.

— Oui, ce ne pouvait être qu'elle. Bien sûr, les invités étaient tous aussi détestables les uns que les autres, mais c'était elle la pire, suivie de près par sa mère. Quelle est cette manie qu'elle a de toucher sans arrêt l'avant-bras de son interlocuteur quand elle parle ? bougonne-t-il.

Un rire m'échappe, mais je me ressaisis rapidement.

— Vous n'auriez pas dû prendre ma défense face à Imogen. La prochaine fois, il faudra la laisser parler.

— Dois-je m'attendre à ce qu'elle continue de se montrer irrespectueuse ?

— Pas envers vous, c'est tout ce qui compte. N'oubliez pas que vous devez lui faire la cour.

Écœuré, il détourne le regard.

— Lui faire la cour… Pouah ! N'est-ce pas plutôt à elle d'essayer de m'impressionner ? Au lieu de… de se moquer de mon personnel ?

— Elle pense sans doute qu'il y a de quoi être impressionné par sa cruauté. Dans de nombreuses histoires, c'est un trait de caractère que les faés apprécient.

— La cruauté n'est admirable que lorsqu'elle est comique ou méritée.

— Vraiment ? Dans ce cas, qu'est-ce qui vous dit que je ne mérite pas la sienne ? glissé-je sur un ton que je voulais taquin.

Mais Elliot doit sentir la peine dans ma voix, car il se fige pour se tourner vers moi.

— J'en suis certain, insiste-t-il, la voix ferme, avant de marquer une pause. De quoi voulait-elle parler, au juste ? À propos de ce vicomte.

— Ce n'est rien.

— Si, je vois bien que c'est important. Si vous voulez que je promette de ne pas remettre cette pimbêche à sa place la prochaine fois qu'elle vous attaquera, vous avez intérêt à m'expliquer ce qu'elle utilise pour vous houspiller. J'arriverai sans doute mieux à détourner la conversation si je suis dans la confidence.

J'étudie son expression un instant. La sincérité que j'y trouve me surprend. Peut-être comprendrait-il l'attitude d'Imogen s'il connaissait la vérité… Comme tous ceux qui l'ont découverte – mon père, mes anciennes amies de Bretton,

Marnie, ma sœur aînée –, il me jugera fautive du scandale et se montrera peut-être plus avenant avec sa prétendante.

Je lève le menton.

— Si je vous le dis, promettez-moi de ne pas me sermonner sur l'importance de la vertu féminine. J'ai suffisamment entendu ce couplet.

— Pourquoi diable me soucierais-je de la vertu féminine ?

— Bon, très bien, grommelé-je, avant de me remettre en chemin.

Elliot se glisse à mes côtés et, par moments, nos épaules s'effleurent. Je prends une profonde inspiration avant de commencer.

— Comme vous le savez, j'ai grandi en Isola. Après la mort de la mère, mon père nous a fait déménager dans la capitale de Bretton, où nous avons vécu cinq ans. Quand nous sommes devenues majeures, mes sœurs et moi avons fait notre entrée en société l'une après l'autre. Une fois ma sœur aînée mariée, c'est devenu mon tour de me trouver un époux. J'ai dû me prêter au jeu de la séduction et c'est comme ça que j'ai rencontré le vicomte.

Ma voix tremble en prononçant ce dernier mot. Je sens qu'Elliot m'observe, mais je ne peux me résoudre à croiser son regard. Je rassemble mon courage et tente de m'imaginer que je raconte simplement une histoire, une anecdote qui ne me concerne pas, mais qui mettrait en scène une des gouvernantes fictives de mes romans. Cette idée m'aide à continuer sans trop m'attarder sur le choix des mots.

— De tous mes prétendants, le vicomte du Brekshire – Oswald, de son prénom – est celui qui m'a courtisée le plus assidûment. Il ne m'a pas fallu longtemps pour lui témoigner mon affection à mon tour. Nous sommes tombés amoureux et il m'a promis que nous finirions par nous marier. Seulement il y avait une complication.

— Laquelle ?

Je croise son regard un bref instant.

— Il était déjà fiancé à la princesse de Bretton.

Je m'attends à un sifflement réprobateur, un hoquet de stupeur, à le voir se figer tout à coup, mais il ne cille pas. Je poursuis donc :

— C'était un mariage arrangé pour raisons politiques, orchestré des années auparavant par le père d'Oswald et le roi. Mon bien-aimé m'a juré qu'il avait l'intention de rompre les fiançailles. Il lui fallait juste un peu de temps pour convaincre son père de l'autoriser à épouser quelqu'un comme moi. Voyez-vous, il savait que ma famille était à deux doigts de la ruine, que nous cachions notre situation désastreuse grâce à mon habile gestion de notre capital. Mais il m'aimait malgré tout. Il m'a assuré que son père comprendrait et que, le moment venu, il nous donnerait sa bénédiction. En attendant l'annulation de ses fiançailles, il nous faudrait poursuivre notre relation en secret avant de la révéler au grand jour. Compte tenu de ce qu'il me disait et de la façon dont il me traitait, j'étais persuadée qu'il était sincère. J'y croyais dur comme fer. Mais les mois ont passé et le bon moment ne se présentait jamais. J'ai attendu encore et encore… jusqu'au moment où j'ai perdu patience.

Je serre les poings pour me distraire du feu qui m'enflamme les joues. Il me faut rassembler toute ma volonté pour formuler la suite à voix haute.

— Je ne me suis pas montrée chaste avec lui et je l'assume. De toute ma vie, jamais je ne m'étais sentie si belle, si aimée. Mais l'euphorie de notre liaison nous a rendus imprudents. Moi, tout du moins. Avec le temps, nous avons fait moins attention à dissimuler notre relation. Nous avons dansé trop souvent ensemble aux bals, on nous a surpris autour d'un dîner, d'une promenade et même à échanger quelques baisers volés… puis plus que des baisers.

La nausée me tord les entrailles.

— Nous avons tant éveillé les soupçons qu'une journaliste qui tenait la rubrique mondaine du journal de la ville a fini par s'intéresser à nous. Un jour, elle… elle nous a suivis et nous a surpris en plein…

Ma gorge se serre. Elliot se fige et me prend doucement par le bras pour me tourner vers lui.

— Inutile d'en dire plus.

La chaleur rassurante de sa paume me fait prendre conscience que je tremble comme une feuille – et le froid n'y est pour rien.

— Tout le monde l'a découvert, murmuré-je. Mes amis, ma famille, le père d'Oswald. Mon bien-aimé a promis de se battre pour moi, mais… mais il ne l'a pas fait.

Le roi semble contrarié. Je m'aperçois qu'il me tient encore par le bras. Ce contact m'aide à m'ancrer dans le présent, malgré le flot de souvenirs qui se bousculent dans mon esprit. Je vois encore les mots trouvés dans le journal, une semaine après la révélation de mon rendez-vous galant avec le vicomte. Moi qui me pensais immunisée contre les rumeurs, celle-ci m'avait porté le coup de grâce. L'article n'était qu'un tissu de mensonges.

— Le vicomte a préféré sauver sa réputation, continué-je, bouillonnante de colère. Il a raconté à tout le monde que c'est moi qui l'avais séduit, que notre liaison n'était rien de plus qu'un flirt sans importance et que son cœur appartenait à la princesse. Il l'a épousée un mois plus tard et ses péchés ont été vite oubliés. En revanche, les miens ont marqué les esprits. J'étais déshonorée, ma famille, méprisée par tous et les prétendants de ma petite sœur s'en sont désintéressés. Un jour, pendant que je marchais en ville, mes amies m'ont insultée, humiliée en public.

Au souvenir du moment où ces filles m'ont encerclée pour me lancer des grossièretés que tous les passants des environs pouvaient entendre, je me fige un instant. Sur le coup, j'étais restée impuissante, tétanisée par la peur. Quand mes souvenirs remontent à la surface, ce sont leurs regards que je vois, leurs voix que j'entends résonner dans ma tête.

Après une profonde inspiration, je me focalise entièrement sur la main d'Elliot et laisse le passé disparaître dans un recoin de mon esprit.

— Voilà pourquoi nous avons déménagé ici dès que l'occasion s'est présentée.

Le roi reste mutique un moment.

— Je suis content que vous ayez réussi à fuir cette situation.

— Sauf qu'elle me poursuit toujours, dis-je, les larmes aux yeux. Imogen est au courant, sa mère et mon père aussi… Nina se montre indulgente mais, à part elle, tout le monde veille à me rappeler constamment mes erreurs.

En voyant Elliot se rembrunir, je me demande s'il se retient d'en faire autant, de me dire que je suis la seule responsable de ma déchéance, que je n'avais qu'à m'abstenir de soulever mon jupon, comme me l'ont dit Marnie, mon père et mes soi-disant amies.

— Je parie que vous brûlez de me sermonner, ajouté-je.

Les épaules raides, il resserre sa prise.

— Vous sermonner ?

Cette fois, il me lâche et se détourne pour se passer une main dans les cheveux. Un grondement rageur lui échappe. Il reste planté là un instant, les mains sur les hanches. Lorsqu'il se retourne vers moi, il a les yeux écarquillés, les joues écarlates.

— Vous sermonner ? Pourquoi ferais-je une chose pareille ? Je suis… furieux après ces… ces imbéciles d'humains. Vous êtes une femme libre. Votre vie et votre corps vous appartiennent et personne n'a le droit de vous reprocher ce que vous en faites.

Me voilà prise de court. Que je pleure à chaudes larmes ou que j'exprime toute l'ampleur de mon chagrin en racontant mon histoire, jamais elle n'a suscité une telle réaction. Pas même chez Nina. Elle a eu pitié de moi, certes, mais elle ne s'est pas mise en colère. À la vue de la fureur et de l'indignation qui brûlent dans le regard du roi, je me sens enfin comprise.

— Vous le pensez vraiment ?

— Bien sûr.

Ce disant, il tourne le dos pour arpenter l'allée. La fébrilité accentue sa démarche boitillante.

— Ah, les humains et leur fâcheuse manie de vouloir régenter les affaires d'autrui avec leurs convenances ridicules ! peste-t-il. La nature est faite comme ça, bon sang ! Il suffit d'être deux pour s'accoupler. Ou plus, selon certaines faés. Quoi qu'il en soit, la ville entière n'a pas besoin d'être mise au courant ni de donner sa permission ! Je ne comprendrai jamais votre espèce.

Au fil de ses mots, je redescends sur terre. Non pas que sa diatribe invalide sa colère, mais je m'aperçois qu'elle n'est pas personnelle. Certes, ma situation l'exaspère, mais le mépris que lui inspire l'espèce humaine surpasse l'empathie qu'il éprouve à mon égard. Après tout, je ne peux pas le contredire. Et pourquoi le devrais-je ? C'est un être faérique qui déteste les humains. Une pointe de déception m'étreint malgré tout le cœur. Elliot se fige.

— Comment voulez-vous que je me montre cordial avec Imogen après m'avoir raconté tout ça ? s'indigne-t-il. Elle ne mérite que ma haine pour avoir évoqué un sujet qui vous contrarie autant.

De nouveau, une vague de chaleur menace de se diffuser dans ma poitrine, mais je la chasse d'une profonde inspiration et redresse les épaules.

— Me défendre ne fera que compromettre notre plan. Ne vous souciez pas de moi, je peux me débrouiller seule. Contentez-vous de séduire Imogen.

— De séduire Imogen ! répète-t-il en ricanant. Vous voulez que je vous dise ? Ce plan n'est qu'une vaste fourmisterie !

Je suis sur le point de contester quand son choix de mot résonne dans ma tête. Le rire me monte aux lèvres.

— Qu'avez-vous dit ?

Renfrogné, il croise les bras.

— Que ce plan n'est qu'une fourmisterie.

— Une… fourmisterie ?

La mine vaguement gênée, il hausse les épaules.

— C'est une expression humaine. J'ai entendu cette affreuse Mme Davidson l'utiliser. Je ne comprends pas le rapport avec les fourmis, mais je voulais essayer de l'employer.

Je me couvre la bouche, mais me retenir d'éclater de rire devient de plus en plus difficile. Le roi me lance un regard noir.

— Qu'est-ce qui vous amuse tant ?

— On dit fumisterie.

— Oui, bon… C'est presque pareil. Oh et puis que les humains gardent leurs jurons !

Son agacement me fait pouffer de plus belle. Bientôt, je suis même pliée en deux.

— Allez-y, riez à mes dépens, marmonne-t-il.

Une fois parvenue à me redresser, je risque un regard au roi à travers les larmes qui m'embuent les yeux. Moi qui m'attendais à ce qu'il me foudroie des yeux, je suis surprise de voir le coin de ses lèvres tressaillir. Manifestement, mon rire devient contagieux. J'ai beau me plaquer une main sur la bouche, un nouveau gloussement m'échappe.

Soudain, Elliot ne peut plus se retenir non plus. Des pattes-d'oie apparaissent au coin de ses yeux et il ouvre grand la bouche pour laisser éclater un rire tonitruant. Ce qui, naturellement, anéantit tous mes efforts et me fait pouffer de plus belle. Lorsque je reprends mes esprits, le monarque a franchi la distance qui nous séparait et ne se tient plus qu'à un pas.

— Je ne sais plus pourquoi nous rions, admet-il, encore hilare.

— Moi non plus.

Ma voix est à la fois douce et haut perchée, ce qui est rare chez moi. L'entendre ainsi me rappelle l'heureuse époque où ma mère était encore en vie. J'ai un pincement au cœur, mais ce n'est pas douloureux. Cela m'évoque davantage la mélancolie d'une étreinte d'adieu que la pression d'un poing serré. Je parviens enfin à reprendre mon sérieux. Lorsque je croise le regard d'Elliot, il a encore les yeux rieurs.

— J'aime beaucoup votre rire, confie-t-il d'une voix douce, teintée de légèreté. (Mon cœur s'emballe.) Il me rappelle les jappements de louveteaux qui jouent.

Évidemment, il est toujours question de loups ! Je souris, mais mon pincement persiste. J'éprouve même une pointe d'amertume. Est-ce sa haine des humains et sa préférence pour les loups qui m'agacent ? Pourquoi lui en voudrais-je ? Sous sa forme unseelie, il en est un. C'est justement pour la préserver qu'il se bat – et que j'ai accepté de l'aider. Alors, pourquoi cette aigreur ?

— Venez, dit Elliot, me tirant de mes pensées. J'aimerais vous montrer quelque chose.

24

Après m'avoir reconduite à l'entrée du jardin, le roi emprunte un chemin qui traverse une rangée de haies soignées. Encore quelques pas et nous pénétrons dans une petite cour que je n'ai jusque-là aperçue que de loin : la roseraie du roi. Je tourne sur moi-même pour contempler les buissons mal entretenus et envahis de ronces qui bordent la cour. Enfin, mon regard se pose sur une tache rouge foncé – la toute dernière rose. L'air grave, Elliot tend la main vers la fleur.

— Voilà la rose qui décidera de mon sort : soit elle me permettra de rompre le sortilège, soit elle me tuera.

Quel spectacle morbide ! Pour autant, je dois reconnaître que son explication soulève en moi des interrogations. Je me mordille l'intérieur de la joue avant de le questionner.

— Si c'est elle qui compte les jours jusqu'au dénouement du maléfice, pourquoi dites-vous qu'elle pourrait vous permettre de le conjurer ?

— Quand la personne choisie pour accomplir le sacrifice sera prête, elle devra cueillir la rose et dire à voix haute qu'elle renonce de son plein gré à ce qu'elle a de plus cher, répond-il, maussade. S'il en était resté d'autres, il aurait pu s'agir de n'importe laquelle. Mais désormais, celle-ci représente mon seul espoir, ajoute-t-il avant de jeter un nouveau coup d'œil à la fleur. Ou ma condamnation.

L'appréhension me noue l'estomac.

— Pourquoi m'avoir emmenée ici ?

La mine grave, il m'observe à la dérobée.

— Vous m'avez confié une expérience douloureuse. J'ai voulu vous rendre la pareille.

Un sourire triste étire mes lèvres.

— C'est très aimable à vous.

À pas lents, il s'approche du banc de pierre. Puis, après s'être penché pour épousseter la couche de neige qui le recouvrait, il s'assied à une extrémité.

— Tous les jours, je viens chercher le pétale tombé et je l'emporte dans ma chambre, où je les conserve tous dans un verre.

Après un instant d'hésitation, je prends place à ses côtés.

— Pourquoi ? N'est-ce pas douloureux de regarder défiler les jours ? De les recueillir un à un ?

— Si. Malgré tout, je reviens chaque matin dans l'espoir de voir le décompte ralentir et me laisser plus de temps pour rompre le sort. Mais, par magie, le pétale quotidien semble sentir ma présence et tombe systématiquement juste sous mes yeux, comme pour me narguer.

— Ce doit être très dur pour vous.

— Pas autant que d'être prisonnier de ce corps.

Une fois de plus, une certaine aigreur se diffuse dans ma poitrine.

— Pourquoi détestez-vous tant les êtres humains ?

Il me décoche un sourire narquois.

— En plus des défauts que vous leur reconnaissez vous-même ?

Je lui lance un regard éloquent.

— Oui. D'où viennent vos *a priori* contre mon espèce ? Je suis sûre que les humains vous ont fourni toutes les raisons de les haïr, mais j'aimerais les entendre.

Lorsqu'il reporte son attention sur sa rose, son regard se fait absent. Son sourire s'efface.

— Quand ils sont arrivés sur l'île, je n'étais encore qu'un louveteau. À l'époque, les humains n'étaient que des visiteurs et se comportaient en tant que tels. Ils respectaient les miens – ils nous vénéraient même. Mais, au fil du temps, leur nombre s'est multiplié et leur attitude a changé. Ils sont devenus des colonisateurs invétérés. Ils ont construit des maisons, se sont approprié des terres qui ne leur appartenaient pas. Les tensions se sont accrues jusqu'à se solder par la première guerre.

Celle qui s'est déroulée il y a plus de mille ans. Je n'arrive pas à croire qu'Elliot était déjà né à l'époque ! Lui, ce jeune homme assis à mes côtés… Si sa forme seelie lui donne une apparence humaine, il n'est pas un homme pour autant. Il appartient à une espèce à part entière. Cette prise de conscience devrait me troubler. Et pourtant… je suis simplement stupéfiée.

— À ce moment-là, j'étais entre louveteau et adulte – un adolescent, comme vous dites. Mes parents ont pris part au combat, qui a duré…

Il s'interrompt et cligne plusieurs fois des yeux.

— Qu'y a-t-il ?

— Visiblement, cette information fait partie des souvenirs effacés par le maléfice. Je ne me rappelle plus combien de temps a duré le conflit ni de quelle manière il s'est terminé. Pourtant, je me souviens comme si c'était hier d'un événement survenu au beau milieu des combats.

— Les souvenirs que le sortilège vous ôte disparaissent-ils au hasard, comme celui-ci ?

— Oui, il me semble. Bien sûr, je ne prends conscience de ces oublis que lorsque je sollicite ma mémoire. Je n'ose pas imaginer le nombre de choses qui m'ont échappé sans que je m'en aperçoive.

Un frisson le parcourt.

— Racontez-moi, chuchoté-je dans l'espoir de le tirer de ses sinistres réflexions.

— Cet événement qui m'a marqué pendant la guerre a scellé à jamais mon opinion des humains. Je les considérais déjà comme l'ennemi, mais je les respectais, je saluais leur instinct de survie et la capacité de prolifération de leur espèce. C'étaient des choses que je pouvais comprendre, du moins.

Posées sur ses cuisses, ses mains forment des poings.

— Que s'est-il passé ?

— Ils ont découvert le point faible des faés : le fer. Et ils ont commencé à s'en servir au combat contre les miens.

Ainsi, ce qu'on raconte est vrai. Les êtres faériques sont vulnérables au fer. Je sais que le fer pur est interdit en Faérie mais, jusqu'à maintenant, j'ignorais si c'était par simple superstition ou fondé sur une raison avérée.

— C'est justement lors d'une des premières batailles à avoir suivi l'apparition du fer que mes parents ont été tués. À l'époque, on ne savait pas encore que la moindre blessure causée par ce métal pouvait être mortelle. Voyez-vous, à moins d'être décapitées ou de se faire arracher le cœur, les faés sont capables de survivre à presque n'importe quelle lésion et d'en guérir. Celles provoquées par une arme de fer, en revanche, sont nettement plus dévastatrices. Si une balle ou une lame reste au contact de notre chair trop longtemps, elle nous empoisonne et finit par nous tuer.

J'observe brièvement sa jambe. Son pantalon dissimule toute trace de sa prothèse.

— C'est ce qui vous est arrivé ?

— J'ai subi plusieurs blessures au fer et, en effet, les balles qui m'ont transpercé la jambe en étaient. Mais, quel que soit le métal employé, elle aurait sans doute été perdue. Il n'en restait plus grand-chose quand… quand…

De nouveau, il cligne des yeux.

— Encore un souvenir perdu ?

— Oui. Quelqu'un s'est chargé de pratiquer l'amputation. Je me rappelle avoir été furieux, mais c'est tout.

— Les faés ne peuvent pas faire repousser leurs membres ? questionné-je, intriguée.

Lorsqu'il fait non de la tête, une boucle tombe devant ses yeux.

— Bref, mes parents sont morts au combat. De nombreuses vies ont été perdues. La guerre a fait plus d'un orphelin. Quoi qu'il en soit, quand j'ai découvert leur trépas, j'ai voulu les venger. J'ai traqué les responsables et… et je les ai trouvés.

Elliot se passe une main dans les cheveux et les écarte de son front. Le chagrin brille dans ses yeux. Je voudrais le rassurer en posant une main sur son bras, comme il l'a fait pour moi, mais je ne peux pas me résoudre à bouger. Lorsqu'il reprend la parole, sa voix est étouffée.

— J'ai su que c'étaient eux les meurtriers de mes parents, parce que… parce qu'ils portaient leur peau.

La bile me monte à la gorge.

— Leur peau ?

— N'importe quel être humain aurait sûrement trouvé ça normal. Deux hommes avec des peaux de loups sur le dos, coiffés de leurs têtes encore intactes comme de capuchons. Mais à mes yeux…

Je n'ai aucun mal à imaginer le dégoût que j'éprouverais si je voyais quelqu'un porter fièrement la peau de ma défunte mère comme un manteau. Ma gorge se noue.

— Bon sang, m'étranglé-je. C'est épouvantable.

Quand le roi plonge les yeux dans les miens, je constate qu'ils sont embués de larmes.

— Les humains ne savent pas faire la différence entre faés unseelies et animaux ordinaires. Au fond, je comprends. Moi aussi, je dois chasser pour me nourrir et survivre. Je n'attends pas de vos congénères qu'ils disposent de notre aptitude à identifier d'un seul coup d'œil un individu ou une proie. En revanche, il arrive que certains sachent pertinemment qu'une créature faérique est en fait une personne. Pour autant, ils sont incapables de nous traiter comme telles. Après la démonstration de ce soir, je constate que cet irrespect s'étend même aux faés seelies. Sous cette forme, je ne suis rien de plus qu'un trophée, une attraction.

Ses paroles, d'une exactitude frappante, me font l'effet d'un coup en plein cœur. Je m'empresse de sécher les quelques larmes rebelles qui ont roulé sur mes joues.

— Vous avez raison. D'ailleurs, si ça peut vous réconforter, ils se traitent souvent comme ça entre eux.

— Au contraire, répond-il d'une voix blanche. Ça me rend encore plus furieux.

Le cœur lourd, je cherche mes mots. J'ai beau comprendre et partager son point de vue, je voudrais apaiser la répulsion que lui inspire mon espèce. Que… que je lui inspire. Je me tourne vers lui.

— C'est vrai ce que vous dites à notre sujet. Par moments, nous sommes exactement comme vous nous décrivez. Mais la race humaine est complexe et tous ses individus ne présentent pas les plus néfastes de ses traits.

Le roi s'esclaffe d'un rire jaune.

— Vous cherchez encore à défendre vos semblables après avoir subi leur cruauté ? Vous espérez me convaincre que l'espèce humaine n'est pas aussi mauvaise que je le pense ?

J'étudie son visage un moment et passe en revue tout ce dont on a parlé ce soir. Des images du dîner, le sourire suffisant d'Imogen et certains de mes souvenirs douloureux me reviennent à l'esprit. Je suis tentée de faire machine arrière, de lui dire qu'il a raison. Mais ce serait mentir. Malgré leurs nombreux défauts, les êtres humains ont aussi des qualités. Je les trouve chez Nina, ma sœur, ou encore chez M. Cordell, l'aimable libraire. Et je suis sûre que j'en trouverais aussi chez des gens que je ne connais pas bien, comme Ember, la demi-sœur d'Imogen. Je souhaite plus que tout échapper à Vernon et aux griffes de ses habitants. Mais, au fond de moi, je sais que je pourrais y trouver des personnes admirables – à condition de les chercher.

Je pose une main sur le poing serré d'Elliot et soutiens son regard.

— Oui, dis-je avec conviction. Il y a du bon dans l'humanité.

Un silence tendu s'abat entre nous. Peu à peu, je sens une vague de chaleur m'enflammer les joues. Ma main se trouve toujours sur celle d'Elliot. Sur le moment, ce geste m'a semblé vital – un moyen de souligner la force de mon affirmation. Mais son poing, toujours crispé sous ma paume, me rappelle son dégoût face aux contacts incessants de Mme Coleman. Mon cœur s'emballe, mais je suis trop gênée pour faire le moindre mouvement brusque.

Je m'apprête à retirer prudemment la main lorsque la sienne se détend soudain. Un sourire triste aux lèvres, il la retourne et mêle ses doigts aux miens.

— Je commence à croire que vous avez peut-être raison.

Mon cœur s'affole sous son regard brûlant. Il ne me paraît plus intrusif, comme avant, mais… différent. Il reste dangereux, quoique d'une toute nouvelle manière que je ne saurais pas expliquer. Il éveille au creux de mon ventre une nuée de papillons. J'en oublie même comment respirer. Oui, il n'y a pas de doute : c'est un sentiment dangereux.

Elliot passe son pouce sur le dos de ma main et cette caresse semble irradier tout le long de mon bras, avant de se propager dans l'ensemble de mon corps. Il entrouvre les lèvres, mais aucun mot n'en sort.

Tel un aimant, je me surprends à me pencher vers lui, comme si cette proximité pouvait l'inciter à révéler ce qu'il passe sous silence. À moins que ce ne soient pas des mots que je tente de lui tirer. Il y a dans ses lèvres quelque chose qui m'envoûte…

Un mouvement attire notre attention vers la rose. C'est le tournoiement paresseux d'un pétale rouge qui tombe sur le sol de la cour tapissé de neige. Elliot se raidit. Lentement, il se lève pour s'approcher de la fleur. Sa main me glisse entre les doigts.

— Étrange…

— Quoi ?

En allant me poster à ses côtés, je constate que mes genoux tremblent dangereusement. Par chance, l'air frais de la nuit éteint le feu qui s'est propagé dans mes joues après le curieux moment que nous avons partagé.

— J'ai déjà vu un pétale tomber aujourd'hui.

Il me faut un certain temps pour comprendre le sens de ses mots. Tout à coup, un vent de panique m'envahit, mais ma logique ne tarde pas à l'étouffer.

— Il doit être plus de minuit, argué-je d'un ton calme. Techniquement, une nouvelle journée a commencé.

Il pousse un soupir de soulagement.

— Oui, c'est sans doute l'explication.

Je me rappelle qu'il aime recueillir chaque pétale. Je m'accroupis alors pour ramasser celui-ci. Avec des mouvements lents, empreints de révérence, je m'en saisis. Entre mes doigts frigorifiés, il est doux comme la soie. Au fond, je tiens au creux de ma main un jour de la vie d'Elliot – un jour qui pourrait être l'un de ses derniers, si le sort n'est pas rompu. C'est une idée troublante.

Depuis notre accord, j'ai fait tout mon possible pour voir notre plan porter ses fruits. Même quand j'envisageais encore une solution de secours – quoique bancale –, ma principale intention était de délivrer Elliot de son maléfice. À ce moment-là, tout ce qui m'importait était d'en tirer parti, les vingt mille perles de quartz qui me permettraient d'acheter ma liberté et mon indépendance. Désormais… quelque chose en moi a changé. Sauver la vie d'Elliot est devenu tout aussi important que les bénéfices financiers promis par notre pacte.

Dans mon cœur, un brasier s'est allumé. Mes ambitions flamboient d'une détermination nouvelle. Je vais convaincre Imogen de rompre ce satané maléfice, quoi qu'il m'en coûte. Je suis prête à tout pour voir Elliot retrouver sa vie, sa liberté, son apparence de loup. Et moi aussi, je serai bientôt libre. Depuis la conclusion de notre marché, je prends enfin conscience qu'il est aussi crucial pour le roi que pour moi.

Je suis sur le point de me lever pour tendre le pétale à Elliot quand une tache rouge, cachée sous une fine couche de neige, attire mon attention. Je balaie la maigre couverture blanche pour révéler un autre pétale. Mon sang se glace. Je continue d'épousseter la neige jusqu'à dévoiler le sol pavé… et cinq pétales supplémentaires. Après les avoir arrangées dans ma paume, je lève les yeux vers le monarque. Il a la mine livide, le regard écarquillé, distant.

— Je croyais que vous les récupériez tous les jours.

— C'est le cas, murmure-t-il.

Une fois redressée, je dépose les pétales dans sa main tremblante. Une sensation glacée m'étreint le cœur.

— Qu'est-ce que ça signifie ?

— Que les pétales tombent de plus en plus vite, répond-il, avant de plonger les yeux dans les miens. Je n'ai plus beaucoup de temps.

25

Cette nuit-là, c'est à peine si je parviens à fermer l'œil. Et les rares moments où je m'assoupis, mon sommeil est agité. Mes rêves sont peuplés de pétales de rose qui tombent, sans pitié, et de l'expression horrifiée d'Elliot.

Sitôt que le soleil levant éclaire mes rideaux, je renonce à dormir pour aller me poster à ma fenêtre. Les voilages tirés, je cherche des yeux la roseraie. Je ne suis pas surprise d'y voir le roi, assis sur le banc, les épaules voûtées. A-t-il seulement essayé de se reposer ou est-il resté dehors toute la nuit ?

Au moment de le quitter, je l'ai supplié de ne pas trop penser aux cinq pétales tombés. Peut-être s'agit-il d'un simple hasard. Avant de paniquer, mieux vaut attendre d'observer un schéma au cours des jours suivants et l'analyser à l'aide de calculs mathématiques. Mais la quantité de rouge qui colore la paume du roi m'indique que de nouveaux pétales sont encore tombés.

Armée de ma détermination nouvelle, je m'habille à la hâte avant de quitter ma chambre. En chemin, je suis étonnée de croiser plusieurs faés-loups dans le vestibule. Toutes sont vêtues de leurs nouvelles tenues et certaines semblent même avoir suivi l'exemple de leur maître et s'être fait couper les cheveux. Cependant, leur expression farouche semble avoir laissé place à une angoisse palpable. Adossés aux murs du couloir menant à la porte du jardin, Grise et Barbe Noire font des messes basses. En me voyant, ils se redressent.

— Sauriez-vous pourquoi Sa Majesté tient absolument à passer toute la matinée dehors ? m'interroge Grise, l'air soucieux. Il refuse de nous parler ou de nous laisser entrer dans la cour.

— Oui, mais je ne crois pas…

— Si c'est à propos du maléfice, ça nous concerne aussi, intervient Barbe Noire. On mérite de savoir.

Je pousse un soupir. Il n'a pas tort.

— Juste après minuit, il s'est aperçu que cinq pétales étaient tombés au lieu d'un. Je… je crois qu'il monte la garde pour voir combien en tombent aujourd'hui.

Les deux êtres faériques échangent un regard.

— C'en est bientôt fini de nous, chuchote Barbe Noire.

Sa remarque pique ma curiosité. Il reste quelques particularités du sortilège qu'on ne m'a pas encore expliqué. C'est peut-être l'occasion de les comprendre.

— Les résidents du palais ont choisi de rester auprès du roi quand il a reçu le maléfice, n'est-ce pas ?

Ils font signe que oui.

— La plupart ont aussitôt pris la fuite, explique la vieille Grise de sa voix grinçante. Surtout les jeunes, les plus forts et tous ceux qui ne se considéraient pas comme membres de sa meute. Quant aux plus âgés et aux estropiés – ceux grièvement blessés au combat ou par le fer, comme moi –, ils n'avaient pas d'autre option que de rester.

— Certains n'ont peut-être pas eu le choix, mais d'autres sont restés par loyauté pour notre souverain, fait valoir Barbe Noire.

— Ça va, on a compris, grommelle la femelle en balayant son intervention d'un geste de la main. Tu veux une médaille ?

L'homme-faé ne relève pas.

— Il y en a d'autres encore qui avaient le choix, qui servaient fidèlement le roi depuis toujours et qui ont décidé de lui tourner le dos malgré tout. Comme vous l'avez sûrement remarqué, plusieurs mères ont même abandonné leurs louveteaux.

Micah et les autres enfants ont donc été reniés – par leurs propres mères, rien de moins. Grise doit lire l'horreur sur mon visage.

— Tous les unseelies ne sont pas faits pour devenir parents.

— Tous les humains non plus, marmonné-je en pensant à l'homme qu'est devenu mon père depuis la mort de ma mère. Le roi m'a dit que si le sort n'est pas rompu, il perdra la vie, dis-je en revenant au sujet d'origine. Son âge va rattraper l'enveloppe corporelle dans laquelle il est coincé et il mourra en quelques secondes. Allez-vous subir le même sort ?

— La plupart d'entre nous, oui, confirme Barbe Noire en frottant les poils sombres qui lui ornent le menton. Seuls les enfants auront quelques années devant eux. Ils sont encore louveteaux, en années de faés comme d'humains.

Le réconfort que me procure cette idée est bien maigre. D'autant plus qu'ils se retrouveront encore plus délaissés qu'ils ne le sont déjà. Après la mort de leurs gardiens, ils devront se débrouiller seuls. Quant aux autres, ils seront tous…

— Vous n'en voulez pas au roi de refuser de rompre le sortilège par ses propres moyens ? m'étonné-je. Vous seriez tous libres s'il renonçait à sa forme unseelie.

— Non, répond Barbe Noire. S'il la sacrifie, nous devrons en faire autant. Ce serait perdre une part vitale de nous-mêmes. Le seul moyen de conjurer le sort est de le rompre pour de bon.

Grise hoche la tête en signe d'approbation.

— Nous savions à quoi nous nous engagions quand nous avons décidé de rester. Sans être humain pour nous délivrer, c'est la mort qui nous attend. Nous nous sommes fait une raison. La plupart d'entre nous, en tout cas. (Son visage buriné s'adoucit. Elle baisse la voix.) Me feriez-vous une promesse ?

Méfiante, je sens un frisson me glacer l'échine. Les êtres faériques prennent leurs serments très à cœur, je l'ai constaté.

— À quoi voulez-vous que je m'engage ?

— Si tout part à vau-l'eau, si le maléfice persiste, prendrez-vous soin des enfants ? Je ne vous demande pas de les accueillir chez vous, mais pourrez-vous veiller à ce que quelqu'un s'occupe d'eux ? Les confier à des familles de votre espèce, peut-être ?

La sincérité dans sa voix et son regard implorant me font monter les larmes aux yeux.

— Enfin, cela va sans dire. Si le pire devait arriver, rien ni personne ne pourrait m'empêcher de les prendre sous mon aile.

Un rire jaune échappe à Barbe Noire.

— Ne vous laissez pas trop attendrir par ces petits vauriens. Certains ont le coup de dent facile.

Un sourire en coin se dessine sur mes lèvres, mais je suis d'humeur trop sombre pour m'esclaffer à gorge déployée.

— Je m'en débrouillerai.

*

Elliot n'a pas quitté l'endroit où je l'ai vu par la fenêtre de ma chambre. Il a toujours les yeux rivés sur la rose. Depuis la veille, il a dû retourner à l'intérieur au moins une fois, car il a troqué sa jambe de bois contre sa béquille. Quand j'entre dans la cour, il ne daigne pas lever les yeux. Le voir dans cet état me donne envie de me précipiter à ses côtés, de m'asseoir près de lui et de serrer ses mains entre les miennes pour le réconforter. Mais je doute qu'il ait besoin d'une telle effusion de compassion. Le dos bien droit, je plante les poings sur mes hanches.

— Debout, M. Rochester.

Lentement, ses yeux trouvent les miens.

— À quoi bon ?

— Comment ça, « à quoi bon » ? Rester assis là à regarder tomber les pétales ne vous sauvera pas. Si vous voulez vous en sortir, il faut agir. Allez, levez-vous. Il est temps de passer la vitesse supérieure.

Il se redresse un peu.

— Qu'entendez-vous par là ?

— Nous allons attaquer la phase trois. Nous avons titillé l'intérêt d'Imogen. Elle a vu ce que vous avez à offrir – l'étalage de vos richesses et votre conduite de gentleman. À partir de maintenant, elle vous a dans sa ligne de mire. Reste à lui inspirer un attachement plus sincère. C'est le moment de la faire tomber amoureuse.

— Et comment comptez-vous vous y prendre ? ricane-t-il.

— Il faut lui faire la cour, dis-je, incapable de prononcer ce mot sans une grimace de dégoût. Multiplier les petits gestes idiots qui vont susciter son affection. À commencer par une invitation à prendre le thé.

— Le thé ? répète-t-il, sceptique.

— Oui, le thé. Je vais lui envoyer une lettre aujourd'hui pour l'inviter à partager une tasse de thé avec moi.

— Pourquoi vous ? N'est-ce pas plutôt à moi de m'en charger ?

— Bien sûr que non ! Ce serait fort déplacé. Dans des circonstances normales, il faudrait vous présenter chez les Coleman afin de les remercier d'être venus dîner chez vous. Comme vous ne pouvez pas vous éloigner du manoir, il nous faut une solution créative. Vous pourriez inviter toute la famille à nouveau. Mais nous aurions plus de chances de voir du progrès en recevant Imogen seule. Voilà pourquoi c'est moi, Votre Altesse, qui l'invite à prendre le thé.

— Je ne vois toujours pas en quoi cette invitation va la faire tomber amoureuse de moi.

— Ce sera l'occasion pour vous de passer par hasard, bien entendu ! m'exclamé-je avec un sourire complice. En vaquant à vos occupations, vous allez nous voir et prendre le temps de la saluer. Je vous suggérerai ensuite une promenade dans les jardins. Vous prendrez Imogen par le bras et je resterai à proximité pour jouer les chaperons. Je veillerai toutefois à me faire discrète pour qu'Imogen sente qu'elle a toute votre attention.

Une expression mauvaise déforme ses lèvres.

— Si je l'entends encore médire…

— Je me fiche de ses calomnies. Ne vous avisez pas de prendre ma défense, compris ? Nous n'avons plus le temps pour ce genre d'écarts.

Après un rapide regard à la rose, il se résigne à acquiescer.

— Bon, très bien. Mais je ne le fais pas de gaieté de cœur.

— Encore heureux ! Sinon, j'aurais du mal à vous respecter. Alors, sommes-nous d'accord ? Je vais rédiger la lettre de ce pas, la faire porter par Bertha cette après-midi et inviter Imogen à venir demain.

Elliot reste mutique un instant, les épaules soudain crispées.

— Que suis-je censé faire d'elle quand nous irons marcher dans le jardin ? demande-t-il à mi-voix. Faut-il que je… que je dise quelque chose pour… susciter son affection, comme vous dites ?

— Eh bien, oui, il faudra lui parler, faire la conversation. Inutile de vous montrer trop cavalier. Un compliment ou deux suffiront. Vous pourriez aussi lui faire un baisemain, par exemple.

Il prend une mine écœurée.

— Je vois, soupiré-je. Nous allons nous entraîner. Suivez-moi.

À mon grand soulagement, il obtempère. Mon intention principale était de le convaincre de sortir de la cour, histoire qu'il cesse de broyer du noir. À mes côtés, il hésite un instant.

— Je vous offrirais bien mon bras, mais je dois me tenir à ma béquille. Mon bras libre m'aide à garder l'équilibre.

— Ce n'est rien. Vous avez déjà prouvé hier soir que vous faisiez un excellent cavalier. Aujourd'hui, nous n'avons qu'à marcher côte à côte.

L'ombre d'un sourire étire ses lèvres. Sourde aux palpitations de mon cœur, je me contrains à regarder ailleurs. En dépit de mes efforts, cependant, je semble incapable de trouver mes mots. C'est donc en silence que nous nous engageons dans l'allée du jardin. Nous gagnons l'endroit où je lui ai parlé du vicomte. Malgré moi, je rougis au souvenir de ce moment, du contact de sa main sur mon bras... Ce qui me rappelle inévitablement l'instant suivant, quand il m'a emmenée dans la cour, où nous nous sommes assis sur le banc. La honte que j'ai éprouvée lorsque je lui ai touché le poing, puis ma stupeur de le voir mêler ses doigts aux miens, avant de s'approcher... Je reprends mes esprits. Nous sommes arrivés au bout du sentier principal.

— Continuons vers les jardins de devant. Je n'y suis pas encore allée.

Elliot acquiesce et nous bifurquons afin de contourner le manoir.

— Il faut vous exercer à faire la conversation. Comme vous maîtrisez maintenant les présentations, penchons-nous sur ce qui suit. Imaginez que je suis Imogen et faites-moi un compliment.

— Un compliment ? s'offusque-t-il. Que voulez-vous que je complimente chez cette épouvantable humaine ?

Je lève les yeux au ciel. Son mépris pour les êtres humains ne cessera donc jamais.

— Vous n'êtes pas obligé d'être sincère.

— Au contraire. Je vous rappelle que je ne peux pas mentir.

— Ah, c'est vrai. Dans ce cas, il va falloir bien la regarder et trouver quelque chose à dire qui soit vrai. Vous pourriez admirer la couleur de sa robe ou le blond de ses cheveux. Même une remarque sur son rire ferait l'affaire – comme celle que vous m'avez faite hier. Cela dit, je vous déconseille d'ajouter quoi que ce soit au sujet des loups. Allez-y, faites un essai. Dites-vous que je suis Imogen.

Lorsqu'il me dévisage, je m'efforce de ne pas rougir.

— La couleur de vos cheveux est ravissante, dit-il, guindé.

— Bien, c'est un début.

— On dirait les plumes d'un corbeau ou un ciel d'obsidienne, ajoute-t-il après un instant de silence, le regard toujours rivé sur mon profil. Vos yeux sont presque de la même couleur, d'une superbe teinte terre d'ombre.

Mon cœur s'emballe et le rouge me monte aux joues.

— Vous voyez, vous avez le don pour les flatteries. Ça va beaucoup lui plaire.

Il détourne enfin le regard. J'en profite pour inspirer profondément dans l'espoir de faire retomber la température.

— À mon tour. Il fait beau, aujourd'hui, vous ne trouvez pas ?

Perplexe, il balaie le jardin du regard.

— Beau ? Qu'est-ce que vous racontez ? Il s'est arrêté de neiger.

Un gloussement m'échappe.

— D'une, il ne faudra pas répondre sur ce ton à Imogen. De deux… vous aimez donc tant la neige ?

— Bien sûr, quelle question ! Pas vous ? s'indigne-t-il face à mon expression sceptique.

Au moment de lui fournir une réponse, je décide de me confier.

— À notre arrivée à Vernon, je détestais le froid. En Isola, là où j'ai grandi, je ne connaissais que le soleil. Puis, en Bretton, le temps était toujours gris, pluvieux. Je n'avais encore jamais vu de neige avant d'emménager à la cour de l'Hiver. Et, pour tout vous dire, je n'ai commencé à l'apprécier que… que lorsque je me suis installée ici, au manoir.

Le roi se fait songeur.

— Comment peut-on détester la neige ? Son odeur, sa fraîcheur, le son presque imperceptible des flocons quand ils tombent, le craquement qu'elle produit sous mes pattes… ou plutôt, sous mes pieds, rectifie-t-il après un bref regard à nos souliers.

Je m'enveloppe étroitement dans ma cape.

— Je suis consciente de ces qualités. Je commence même à m'habituer au froid. Parfois, c'est agréable de sortir bien emmitouflé.

Il m'étudie avec appréhension.

— Mais vous préférerez toujours les climats chauds, n'est-ce pas ? C'est pour cette raison que vous souhaitez rentrer en Isola.

Est-ce de la tristesse que j'entends dans sa voix ? Je regrette la réaction que cette possibilité éveille en moi. À l'idée que mon départ puisse chagriner Elliot, mon cœur fait des bonds dans ma poitrine. *Tu te trompes à coup sûr*, me dis-je en tâchant de me calmer. Il s'agit du roi de la cour de l'Hiver. Si ma préférence pour l'Isola le contrarie, c'est à cause de l'intérêt personnel qu'il a pour son pays enneigé. Qu'on puisse ne pas s'y plaire lui semble inconcevable.

Pour autant, je me trouve en peine de mots. Sans que je m'en aperçoive, nous nous sommes arrêtés près de la façade du manoir et tournés l'un vers l'autre. Appuyé sur sa canne, Elliot s'approche. Il a la mine soucieuse.

— Croyez-vous que vous pourriez être heureuse ici, en Hiver ?

Mon cœur s'affole de plus belle. Il se démène pour répondre à la place de mon esprit. Les yeux plongés dans ceux du roi, j'admire le rubis profond de ses iris. J'ai l'impression d'y voir flotter une question. Mais l'interprétation que j'en fais est-elle la bonne ?

Le claquement de sabots coupe court à mes réflexions. Elliot et moi nous tournons vers l'allée, au bout de laquelle se profile une voiture noire. Tout à coup, la panique me saisit.

— Rentrez vite ! Dépêchez-vous !

Je me rue sur la porte d'entrée du manoir en priant pour qu'elle ne soit pas fermée à clé. Elliot m'emboîte le pas. Par chance, je pousse le battant sans peine avant de le claquer derrière le roi.

— Qu'est-ce qui vous arrive, Gemma ? Qui est dans ce carrosse, d'après vous ?

Sans en être certaine, j'ai ma petite idée.

— Nous ne sommes pas les seuls à passer à l'étape suivante. Allez vite vous changer !

26

Je n'ai que quelques instants pour avertir tout le manoir de l'arrivée d'un invité. D'emblée, les résidents comprennent les enjeux de cette venue et ce que j'attends d'eux. Au moment où la voiture se gare devant la bâtisse, j'avise mon reflet dans le miroir du vestibule. J'ai les joues rouges et les cheveux en bataille. Après avoir glissé quelques mèches rebelles sous mon chapeau, j'inspire profondément. Puis, avec toute l'assurance dont je suis capable, je franchis la porte d'entrée avec calme pour descendre les marches du perron.

Un valet de pied en tenue élégante ouvre la portière du carrosse avant d'offrir sa main à sa passagère. Comme je le soupçonnais, Imogen s'en extirpe avec grâce, tout sourire. En revanche, je ne m'attendais pas à la voir accompagnée d'Ember. Mon ennemie s'élance vers moi à grandes enjambées, suivie de près par sa demi-sœur coiffée de son fidèle bonnet.

— Ma très chère Gemma ! s'exclame la première. J'espère que tu n'es pas trop prise par le travail, aujourd'hui. Je n'ai pas pu m'empêcher de venir te rendre visite.

La vue de son sourire hypocrite me fait enrager. Je n'ai pas oublié ses paroles de la veille. Pour l'imiter, je plisse les yeux et souris jusqu'aux oreilles.

— Je trouve toujours le temps pour toi, voyons. Ravie de vous revoir, Ember.

— Ton employeur ne voit pas d'inconvénient à ce que je vienne te voir ici, n'est-ce pas ? intervient Imogen sans lui laisser le temps de répondre.

— Non, aucun. Comme il m'offre le gîte, il s'attend à ce que je reçoive du monde et m'autorise beaucoup de temps libre.

— Comme c'est généreux de sa part ! Il n'est pas là, je suppose.

Sans la moindre discrétion, elle jette des regards derrière ma tête avant de reporter son attention sur moi, l'air déçu.

— C'est un homme important, ajoute-t-elle. Il est sûrement trop occupé.

— Au contraire, il est au manoir. D'ailleurs, il est possible qu'on le croise.

Aussitôt, la joie illumine ses traits.

— Formidable ! Et si on entrait ?

J'hésite un instant. J'ai demandé à plusieurs résidents du manoir de mettre un peu d'ordre dans le hall d'entrée et le petit salon, mais je ne suis pas certaine qu'ils aient eu le temps de rendre les deux pièces présentables. Je n'ai pas vu l'état du salon après le dîner de la veille.

— Je sortais justement prendre un peu l'air. Que dirais-tu de rester dehors un petit instant ?

— Pourquoi pas ?

Son expression vacille, mais elle ne tarde pas à reprendre son sourire factice.

— Au fait, ma chère Gemma, si je t'ai contrariée hier soir, je tiens à m'en excuser. Tu te doutes bien que ce n'était pas mon intention.

Je mobilise toutes mes forces pour me retenir de faire la grimace.

— Tu n'as rien dit de mal, voyons.

Elle s'avance d'un pas.

— Je voulais juste t'aider, tu sais, glisse-t-elle sur le ton de la confidence. Il me paraissait important d'aborder cet élément te concernant. C'était pour ton bien, naturellement. Je suis ton amie.

Cette fois, malgré mes efforts, mon sourire s'efface.

— Comme c'est aimable à toi…

Imogen semble ne s'apercevoir de rien.

— Je suis contente que tu comprennes ! Sache que je serai toujours honnête avec toi, même si certaines vérités peuvent parfois blesser.

Hors de moi, je serre les poings. *Continue comme ça et je vais te montrer qu'il n'y a pas que les vérités qui font mal…*

Le déclic de la porte d'entrée m'arrache à mes pensées violentes. D'un même mouvement, les deux sœurs et moi nous tournons vers le manoir. Chaussé de sa jambe de bois et vêtu d'un beau costume, Elliot franchit la porte pour se poster en haut des marches. Un bref instant, l'hésitation obscurcit ses traits.

— Bonjour.

— Ça alors, monsieur Rochester ! s'exclame Imogen, avant de faire la révérence. Je ne m'attendais pas à ce que vous me fassiez l'honneur de votre présence. Je suis venue rendre visite à ma tendre amie Gemma.

— Votre tendre amie, répète-t-il, sarcastique.

Par chance, je dois être la seule à remarquer le cinglant de sa voix, car la jeune femme rayonne de plus belle. Elle me prend par le bras.

— Oh oui, j'adore votre intendante.

J'écarquille les yeux pour me retenir de les lever au ciel. Deviner les véritables intentions d'Imogen n'est pas difficile. À coup sûr, elle s'est rendu compte que je suis son unique lien avec Elliot. L'idée d'avoir ce pouvoir sur elle me procure un semblant de satisfaction.

Renfrogné, le maître des lieux se passe de réponse. Lorsqu'il croise mon regard, je lui fais signe d'y mettre du sien puis, d'un geste discret de la main, je lui enjoins de s'avancer. Il comprend le message. Non sans un soupir, il descend les marches du perron avec nonchalance. Je dois reconnaître qu'il se débrouille de mieux en mieux pour se déplacer avec sa prothèse. En le voyant s'arrêter devant nous, Imogen sourit jusqu'aux oreilles. Lui ne dit pas un mot. *Allez, Elliot, un petit effort !* Je me racle la gorge.

— Belle journée, n'est-ce pas ? (Le roi me lance un regard sceptique.) D'ailleurs, il fait si beau que c'est l'occasion de profiter des jardins arrière ! ajouté-je en articulant distinctement chaque mot.

À contrecœur, il s'affuble d'un sourire peu convaincant avant de se tourner vers sa prétendante. Il lui tend un bras raide.

— Que diriez-vous de vous promener avec moi ?

La jeune femme accepte la proposition avec joie. Battant des paupières, elle se colle contre lui. Les voir si proches, la main d'Imogen pile à l'endroit où j'ai posé la mienne la veille, me fait un pincement au cœur. Pourquoi ce spectacle me contrarie-t-il ? Ce n'est qu'une main, un bras, un simple contact. Simple… pour le moment.

— Avec plaisir ! Y faites-vous pousser les fameuses fleurs de la cour de l'Hiver, qui se plaisent dans la neige ? Je n'ai encore vu aucun jardin faérique à Vernon.

— Il n'y a guère que des haies, répond le maître des lieux, maussade. On ne peut pas dire que le manoir regorge de magie.

La déception se lit sur les traits d'Imogen.

— Ah… Eh bien, c'est très joli, une bordure bien taillée. Et si vous me faisiez visiter ?

Elliot me lance un regard implorant. Pas question que je m'interpose à nouveau, j'ai retenu la leçon. Cette fois, il va devoir se débrouiller seul.

Quelques secondes plus tard, son expression change du tout au tout, comme si un voile s'était levé. La mine soudain radieuse, il gratifie Imogen d'un sourire chaleureux.

— Oui, allons-y.

Côte à côte, ils tournent les talons pour se diriger vers les jardins à l'arrière du manoir.

— Vous voilà coincée avec moi, fait remarquer Ember.

Surprise, je pivote sur moi-même. Elle est si discrète que j'en avais presque oublié sa présence. Son tempérament calme a le don d'apaiser mon cœur affolé.

— Venez, il ne faudrait pas qu'ils nous sèment.

— Non, ce ne serait pas convenable.

La douceur de sa voix cache une pointe de sarcasme. Une subtilité dont je ne serais certainement pas capable, malgré mes talents d'actrice. J'examine la jeune musicienne d'un œil neuf. Je ne la connais que depuis peu, mais elle me plaît beaucoup plus que ses demi-sœurs. Et plus je passe de temps en sa compagnie, plus je découvre la rebelle silencieuse qui se cache en elle.

Bras dessus bras dessous, nous suivons le couple à une distance discrète, suffisante pour les voir sans les entendre – tel que le souhaite sans doute Imogen.

— C'est justement pour cette raison qu'elle m'a fait venir, confie Ember. Il lui fallait quelqu'un pour vous tenir compagnie au cas où elle arriverait à obtenir un tête-à-tête avec M. Rochester. Quelqu'un qui ne risquerait pas d'attirer l'attention de votre employeur.

Étonnée, je considère la jeune fille plus attentivement. Aujourd'hui, elle porte un épais pardessus rose pastel à l'ourlet effiloché et un bonnet blanc orné d'un motif marguerites.

— Quel âge avez-vous ?

— Dix-sept ans.

Elle a donc un an de moins qu'Imogen et un de plus que Clara.

— Pourquoi votre belle-famille vous traite-t-elle si mal ?

— Eh bien… commence-t-elle, hésitante.

Soudain, un fracas retentit derrière nous. Ember est projetée en avant et manque de tomber. Interloquée, je m'écarte. Elle fait volte-face et je ne tarde pas à l'imiter. Tout à coup, une masse me heurte la poitrine. Des amas de neige glissent sur la laine de ma cape pour tomber à mes pieds.

À quelques pas, Micah se tord de rire. Deux autres têtes, suivies d'une troisième, sortent de derrière la calèche, un tronc d'arbre et une haie.

— À l'attaque ! crie le petit garçon.

Aux anges, les quatre enfants s'élancent vers nous en nous assaillant de boules de neige. Un cri de panique m'échappe et je m'empresse de battre en retraite. Ember, elle, se jette par terre pour rassembler une petite montagne blanche entre ses gants. De justesse, j'esquive un missile glacé envoyé par l'un des garçons.

— Qu'est-ce qui vous prend ? m'exclamé-je.

La jeune fille lance son projectile, qui atteint Micah en plein cœur. Je m'attends à le voir se fâcher, mais… mais il rit aux éclats. Lorsqu'une boule – projetée par la fillette, cette fois-ci – touche la demi-sœur d'Imogen à l'épaule, elle pousse un cri de joie.

— Vous n'avez jamais fait de bataille de boules de neige ?

J'évite une nouvelle bombe.

— Non. Peut-on m'expliquer à quoi rime cette pagaille ?

Ember lance une boule, puis une autre.

— C'est un jeu, mademoiselle Bellefleur. J'y jouais toujours avec mes parents quand on venait passer nos vacances à la cour de l'Hiver. Allez-y, essayez !

D'une main habile, elle forme avec la neige molle une sphère solide. Les enfants, eux, rayonnent de joie. À contrecœur, je m'accroupis pour reproduire les mouvements d'Ember. Heureusement que j'ai pensé à enfiler des gants, ce matin ! Tout compte fait, l'exercice est plus facile qu'il n'y paraît. Une simple pression suffit à rassembler la neige en forme de boule. La demi-sœur d'Imogen et moi nous relevons de concert. Des munitions plein les bras, elle part d'un grand rire chaque fois que les projectiles font mouche, que ce soit les siens comme ceux de nos adversaires. Le premier globe que je lance atterrit aux pieds de l'un des garçons.

Moqueur, il me tire la langue avant de répliquer avec un obus glacé qui me rate de peu.

Hilare, je me tapis au sol pour me réapprovisionner. Ma partenaire en fait autant, sauf qu'elle reçoit une boule en pleine tête. Sans cesser de glousser, elle bascule de côté avant de se remettre à la tâche. Quand nous nous relevons, les bras chargés d'orbes blancs, un curieux détail me saute aux yeux. De longues mèches soyeuses d'un turquoise éclatant volettent autour du visage d'Ember. Dans l'agitation, elle semble avoir perdu son bonnet. Lorsqu'elle croise mon regard, je découvre enfin la couleur de ses iris. Sans le couvre-chef pour les dissimuler, ils se révèlent d'une saisissante teinte aigue-marine.

Ma surprise est telle que je ne réagis pas face au nouvel assaut de nos opposants. Une boule de neige me heurte dans le cou avant de dégouliner sur mon vêtement. Avec un cri perçant, je riposte. Bientôt, nous sommes tous constellés de glace. Nos éclats de rire retentissent dans tout le jardin.

— Ember !

Au son de cette voix indignée, venue de derrière nous, mon amie aux cheveux bleus et moi-même sursautons. Toujours cramponnée au bras d'Elliot, Imogen dévisage sa demi-sœur, des éclairs dans les yeux.

L'interpellée se fige pour la défier du regard. Au bout d'un moment, elle se résigne à ramasser son bonnet dans la neige pour le remettre sur sa tête et y cacher ses cheveux. La bonne humeur générale envolée, les enfants se dispersent, n'osant pas prolonger notre bataille. Une fois son calme retrouvé, Imogen se placarde un sourire sur le visage. Le couple s'avance vers nous.

— Il faut absolument que je t'apprenne la nouvelle, Gemma !

— Quelle nouvelle ?

La prétendante d'Elliot lui lâche le bras pour se plaquer les mains sur la poitrine, fébrile.

— M. Rochester a accepté de donner un bal ! Ici, au manoir !

— Ah, vraiment ? m'étonné-je.

— Il paraît que oui, marmonne le roi, un sourire sans joie aux lèvres.

— C'est si gentil de sa part ! s'émerveille Imogen. Tant que le chantier de la salle de bal de l'hôtel Vérité n'est pas terminé, la saison mondaine de Vernon ne peut pas véritablement commencer. Cette soirée est un vrai cadeau du ciel ! Il ne faudra pas y convier toute la ville, bien entendu. Je suppose que le bal aura lieu dans la salle à manger. Même si elle est assez spacieuse, elle ne pourrait pas accueillir une foule trop importante. De toute manière, est-il vraiment nécessaire d'inviter tout le monde ?

— Non, certainement pas, opiné-je d'un ton sec.

— Je me languis déjà ! Je vais dresser la liste des invités dès cette après-midi pour vous l'envoyer ce soir. Il ne restera plus qu'à attendre vendredi.

— Vendredi ?

C'est dans cinq jours. Cinq jours pour préparer un bal ? Je consulte Elliot du regard. La résignation se lit sur son visage. Soudain, les pétales de rose, qui tombent à toute allure, me reviennent à l'esprit. À la réflexion, ce bal est l'occasion rêvée pour lui de tisser des liens solides avec sa prétendante. Il n'existe rien de plus romantique que la danse. C'est justement pour cette raison que je me suis juré de ne plus jamais remettre les pieds à un bal. Heureusement pour moi, à celui-ci, je me contenterai de tenir mon poste.

— Si le délai est trop court pour engager de vrais musiciens, on peut toujours demander à Ember de jouer du piano, suggère Imogen. Elle se débrouille.

Je tique sur cette proposition.

— Comment fera-t-elle pour danser, si elle est occupée à jouer ?

— Elle n'en a pas l'intention, affirme Imogen, le nez en l'air.

J'interroge du regard la jeune pianiste. Le sourire en coin, elle lève les yeux au ciel. Un geste qui échappe à sa demi-sœur, trop occupée à admirer Elliot.

— Si vous souhaitez que je joue, je le ferai avec plaisir.

— Vous voyez ? C'est entendu, conclut l'insolente. Bien, nous avons du pain sur la planche. Il me faut une nouvelle toilette. Sans parler de la liste des invités ! Nous ferions mieux de rentrer pour que je me mette au travail.

— C'était très aimable à toi de me rendre visite aujourd'hui, glissé-je.

Perplexe, Imogen ne semble pas saisir le sens de mes mots. Puis la fausse raison de sa venue semble lui revenir à l'esprit. Elle sourit.

— Ça m'a fait plaisir de te voir. Et vous aussi, monsieur Rochester.

Après lui avoir fait une révérence, elle se plante devant lui et se met à se balancer, l'air innocent. Le mouvement fait danser l'ourlet de son manteau.

Elliot me lance un appel à l'aide silencieux. Je me tapote le dessus de la main, puis avance légèrement les lèvres. Le regard du roi s'attarde une seconde de trop sur ma bouche. La mine écœurée, il reporte son attention sur sa prétendante. Il lui saisit délicatement la main puis, penché en avant, y dépose un baiser. Ce spectacle déclenche en moi une bouffée de colère, que je m'applique à dissiper en respirant profondément.

— À vendredi, dit le monarque avant de libérer la main d'Imogen.

— J'en rêve déjà, répond-elle, l'air mélancolique.

Quitter Elliot des yeux semble lui coûter. Lorsqu'elle y parvient enfin, elle se plante devant moi pour m'adresser un signe de tête.

— Au revoir, Gemma. Attends-toi à recevoir ma liste ce soir.

Je lui rends son salut, puis Imogen prend sa demi-sœur par le bras. Après avoir aidé les deux jeunes femmes à monter en voiture, leur valet de pied ferme la portière derrière elles. Soulagée, je regarde le carrosse s'éloigner dans l'allée.

— Ça s'est bien passé.

Le roi vient me rejoindre.

— Non, c'était un vrai cauchemar.

Étonnée, je me tourne vers lui.

— Qu'entendez-vous par là ? Ce bal, c'est pile ce qu'il nous faut. Avant même que la soirée se termine, elle sera si conquise qu'elle ne voudra plus jamais vous lâcher.

Sa mâchoire se crispe. Une main sur la hanche, il se frotte le menton de l'autre.

— Je ne sais pas danser, avoue-t-il enfin.

Je reste sans voix un moment. Je n'avais pas pensé à cette éventualité. Au fond, il est logique pour une faé-loup de n'avoir jamais eu à apprendre les danses humaines.

— En effet, c'est ennuyeux, concédé-je, avant de reporter le regard sur la voiture qui disparaît au loin. Heureusement, je pense avoir une solution.

27

Deux jours passent. Chaque matin, nous retrouvons cinq nouveaux pétales au pied de la rose. Le calcul est simple. Si la fleur continue de faner à ce rythme, il nous reste environ soixante pétales, soit douze jours, pour rompre le mauvais sort. Pressée par le temps, je me suis consacrée corps et âme à l'organisation du bal. Si tout se passe comme prévu, l'événement marquera le jour où Imogen tombera amoureuse de notre roi. Mieux encore, si la soirée dépasse mes espérances, j'entamerai la phase quatre : révéler l'existence du maléfice à mon ennemie et ce qu'elle doit faire pour sauver son bien-aimé.

L'idée me donne le tournis. Le bal suffira-t-il à convaincre Imogen de sacrifier ce qui compte le plus à ses yeux ? La danse peut avoir un pouvoir enivrant et je ne doute pas que les rêves de mariage de la jeune femme amplifieront ses sentiments. Mais… pour l'amour des saints, ce plan tient-il de la folie pure ?

Non, ça va marcher, me rappelé-je. Pour s'assurer un époux de sang royal, Imogen ne reculera devant rien. Elle va briser le maléfice, j'en suis convaincue. Je me répète ces réflexions comme un mantra. Les heures à venir vont être décisives.

Saisie par un mélange d'angoisse et de fébrilité, je me rends dans la salle à manger. En cette fin de matinée, la pièce est baignée de lumière. Des rayons éclatants entrent par les fenêtres pour illuminer le sol de marbre. Tables et chaises ont été rassemblées le long d'un mur de manière à libérer de l'espace pour les danses qui auront lieu dans trois jours.

Dans un coin de la salle, Foxglove se tient devant un somptueux piano d'acajou. Ember est assise sur le tabouret. Lâchés, les cheveux turquoise de la jeune fille lui tombent en cascade dans le dos. Ses doigts courent sur les touches à toute allure pour créer une mélodie des plus ravissantes. Son bonnet gît à côté d'elle sur le siège.

À mesure que je m'approche, la musique m'enveloppe et je sens mon angoisse s'apaiser peu à peu pour céder la place à l'espoir. Mes épaules se détendent, les coins de mes lèvres s'étirent en un sourire. Quand l'architecte d'intérieur m'aperçoit, il désigne l'instrument en agitant les sourcils.

— Qu'en dites-vous ?

La musicienne s'interrompt et pivote sur son siège, la mine radieuse.

— Mademoiselle Bellefleur !

— Appelle-moi Gemma, je t'en prie. Et trêve de convenances : tutoyons-nous, ajouté-je avant d'adresser à Foxglove un sourire ravi. J'adore ! Ce piano sera parfait pour le bal.

— Il vient de l'hôtel, à l'origine. Comme ils ont finalement opté pour un blanc, autant mettre celui-ci à profit.

— Je suis ravie que vous en ayez eu un sous la main. Et de vous voir tous les deux ici aujourd'hui ! Je craignais que tu aies du mal à t'échapper, Ember.

— Mme Coleman et mes demi-sœurs sont sorties s'acheter des robes, explique-t-elle. Elles ne rentreront sans doute pas avant ce soir.

— Et je la ferai reconduire bien avant que qui que ce soit remarque son absence, ajoute Foxglove. Il suffit qu'on se mette au travail sans tarder. Où est M. Rochester ?

— Amelie l'aide encore à se choisir une tenue pour le bal, me semble-t-il.

Un rire moqueur échappe au décorateur.

— Il n'y a pas de quoi y passer des heures non plus. Ah ! Le voilà enfin.

En bras de chemise et pantalon, Elliot entre dans la salle au côté de la styliste. À en juger par la grimace sur le visage du roi, il redoute à coup sûr ce que je m'apprête à lui faire subir. Une moue aux lèvres, Foxglove considère l'apparence du monarque.

— Je pensais que vous préféreriez répéter en tenue, Monsieur.

— Il a refusé, nous informe Amelie, les bras croisés. Mais il m'a quand même permis de lui sélectionner un costume pour le bal.

— Bon, bougonne l'architecte, avant de leur faire signe d'approcher, non sans une certaine impatience. Allez, commençons.

Amelie vient s'accouder au piano. Ember, quant à elle, m'adresse un sourire avant de se retourner vers les touches.

— Tu peux t'asseoir à côté de moi si tu veux.

Sans me faire prier, je m'installe à la place de son bonnet, que je pose sur mes genoux. Foxglove et Elliot vont se poster au milieu de la pièce, face à face. Le roi blêmit, comme si l'idée d'endurer cette leçon de danse était un vrai supplice.

D'un savant doigté, Ember entame un morceau. Le décorateur fait la démonstration de plusieurs pas de base. Raide et maladroit, Elliot peine à l'imiter. S'il est devenu assez habile pour marcher avec sa jambe de bois, le manque de maîtrise semble le faire boiter à nouveau. Heureusement, Foxglove se révèle un professeur plein d'indulgence. La pianiste continue de jouer. Selon les instructions de l'architecte, elle reprend du début ou passe à un nouveau morceau, lorsqu'il souhaite montrer à son élève une autre danse.

J'observe le duo, tout attendrie par ce spectacle. Bientôt, le roi semble oublier son appréhension et trouver le rythme pour donner la réplique à son professeur. À mon grand étonnement, un sourire se dessine peu à peu sur les lèvres du monarque – et s'étire davantage lorsqu'il croise mon regard.

Gênée d'avoir été surprise à le fixer, pour changer, je fais comme si de rien n'était et m'absorbe dans la contemplation des doigts d'Ember.

— Ce que tu es douée ! la complimenté-je.

— Merci. J'adore la musique. Il est rare que ma belle-famille me permette de jouer, donc c'est un vrai plaisir.

Elle s'exprime sans manquer une seule note. Quand le bonnet posé sur mes genoux me revient à l'esprit, je jette un coup d'œil à la jeune fille.

— Pardonne mon indiscrétion, mais pourquoi caches-tu tes cheveux, d'habitude ?

— C'est le souhait de Mme Coleman, soupire-t-elle. Elle n'aime pas que leur couleur attire l'attention sur mes origines.

— Tes origines ?

Elle plonge son regard dans le mien un instant, avant de le reporter sur l'instrument.

— Je suis à moitié faé. Ma mère venait de la cour du Vent.

— Ça alors ! Je n'en savais rien.

— Ma belle-mère préfère justement que personne ne soit au courant.

— Pourquoi ?

— Par honte, par jalousie… va savoir. Elle n'a été mariée qu'un an à mon père avant qu'il ne meure. La fortune qu'elle a héritée à son décès s'épuise à vue d'œil. Elle préférerait que je n'existe pas, tout simplement.

— C'est affreux.

— Je fais avec.

Son morceau fini, elle laisse glisser ses doigts des touches. L'espace d'un instant, la tristesse se lit sur ses traits. Elle porte une main à un médaillon que je n'avais pas remarqué jusque-là. Le regard absent, elle le touche distraitement. Mon ventre se noue.

— Excuse-moi. Je n'aurais pas dû te questionner.

Après avoir cligné des yeux plusieurs fois, elle retrouve le sourire.

— Tu n'as rien fait de mal. C'est cette chanson… Même les morceaux les plus joyeux me rappellent mes parents. Ils adoraient danser.

J'aimerais lui dire que je comprends, que j'ai perdu ma mère, moi aussi, mais la voix de Foxglove détourne mon attention.

— J'ai l'impression qu'il a retenu le galop pour de bon ! Venez me remplacer, mademoiselle Bellefleur. J'aimerais juger sa technique de loin pour voir quelles corrections y apporter.

Tout à coup, je panique.

— Oh non… Je n'ai pas dansé depuis des lustres.

— Amelie, dans ce cas.

Je suis presque déçue de voir la styliste accepter et s'avancer à grandes enjambées. Je n'espérais pas que Foxglove insiste davantage mais, finalement, je regrette un peu d'avoir décliné. Après tout, l'objectif est d'aider Elliot.

L'architecte d'intérieur s'efface pour laisser la place à Amelie. Le roi saisit la main de sa nouvelle partenaire, puis la prend par la taille. À son tour, elle pose une main délicate sur son épaule. Ses lunettes sur le nez, Foxglove étudie leur posture avant d'indiquer plusieurs ajustements. Malgré ses efforts, les bras du monarque demeurent raides comme la justice.

— Bon, j'abandonne, marmonne le décorateur, agacé. Vous finirez sûrement par avoir l'air plus à l'aise à force de vous entraîner. Allez-y.

Ember commence une nouvelle mélodie au rythme similaire à la précédente. Le couple de danseurs esquisse alors une série de pas chassés. Elliot manque de trébucher, mais Amelie, d'une patience et d'une bonne humeur sans faille, l'aide à reprendre la cadence. Comme avec Foxglove, le roi prend peu à peu ses marques. Il montre de plus en plus d'aisance à exécuter pas glissés et pirouettes. Ses yeux se font rieurs et, lorsqu'il chancelle à nouveau, il se contente de pouffer avant de rattraper l'enchaînement. Même ses bras finissent par se détendre. Tout compte fait, il n'est pas si mauvais danseur. Imogen sera sans doute satisfaite de ses talents.

L'angoisse s'empare de moi. La vue des deux danseurs me fait prendre conscience d'une chose. Bientôt, c'est mon ennemie jurée qu'Elliot prendra par la taille, qui tombera sous le charme de son sourire. Une tempête de rage, de dégoût – *et... serait-ce de la jalousie ?* – vient m'assaillir. Mais pourquoi cette réaction ? Aimerais-je être à sa place, dans ses bras ? Qu'il me courtise moi ? Bien sûr que non ! Je ne peux pas conjurer le sortilège. J'ai beau vouloir le sauver de tout cœur, il est hors de question que je renonce à ma liberté. Seule Imogen peut le délivrer. Rien ne compte plus aux yeux de cette pimbêche que robes et bijoux. Elle n'a rien à perdre, si ce n'est son orgueil. Moi, en revanche… je risquerais trop.

Le rythme effréné de mon cœur détonne avec le tempo guilleret de l'air joué par Ember. Au fond, pourquoi me tourmenter avec ces réflexions ? Il ne se passera jamais rien entre Elliot et moi. D'accord, nous avons partagé quelques moments de tendresse et j'ai bien cru qu'on allait s'embrasser dans la roseraie. Mais, si ça se trouve, j'ai tout imaginé. Au bout du compte, rien de tout ça n'a d'importance. Son apparence de loup est la seule chose qui compte à ses yeux. Une fois le maléfice rompu, je ne le reverrai plus jamais. Pas sous la forme d'Elliot Rochester, en tout cas. Il redeviendra le roi loup immortel, enfin réuni avec ses pouvoirs magiques. Quant à moi, je ne serai qu'une vétille, le détail insignifiant d'un épisode malheureux de sa longue vie éternelle.

Ma gorge se noue, une vague de chaleur me remonte le long de la nuque. Je me sens soudain à l'étroit dans la pièce, je suffoque. La musique me paraît assourdissante, le rire d'Elliot me hérisse. Sans un mot, je me lève de la banquette pour tourner le dos à toutes ces frivolités.

28

Une fois dans ma chambre, je ne vois qu'un moyen de me distraire de ma sottise : me réfugier dans mes romans. Elliot, Imogen et les danses du bal remisés dans un coin de ma tête, je sors *La Gouvernante et le Comte* de ma table de chevet et m'installe sur mon lit, adossée sur une pile d'oreillers. J'ai déjà terminé le livre la veille, mais j'avais l'esprit si encombré par le travail et les préparatifs que j'ai dû manquer une foule de détails. En plus, je lis toujours les tomes deux ou trois fois chacun.

Cette lecture a exactement l'effet escompté. Bientôt, les mots me transportent dans un monde imaginaire, où les fins heureuses existent et où l'amour triomphe de tout. Un ramassis de balivernes, je le sais bien. Mais, pour l'heure, je ne demande qu'à me perdre dans cet univers. Je suis les pas de la gouvernante qui s'apprête à retrouver le séduisant comte, un homme fiancé à une autre, d'une beauté et d'un rang bien supérieurs à ceux de l'humble domestique. Dans un premier temps, j'ai cru que l'intrigue me mettrait mal à l'aise tant elle est similaire à ma situation. Mais je connais bien cette série : la gouvernante finit toujours auprès de l'élu de son cœur. L'idée me rassure.

Les heures passent. Sans m'en rendre compte, j'ai dû allumer la lumière de ma chambre, car je parviens à déchiffrer les mots malgré la nuit qui tombe peu à peu. L'histoire de mon roman m'absorbe tant que je suis complètement déconnectée de la réalité. J'approche de la fin, captivée par une scène palpitante – où la gouvernante et le comte cèdent enfin à leur passion –, lorsqu'un certain malaise m'étreint. À mesure que je parcours la page, l'esprit peuplé d'images, je m'aperçois que la représentation que je me suis faite du comte est inexacte. Lors de ma première lecture, j'ai commis l'erreur plusieurs fois. Le deuxième coup, en revanche, j'ai réussi à me conformer à la description de l'auteur… jusqu'à présent.

Le comte s'empare du visage de la gouvernante et plante dans ses yeux son regard grenat. Il n'a plus les cheveux blonds, mais châtains, aux pointes rehaussées par des reflets dorés. Je m'efforce de chasser cette image pour me replonger dans la scène. Les lèvres du comte effleurent celle de son employée, qui se pend à son cou pour se serrer contre lui. Mais ce n'est pas la nurse aux cheveux roux que j'imagine, c'est moi. Et je ne suis pas dans les bras du comte, mais dans ceux d'Elliot.

Je ferme fort les yeux afin de restituer à leur place les personnages de l'histoire. Le comte est blond, la gouvernante, rousse. Mon cœur s'emballe dès que je reprends la lecture. Le noble plaque sa domestique contre le mur. Elle gémit en l'embrassant. Je porte les doigts à mes lèvres, qui s'étirent en un sourire malicieux. Les scènes d'amour me font toujours l'effet d'un plaisir défendu.

Le compte hisse sa bien-aimée dans ses bras solides pour la porter vers le lit. Je doute qu'Elliot soit capable du même exploit avec moi. À moins que… Après tout, il marche plutôt bien avec sa…

Les joues en feu, je ferme le livre d'un coup sec. Mais qu'est-ce qui me prend ? Quelle mouche m'a piquée pour que j'en vienne à me demander si Elliot… Non, mieux vaut ne même pas revenir sur ces réflexions. Après plusieurs longues inspirations, les personnages bien en tête, je rouvre mon ouvrage. Il me faut un certain temps pour retrouver la bonne page. Sans me laisser distraire par la moindre pensée importune, je reprends la lecture à la ligne où je m'étais arrêtée.

Avec douceur, le comte pose la gouvernante sur le lit avant de se pencher pour reprendre leur baiser. Avec un nouveau gémissement, la jeune femme se cambre contre le corps de son employeur. Tout à coup, je sens naître une chaleur torride entre mes cuisses. Je m'efforce de ralentir ma respiration. Quand le comte glisse une main sous la jupe de sa maîtresse pour remonter le long de sa jambe, j'écarquille les yeux. Il s'étend alors au-dessus d'elle et leurs regards se vrillent. La gouvernante s'empare du col de la chemise du comte pour l'attirer vers elle. Ils s'embrassent, leurs corps se mettent à onduler l'un contre l'autre. Elle plonge les mains dans les cheveux de son amant, dont les boucles brunes…

Je m'interromps, interdite. Pas brunes, blondes. Je reprends la scène, mais rien n'y fait. Chaque fois que j'imagine le comte, c'est Elliot que je vois à sa place. Quant à la femme à laquelle il s'apprête à faire l'amour, ce n'est pas la gouvernante aux cheveux de feu, mais une jeune fille coiffée d'une tignasse noire – moi.

Avec un grognement de frustration, je referme une fois de plus le roman, que je jette de côté. Je m'aperçois soudain que je suis en nage. Je dois admettre qu'il y a des mois que je ne me suis pas adonnée aux plaisirs de la chair. Pas depuis Oswald, en fait… Pour autant, les scènes d'amour me mettent rarement dans un tel émoi. Un seul remède s'offre à moi. J'ai besoin de prendre l'air et vite.

À la hâte, j'enfile mes bottes et ma cape avant de filer droit vers la porte de ma chambre, que j'ouvre à la volée. Je manque de percuter un mur, qui s'avère en fait être Elliot. Le poing levé, il s'apprêtait à frapper. Couverte de honte, je recule aussitôt. Voit-il le rouge qui me monte aux joues, mon front luisant de sueur ? Mes yeux trahissent-ils la situation compromettante dans laquelle je nous imaginais quelques instants plus tôt ? Il me faut mobiliser toute la force de ma volonté pour chasser ces questions de mon esprit et faire comme si de rien n'était.

— Tiens, c'est vous, dis-je d'une voix trop essoufflée à mon goût. Qu'est-ce que vous faites là ?

Il baisse le poing avant de s'écarter. Il est toujours en bras de chemise et pantalon et porte encore sa jambe de bois.

— Je passais voir si tout allait bien. Vous avez quitté la salle à manger à toute allure et je ne vous ai pas revue depuis.

— Bien sûr que tout va bien, allons. Simplement… Il y a tant à faire que je ne peux pas me permettre de rester assise à vous regarder danser.

Les derniers mots me laissent un goût amer sur la langue. Le roi considère ma tenue.

— Vous alliez sortir ?

— Eh bien, je…

Si je dis oui, il va proposer de m'accompagner et je n'aurai pas d'autre option que de marcher tout près de lui, ce qui, en cet instant, est au-dessus de mes forces.

— Oui, mais j'ai changé d'avis. Finalement, je vais me coucher tôt.

Au lieu de prendre congé, il reste planté là, les sourcils froncés. Lorsqu'il me regarde droit dans les yeux, je replonge malgré moi dans mes indécentes rêveries. J'imagine ses prunelles à quelques centimètres des miennes, sa bouche plaquée sur… Envahie par une bouffée de désir ardent, je me contrains à regarder ailleurs.

— Quelque chose ne va pas, constate-t-il d'une voix caverneuse, le dos raide. Qu'est-ce qui vous arrive ?

Sa réaction me prend de court. Je dois rectifier le tir. Vite, un mensonge ! En jetant un regard par-dessus mon épaule, je tombe sur mon traître de roman. J'esquisse une moue triste.

— Je n'ai plus de lecture. Comme j'ai laissé tous mes livres chez mon père, je n'ai qu'un titre à lire depuis mon arrivée ici. C'est… c'est très dur pour moi de me relaxer sans un bon livre. Voilà, c'est tout. Il n'y a pas de quoi s'inquiéter.

Le roi se détend.

— Je ne savais pas que vous aimiez tant la lecture. Excusez-moi, j'aurais dû le faire plus tôt.

— Faire quoi ?

Il tourne les talons et me fait signe de le suivre.

— Venez, il est temps que je vous montre ma bibliothèque.

Il a beau prononcer ce dernier mot avec mépris, cette invitation me captive à la manière d'un enchantement. Je lui emboîte le pas sans la moindre hésitation.

— Votre bibliothèque, répété-je avec révérence.

Il y a effectivement fait allusion lorsqu'il m'a fait visiter le manoir, mais je ne l'ai pas encore vue.

— C'est l'un des aspects les plus cruels du sortilège, ricane-t-il.

Sans comprendre ce qu'il entend par là, je continue d'avancer sur ses talons. Après avoir emprunté les couloirs et escaliers qui me sont familiers, nous gagnons une aile de la bâtisse que je ne connais pas encore. Elle doit se situer à proximité des quartiers du roi. Le corridor, que nous parcourons d'un pas tranquille, me semble étonnamment propre. À l'évidence, les résidents que j'ai chargés du ménage ont pris leur mission à cœur et ne se contentent pas de nettoyer les parties communes nécessaires à l'exécution de notre plan. On croirait presque qu'Elliot et sa meute commencent à tirer une certaine fierté de cet endroit.

Peu à peu, les couloirs se font plus étroits, ce qui me contraint à m'approcher du monarque. Entre cette proximité et le silence qui règne sur les lieux, je sens un malaise me gagner. Je suis seule avec Elliot dans une aile du manoir que je n'ai jamais foulée. Nos épaules se frôlent au rythme de nos pas. Je m'éclaircis la voix.

— Alors, qu'avez-vous pensé de votre leçon de danse ?

— D'après vous ? rétorque-t-il avec un sourire en coin. C'était une vraie torture, comme tout ce que vous me faites subir.

Malgré ses paroles, il a le ton désinvolte. Je me détends un peu.

— Au moins, j'ai l'impression que l'exercice a été efficace.

Il hausse les épaules.

— J'ai appris le galop, la valse et la polka. Foxglove a aussi essayé de m'enseigner le quadrille, puis le cotillon. Certains membres de ma meute ont voulu se joindre à nous, mais ça s'est fini en désastre.

Je regrette presque d'avoir manqué un tel spectacle. Je n'ose pas imaginer la gêne de Grise et Barbe Noire s'ils avaient été réquisitionnés pour participer à la leçon. Les danses de groupe ne sont pas à la portée des novices.

— Trois danses devraient suffire. Ça vous permettra d'en offrir plusieurs à Imogen et de lui faire comprendre vos intentions.

J'esquisse un sourire forcé, à l'opposé du pincement qui m'étreint le cœur. Lorsqu'Elliot s'arrête devant une porte close, je suis rassurée de pouvoir échapper au sujet.

— Nous y voilà.

Mon rythme cardiaque s'accélère lorsqu'il pousse le battant pour révéler une salle plongée dans l'obscurité. À tâtons, le roi cherche un interrupteur sur le mur. Une multitude d'orbes, en lévitation au-dessus de chandeliers, illuminent la pièce de leur clarté chatoyante. La salle, de taille modeste, est meublée de plusieurs coins salon. Du sol au plafond, une armée d'étagères occupent les murs, entrecoupées de grandes fenêtres, lesquelles abritent chacune une banquette matelassée, où je rêve de m'installer avec un livre. Je m'avance dans la pièce et tourne sur moi-même, émerveillée par le nombre incalculable d'ouvrages qu'elle renferme.

— Voici ma bibliothèque, annonce Elliot d'un ton morne, les mains jointes derrière le dos.

Je lui lance un regard étonné.

— Pourquoi cette mine contrariée ?

— Tous ces livres sont des œuvres humaines, avoue-t-il après un instant de réflexion.

Ma joie retombe comme un soufflé.

— Ah, les humains. Ceux que vous haïssez tant.

Avec lenteur, il s'approche d'une étagère.

— Ce sont des romans, Gemma.

— Vous avez aussi une dent contre les romans ?

Il se rembrunit, les yeux dans le vague.

— Il y a tellement de… de sentiments dans ces livres, fait-il valoir, la voix soudain tendue. Je n'aime pas l'effet qu'ils ont sur mon corps.

Un aveu qui me surprend et atténue un peu mon indignation. J'esquisse un pas vers lui.

— J'en conclus que vous avez essayé d'en lire ?

L'air évasif, il hausse les épaules.

— Ça m'est arrivé quand je m'ennuyais.

— Et quel effet vous font-ils, au juste ?

Sitôt ma question posée, je m'enflamme. Elle est follement déplacée, d'autant que mes fantasmes impliquant Elliot dans le rôle du comte sont encore frais dans ma tête. Heureusement, lui semble ne rien y voir d'obscène.

— Je découvre des émotions que je n'éprouve pas quand je suis un loup, des expériences que je ne devrais pas vivre, des sentiments qui ne sont pas les miens. Les mots qui composent ces histoires parviennent à m'arracher des larmes, à me causer du chagrin sans qu'il ne m'arrive rien physiquement. C'est de la sorcellerie humaine à laquelle je préfère ne pas me frotter.

Sa réponse m'amuse et m'attriste à la fois.

— C'est ce qu'on appelle l'empathie, Elliot. Ce n'est pas une forme de magie. Ne me dites pas que les loups et les faés unseelies ne sont pas capables d'émotions.

— Si, mais rien de semblable. L'instinct éveille des passions en nous. Ces livres, en revanche… ils ont un effet puissant sur moi, sans que j'arrive à me l'expliquer.

— C'est justement l'intérêt. C'est même la raison d'être des romans. Ils nous transportent dans des contrées qu'on ne visiterait jamais dans la vraie vie, nous permettent de vivre et de ressentir des choses qui ne sont pas forcément à notre portée. Il n'y a pas de quoi avoir peur. C'est dommage que vous ne voyiez pas les bienfaits de la fiction.

— Les bienfaits ? Qu'entendez-vous par là ?

— Eh bien, il est vrai que certaines œuvres peuvent nous inspirer des sentiments désagréables. La peine, le chagrin… Mais on peut aussi y trouver de la joie, des fins heureuses, des dénouements qu'on ne vivrait jamais autrement.

Il m'étudie en silence un moment.

— C'est pour cette raison que vous aimez tant la lecture ?

Sous son regard perçant, je me sens mise à nu. Je viens de dévoiler mon secret le plus intime.

— Oui, chuchoté-je. Je lis pour vivre le dénouement dont j'ai été privée.

Il me rejoint. Peu à peu, son regard se fait plus chaleureux.

— Trouvez-vous que ça vaille le coup ?

Mon cœur tambourine dans ma poitrine de le sentir si proche. Les images d'Elliot en comte surgissent dans mon esprit et mes lèvres se mettent à me picoter.

— Que quoi vaille le coup ?

— Éprouver une tristesse qui n'est pas la vôtre, de la joie, de l'amour, vivre une fin heureuse qui s'évapore dès votre livre fermé. L'illusion en vaut-elle la peine ? Le retour à la réalité n'est-il pas trop brutal ? N'est-il pas préférable de ne rien ressentir du tout ?

Ma gorge se serre. J'ai l'impression que ces questions sont doubles, qu'elles renferment un sens caché qui m'échappe. Quoi qu'il en soit, je ne peux que lui dire la vérité.

— Oui, ça vaut le coup. À quoi sert-il de vivre sans émotions ? D'accord, après m'être évadée dans un rêve merveilleux, j'ai du mal à retrouver la banalité du quotidien.

Mais l'espace d'un instant, en tout cas, ce rêve était le mien. Peu m'importe qu'il n'ait aucune chance de se réaliser.

— De toute manière, les rêves ne se réalisent jamais.

Je médite sur ses paroles. J'ignore ce qu'implique cette affirmation pour lui. Pour ma part, elle m'évoque tout ce à quoi j'ai cessé de croire : l'amour, la constance des hommes. L'existence d'un monde où mes amies ne me rejettent pas, où les gens que j'aime me soutiennent. Où l'on me perçoit comme la femme que je suis, pas celle que la société cherche à faire de moi. L'espoir d'être un jour libre. Au fond, peut-être ai-je eu tort de renoncer à tout ça. Peut-être reste-t-il une lueur d'espoir. Sinon, pourquoi aurais-je conclu ce pacte ? Décidé de repartir vivre en Isola ? Puisque je me sens capable de m'émanciper, de m'affranchir des mœurs… pourrais-je retrouver foi en tout le reste ? En… l'amour ?

C'est une pensée risquée, que je ne me sens pas encore prête à affronter. Elliot m'observe. Il semble attendre ma réponse. Une fois encore, j'ai le sentiment que ses mots sont porteurs d'une signification cachée, d'une certitude mêlée de fragilité. Si je décide de la mettre au jour, quelque chose me dit que je ne pourrai plus revenir en arrière. Alors, au lieu de l'affronter, j'opte pour une échappatoire dont j'use rarement avec lui. Je me dissimule derrière ma façade imperturbable. Un sourire forcé aux lèvres, je hausse les épaules avec désinvolture.

— Comment pouvez-vous l'affirmer ? Allez, montrez-moi donc les fameux livres qui vous ont tant bouleversé.

29

Lorsque je regagne ma chambre, un nouveau livre en main, je me sens nettement plus légère. Après m'avoir montré les quelques titres qu'il avait essayé de lire, Elliot m'a laissée profiter de la bibliothèque seule. Parmi les quatre romans qu'il a désignés, j'ai choisi celui à la couverture la plus défraîchie. Même si l'usure pouvait être le fait du précédent propriétaire du manoir, je préférais m'intéresser à celui que le roi semblait avoir lu le plus.

De retour dans ma chambre, glissée sous les couvertures, j'ouvre le roman à la première page. D'emblée, l'histoire me paraît très différente de celles que j'ai l'habitude de lire. Elle ne semble pas inclure d'histoire d'amour trépidante, de séduisant héros, ni même de scandale retentissant, ce qui devrait m'épargner de me torturer toute la nuit. À la place, j'y trouve la rencontre douce-amère entre un orphelin et un chien errant et le lien qu'ils nouent. Je lis tard dans la nuit et me surprends à rire tout autant que pleurer. À la fin, où l'animal se sacrifie pour sauver la vie de son ami, je sanglote à n'en plus pouvoir m'arrêter.

Le roman serré contre mon cœur, j'éteins la lumière et m'enfouis sous les draps. Un mélange de peine et de chaleur m'envahit. Pas étonnant qu'Elliot déteste les livres après avoir lu celui-ci. Au moins, mes séries préférées ont des fins heureuses, elles. Cela dit, jamais je n'oublierai ce que m'a apporté cette histoire. Car malgré son chagrin, le protagoniste a grandi, découvert l'amour et l'amitié. Au fond, Elliot a peut-être raison. La fiction est une étrange forme de sorcellerie humaine. Sinon, comment expliquer qu'une histoire puisse être à la fois si gratifiante et déchirante ?

Cramponnée à l'ouvrage, je m'imprègne du parfum de ses pages. L'odeur caractéristique du papier se mêle à un arôme de pin qui m'est de plus en plus familier – celui d'Elliot. Une profonde sérénité m'enveloppe. Peu à peu, je succombe au sommeil. Dans mon esprit assoupi résonne l'écho de la question du roi : « L'illusion en vaut-elle la peine ? »

Ma réponse reste la même.

*

Le jour du bal est arrivé. À peine le soleil s'est-il levé que je me retrouve embarquée dans un tourbillon de préparatifs. Nous avons embauché du personnel pour l'occasion, comme pour le dîner. J'attribue aux employés leurs différents postes et distribue les missions de chacun. Foxglove vient apporter quelques touches finales dans la salle de bal. Il est accompagné d'Ember et d'un violoniste qu'il a recruté pour accompagner mon amie durant la soirée. Peu après, Amelie arrive à son tour afin de s'assurer qu'Elliot n'a aucun problème avec la tenue qu'elle lui a choisie. Le roi, lui, a disparu. Je peux comprendre qu'il ait préféré s'isoler. Quand le soir approche, il règne un tel chaos dans le manoir que moi aussi, j'aimerais mieux me réfugier au calme. Hélas, en tant qu'intendante, je suis responsable de l'organisation de la soirée. Hors de question pour moi de prendre une pause ou d'aller me cacher.

Tout le long des préparatifs, cette pensée me tenaille sans relâche. J'ai beau être débordée, impossible de m'en défaire. L'idée de devoir me montrer en public, même s'il n'est pas prévu que je danse, me tétanise. Mon poste de chef de salle me contraint à communiquer avec une grande partie de nos invités, à me charger des présentations et à m'assurer que chaque groupe de danse est au complet. Contrairement à ce qu'a affirmé Imogen, l'événement n'a rien d'une modeste soirée privée. Sa liste d'invités en témoigne. À l'évidence, la concurrence l'inquiète moins depuis notre dîner, car elle a convié certains des hommes et des femmes les plus éminents de la ville. Je sais bien que, pour qu'un bal soit réussi, il faut un certain nombre de danseurs. Je suis malgré tout surprise qu'elle ait choisi d'inclure tant de jeunes femmes célibataires. Sans doute cherche-t-elle à parader avec le prix qu'elle pense avoir gagné.

L'idée me retourne l'estomac. Pourtant, elle devrait me rassurer. C'est le but même que nous espérions atteindre – qu'Imogen tombe sous le charme d'Elliot et se vante d'être l'objet de son affection. En proie à un dilemme intérieur, j'essaie de me réconforter en songeant à la future défaite de mon ennemie jurée. Car, une fois le sort rompu, le roi la repoussera et le sourire suffisant de cette pimbêche disparaîtra à jamais.

Malheureusement, aucune de ces réflexions ne suffit à m'apaiser. Je me rappelle alors les cinq pétales qui sont tombés chaque jour. Selon mes calculs, il nous reste entre une semaine et neuf jours pour libérer Elliot de son maléfice. Ce soir, c'est le moment ou jamais de convaincre Imogen qu'elle est tombée amoureuse.

Au moins suis-je contente des rares invités que j'ai ajoutés à la liste, soit Foxglove, Amelie, Nina et M. Cordell, le libraire. Hélas, je ne pouvais pas convier ma sœur sans inclure mon père. Je me prépare donc à endurer sa présence.

Le ciel s'assombrit à vue d'œil et il ne reste plus qu'une heure avant le bal quand je déclare le manoir fin prêt à recevoir ses visiteurs. Plantée à l'entrée de la salle à manger changée en salle de bal, j'admire le résultat avec satisfaction. La lumière tamisée diffuse une élégante clarté et le dallage de marbre brille de mille feux. L'atmosphère de la pièce est un véritable appel à la séduction. Installés à l'extrémité, Ember et le violoniste répètent les premiers morceaux. Les quelques accords qui flottent jusqu'à mes oreilles apaisent mes nerfs à fleur de peau. Je pousse un soupir. Tout est parfait. Ça va marcher.

— Vous n'êtes pas encore habillée ? demande la voix d'Elliot.

Je fais volte-face. Quand je le vois en bras de chemise, mon rythme cardiaque s'emballe.

— Je vous retourne la question. Qu'est-ce qui vous prend de vous balader dans cette tenue ?

— J'étais au jardin, répond-il d'une voix sourde.

Mon ventre se serre.

— Rien d'inquiétant à signaler ?

— Non, dit-il après un instant de réflexion. Comme d'habitude. Quatre pétales sont tombés. Le cinquième suivra sûrement d'ici la fin de la nuit.

Le ton de sa voix me chagrine tant que je tends vers lui une main réconfortante. Incapable de m'en empêcher, je la pose sur son bras. Ce contact m'électrise la paume et déclenche en moi une vague de chaleur. Malgré tout, je ne le lâche pas. Au contraire, je serre doucement son biceps entre mes doigts et le roi se détend.

— Ne craignez rien, murmuré-je. Si tout se passe comme prévu, je vais mettre Imogen dans la confidence dès ce soir.

Une grimace de douleur déforme ses lèvres.

— Et si elle ne…

— Stop, le coupé-je d'un ton ferme. Pas de suppositions. Tenez-vous-en au plan. Dansez avec Imogen, traitez-la comme une reine, souriez-lui, parlez-lui… Servez-vous donc de vos illusions faériques pour vous convaincre que c'est la créature la plus désirable que vous ayez jamais vue. Vous en êtes capable, non ?

— Oui, dit-il après un court silence.

J'ôte ma main de son bras. Pendue le long de mon corps, elle me paraît soudain glacée.

— Bien. Voilà comment ça va se passer. Le bal va commencer par un menuet. Il faudra donc attendre la deuxième danse, qui sera une valse. C'est là que vous demanderez à Imogen d'être votre cavalière. La sixième danse sera une polka et la dixième, un galop, ce qui vous fera trois danses en tout avec elle. Trois danses pour lui manifester votre attirance.

Il dodeline de la tête, comme s'il mémorisait mon programme.

— Maintenant, allez vite vous habiller ! le pressé-je.

Sur le point de partir, il se fige.

— Et vous, vous ne vous changez pas ?

J'évalue l'étendue des dégâts. Même sans miroir, je sens que mes cheveux se sont aplatis. Des mèches rebelles me tombent autour du visage. Et ma robe a beau être propre, je dois reconnaître que je ne me sens pas très fraîche tant l'angoisse m'a fait transpirer.

— Si, il vaut peut-être mieux. On ne voudrait pas que le chef de salle ait l'air d'une souillon.

Un sourire en coin aux lèvres, il me tend le bras.

— Je vous accompagne à votre chambre.

— Pourquoi ? m'étonné-je. Craignez-vous que je décide finalement de ne pas me changer dès que vous aurez le dos tourné ?

— Peut-être. C'est aussi l'occasion de nous entraîner à la conversation histoire de me mettre à l'aise.

— Très bien.

Résignée, j'accepte le bras qu'il me tend. Une fois encore, ce contact éveille dans ma paume une foule de picotements, que je m'efforce d'ignorer. Nous quittons l'agitation du rez-de-chaussée pour nous rendre à l'étage. Une expression faussement hautaine sur le visage, le roi se tourne vers moi.

— Il a fait un temps merveilleux aujourd'hui. Vous ne trouvez pas, mademoiselle Bellefleur ?

Je lève les yeux au ciel et lui réponds sur un ton tout aussi mielleux.

— Oh si, splendide. La neige qui est tombée cette après-midi nous a offert un sacré spectacle. Elle ressemblait à s'y méprendre à l'averse d'hier !

La moue qui étire brièvement les lèvres du monarque me rappelle notre conversation sur la météo, à la fin de laquelle il m'a posé une question troublante : « Croyez-vous que vous pourriez être heureuse ici, en Hiver ? »

— Les rares fois où j'ai pu prendre le temps de regarder par la fenêtre aujourd'hui, j'ai vraiment trouvé la neige très belle, ajouté-je, mon sérieux retrouvé. Chaque flocon qui tombait sur le sol semblait briller comme un diamant.

Son expression s'adoucit. Un sourire franc vient remplacer son rictus moqueur.

— C'est ce que je pense tous les jours.

Devant la porte de ma chambre, je me tourne vers lui.

— Merci de m'avoir accompagnée. Allez, filez vite ! Ne vous avisez pas d'arriver en retard à votre propre bal.

— Je ferai mon entrée au moment opportun, promis, grommelle-t-il à contrecœur.

Promis… Voilà un mot que les êtres faériques ne prononcent pas à la légère. Malgré tout, le roi est resté évasif en évoquant ce « moment opportun ». Quel roublard !

— Maintenant, à vous de me promettre que vous allez porter la robe qui se trouve sur votre lit.

Prise de court par son étrange requête, je cligne plusieurs fois des yeux.

— Quelle robe ?

Pour toute réponse, il esquisse un sourire malicieux. Ni une ni deux, je me précipite dans ma chambre avant de me figer net à la vue d'un élégant vêtement de soie pourpre orné de dentelle rouge. En proie à un mélange de choc, de terreur, de joie et d'incompréhension, je me retourne vers Elliot, les yeux écarquillés.

— Qu'est-ce que c'est que ça ?

Il s'appuie contre l'encadrement de la porte. J'aperçois une lueur d'appréhension dans son regard.

— Une commande que j'ai passée à Amelie spécialement pour vous. En fait, c'est pour la déposer qu'elle est venue si tôt ce matin.

J'observe alternativement le roi et la robe. Pour une raison qui m'échappe, les larmes me montent aux yeux.

— Pourquoi ?

— Vous n'aviez pas de tenue pour le bal.

— Les robes de mon armoire me suffisent amplement.

— Pas pour un bal.

J'ouvre et referme la bouche plusieurs fois avant de trouver mes mots.

— Je n'ai pas besoin d'une vraie robe de soirée. Je vais superviser le déroulement des festivités, pas y participer.

Il hausse les épaules.

— En tant qu'employeur, j'estime avoir mon mot à dire quant à votre tenue lors des événements que j'organise. Dites-vous que c'est l'uniforme imposé.

Je croise les bras.

— Vous m'obligez donc à la porter ?

— Non, pas du tout, assure-t-il, contrit. C'est juste… juste un cadeau que je tenais à vous faire. Si elle ne vous plaît pas, vous n'avez qu'à la jeter. Je ne me vexerai pas. En revanche, je serais déçu de ne jamais vous voir la porter.

J'arrête de respirer. Ses mots et l'expression de son regard éveillent une étrange vague de chaleur au creux de mon ventre. Le timbre de sa voix semble se répercuter dans tout mon squelette. Il transmet bien plus que ses paroles. Tout est dans ma tête, je le sais bien. Mais il me tarde tout de même d'enfiler la robe.

— Je vais la porter, dis-je dans un souffle, à peine audible.

Le roi s'écarte du chambranle.

— Formidable. À tout à l'heure dans la salle de bal, alors.

— Attendez ! lancé-je avant qu'il ne tourne les talons.

Lorsqu'il plonge son regard dans le mien, j'oublie tout à coup ce que je m'apprêtais à dire. Les joues en feu, je me tiens la taille pour me retenir d'agiter nerveusement les mains.

— Merci pour la robe. Elle est… elle est superbe.

Son visage s'illumine un bref instant, puis un sourire modeste se dessine sur ses lèvres.

— Je vous en prie, répond-il avant de s'éclipser.

Me voilà face à un cadeau plus somptueux que tous les bijoux, toutes les roses et toutes les belles choses qu'on m'ait jamais offerts. Même Oswald ne m'a pas tant gâtée. Mais ce n'est pas tant le luxe de l'objet qui me laisse sans voix. Au fond, je me fiche pas mal de la nature du présent. Non, c'est l'intention qui fait battre mon cœur.

30

Une fois habillée, je vais me poster face au miroir. Mon reflet me laisse sans voix. Dire de la robe qu'elle est magnifique serait un euphémisme. Certes, elle n'est pas adaptée pour un bal avec le gratin collet monté de Vernon. Mais maintenant que je l'ai enfilée, il n'est pas question que je l'enlève. Jamais je n'ai eu le plaisir de porter un vêtement d'une telle perfection.

Le mélange de soie, de mousseline et de dentelle pourpres me rappelle la mode qui était populaire en Isola quand j'étais petite. Quant aux touches dorées, elles soulignent le majestueux de la robe. Elle me va comme un gant, ce qui laisse supposer qu'Elliot a permis à Amelie de prendre des mesures approximatives sur les robes de ma chambre lors de sa dernière venue. La styliste a dû deviner les ajustements nécessaires car, contrairement aux toilettes que j'emprunte à l'ambassadrice, légèrement trop serrées, celle-ci est pile à ma taille. Elle épouse mes formes tout en restant assez ample pour accommoder mes épaules et mes hanches développées.

Entre le décolleté plongeant, l'échancré du dos et le jupon fluide, le style faérique du vêtement est indéniable. Les manches sont étroites de mes épaules à mes coudes, où leur étoffe laisse place à une gaze transparente qui s'évase pour flotter le long de mes avant-bras. Le corsage est lui aussi près du corps, puis s'élargit au niveau des hanches en une superposition de jupons qui ondulent au gré de mes mouvements.

Par tous les saints ! Tu ne risques pas de passer inaperçue dans cette tenue.

Mais il est trop tard pour changer d'avis : je me suis déjà engagée à la porter. Malgré tout, il faut un certain cran pour me préparer à rencontrer la foule qui, déjà, se rassemble sans doute en bas. Comme je le fais chaque fois que la peur menace de me submerger, j'inspire profondément et compte jusqu'à cinq.

Puis je recommence. Je ne me sens toujours pas prête. J'ai la nausée, mes bras tremblent sans que je puisse les contrôler. Les noms de ceux que je vais devoir affronter ce soir se bousculent dans ma tête. Mon père, Imogen, Mme Coleman, Mme Aston, son fils... Sans compter les inconnus dont je n'ai pas encore fait la rencontre. J'entends déjà les voix, les murmures. Je sens les regards moqueurs me transpercer comme des poignards. Je m'efforce à nouveau de me calmer. *Reste dans le moment présent.*

Avec une profonde inspiration, je fais le vide dans ma tête. Mon souffle plus calme, je me représente une série de visages. Pas ceux que je redoute, mais ceux que j'ai hâte de voir ce soir. Mes invités, Ember et – bien entendu... – Elliot.

J'empêche mon esprit de divaguer, de m'arracher à cette douce impatience. Cette chaleur bien ancrée en moi, je m'enveloppe dans mon personnage comme dans un cocon. J'érige autour de moi une aura d'assurance, un rempart si haut, si épais qu'il en devient impénétrable. Je suis prête.

Les épaules droites, le menton levé, je quitte ma chambre pour aller accueillir l'élite de Vernon. Avec l'aplomb d'un général affrontant la bataille la plus redoutable de sa vie, je me dirige vers le bal.

*

Le temps que je gagne la salle de réception, un certain nombre d'invités, pleins d'enthousiasme, sont déjà arrivés. Les valets de pied et autres domestiques que nous avons engagés vaquent à leurs occupations avec adresse. Aussi à l'aise que s'ils travaillaient tous les jours au manoir, ils récupèrent capes et manteaux, escortent nos convives jusqu'aux festivités et leur servent des rafraîchissements. En somme, ils me déchargent d'une grande partie de mon travail, ce qui me donne moins de raisons de m'inquiéter… mais me laisse plus de temps pour me poser des questions et remarquer les regards que me lancent certains.

Non. Pas ce soir.

Mon masque bien en place, je passe d'un invité à l'autre pour faire la conversation et veiller à ce que personne ne manque de rien. Certains me répondent avec courtoisie, sans trop s'étendre. D'autres m'interrogent sur mon employeur, curieux de savoir en quoi consiste mon poste, pourquoi on me l'a offert et quelle raison m'a poussée à l'accepter. Armée de mon éventail d'excuses toutes faites, je m'extirpe de ces conversations au plus vite sans le moindre stress.

Mes nerfs flanchent cependant lorsqu'une tête blonde que je connais bien entre d'un pas sautillant dans la salle de bal. Flanquée de sa sœur Clara, Imogen balaie la pièce de son regard perçant. De l'autre côté de mon ennemie jurée se tient… ma propre sœur. À sa vue, mon cœur manque un battement. J'éprouve une terrible envie de me jeter dans ses bras, mais la bienséance me contraint à approcher d'un pas mesuré.

Si mes bonnes manières ne m'avaient pas retenue, la vue de l'individu qui ferme la marche aurait certainement suffi. Quand les yeux de mon père croisent les miens, je manque de chanceler. Au bras de Mme Coleman, il affiche une expression suintant la réprobation. Après une profonde inspiration, je reporte le regard sur Nina, dont le sourire radieux agit sur moi comme une ancre à laquelle je m'accroche. Elle quitte le groupe pour s'avancer et me prendre les mains.

— Oh, Gemma ! Quel superbe manoir ! Je ne m'attendais pas à une élégance pareille. Et à y voir donner un bal ! Enfin, je suis tout de même très déçue que tu ne sois pas venue me voir, ajoute-t-elle à mi-voix, la mine soudain grave. Malgré les livres que je retiens en otage.

Je serre ses mains entre les miennes.

— Excuse-moi. Comme tu peux le voir, je suis très occupée ici. Après le bal, je trouverai peut-être un peu de temps pour te rendre visite.

Au-dessus de la tête de Nina, je surprends le regard noir de mon père et m'empresse de détourner le mien.

— La salle de bal m'a l'air acceptable, commente Imogen pour capter mon attention. Il faut reconnaître que l'endroit se prête bien mieux à abriter une piste de danse qu'une salle à manger. Je regrette d'ailleurs qu'on ne dispose pas d'un meilleur orchestre. J'espère que M. Rochester n'est pas trop déçu que j'aie incité Ember à se charger de la musique.

J'observe ladite pianiste et le violoniste qui entonnent un air lent, tout en douceur.

— Au contraire, les morceaux qu'elle a choisis sont charmants.

— Tu as eu tort, ma chérie, glisse Mme Coleman à sa fille, le nez retroussé par une grimace de dégoût. Si tu ne t'étais pas dépêchée de proposer les services de ta demi-sœur à M. Rochester, je te l'aurais défendu. Tu sais comme j'ai horreur de la voir se mettre en avant.

Sans me départir de mon sourire, malgré l'envie de montrer les dents, je me tourne vers la belle-mère d'Ember.

— Quelle chance que vous n'ayez pas été là pour l'empêcher, dans ce cas ! Mon employeur serait bien contrarié de devoir priver cette chère Imogen de l'occasion de danser.

— Moi aussi, je suis ravie que ce bal ait pu avoir lieu, intervient Nina de sa voix douce, dans l'espoir d'atténuer la tension. Je vais enfin pouvoir danser avec James ! Peut-on vraiment se considérer comme fiancée avant d'avoir dansé avec son futur époux ? Cette soirée s'annonce mémorable !

— À ce propos, où est le maître des lieux ? questionne Imogen, comme si ma sœur n'avait pas dit un mot. Arrive-t-il toujours en retard à ses propres réceptions ?

— Il devrait nous rejoindre d'une minute à l'autre, l'informé-je.

— Avec qui va-t-il ouvrir le bal ? J'espère qu'il se souvient que c'est moi qui me suis occupée de la liste des invités. On pourrait me considérer comme l'hôtesse.

— Oh, mais il en est conscient, assuré-je. Et le bal s'ouvrira avec un menuet. Malheureusement, lui ne participera pas à la première danse.

Elle étouffe une exclamation indignée.

— Manquer la première danse de son propre bal ! Je sais que votre employeur est une créature peu conventionnelle, mademoiselle Bellefleur, mais il ne peut tout de même pas être si timide !

Je la prends par le bras pour l'entraîner à l'écart.

— Est-ce que je peux te confier un secret ? M. Rochester a passé les derniers jours à apprendre une sélection de danses humaines pour le bal. Pour toi, en fait. Toutes les créatures faériques ne sont pas spécialistes en la matière, tu sais.

Malgré l'air nonchalant qu'elle se donne, un sourire flatté se dessine sur ses lèvres.

— Quand je l'ai encouragé à donner un bal, il ne m'est pas venu à l'esprit qu'il ne connaissait pas nos danses les plus populaires. Et pas un seul instant je n'ai envisagé la possibilité qu'il organise un bal faérique. Heureusement qu'il ne l'a pas fait ! Imagine devoir prendre part à leurs danses de sauvages… Ç'aurait été un vrai cauchemar !

Sa mine dégoûtée me donne envie d'éclater de rire, mais je garde une expression neutre.

— Tu vois donc tout le mal qu'il s'est donné pour te faire plaisir. Tu ne peux tout de même attendre de lui qu'il connaisse les plus complexes de nos danses de groupe.

— Non, tu as raison. Je devrais me sentir honorée. Mais, pitié, dis-moi que ce n'est pas un affreux danseur.

— Il se débrouille, ne crains rien. Sois patiente avec lui ce soir. Il va danser, mais il passera peut-être le plus clair de son temps à te regarder sur la piste.

Béate, elle écarquille les yeux avant de déployer son éventail de soie pour se l'agiter sous le nez. Tout à coup, le tempo accélère. Les musiciens jouent un air qu'ils ont répété plus tôt, destiné à annoncer l'arrivée de mon employeur.

Mon cœur s'emballe. Tous les invités présents dans la pièce semblent se tourner vers l'entrée en même temps que moi. Elliot s'avance d'une démarche lente, pleine d'assurance, où seul se laisse entrevoir un infime boitillement. À son entrée, les conversations cessent, les regards se braquent sur l'apparence saisissante du maître des lieux. Vêtu d'un costume noir impeccable, agrémenté d'un gilet de brocart argenté et d'une cravate couleur rubis, il se démarque très nettement du reste de l'assistance. Je me suis tellement habituée à sa compagnie, à le voir à l'aise ou bien broyer du noir, que j'ai tendance à oublier son physique foncièrement faérique – par l'allure comme par l'attitude, il reste une créature sauvage d'une grande beauté. Pour la première fois, je discerne presque l'union de ses formes seelie et unseelie, le mélange indissociable de l'homme et du loup. Il a la démarche gracieuse du prédateur, son regard menaçant, sa carrure puissante.

Une terreur primale me saisit un instant. Est-ce là vraiment l'être que je me suis permis de tyranniser ? Que j'ai contraint à danser et à recevoir une foule d'invités humains ? Sans le maléfice qui le prive de ses pouvoirs, combien de temps lui faudrait-il pour tuer toute l'assemblée ?

Un frisson me remonte le long de la colonne vertébrale, mais il ne m'incite pas à prendre la fuite. Au contraire, il me donne envie de me rapprocher d'Elliot, comme s'il était un feu de cheminée lors d'une froide journée, capable de brûler ceux qui passent un peu trop près… tout en s'en abstenant.

Lorsqu'il marque une pause, les convives le saluent d'une révérence. Une lueur d'hésitation traverse le visage du roi, avant de disparaître sitôt qu'il me trouve dans la foule. À la vue de ma robe, le sourire le plus chaleureux que je l'aie jamais vu arborer se dessine sur ses lèvres – ce qui ne m'aide pas à me défaire de l'image de brasier qu'il m'évoque… ni à apaiser la vague brûlante qui irradie dans tout mon corps. Imogen doit se sentir toute chose, elle aussi. À mesure qu'il approche, elle agite son éventail de plus en plus vite.

— Bonsoir, monsieur Rochester, roucoule-t-elle en s'avançant pour le saluer. Ce bal est tout bonnement merveilleux. Vous vous êtes surpassé pour offrir aux habitants de Vernon la chancc de danser chez vous.

Il lui adresse un sourire courtois, mais ses yeux se posent sur moi.

— Vous pouvez remercier mon intendante. C'est elle qui a fait tout le travail.

Imogen se rembrunit. D'un regard, je rappelle le roi à l'ordre. Il reporte le sien sur sa prétendante, dont il prend la main.

— C'est à vous que je dois la liste des invités, cependant. Sans vous, cette soirée n'aurait jamais pu avoir lieu.

Il porte la main de la jeune femme à ses lèvres afin d'en embrasser le dessus. Un nœud m'étreint l'estomac. L'espace d'un moment, je me sens paralysée. Puis Elliot lâche la main d'Imogen afin de saluer le groupe qui l'accompagne, y compris mon père. Tendus, les deux hommes échangent quelques courtoisies. Je suis impressionnée de voir le roi jouer si bien son rôle d'hôte. Son expression ne trahit rien du mépris qu'il doit toujours éprouver à l'égard de mon père. Lorsque vient le moment de saluer Nina, le ton d'Elliot se fait contrit.

— Pardonnez-moi, nous n'avons pas été officiellement présentés.

Je m'avance subitement. J'avais presque oublié qu'il avait bien failli lui grogner dessus lorsqu'elle s'est présentée au manoir avec mon père.

— Ah, c'est vrai ! Monsieur Rochester, voici Nina Bellefleur, ma sœur.

Après un échange de salutations, Elliot se redresse. Il y a une légère moquerie dans la posture qu'il adopte, mais je doute que qui que ce soit s'en aperçoive.

— Je suis ravi de vous revoir tous. En tant qu'hôte, je me dois cependant d'accueillir le reste des invités pour que le bal puisse commencer. Venez, mademoiselle Bellefleur, vous allez faire les présentations. Quant à vous, mademoiselle Coleman, je compte sur vous pour mener la première danse.

Après une révérence, il tourne les talons. Je n'ai pas d'autre option que de lui emboîter le pas.

— C'était à Imogen qu'il fallait demander de faire les présentations, le rabroué-je à mi-voix une fois que le groupe ne risque plus de nous entendre. C'est elle votre hôtesse, ce soir. Et vous auriez dû lui dire qu'il vous tardait de la voir mener la première danse, pas simplement que vous comptiez sur elle.

Il me jette un regard sardonique.

— D'une, vous êtes mon intendante. Vous avez du travail et je m'assure que vous le fassiez. Puisque vous me torturez en m'obligeant à danser à un bal, permettez-moi de vous rendre la pareille en vous forçant à me présenter à tous ces gens que vous méprisez sans doute encore plus que moi. De deux, certes, j'aurais pu dire que je me faisais une joie de voir danser cette jeune fille. Mais hélas, ç'aurait été mentir et j'en suis incapable.

Un sourire en coin étire mes lèvres. Je retrouve l'homme-loup bourru que je connais.

— C'est de bonne guerre, je suppose. Puisque c'est comme ça, que la torture commence pour nous deux !

Je conduis Elliot aux quatre coins de la pièce afin qu'il se présente à chacun des invités. La première chanson commence alors. Après avoir indiqué au roi où se placer de sorte que sa prétendante puisse le voir en dansant, je l'abandonne afin de faire un tour de salle pour m'assurer que la soirée se déroule sans le moindre accroc. Comme je m'y attendais, Imogen quitte sans cesse son cavalier des yeux afin d'observer Elliot, un sourire faussement effarouché aux lèvres. Le roi, quant à lui, affiche une mine ravie. Après avoir attentivement étudié son expression, à l'autre bout de la pièce, je finis par me demander s'il n'admire pas réellement les mouvements d'Imogen, qui tourne autour de son partenaire avec maîtrise et élégance.

Tout à coup, je coupe court à mes réflexions. Une silhouette fend la foule pour m'approcher – celle de Gavin Aston. En proie à un mélange d'angoisse et d'agacement, je prends mes jambes à mon cou. Je me faufile parmi un groupe de convives avant de me frayer un chemin jusqu'à l'extrémité opposée de la piste de danse. Je jette un regard circulaire. Il ne me semble pas qu'il m'ait suivie, bénis soient les saints. Je ferai tout mon possible pour éviter d'avoir à parler à cet homme ce soir. Quand le morceau touche à sa fin, je me précipite au côté d'Elliot.

— Ensuite, c'est au tour de la valse, chuchoté-je. C'est le moment d'inviter Imogen à danser.

En voyant mon ennemie s'empresser de quitter son partenaire pour rejoindre le monarque, je m'apprête à m'en aller, mais la main du roi se referme subitement sur mon poignet. J'arrête de respirer.

— Restez, me supplie-t-il entre ses dents, le teint pâle.

— Monsieur Rochester, sifflé-je.

Je tente de me dérober. Par chance, nos mains sont cachées par mon imposant jupon. Quoi qu'il en soit, nous sommes trop proches. L'expression d'Elliot s'adoucit.

— S'il vous plaît, murmure-t-il.

— Très bien.

Il me lâche pile au moment où Imogen fend la foule. L'insolente se plante dos à moi, comme pour m'écarter du passage.

— Alors, le spectacle vous a plu ?

Résignée, je recule de quelques pas, mais le regard implorant du roi me retient. Son calme retrouvé, il répond à la question d'Imogen d'une voix mesurée.

— J'ai trouvé la musique très agréable et… et vous avez eu l'air de beaucoup vous amuser.

Elle penche la tête sur le côté. À l'évidence, elle espérait de plus fervents éloges. Un sourire pincé aux lèvres, elle papillonne des paupières.

— Allez-vous participer à la prochaine danse ?

Je vois le roi déglutir une fois, puis une seconde.

— Oui, finit-il par répondre à mi-voix.

— Fantastique !

Pleine d'espoir, la jeune femme se balance de gauche à droite. La musique donne le signal aux danseurs de choisir leur partenaire. Je me racle la gorge afin qu'Elliot saisisse le message. *Invitez-la à danser, espèce d'idiot !* Soudain, un intrus se joint à notre groupe. Je ravale un grognement. Gavin adresse au roi un hochement de tête et à moi une révérence.

— Mademoiselle Bellefleur, me feriez-vous…

— Voulez-vous bien m'accorder cette danse, mademoiselle Bellefleur ?

Je me tourne brusquement vers Elliot, qui me tend la main. Hébétée, je scrute un instant sa paume. Vient-il vraiment de… d'interrompre Gavin pour m'inviter à danser ? Non, ça ne va pas du tout…

Imogen me lance un regard meurtrier avant de déguerpir, l'air indigné. Gêné, le fils Aston nous observe tour à tour, le roi et moi. Voyant la main du maître des lieux, toujours tendue, il s'éclipse à contrecœur. Le feu aux joues, je me tourne vers Elliot.

— Qu'est-ce qui vous prend ?

— Je ne peux pas l'inviter pour ma première danse.

— Qu'est-ce que vous racontez ? pesté-je entre mes dents. C'était notre intention depuis le départ. C'est même pour cette raison que vous avez appris à danser.

— Je ne m'en sens pas capable, insiste-t-il, une pointe de panique dans la voix. Je vais danser avec elle, mais plus tard. Vous ne voyez donc pas tous les gens qui regardent les danseurs ?

— Si, et vous risquez fort de les choquer si vous m'invitez. Ce n'est pas la place d'une intendante. Nous attirerions trop l'attention. En plus, les bals sont du passé pour moi. Je ne danse plus.

— Eh bien, pourtant, il va falloir vous y remettre, affirme-t-il, l'œil un peu hagard.

Il porte une main à ses cheveux, comme s'il s'apprêtait à y plonger les doigts, mais semble se raviser au dernier moment. À la place, il serre le poing.

— Si vous tenez à me voir danser, accordez-moi cette danse. Je vais me sentir mal si je dois danser avec n'importe quelle autre cavalière.

— Pourquoi ? m'étonné-je.

— Je risque de trébucher, de perdre l'équilibre sur cette fichue jambe de bois devant tout le monde. Je pourrais me ridiculiser.

— Depuis quand vous souciez-vous de l'opinion des humains ? Et puis, comment voulez-vous que je vous empêche de trébucher ?

Il plonge son regard dans le mien.

— Je suis… je suis à l'aise avec vous.

Son aveu atténue mon agacement, mais ce qu'il me demande reste une très mauvaise idée.

— Je ne suis sûrement pas la seule qui vous mette à l'aise. Choisissez quelqu'un d'autre, n'importe qui. Amelie, par exemple. Où est-elle…

— Je ne veux pas de quelqu'un d'autre.

La bouche déformée par un mélange de grimace et de sourire peu convaincant, il me tend de nouveau la main. Je ne l'ai jamais vu si perturbé, si… vulnérable. Sa voix se met à chevroter.

— Dansez avec moi, je vous en supplie. Sans vous, je n'y arriverai pas.

Je me mordille la lèvre. Pour l'amour des saints… Je vais le regretter, n'est-ce pas ?

— Seulement si vous promettez de danser la polka et le galop avec Imogen.

— C'est promis.

Non sans un soupir, je pose la main dans la sienne. Nous nous avançons sur la piste.

31

Nous prenons place parmi les autres danseurs, face à face. Un bref regard circulaire m'informe qu'Imogen n'a pas tardé à se trouver un partenaire de remplacement – en la personne de Gavin. Si je n'avais pas deviné la contrariété de mon ennemie à sa mine, sa raideur, visible de loin, m'en aurait sans doute convaincue. Il va me falloir rectifier le tir le plus vite possible. Pour le moment, j'ai d'autres soucis plus pressants. Je m'apprête notamment à danser avec mon employeur devant une foule de regards critiques. La sueur perle sur mon front et j'ai la nausée. Oh, pour l'amour des saints ! Pourquoi diable ai-je accepté ?

— Gemma, chuchote Elliot.

Sitôt mon regard plongé dans le sien, toutes mes pensées s'évaporent. Un malaise m'étreint quand je remarque le maigre espace qui nous sépare – et qui ne fera que se réduire une fois la danse commencée.

— Faisons comme s'il n'y avait que nous, d'accord ? On va y arriver.

J'ignore qui de nous deux ces paroles sont vouées à rassurer. Quoi qu'il en soit, elles m'aident à garder la tête sur les épaules. Il a raison. On peut le faire. Si c'est la condition pour passer à l'étape suivante, qu'il en soit ainsi. Je m'avance d'un pas. Un rien sépare ma poitrine de la sienne. D'un geste lent, tremblant, je lève la main pour plaquer ma paume contre celle d'Elliot et m'apprête à mêler mes doigts aux siens. Non, pas question, c'est trop intime. Après quelques tentatives maladroites, nous trouvons la position adéquate, les mains chastement jointes. Ma main libre trouve sa place sur l'épaule du roi, qui s'approche davantage, avant de me glisser un bras dans le dos.

Le contact de ses doigts sur ma peau nue, dévoilée par l'échancrure de ma robe, m'arrache un hoquet de stupeur. Dans ma poitrine, mon cœur se met à tambouriner un air tonitruant. À coup sûr, le roi l'entend, lui aussi.

La musique commence. C'est le moment ou jamais. Nos premiers pas ne sont pas en rythme. Mes jambes menacent de se dérober sous mon poids. Mais la chaleur de sa paume dans mon dos m'aide à me concentrer et à retrouver l'enchaînement de pas suivants. Après quelques mesures, nous prenons le rythme. Danser et pivoter se révèle plus facile. Je garde la tête légèrement orientée vers la droite tandis qu'il tourne la sienne vers ma gauche. Notre posture est à la fois courtoise et distante, comme le veulent les convenances.

Peu à peu, je me calme. La danse me paraît plus naturelle, comme si je commençais à me l'approprier. L'air de piano joué par Ember se marie à merveille avec le violon qui accompagne nos pas. Un sourire se dessine sur mes lèvres. Mes pieds me semblent plus légers. Elliot doit ressentir la même chose. Sa poigne sur ma main s'est desserrée et la paume qu'il a placée dans mon dos se détend. Je risque un regard vers lui et, au même instant, ses yeux croisent les miens. Lui aussi sourit, mais je discerne une certaine timidité dans son expression. Le rose de ses joues vient renforcer cette impression. Un petit gloussement m'échappe.

— Ne riez pas, souffle-t-il, penché très légèrement de sorte que la musique n'étouffe pas ses murmures.

— Je ne me moque pas de vous, mais de nous deux.

J'ai beau m'efforcer de rester tournée de trois quarts, je ne peux pas m'empêcher de chercher son regard.

— Dites-moi franchement, Gemma.

Il m'appelle souvent par mon prénom en privé, mais l'entendre le faire dans cette pièce peuplée de curieux me donne un frisson. Heureusement que personne ne peut nous entendre.

— Suis-je le pire danseur que vous ayez dû endurer ?

— Non, loin de là.

C'est la vérité. En dépit de ses réserves, il n'est pas moins gracieux que mes précédents partenaires. Il pouffe de rire et son souffle agite mes cheveux.

— Dans ce cas, je n'ose pas imaginer les pauvres empotés qui vous ont marché sur les pieds !

— Vous êtes trop dur envers vous-même, glissé-je, malicieuse.

— Vraiment ?

— Oui. Je sais que vous n'aimez pas votre forme seelie, mais elle vous va à ravir.

Son expression se fait sérieuse. Ses prunelles grenat luisent sous la lumière tamisée de la pièce.

— Mon corps vous plaît donc tel qu'il est ?

Le souffle court, je ravale ma salive. Qui se permet de telles indiscrétions ? Un être faérique, bien sûr. Elliot ne se rend pas compte des conséquences de ses paroles. Cela dit, c'est une question honnête, à laquelle je peux sans doute répondre avec sincérité.

— Oui, il est plutôt à mon goût, je dois le reconnaître.

Il sourit et nous continuons les quelques mesures suivantes en silence, sans nous quitter du regard. Je sens sa main glisser légèrement au creux de mes reins, son pouce effleurer la dentelle de ma robe. A-t-il conscience de son geste ? Je réprime un frisson et je me surprends à me rapprocher. Mon bras se détend et ma main se fait moins crispée sur son épaule, comme si elle avait enfin trouvé sa place. À cet instant, j'ai l'impression que nous sommes seuls dans la salle. Sans prêter la moindre attention aux autres danseurs, nous nous mouvons par instinct. La musique guide chacun de nos mouvements.

J'ouvre la bouche, mais les mots me manquent. J'éprouve une terrible envie de me rapprocher davantage, de plaquer ma joue contre la sienne pour sentir son souffle dans mon cou. Mais je me retiens. Au fond de moi, je reste consciente que nous ne sommes pas seuls, qu'on nous observe, qu'on nous juge. Pour le moment, c'est le cadet de mes soucis, mais je changerai certainement d'avis une fois le morceau fini.

Car, oui, d'une seconde à l'autre, ce moment va s'arrêter. À cette pensée, j'ai le cœur lourd. J'aimerais que cette chanson dure éternellement. Mais je reste lucide. Les plus beaux instants que j'ai vécus n'ont jamais duré. La plupart se sont d'ailleurs mal finis. Est-ce une raison pour ne pas les savourer, cependant ? Je songe au roman que j'ai lu la veille, avec le chien et le petit garçon.

L'illusion en vaut-elle la peine ?

Oui, ça vaut le coup. Le bon comme le mauvais. C'est l'histoire dans son ensemble qui compte.

Dans ce cas, à quoi me sert de fuir l'amour depuis le scandale avec Oswald ? De repousser tout le monde ? De rêver d'une vie recluse en Isola ?

L'air soucieux, Elliot serre ma main entre ses doigts.

— Quelque chose vous tracasse ?

Sans m'en apercevoir, j'ai baissé les yeux et une moue s'est formée sur ma bouche. Un sourire convaincant placardé sur les lèvres, je secoue la tête et plonge le regard dans celui du roi.

— Ce n'est…

Je voudrais prétendre que ce n'est rien, mais je ne peux pas m'y résoudre. Au contraire, ces réflexions sont capitales. Il est temps d'admettre que quelque chose en moi a changé. J'ai développé pour Elliot des sentiments qu'il n'éprouvera jamais à mon égard. Son seul désir est de se débarrasser de son apparence seelie pour redevenir un loup. Combien de fois me l'a-t-il rappelé ? Sitôt le sort rompu, il fuira cet endroit afin de regagner les grottes qu'il aimait tant.

Quant à moi… je le perdrai, comme l'orphelin a perdu son chien. Mais si je suis le petit garçon de l'histoire et Elliot le chien, peut-être puis-je me suffire de l'idée que sa simple présence a rendu ma vie plus belle. En un sens, on pourrait même dire qu'il m'a sauvée. Il m'a rappelé l'importance de s'ouvrir, de livrer à un confident les peines de son passé. Je commencerais presque à retrouver foi en… Je n'arrive même pas à penser le mot. Mais je sais qu'il existe, ce lien fragile qui unit deux êtres. Même si certaines histoires ne sont pas vouées à l'éternité, elles n'en sont pas moins vraies.

Le morceau touche à sa fin. J'éprouve le besoin de lui dire la vérité, de fournir une réponse à la question qui plane toujours entre nous. Nous ralentissons jusqu'à nous arrêter en même temps que la musique et demeurons figés un instant. Je reste cramponnée à sa main, lui garde la paume fermement plaquée dans mon dos. J'inspire profondément.

— Simplement… Je crois que vous allez me manquer, Monsieur le loup.

Il se rembrunit davantage. Il s'apprête à parler, mais c'est le moment où les danseurs doivent se séparer et s'incliner. Je fais la révérence et il m'imite une seconde trop tard. Une fois qu'il s'est redressé, sa confusion reste évidente. Mais, une fois de plus, il n'a pas le temps de répondre. Des applaudissements polis retentissent dans la salle. Dans ma tête, ce son se dresse comme une frontière entre ce moment et le précédent, entre le présent et la magie de notre danse. De ce côté, tout n'est que logique, devoir et accomplissement de notre plan. De l'autre se trouve le merveilleux souvenir que je chérirai à jamais. Mais il doit rester dans le passé.

Le silence revenu, les couples se séparent pour changer de partenaire. Elliot s'avance vers moi.

— Gemma…

— Merci pour cette danse, le coupé-je avec calme et aplomb, cachée derrière mon masque impassible.

Malgré cette façade, mon sourire est sincère et mon cœur, apaisé. Autant que possible, du moins, étant donné le chagrin qui l'étreint.

— J'ai beaucoup à faire. Il est temps de m'y remettre.

Avant qu'il puisse répondre, je tourne les talons. Une boule se forme dans ma gorge, mais je la ravale. À chacun de mes pas, je sens le regard du roi me consumer. J'ai beau me perdre dans la foule, sa chaleur me poursuit.

32

La soirée me semble durer une éternité. Soucieuse de rester le plus loin possible de la piste de danse, je vaque à des occupations qui me confinent au pourtour de la salle, voire à d'autres pièces. Je m'assure auprès du valet de pied et des domestiques que tout se passe bien. Je fais une petite ronde au buffet puis au petit salon, où tout est en ordre. Je me rends ensuite aux cuisines, où Bertha et les cuisiniers m'informent que le repas sera bientôt prêt, puis je supervise les derniers ajustements de la table. Puisque la salle à manger a été réquisitionnée, le dîner se déroulera dans une pièce voisine, plus petite.

Je ne retourne dans la salle de bal que de temps en temps, pour surveiller Elliot de loin. Je préférerais garder mes distances jusqu'à la fin de la soirée, mais je me tiens prête à intervenir si besoin. Par chance, il semble tout à fait capable de jouer son rôle sans mon aide. Je l'aperçois plusieurs fois en pleine conversation et, surtout, il danse comme prévu avec Imogen. Depuis le coin de la pièce, je le regarde faire tournoyer sa cavalière sur la piste dans une polka pleine d'énergie. À en juger par son sourire béat, mon ennemie jurée n'est pas rancunière d'avoir été éclipsée pour la première danse. Tant mieux. Avec un peu de chance, elle a déjà tout oublié.

J'étudie le visage du roi, son sourire. Il a l'air à l'aise, presque heureux. Affichait-il la même expression quand il dansait avec moi ? Sur le moment, il me semblait rayonner bien plus encore.

Je coupe court à mes réflexions pour me glisser dans le couloir. Après cette chanson, il sera temps de passer à table. Je ferais sans doute mieux de retourner voir si tout est prêt…

Soudain, un petit bruit capte mon attention. Il vient de l'escalier qui mène aux chambres, à l'étage. Une bouffée de panique m'envahit aussitôt. Si un invité décide d'explorer le manoir et découvre l'état de certaines pièces abandonnées… tout le monde racontera que M. Rochester n'a pas un sou, ce qui pourrait compromettre l'opinion d'Imogen à son égard.

Mais l'inquiétude cède bientôt la place à la tristesse. Car à mesure que je m'avance, il devient évident que le son que j'entends est en fait un gémissement. Des pleurs. À pas feutrés, je gravis l'escalier. Au sommet, j'aperçois une silhouette de petite taille découpée dans la lumière qui vient de l'étage supérieur. Lorsque je m'en approche, l'ombre lève la tête et je reconnais Micah. C'est tout juste si je ne grimpe pas les dernières marches au pas de course pour m'asseoir à ses côtés et enlacer ses épaules secouées de sanglots.

Lorsqu'il se blottit contre moi et gémit de plus belle, les remords m'accablent. À l'heure qu'il est, les enfants devraient être au lit. Se pourrait-il que la musique les empêche de dormir ? Ou Micah regrette-t-il de ne pas participer ? Les résidents du manoir étaient invités au bal comme au dîner, mais presque tous ont préféré rester à l'écart et manger aux cuisines une fois le repas prêt.

— Qu'est-ce qui te chagrine, Micah ? chuchoté-je.

— Ma maman, répond-il d'une voix tremblante. Je ne me rappelle plus à quoi elle ressemble. Je l'ai complètement oubliée.

Mon cœur se serre. Barbe Noire et Grise m'ont parlé des enfants abandonnés par leurs mères quand le sortilège a pris effet. Je serre le petit garçon contre moi et lui m'entoure la taille de ses bras.

— Je suis désolée. Il y a longtemps que tu ne l'as pas vue, je suppose ?

— Oui, mais ce matin encore, j'étais capable de l'imaginer. C'était le dernier souvenir qu'il me restait de… d'avant. Et maintenant, il a disparu.

Ma gorge s'assèche soudain. Pourrait-il s'agir d'une conséquence du maléfice ? Les enfants gardent rarement leurs premiers souvenirs, mais sa façon d'évoquer la perte de celui-ci me glace les sangs. Les yeux embués de larmes, il lève la tête pour m'observer.

— Qu'est-ce qui se passera si personne n'arrive à rompre le sort ? Qu'est-ce qui restera de moi si tous mes souvenirs s'effacent ? Je ne me rappellerai même plus que j'ai eu une maman. Je ne me souviendrai ni de toi ni de ce que je fais dans cette maison de malheur ni même du goût du pain. J'aurai tout oublié !

— Là, là, murmuré-je.

Je lui caresse les cheveux jusqu'à ce qu'il repose la tête contre moi. Bientôt, ses larmes imprègnent la soie de ma robe, mais ça m'est égal. D'autant plus qu'elles se mêlent aux miennes, qui ruissellent sur mes joues. Un profond chagrin me submerge. Je berce le petit garçon qui se cramponne à moi comme si j'étais son dernier repère au monde. Lorsqu'il retrouve son calme et se frotte les yeux, je propose de le raccompagner à sa chambre. Il accepte et nous marchons côte à côte dans un silence solennel.

Un flot d'affreuses pensées se bousculent dans mon esprit. J'ai déjà réfléchi aux conséquences du sortilège. Je me suis imaginé quels seraient ses effets s'il parvient à son terme. Le temps rattrapera Elliot, Barbe Noire, Grise et le reste de la meute. En un éclair, leur peau se ridera, flétrira pour finir par se détacher de leur squelette. Les enfants, eux, échapperont à la mort du fait de leur jeune âge. En revanche, la perte de leur mémoire ne m'avait encore jamais horrifiée de la sorte.

À mesure que j'avance au côté de Micah, ma détermination grandit. Nous allons conjurer ce maudit sortilège. S'il suffisait que je mette un couteau sous la gorge d'Imogen pour l'obliger à accomplir le sacrifice, je n'hésiterais pas un seul instant. Puisqu'elle est censée s'y engager de son plein gré, je vais devoir m'abstenir de la menacer. Quoi qu'il en soit… il faut à tout prix que je lui parle ce soir.

Micah ouvre la porte de sa chambre, derrière laquelle s'étend un vaste espace meublé de quatre lits étroits. À ma grande surprise, l'endroit est propre et bien ordonné. Je me demande quelle allure il avait avant que je ne contraigne les résidents à se mettre au ménage. Trois lits sont occupés par des petits corps, dont je distingue la respiration assoupie. Je me penche à la hauteur de Micah et le prends par les épaules.

— Tout va s'arranger.

La lèvre inférieure tremblante, il m'encercle la taille de ses bras. Je lui caresse le dos jusqu'à ce qu'il s'écarte à contrecœur.

— Tu veux bien rester près de mon lit en attendant que je m'endorme ?

Il est temps pour moi de regagner le rez-de-chaussée pour m'assurer que le dîner se passe bien, mais… mais la requête du petit garçon me semble plus urgente.

— Bien sûr.

Il m'adresse un sourire penaud, puis se glisse sous les draps. Après l'avoir bordé, je m'assieds à même le sol, les coudes sur son matelas. Tout attendrie, je le regarde s'endormir. Je n'ai jamais eu la fibre maternelle ni rêvé d'avoir des enfants – même avant de renoncer au mariage. Mais la vue de la poitrine de Micah, qui se soulève et s'abaisse au rythme de sa respiration, et les couinements canins des enfants assoupis dans la pièce me donnent un aperçu de ce qu'on doit éprouver lorsqu'on est responsable d'un être vulnérable. J'ai beau connaître ces petites créatures depuis moins d'un mois, je m'y suis attachée.

Un enfant s'agite avant de se tourner sur le flanc, face à moi. C'est la petite fille. Elle semble avoir un ou deux ans de moins que Micah – en années humaines, du moins.

Elle cligne des yeux plusieurs fois. Je lui adresse un sourire bienveillant dans l'espoir de ne pas la troubler par ma présence. Les sourcils froncés, elle se redresse pour m'étudier. Je m'approche d'elle à pas prudents.

— Je ne voulais pas t'effrayer, murmuré-je. Micah n'arrivait pas à dormir, alors je lui ai tenu compagnie en attendant qu'il trouve le sommeil.

La tête penchée sur le côté, elle acquiesce timidement avant de se rallonger. Comme Micah, je la borde dans son lit.

— Le roi l'a déjà fait, m'informe-t-elle d'une voix ensommeillée.

Mon cœur fait un bond dans ma poitrine.

— Oh ! Est-ce que… est-ce qu'il le fait souvent ?

— Tous les soirs. Mais vous pouvez le refaire, si vous voulez. J'aime que mes draps soient bien serrés.

Je finis de la border et m'apprête à partir quand elle plonge le regard dans le mien, l'air inquiet.

— Veux-tu que je reste jusqu'à ce que tu t'endormes ?

Elle fait signe que oui.

— Le roi le fait toujours, lui. Il nous raconte des histoires aussi. Sur les loups et les montagnes.

— Je vais rester, décrété-je avant de m'asseoir au bord du lit.

La fillette ferme les paupières et remonte les couvertures jusqu'à son menton. Quelques secondes plus tard, elle relève la tête, les yeux grands ouverts.

— Est-ce que je peux avoir un nom ?

— Un nom ?

Elle jette un regard à Micah.

— Vous lui en avez donné un. Moi aussi, j'en veux un. Le roi m'appelle Mini, mais j'aimerais bien en avoir un autre.

J'éprouve une pointe de remords. Quand j'ai choisi celui de Micah, c'était pour m'attirer ses faveurs, en faire un potentiel allié contre mes ravisseurs. Désormais, attribuer des noms humains à toute la meute du roi me semble de mauvais goût.

Cela dit, je ne les rebaptise pas, je leur offre simplement mieux qu'un vulgaire qualificatif.

— S'il vous plaît, m'implore-t-elle. Ce n'est pas juste qu'il soit le seul à en avoir un.

— D'accord, soupiré-je. Que dirais-tu de… Jenny ?

— Jenny, répète-t-elle avant d'afficher un sourire radieux. C'est joli.

— Comme toi. Maintenant, dors avant qu'on ne réveille les autres.

— Eux aussi, il leur faut des noms.

Je tends la main pour caresser une mèche de ses cheveux blond vénitien.

— Ils en auront bientôt. Allez, c'est l'heure de dormir.

— Vous voulez bien me raconter une histoire ? Avec des loups, comme celles que nous raconte le roi.

Je réfléchis un instant.

— Je ne suis pas sûre d'en connaître, mais j'en ai une avec un chien et un petit garçon.

— Ça fera l'affaire.

Une fois la fillette rallongée, je lui récite à mi-voix un résumé du roman. Dans ma version, cependant, le chien ne meurt pas. Les deux amis vivent heureux pour toujours.

33

Bardée de la même attitude qu'à mon entrée – celle d'un général en guerre –, je regagne la salle de bal. Avec Micah et Jenny, j'ai baissé ma garde, ôté mon armure pour les laisser se faire une place dans mon cœur, où ils demeurent au côté d'Elliot et de tous les autres, que j'ai bien l'intention de sauver de ce satané maléfice. De nouveau en tenue, réfugiée derrière ma fausse personnalité comme dans un char d'assaut, je serre les mâchoires et arme mes lèvres avec les munitions nécessaires à l'aboutissement de mon plan.

Il semble que j'aie manqué la totalité du dîner. Tout le monde a regagné la salle de bal et les danses ont repris. Ce qui doit vouloir dire qu'Elliot a réussi à se retenir d'offenser ou de dévorer les invités en mon absence. Il me faut quelques minutes pour repérer le roi. Au milieu de la foule, il discute poliment avec Imogen. À l'affût du moment opportun pour parler seule à seule avec mon ennemie, je me prépare à passer à l'action. Mais quand la chanson s'achève et que les nouveaux couples se forment, Elliot tend la main à sa prétendante. La danse suivante doit être le galop.

En effet, sitôt le morceau entamé, la paire se met à tourner et sautiller. Discrètement, je me faufile entre les convives en pleine conversation pour m'approcher de la piste. Je surprends quelques bribes d'échanges, dont la plupart concernent le roi.

— M. Rochester et l'aînée des Coleman…

— C’est la deuxième fois qu’ils dansent et ils ont conversé toute la soirée.

— Vous avez vu les regards que lui lance Mlle Coleman ?

— Attendons-nous à des fiançailles imminentes.

— … si j’avais la fortune d’un être faérique de sang royal. De quelle lignée descend-il, au juste ?

À l’autre extrémité de la pièce, j’examine de nouveau la piste. Je constate avec joie que Nina danse gaiement au bras de l’homme que je reconnais comme étant son fiancé. Amelie, elle, a choisi comme partenaire M. Cordell, mon libraire adoré qui, malgré son âge, danse avec une grande élégance. Je regrette d’avoir été si débordée toute la soirée. À part les brèves présentations que j’ai faites entre Elliot et lui, je n’ai pas eu l’occasion de discuter avec M. Cordell. Moi qui avais pourtant hâte que nous échangions nos impressions sur *La Gouvernante et le Comte*… Cela étant, je ne suis pas sûre d’avoir le cœur à parler lecture ce soir. J’ai une mission trop importante à accomplir.

Un verre de vin dans chaque main, Foxglove se glisse à côté de moi.

— Ah ! Si mon partenaire était là… soupire-t-il.

Il prend une gorgée dans une coupe avant de me tendre l’autre. Sur le point de refuser – après tout, je travaille –, je me dis que finalement, le vin parviendra peut-être à me calmer les nerfs. J’accepte le verre, dont je prends une longue gorgée. Aussitôt, le liquide sucré me réchauffe le ventre.

— Votre partenaire, dites-vous ?

— Il s’appelle Fehr. C’est un djinn. Quand j’ai accepté cet emploi, il a préféré rester chez nous, ce qui est sans doute pour le mieux. Dans cette ville, il ne passerait pas inaperçu, si vous voyez ce que je veux dire. À la seule vue de ses avant-bras, n’importe qui succomberait de désir.

Un gloussement m’échappe.

— Vraiment ?

— Vous pouvez me croire, trésor, assure-t-il. D'ailleurs, venez nous rendre visite quand je serai rentré. On habite au palais de Maplehearth, à la frontière entre le Feu et l'Automne. Je suis sûr que la reine Evelyn serait ravie de vous rencontrer.

Je ne vois pas pourquoi la reine de la cour du Feu voudrait faire ma rencontre, mais le geste me touche malgré tout.

— Vous pourriez prendre un peu le soleil chez elle avant de retrouver la fraîcheur en Automne, poursuit-il. Fuir cette affreuse neige un moment.

Sur le point d'arguer que la neige n'est pas si terrible, je me ravise. Depuis quand suis-je une fervente défenseuse de la neige ? Soudain, une pensée vient perturber mes réflexions. Une multitude de cours s'étend par-delà les frontières de celle-ci. Depuis mon arrivée en Faérie, je n'ai connu que celle de l'Hiver, mais je sais qu'il en existe onze, chacune dotée d'une géographie et d'un climat distincts. Au fond, peut-être n'ai-je pas besoin de quitter l'île pour retrouver le soleil de mon enfance. D'autant plus qu'à en croire la manière dont Foxglove compare Vernon aux autres villes, il n'est même pas nécessaire de partir si loin pour échapper aux fers de la société humaine. Et si la liberté dont je rêve était plus proche que je ne le pense ?

Tel un aimant, Elliot attire mon regard. Je ne trouverai rien à ses côtés, si ce n'est une impasse, un adieu. Et encore, à condition de convaincre Imogen de conjurer le sort. Autrement, l'issue sera encore plus terrible… Mais je refuse d'y penser. Je me cache plus étroitement derrière mon personnage.

— Pensez-y. L'invitation reste permanente, aussi bien pour vous que pour… votre employeur colérique, achève le décorateur après un regard à la piste de danse, une grimace aux lèvres.

Mon cœur s'emballe. Interloquée, je me tourne vers lui. À l'entendre, on croirait presque qu'il… qu'il s'imagine qu'Elliot et moi sommes ensemble. Mais il est vrai que les faés ont une conception très différente des relations amoureuses. À la réflexion, peut-être n'y avait-il aucun sous-entendu dans ses propos. Comme Amelie, Foxglove pourrait avoir deviné l'identité secrète d'Elliot, sans se souvenir de son vrai nom. Si c'est le cas, il serait bien sûr logique que le roi soit reçu au palais d'un autre monarque. Sans me laisser le temps de formuler une réponse, l'architecte d'intérieur me fait un clin d'œil avant de tourner les talons pour disparaître dans la foule.

Ses paroles me plongent dans de profondes réflexions, que je m'empresse de balayer à l'aide d'une généreuse gorgée de vin. Quand la musique cesse, j'avale le reste de l'alléchante boisson. Mon verre vide posé sur une table, je me joins aux acclamations, les yeux rivés sur Elliot et Imogen. Après avoir échangé les courbettes réglementaires, le roi guide sa cavalière vers une chaise, à l'autre extrémité de la salle. Sans me montrer, je les regarde se dire quelques mots, le sourire aux lèvres. Puis Elliot s'éclipse, ce qui semble surprendre Imogen. Elle s'apprête à se lever de son siège, mais se rassied, l'air pensif.

Sans me donner la peine de chercher où s'est retiré le roi, je saute sur l'occasion pour aborder mon ennemie. À la vue d'une silhouette postée devant elle, son visage s'illumine, avant de se rembrunir aussi sec.

— Ah, c'est toi, marmonne-t-elle.

De toute évidence, elle m'en veut encore de l'avoir privée, malgré moi, d'une danse avec Elliot.

— Que dirais-tu de marcher un peu ?

Renfrognée, elle refuse de croiser mon regard.

— Tu n'es pas censée travailler ?

Je m'efforce de rester calme et de ne pas relever ses piques.

— Je prends une pause. Et puis, j'espérais avoir une petite conversation… entre amies.

Un rire ironique lui échappe.

— Entre amies ? Laisse-moi rire !

Je ravale un grognement. Visiblement, je vais devoir lui lécher les bottes si j'espère la convaincre de m'accorder un moment. Je m'installe à côté d'elle.

— M. Rochester est complètement tombé sous ton charme, c'est incroyable ! dis-je sur un ton que je veux chaleureux.

— Qu'est-ce qu'il y a de si surprenant ?

— Je n'ai jamais vu qui que ce soit faire tant d'efforts pour s'attirer les faveurs d'une femme. D'abord, il apprend à danser rien que pour t'impressionner. Ensuite, il prend si peur à l'idée de te décevoir qu'il se sert de moi – une cavalière sans intérêt – pour s'exercer.

Lentement, Imogen se tourne vers moi pour m'étudier, la mine sceptique.

— S'exercer, dis-tu ?

— Si tu avais vu sa panique ! Il m'a dit qu'il préférait faire tous ses faux pas avec moi pour être sûr de se montrer parfait au moment de t'inviter.

Les joues roses, elle porte une main à sa poitrine.

— C'est vrai ?

Heureusement que je suis bonne menteuse.

— Oui. J'espère que ça ne change pas ton opinion de lui. Le reste du temps, il est imperturbable. Il faut croire que tu l'as ensorcelé.

— Oh, Gemma ! s'extasie-t-elle en se penchant en avant pour prendre mes mains dans les siennes. Je ne peux plus le garder pour moi. Je suis tombée amoureuse de lui. Je comprends à présent que tu le connais mieux que quiconque. Au début, ça m'agaçait. Mais maintenant… Dis-moi simplement : sais-tu ce qu'il éprouve à mon égard ? A-t-il vraiment des sentiments, comme je commence à le penser ?

Le mensonge danse au bout de ma langue, mais l'angoisse qui me tord les entrailles me réduit au silence. Je me contente de faire oui de la tête, ce qui produit malgré tout l'effet escompté sur Imogen. Elle se pâme si vivement que je crains un instant qu'elle ne glisse de sa chaise. Ses esprits retrouvés, elle se penche de nouveau vers moi et serre ma main de plus belle.

— Ne me tiens pas en haleine, très chère amie. Il a l'intention de me demander en mariage, n'est-ce pas ? Quand tu m'as parlé de lui, tu as dit qu'il cherchait à se marier au plus vite. Est-ce toujours d'actualité ? Compte-t-il le faire bientôt ?

Ses questions me donnent le tournis. Je ne peux pas repousser le moment plus longtemps. Il est temps de passer à l'étape finale. Je libère mes mains de sa poigne pour me lever de ma chaise.

— Viens, il faut que je te parle en privé. Allons chercher ton manteau et faire un tour dans le jardin.

*

Une fois que nous sommes toutes les deux bien emmitouflées, je conduis Imogen dehors, dans les jardins de derrière. Plusieurs couples flânent dans les allées et il nous faut un certain temps pour en trouver une déserte. Sans nous approcher de la roseraie d'Elliot – dont l'accès a été barré aux visiteurs à l'aide de statues et de grands pots de fleurs –, nous nous rendons au bout du parc. Bras dessus bras dessous, nous nous mettons à faire le tour d'une topiaire taillée en forme de faon.

— Bon, tu m'as assez fait mariner, me presse Imogen, la voix légèrement tremblante. Dis-moi vite pourquoi tu m'as emmenée ici.

Je prends une longue inspiration, que je relâche lentement. Un nuage blanc se forme dans l'air glacé. Le froid me fait l'effet d'une caresse apaisante sur ma peau brûlante.

— J'ai un secret à te confier à propos de M. Rochester. Il n'est pas celui que tu crois.

Imogen se tourne si brusquement vers moi qu'elle manque de trébucher.

— Oh non. Ne me dis pas que…

— Il est bien plus encore.

Voilà qui la réduit au silence et crée le suspense dont j'ai besoin pour jouer ma dernière pièce. C'est le moment de la faire chavirer pour de bon et de la prendre au piège. Je marque une pause, me plante face à elle et lui prends les mains, prête à la mettre dans la confidence. Les remords me tiraillent. Ce que je m'apprête à révéler va à l'encontre de la volonté d'Elliot. Au moins, notre pacte ne me l'interdisait pas.

— M. Rochester est le roi unseelie de l'Hiver.

Une exclamation de surprise échappe à la jeune femme, qui pâlit à vue d'œil. L'espace de quelques secondes, elle se contente de me dévisager, incrédule. Lorsqu'elle reprend la parole, sa voix est tendue, sourde.

— Impossible. Le roi unseelie de l'Hiver ? Je ne l'ai jamais vu en personne, mais… mais… il ne s'appelle pas Elliot Rochester. Son nom, c'est… c'est…

Elle cligne des yeux plusieurs fois avant de secouer la tête. À présent, il est temps de mêler quelques mensonges à la vérité.

— Elliot Rochester est son nom seelie. Son nom unseelie – ou faérique, disons –, est perdu.

— Perdu ?

L'air grave, je confirme d'un signe de tête.

— Effacé par une injuste malédiction.

Elle porte une main à ses lèvres.

— Il est… maudit ?

— Une méchante faé lui a jeté un sort pour que tout le monde oublie son nom.

Imogen baisse la main.

— C'est atroce !

— Ce n'est pas le pire.

Je mêle un nouveau mensonge à mes réserves de vérité. Je m'en veux, mais il est trop tard pour me défiler. C'est le moment que j'attends depuis des semaines.

— Il y a peu, M. Rochester a découvert que le sortilège va finir par le tuer. Apparemment, il lui resterait à peine plus d'une semaine à vivre, et encore.

Une main plaquée sur le cœur, Imogen pousse un cri aigu.

— Il va mourir ? Que va-t-il advenir de moi ? De... des liens que nous avons commencé à tisser ? Il n'avait pas l'intention de m'en parler ?

Je pose une main rassurante sur son épaule.

— Il l'a appris très récemment. C'était trop tard, il avait déjà des sentiments pour toi. Il ne sait pas comment te l'annoncer lui-même.

Les larmes aux yeux, elle se dégage de ma poigne. Cependant, au lieu d'éclater en sanglots, elle fulmine.

— Quel gâchis ! Et dire que je lui ai accordé toutes mes faveurs et toute mon attention, alors que j'aurais pu les consacrer à quelqu'un d'autre ! Si j'avais su qu'il risquait de mourir avant de m'épouser, je ne l'aurais même pas regardé !

Une bouffée de panique m'envahit. Je pensais la voir plus émue par la nouvelle, qu'elle aurait le cœur brisé. Au contraire, elle semble perdre tout intérêt. Sans surprise, son amour pour Elliot n'est pas aussi sincère qu'elle le prétendait. J'aurais dû m'y attendre, me douter que ce n'est pas lui qui la séduit, mais l'argent et le prestige qu'il lui offrirait en l'épousant. Au moins, cette confirmation ne rendra que plus jubilatoire le moment où le roi la repoussera. Je n'ai plus qu'à lancer mon dernier appât et remonter ma prise.

— Tu dois être anéantie, dis-je d'une voix pleine d'une pitié que je n'éprouve pas. Si seulement rompre le sort n'était pas si compliqué... vous pourriez vous marier comme tu le souhaites.

Le visage dénué d'expression, elle médite sur le sens de mes paroles. En une seconde, sa colère s'évapore.

— Tu veux dire qu'il est possible de conjurer ce maléfice ?

— Oui, mais c'est très, très dur.

Elle claque des doigts.

— Eh bien, qu'est-ce que tu attends pour me dire quel est le remède ?

— Il faut qu'un être humain s'attache tant à lui qu'il ou elle accepte de sacrifier ce qui compte le plus à ses yeux, expliqué-je, chagrine.

Elle écarquille les yeux.

— C'est tout ? Il suffit de renoncer à une chose qui nous est chère ?

— Celle qui t'est la plus chère.

Les bras serrés contre la poitrine, elle tourne les talons et se met à faire les cent pas avant de s'arrêter, dos à moi.

— Ce devrait être à sa future femme de se sacrifier, déduit-elle après un court silence.

Je m'approche, l'air faussement surpris.

— Tu n'envisages tout de même pas… Ne me dis pas que tu serais prête à rompre le sort ?

La mine déterminée, elle se retourne vers moi.

— Si, je vais le faire. Dès que M. Rochester et moi serons mariés, je procéderai au sacrifice.

Je blêmis. Dès qu'ils seront… mariés ? Mais il n'était pas question de mariage. Leur union ne faisait pas partie du plan.

— Je ne suis pas sûre que tu comprennes, Imogen. Il lui reste à peine une semaine avant que le maléfice ne l'emporte.

— J'ai toujours souhaité des noces expéditives, fait-elle valoir, indifférente.

Il n'y aura pas de noces, espèce d'idiote ! voudrais-je hurler. Au lieu de quoi, je garde une voix égale.

— Ne vaudrait-il mieux pas commencer par rompre le sort ? Ensuite, tu pourras passer tout le temps que tu voudras à organiser le mariage de tes rêves.

Elle lève les yeux au ciel.

— Allons, Gemma, cessons de nous voiler la face !

La panique m'envahit.

— À quel propos ?

— Je ne suis plus toute jeune, nous le savons l'une comme l'autre. Il y a des lustres que j'ai fait mon entrée en société ! C'est un miracle que j'aie enfin trouvé quelqu'un – un roi faérique, qui plus est. Sans compter que j'ai besoin d'argent, ma famille aussi. Nous subsistons grâce à la fortune de feu mon beau-père, mais il n'en restera plus rien d'ici la fin de l'année. Je ne sais pas si tu étais au courant. Quoi qu'il en soit, c'est dit. Je n'ai pas de temps à perdre et, de toute évidence, M. Rochester non plus. Nous allons nous marier sur-le-champ et je vais le libérer de sa malédiction. En plus, étant donné ce que je vais devoir sacrifier, il vaut mieux pour moi sceller notre union avant qu'il ait le temps de se défiler, ajoute-t-elle à mi-voix, une lueur de regret dans l'expression.

Ses mots, associés au désespoir que je perçois dans sa voix, me donnent un frisson.

— À quoi veux-tu renoncer, au juste ?

Sa lèvre inférieure tremble et une larme roule sur sa joue. Elle l'essuie d'un geste rageur.

— Ce qui compte le plus pour moi. La beauté.

J'avais prédit qu'elle ne sacrifierait rien de trop profond. À mes yeux, la beauté n'est pas d'importance majeure. Pourtant, l'entendre le dire et la vue de sa réaction me fait l'effet d'une douche glacée.

— Comment marche ce sacrifice ? demande-t-elle d'une petite voix. Vais-je me condamner à ne jamais devenir belle ? Ou bien perdre mes rares atouts ? L'effet sera-t-il immédiat ou tardera-t-il à se produire ?

Ses questions sapent toute la satisfaction que j'éprouvais à l'idée de la piéger. Quelques instants plus tôt, j'aurais juré qu'elle méritait le sort qui l'attendait. Mais la peur que j'entends dans sa voix, l'idée qu'elle procède réellement au sacrifice…

Je me suis interrogée plusieurs fois sur le fonctionnement de ce sortilège. J'ai réfléchi à ce qui se passerait si c'était moi qui le rompais. Non pas parce que j'envisageais de le faire. Disons que c'était plutôt par curiosité malsaine. Sachant que c'est à la liberté et à l'indépendance que je renoncerais, je me suis imaginée enfermée dans une cage, coincée à jamais sous la garde de mon père ou bien mariée à un homme qui régenterait toute ma vie. Le changement opérerait-il sur-le-champ, cependant ? Me retrouverais-je subitement enchaînée à un inconnu ? Ou ce destin me hanterait-il en attendant de s'abattre sur moi ? Saisie d'un frisson, je lui dis la vérité.

— Je ne sais pas.

— Au fond, aucune importance, renifle-t-elle. Je suis prête à le faire. Compte tenu de la nature faérique de M. Rochester, je vais formuler des vœux de mariage qui l'obligeront à m'aimer et à rester avec moi pour l'éternité. Il n'aura pas le droit de m'abandonner. Tant que nos vœux l'empêchent de me rejeter une fois le sacrifice accompli, je m'engage à le délivrer.

Soudain, j'ai la nausée. Des vœux de mariage… C'est le prix à payer pour sauver la vie d'Elliot. Pas un seul instant je n'ai envisagé que mes manigances se solderaient par leur union. J'étais censée la convaincre de tomber amoureuse du roi, pas de l'épouser.

Une fois de plus, j'aurais dû réfléchir, anticiper. Imogen a beau être mesquine, elle est désespérée. Elle n'a rien de l'idiote en mal d'amour que j'imaginais, au contraire. Au fond, elle est… elle est comme moi. C'est une survivante prête à tout, endurcie par son expérience de la vie, déterminée à parvenir à ses fins, quoi qu'il en coûte. Certes, je n'ai aucune affection pour elle et j'ai horreur de la manière dont elle traite les gens, moi y compris. Mais je la comprends enfin.

Pour s'assurer un avenir meilleur, elle est prête à mener tous les combats, toutes les manigances et toutes les négociations. Même s'il lui faut renoncer à une partie d'elle pour y parvenir.

Malheureusement, c'est aussi mon cas.

34

Quand je raccompagne Imogen à l'intérieur, je me sens vide. Nous n'échangeons plus une seule parole, pas même au moment de nous séparer à l'entrée de la salle de bal.

Dorénavant, nous avons toutes les deux un fardeau à porter. Elle, la crainte de son sacrifice imminent, moi, la nouvelle que je vais devoir annoncer à Elliot. Une nouvelle qui m'accable un peu plus à chaque instant.

Par chance, la salle de réception s'est considérablement vidée pendant mon absence, ce qui signifie que les festivités se terminent enfin. En revanche, je ne vois pas Elliot, même quand la dernière chanson s'achève. Il n'est pas non plus dans le petit salon, où un petit groupe d'invités s'est installé pour discuter. À bout de patience, je suis à deux doigts de mettre tout le monde dehors. Je suis si exténuée que l'idée d'endurer cette soirée une minute de plus m'est insoutenable.

À la réflexion, qu'est-ce qui m'empêche d'y mettre un terme ? À quoi bon m'obstiner à faire semblant, à jouer l'hôtesse dévouée pour ces misérables ? Le bal nous a permis d'atteindre notre but – le piège est tendu, la proie a mordu à l'hameçon et une seule issue s'offre à nous. Une issue qui me fait bouillir et me donne envie de hurler. Cette rage canalisée, j'entre dans le petit salon d'un pas tranquille.

— M. Rochester, notre hôte, vous remercie tous d'être venus, mais la soirée est terminée. Le valet de pied va vous raccompagner. Bonsoir.

Je n'attends pas de recevoir leurs plaintes et voir leurs regards indignés. À la place, je me rends dans la salle de bal pour transmettre le même message à chaque groupe de traînards. Heureusement, Foxglove, Amelie et M. Cordell semblent avoir déjà pris congé. Je n'aurais sans doute pas trouvé la force de leur offrir les aimables aurevoirs qu'ils méritent. Difficile quand on est aveuglé par la colère.

Pour finir, je me dirige vers le groupe d'Imogen. Sa mère tape du pied avec impatience. Mon père, lui, fait semblant de ne pas me voir. Ember me gratifie d'un sourire amical et Clara bâille sans retenue, avachie. Nina a disparu, ce qui doit vouloir dire que son fiancé l'a reconduite à la maison. Les bras croisés, Imogen parcourt des yeux la pièce désormais vide.

— Bon, je suppose qu'il est temps de prendre congé.

— Ton généreux employeur ne vient donc pas nous dire au revoir ? s'étonne mon père, un sourire narquois aux lèvres.

Je lui lance un regard meurtrier.

— M. Rochester s'est déjà retiré, l'informé-je, ouvertement acerbe.

— Et moi qui le prenais pour un gentleman ! fait remarquer Mme Coleman, dédaigneuse. Il n'a même pas la délicatesse de souhaiter la bonne nuit à ma fille…

Imogen lui lance un regard presque aussi mauvais que le mien.

— Ce n'est pas grave, mère. Il aura bien assez de choses à me dire à ma prochaine visite.

— Ta prochaine visite ? s'offusque-t-elle. N'est-ce pas plutôt à lui de venir te voir ?

— Peut-être, mais les choses ne se passent pas toujours comme prévu, n'est-ce pas ? réplique sa fille, cinglante. Enfin, ne craignez rien. Tout va finir par s'arranger.

Imogen croise mon regard un instant. Les yeux plissés, elle pince les lèvres pour tenir sa langue. Je lui ai révélé que le sortilège empêchait Elliot de s'éloigner du manoir et lui ai fait promettre de ne répéter mes confidences à personne. Si elle tient à sa demande en mariage, elle va devoir venir la chercher ici. Une nouvelle bouffée de rage m'envahit.

— Décidément, c'est un original, marmonne Mme Coleman.

— Je n'en attends pas moins de la part d'une faé, opine mon père avec un rire glacial.

— Allons-y, puisque c'est comme ça, décrète son amie, indignée. Inutile de s'éterniser.

Ils se dirigent vers la sortie. Ember, elle, s'attarde un instant.

— Merci de m'avoir permis de jouer ce soir. Je ne m'étais pas amusée autant depuis des années.

Je lui souris, mais le cœur n'y est pas.

— Merci à toi de nous avoir fourni la musique. Tu as rendu un grand service à mon employeur.

Elle fronce les sourcils.

— Quelque chose ne va pas ?

L'inquiétude dans son regard manque de me faire flancher. Toute ma colère s'évapore pour laisser place au chagrin. Impuissante, je me contente de faire non de la tête.

— Ember ! siffle Imogen.

Elle claque des doigts pour faire signe à sa demi-sœur de suivre. La jeune fille semble vouloir ajouter quelque chose. Heureusement, elle s'en abstient. Je ne pourrais pas supporter sa compassion une seconde de plus. J'ai déjà les larmes aux yeux. Elle serre ma main dans la sienne.

— Merci encore, chuchote-t-elle avant de rejoindre le reste du groupe en trottinant.

Paralysée, j'écoute les derniers invités se faire escorter à l'extérieur.

*

Maintenant que le calme est retombé sur le manoir, que ses résidents sont couchés et les domestiques engagés pour l'occasion sur le chemin du retour ou prêts à s'installer dans les chambres mises à leur disposition pour la nuit, je peux enfin partir à la recherche d'Elliot. Le retrouver s'avère plus difficile que je ne l'imaginais. Je ne trouve aucune trace de lui ni dans les jardins, ni dans le petit salon, ni même dans les cuisines. Je poursuis mon inspection à l'étage. Où a-t-il bien pu se cacher ? Faute d'indices, je me dirige vers la bibliothèque. Ses quartiers sont tout près, mais je n'ose pas les fouiller. J'espère tout de même qu'il n'est pas encore couché, car je ne vais pas pouvoir me retenir d'exploser bien longtemps.

Les chandeliers de la bibliothèque diffusent sur ses étagères une lumière tamisée. La salle, en revanche, est déserte. Je commence à perdre espoir. Que faire, à présent ? Elliot m'a-t-il vraiment abandonnée, livrée à mon sort ? Une pointe d'agacement commence à me titiller, ce qui m'aide à évacuer la rage et le chagrin qui m'accablaient jusque-là.

Abattue, je cherche du réconfort auprès de mes compagnons silencieux. À pas lents, je parcours la salle en effleurant la reliure des livres.

— Ah, vous voilà ! J'aurais dû m'en douter.

Je fais volte-face pour lancer à Elliot un regard assassin.

— Où étiez-vous, bon sang ?

Il sourit, comme si ma réaction l'amusait.

— Je vous cherchais. Et je me cachais.

Bien qu'il soit encore chaussé de sa prothèse, il a ôté sa veste et son gilet, sa cravate pend mollement à son cou et le col de sa chemise, déboutonné, dévoile le haut de sa poitrine. Je détourne le regard pour me concentrer sur les titres disposés sur l'étagère devant moi.

— Vous avez surtout dû vous cacher, alors. Il y a au moins une heure que je vous cherche partout.

Il entre dans la pièce et s'approche timidement.

— Pardonnez-moi, dit-il avec sincérité. Je n'en pouvais plus de faire semblant. Un sourire forcé de plus et mes lèvres se seraient fendues en deux ! Et puis, je ne vous ai pas revue une seule fois après notre danse. Je commençais à m'inquiéter.

Je lui coule un regard fugace.

— J'étais pourtant là. Et chaque fois que je vous ai vu, vous sembliez n'avoir aucun mal à jouer la comédie.

Je regrette l'amertume qui teinte le ton de ma voix.

— Pensez-vous que j'aie réussi à convaincre Imogen ?

Un malaise m'étreint.

— Oui. C'est justement pour cette raison que je vous cherchais.

Il se pince l'arête du nez.

— Laissez-moi une minute, m'implore-t-il. J'en ai assez soupé, d'Imogen Coleman.

Je hausse les épaules.

— C'est vous qui en avez parlé. Et il faut qu'on discute de…

— Pitié.

Il plonge le regard dans le mien. Il semble aussi vidé et abattu que je le suis à l'intérieur.

— Profitons un instant d'être seuls.

Je m'oblige à tenir ma langue. La tête rejetée en arrière, le roi ferme les yeux, comme s'il savourait le silence entre nous. Lorsqu'il se redresse, un sourire en coin se dessine sur ses lèvres. Avec lenteur, il me tend la main.

— M'accordez-vous cette danse ?

Mon cœur s'affole subitement.

— Le bal est fini, monsieur Rochester.

— Allez, pour me faire plaisir, me presse-t-il d'une voix grave, à la fois lasse et malicieuse. Vous m'avez forcé à danser et parler à des gens que nous détestons tout autant l'un que l'autre. C'est la moindre des choses.

Je croise les bras.

— Je pensais avoir déjà fait ma part en dansant avec vous tout à l'heure.

Le bras toujours tendu, un sourire espiègle aux lèvres, il ne dit rien. Je sens ma bouche s'étirer malgré moi. Incapable de bouder plus longtemps, je me résigne à poser la main dans la sienne pour le laisser m'attirer près de lui. Aussitôt, nous réduisons à néant l'espace que nous avions conservé en public. Son torse frôle ma poitrine et il me glisse un bras autour de la taille avant de le caler dans la courbe de mes reins. Nos paumes pressées l'une contre l'autre, Elliot mêle ses doigts aux miens, un geste intime que nous n'aurions pas pu nous permettre devant les invités. À vrai dire, nous ferions mieux de nous en abstenir, mais je suis trop exténuée pour m'en soucier, pour protester ou analyser cet instant. Je n'ai qu'une certitude : je me sens à ma place près de lui, la tête posée sur son épaule tandis qu'il nous fait tourner lentement au gré des battements de nos cœurs. Nous ne dansons ni la valse ni la polka. Nous nous balançons simplement au rythme qui nous semble naturel, une chose que les faés sont sans doute les seules à faire lorsqu'elles dansent.

Sans que j'en aie conscience, ma main libre quitte son épaule pour glisser sur sa nuque. Avec douceur, Elliot enfouit la joue dans mes cheveux. Je sens son souffle chaud au creux de mon oreille. Il me serre plus étroitement contre lui et promène sa main dans mon dos jusqu'à ce que ses doigts effleurent ma peau nue. Leur contact et la chaleur de sa peau contre la mienne déchaînent ma fréquence cardiaque. Malgré moi, je me demande ce que j'éprouverais s'il ne me touchait pas du bout des doigts, mais avec sa main entière. Et pas seulement le dos, mais… partout.

Il inspire profondément et, lorsqu'il prend la parole, je sens sa voix grave vibrer dans mes veines et d'un bout à l'autre de mon squelette.

— Comment se fait-il que vous sentiez toujours le grand air et la neige ? Tout ce que j'aime ?

Tout ce qu'il aime… Le dernier mot déclenche des palpitations dans mon cœur. Mes doigts se cramponnent à sa nuque. Je m'écarte de quelques centimètres pour plonger les yeux dans les siens. La tendresse dans son regard me fait fondre de plus belle, mais elle éveille en moi une soudaine timidité.

Désormais, je suis pleinement consciente de sa présence, de la proximité de son corps, de mes mouvements. De ce que j'aimerais faire avec lui, du désir dévorant qu'il éveille en moi. Je suis tétanisée de la tête aux pieds. Elliot se fige à son tour et soutient mon regard, l'air inquiet. Il bouge les lèvres comme s'il s'apprêtait à parler. Sans lui en laisser le temps, je me dégage pour reculer d'un pas et reprendre mes esprits.

— Bien, ça suffit, décrété-je d'un ton que je veux égal. Il est temps de parler de la suite.

Le roi semble sur le point d'objecter, mais finit par fermer les yeux. Avec un soupir résigné, il acquiesce avant de se diriger vers l'un des coins salon. Il s'installe dans un fauteuil et me fait signe de l'imiter.

Au lieu d'obéir, je joins les mains au niveau de ma taille et reste à quelques pas de lui. La distance me paraît glaciale, mais elle est nécessaire. De toute évidence, je ne peux pas me faire confiance quand il est si près. Mon refus semble le préoccuper. L'appréhension se lit dans son regard. Il pâlit subitement.

— Que se passe-t-il ?

Aussi stoïque que possible, je lui raconte tout.

35

À la fin de mon discours, l'expression d'Elliot est meurtrière.

— Il faut que… que je l'épouse ? s'indigne-t-il.

Je m'efforce de garder mon calme.

— Oui.

Les poings serrés, il plonge le regard dans le mien.

— Quand vous m'avez exposé votre plan, il n'a jamais été question de mariage. Vous disiez qu'elle allait rompre le sort et que je n'aurais plus jamais à la revoir.

— Je le pensais, assuré-je sur un ton que je veux contrit.

Sans succès. À la place, j'ai l'air vide – aussi vide que je me sens.

— Savez-vous ce que ça signifie ? Les vœux qu'elle souhaite formuler m'interdiront de l'abandonner. Si j'accepte, nous ne serons pas mariés par un simple contrat. Ma nature faérique m'oblige à tenir mes promesses. Je serai lié à cette humaine pour l'éternité.

Sa façon de dire « humaine » éveille en moi une bouffée d'irritation qui me tire de mon apathie. La mine offusquée, je croise les bras.

— Désolée. Je sais qu'épouser une humaine est la pire chose qui puisse vous arriver.

— L'épouser elle est la pire chose qui puisse m'arriver ! Vous le savez très bien et pourtant… vous avez tout fait pour que ça arrive.

Je lève les mains en l'air.

— Que vouliez-vous que je fasse ? Si j'avais trouvé une autre solution, je m'y serais prise différemment. L'ennui, c'est qu'il ne vous reste plus beaucoup de temps. J'ai fait tout ce que j'ai pu pour la dissuader, mais elle n'a rien voulu entendre.

Il détourne le regard et se passe une main sur le visage, avant de se laisser retomber contre le dossier de son siège. Sa colère s'évapore, ses épaules s'affaissent.

— Vous avez raison, ce n'est pas votre faute.

Je me tords les mains, puis finis par les planter sur mes hanches.

— Alors… vous allez l'épouser ?

J'ai la nausée au bord des lèvres, le cœur qui tambourine comme un fou. Lentement, le roi plonge dans mes yeux un regard triste.

— Pensez-vous qu'il le faille ?

— Je pense qu'il faut faire le nécessaire pour briser votre malédiction. C'est votre meilleure chance d'y parvenir. Je doute que vous en trouviez une autre. À moins de conjurer le sort vous-même, du moins. Mais vous avez dit qu'il n'en était pas question.

Il fuit mon regard et se tortille sur son siège.

— Et vous n'y voyez pas d'objection ?

Il pose la question d'une si petite voix qu'il me faut un moment pour la déchiffrer.

— Pourquoi m'y opposerais-je ?

Il reporte le regard sur moi et ouvre la bouche pour la refermer aussi sec.

— Pour rien. Je ne sais pas ce qui m'est passé par la tête.

Renfrogné, il se lève et s'apprête à partir. D'un pas raide, je m'élance à sa suite, le cerveau en ébullition.

— Répondez. C'est ce que vous vouliez. C'est le résultat que vous espériez obtenir.

Il fait volte-face.

— Non. Je n'ai jamais voulu épouser cette garce !

— Pourtant, vous étiez prêt à tout. Vous auriez contraint n'importe qui à rompre votre malédiction. Et vous tenez enfin la candidate idéale ! D'accord, elle a trouvé le moyen de vous piéger à son tour, mais vous n'allez tout de même pas renoncer à cause de ce contretemps. Vous pouvez sûrement user de vos pouvoirs faériques pour contourner des vœux de mariage.

— Non. Je ne peux pas.

— Pourquoi ?

— Parce que ce serait trahir mes véritables sentiments.

Ses mots résonnent dans la pièce et me laissent sans voix. Elliot m'implore du regard.

— Vous ne voyez donc pas ?

Je me mets à trembler de la tête aux pieds. Une boule se forme dans ma gorge.

— Qu'est-ce que je suis censée voir ?

— L'effet que vous avez sur moi. Vous êtes comme les livres. Avec vous, j'éprouve des émotions que je ne connaissais pas sous ma forme de loup, que je découvre tout juste depuis notre rencontre.

Il brûle dans ses yeux un désir dévorant qui contraste avec l'agonie que je lis sur ses traits.

— Je ne comprends pas. Qu'est-ce que vous avez découvert ?

Il pousse un soupir.

— Les faés unseelies ne ressentent pas les émotions comme les seelies. Je vous ai expliqué que la plupart d'entre nous sont mus par leur instinct et leurs passions plutôt que par des émotions profondes.

J'acquiesce. Je me rappelle en effet notre conversation dans la bibliothèque.

— Quand on m'a confiné dans cette apparence seelie, je me suis soudain mis à éprouver des choses terribles. Le regret, notamment. Toutes les vies humaines que j'avais ôtées par vengeance ne me faisaient plus l'effet de victoires, mais de péchés. Voilà pourquoi je détestais tant ce corps, pourquoi j'ai tout fait pour le punir, le priver de confort. C'est pour cette raison que je me trouvais si hideux. Quand vous êtes arrivée dans ma vie, ces souffrances sont devenues plus insoutenables encore et elles ne cessent d'empirer à mesure que j'apprends à vous connaître.

Je peine à suivre le fil de sa réflexion.

— Si je comprends bien… vous détestez l'effet que j'ai sur vous ?

Son expression s'adoucit et il s'approche d'un pas.

— Non. Au début, j'ai eu du mal à le supporter. Je regrettais l'attirance que j'avais pour vous. Car oui, elle est là depuis le départ. L'idée que vous puissiez ressentir la même chose pour moi, pour ce corps, me faisait horreur. Mais ce n'est plus le cas désormais. Certes, je maudis les souffrances que cette enveloppe me fait éprouver. Mais elles s'accompagnent de sensations plus fortes, auxquelles je ne veux plus renoncer maintenant que j'en ai fait l'expérience.

— Lesquelles ?

D'un nouveau pas en avant, il franchit la distance qui nous sépare, puis s'empare de mon visage de ses mains tremblantes. Ses paumes sont chaudes sur mes joues. Il me regarde droit dans les yeux.

— Je vous aime, Gemma.

J'ai l'impression que mes jambes sont à deux doigts de se dérober, que le monde entier va s'effondrer sous mes pieds. Elliot disparaît derrière le voile de larmes qui m'embue les yeux. Ses paroles se répètent comme une litanie dans ma tête. *Je vous aime, Gemma. Je vous aime, Gemma...* Moi qui pensais ne plus jamais vouloir entendre ces mots, je m'en abreuve comme si mon cœur s'était changé en puits aride.

Les yeux fermés, le roi appuie son front contre le mien.

— Dites quelque chose, je vous en prie, murmure-t-il. Vous n'êtes pas obligée de répondre. Envoyez-moi promener, s'il le faut. Dites-moi de ne plus jamais vous parler d'amour et j'obéirai. J'épouserai cette pimbêche et je ne vous importunerai plus. Parlez, dites n'importe quoi… tant que c'est sincère.

J'aimerais lui répondre, mais les mots me manquent. Je suis encore tout étourdie par le tourbillon d'émotions que j'ai éprouvées ce soir – l'euphorie de danser avec Elliot au bal, le chagrin à l'idée de devoir lui dire adieu, la fureur face à la requête d'Imogen, l'angoisse d'avoir découvert ce qu'elle est prête à sacrifier pour la main du roi. Puis l'apathie, la résignation, suivies du plus incroyable des rebondissements… une déclaration d'amour. Et, plus surprenant encore, la joie qu'elle éveille en moi. Un seul mot franchit mes lèvres.

— Elliot…

Le simple fait de prononcer son prénom me coupe le souffle, car il renferme tout ce que je ne me sens pas encore la force de dévoiler. Mes sentiments, mes envies, le désir que je réprime depuis maintenant des semaines. Lorsque je pose les mains sur son torse, le roi se crispe, comme s'il s'attendait à ce que je le repousse. Au contraire, je fais courir mes mains sur sa poitrine. J'en place une à la naissance de sa gorge tandis que l'autre se promène sur sa mâchoire, son menton… Quand mon pouce effleure sa bouche avant de descendre lentement sur sa lèvre inférieure, Elliot frémit.

Tout à coup, nous nous jetons l'un sur l'autre, nos lèvres scellées dans un baiser avide. Pendue à son cou, je l'attire au plus près de moi. Il s'avance et mon dos ne tarde pas à heurter une étagère. Lorsque j'ouvre la bouche, il y glisse sa langue pour caresser la mienne. Nos respirations se font haletantes. Je renverse la tête en arrière afin de savourer plus amplement le contact de ses lèvres, de sa langue, son souffle sur ma peau. Tous ces jours, toutes ces semaines passées à nier mon attirance pour lui se sont accumulés jusqu'à former en moi une insoutenable tension, que le contact de son corps parvient enfin à dissiper. La bouffée de désir qui s'en libère est presque intolérable. La main d'Elliot explore le corsage de ma robe avant de s'arrêter sur l'arrondi de ma poitrine.

Pantelante, je me cambre contre lui. Je regrette la couche de dentelle et de soie qui sépare sa main de ma peau.

Il quitte mes lèvres pour m'embrasser la mâchoire, le cou. Je plonge les mains dans ses cheveux, lui, dans les miens. Bientôt, les pinces qui retiennent ma coiffure volent en tous sens et mes boucles noires cascadent dans mon dos. Quand les lèvres du roi retrouvent les miennes, je glisse une main sous le col ouvert de sa chemise pour caresser les muscles fermes cachés sous l'étoffe. Il se raidit à mon contact, avant de s'écarter de quelques centimètres. Tremblant de désir, il plonge les yeux dans les miens. La même avidité bout en moi. Je me languis de l'assouvir mais, l'espace de cette courte pause, j'entends une petite voix au fond de ma tête. Elle me crie des mises en garde que je ne peux pas me permettre d'ignorer. La gorge nouée, je me recule pour le regarder. Ma tête touche le dos des livres disposés derrière moi.

— Je ne peux pas conjurer le sort, chuchoté-je.

Les bras appuyés sur l'étagère, Elliot pose son front contre le mien.

— Non, mon amour. Je ne te le demanderais jamais.

— Dans ce cas… que va-t-on faire ? Qu'allons-nous devenir, tous les deux ?

— Je connais la solution, dit-il d'un ton résolu.

J'écarquille les yeux.

— Tu ne vas quand même pas… le rompre toi-même ?

Je n'ai pas la force de développer. Il a l'intention de se délivrer lui-même, de renoncer à sa forme unseelie. Une vague de terreur, d'admiration et de gratitude me submerge. Lorsqu'il confirme d'un signe de tête, les larmes me brûlent les yeux.

— Tu es sûr ?

— Je n'ai jamais ressenti une telle certitude.

Il se penche tout près et je l'embrasse. Mon désir redouble – un désir ardent comme jamais je n'en ai éprouvé, exacerbé par l'idée qu'il soit prêt à sacrifier ce qu'il a de plus cher… pour moi. Pour l'amour inattendu qui est né entre nous. Avant de le rencontrer, je n'y croyais plus. Pendant notre valse, durant laquelle mes sentiments pour lui sont devenus une évidence, je me suis résignée à lui dire adieu, consciente que le roi loup ne m'appartiendrait jamais, même si l'on parvenait à conjurer le sortilège. Mais à présent… des possibilités qui me semblaient inenvisageables s'offrent à moi. Il est à moi. Il m'aime. Il va rompre le maléfice.

Mon cœur tambourine dans ma poitrine. Ses battements se répercutent dans chaque centimètre de mon être. Peu à peu, nos baisers se font plus lents, plus tendres. Sa langue caresse langoureusement la mienne et me tire un gémissement de plaisir. Nous devrions nous arrêter là, profiter de cette accalmie pour nous séparer, nous retirer pour la nuit.

Le roi semble partager mes réflexions. Ses lèvres effleurent les miennes, mais il s'attarde un moment avant de s'écarter. Mon cœur se serre déjà à cette idée. Je ne me sens pas prête à le quitter, pas même pour une nuit. À chaque battement de mon cœur, de nouvelles vagues de désir me consument.

— Emmène-moi dans ta chambre, murmuré-je tout près de sa bouche.

Il se raidit.

— Tu es sûre ?

Un sourire mutin se dessine sur mes lèvres.

— Je n'ai jamais ressenti une telle certitude, répété-je avec un soupçon de moquerie.

Radieux, il me prend par la main pour m'entraîner hors de la bibliothèque. Dans les couloirs sombres que nous parcourons, je me sens tout exaltée. La sensation me ramène plusieurs années en arrière, à mes premiers amours. Elle est différente, cependant. Avec Elliot, j'éprouve des sentiments inédits. Un lien s'est forgé entre nous – un lien qui me manquait avec Oswald et mes précédents flirts.

Non loin de la bibliothèque, nous gagnons une porte dont le roi pousse le battant. Elle renferme une spacieuse chambre à coucher. Au milieu, entouré de tapis moelleux, trône un lit fait avec soin. Un feu brûle dans l'âtre. Elliot ferme la porte avant de se tourner vers moi, un sourire timide aux lèvres. L'expression lui donne l'air plus jeune que jamais – à croire que l'écho de ses premiers amours l'enivre tout autant que moi.

— C'est ma chambre, explique-t-il, les joues rosées.

— Je m'en doutais.

Ma voix chevrote. Maintenant que nous sommes dans sa chambre, une certaine timidité me gagne à mon tour. Cependant, mon désir reste intact. Il fourmille dans tout mon corps, mais il est plus doux, plus voluptueux. Je pose les mains sur les épaules du roi et plonge les yeux dans les siens. Je m'attends à ce qu'il m'embrasse, mais il hésite.

— J'ai un aveu à te faire, dit-il, de plus en plus rouge.

Je fronce les sourcils.

— À quel propos ?

Une grimace aux lèvres, il semble redouter ce qu'il s'apprête à révéler.

— Je n'ai jamais… commence-t-il avant de se racler la gorge. Je ne me suis jamais accouplé sous ma forme seelie.

Je me retiens d'éclater de rire, consciente que ma réaction ne ferait que le gêner davantage. À la place, je me contente de sourire.

— Déjà, tu ne vas pas « t'accoupler » avec moi, mais me faire l'amour. Ensuite, je peux t'aider à… à te familiariser avec la chose.

Un sourire coquin étire les lèvres d'Elliot, qui se détend.

— Dis-moi ce que tu aimes, chuchote-t-il.

Je lui embrasse l'angle de la mâchoire, puis le lobe de l'oreille.

— Déshabille-moi.

Il s'écarte pour considérer ma robe de bal, qu'il m'a si gentiment commandée sur mesure.

— Je ne sais pas trop comment m'y prendre, admet-il, sceptique.

Lentement, je lui tourne le dos pour qu'il soit face aux fermoirs.

— Tant mieux. J'aime prendre le temps.

Il porte les mains à mes épaules, avant de les laisser glisser le long de mon dos, jusqu'en bas du corsage. Malgré son manque d'expérience, il détache les agrafes avec aise. Dans le silence qui règne, je sens son souffle agiter mes cheveux. Une fois le dos de ma robe entièrement défait, Elliot passe les mains sous le tissu des manches, qu'il retire en me caressant les bras. Il n'a plus qu'à tirer le jupon sur mes hanches pour que le vêtement tombe sur le sol telle une flaque de soie et de dentelle. Sans me retourner, j'incline la tête de manière à plonger les yeux dans les siens. Il m'embrasse dans le cou.

— À part ça, qu'est-ce que tu aimes ?

Le souffle court, je m'empare d'une de ses mains pour guider sa paume sur ma poitrine. Il déploie l'autre sur mon ventre et je la conduis à la zone sensible entre mes cuisses. Serré contre moi, Elliot promène ses lèvres sur ma clavicule. Je tourne la tête pour lui laisser tout loisir de m'embrasser, puis ferme les yeux quand ses caresses, d'une lenteur insoutenable, éveillent en moi un feu dévorant.

Mes jambes se mettent à trembler, mes genoux sont sur le point de flancher. Un gémissement m'échappe. Sa poigne se fait plus ferme et je sens le bout de ses dents frôler la peau de mon cou.

— Gemma, dit-il dans un souffle.

Un soupir si tendre, si mélodieux que mon cœur s'affole dans ma poitrine, consumé par une vague de plaisir brûlant.

Je pivote vers lui pour me saisir de sa cravate dénouée, dont je le libère avant de la jeter par terre. J'entreprends alors de déboutonner sa chemise. Mon œuvre accomplie, je lui ôte le vêtement puis fais courir mes doigts sur toute la surface de son torse, que j'explore comme une carte au trésor. Je savoure la chaleur de sa peau, la fermeté de ses muscles, son odeur boisée. Quand mes mains s'aventurent plus bas, vers la ceinture de son pantalon, il arrête de respirer. Je marque une pause pour plonger les yeux dans les siens. J'y trouve une indéniable vulnérabilité.

— Tu vas… tu vas tout voir, murmure-t-il d'une voix tremblante.

Il me faut un certain temps pour comprendre son inquiétude soudaine. La révélation me vient tout à coup : sa jambe. Une main toujours sur sa hanche, je remonte l'autre pour la poser sur son cœur battant.

— Je sais. Tu n'as rien à craindre. C'est ce que je souhaite.

Après un profond soupir, il ôte ma main de sa poitrine pour la serrer dans la sienne. De nouveau tout intimidé, il me conduit au lit. Plantée devant lui, nue, je le regarde s'asseoir au bord puis retirer son pantalon. À la vue d'un certain membre – et je ne parle pas de sa jambe de bois –, mon cœur s'emballe de plus belle. Un sourire malicieux aux lèvres, je plante le regard dans celui d'Elliot. L'hésitation est encore visible sur son expression, mais ma réaction semble l'encourager. Sans me quitter des yeux, il détache la prothèse avant de la poser doucement sur le sol. Il reste assis, immobile. Une interrogation se lit sur son visage. « Mon corps est-il toujours à ton goût ? » semble-t-il demander. À moins que ce ne soit : « Est-ce que tu m'aimes encore ? »

Je l'étudie centimètre par centimètre avant de m'attarder sur sa jambe amputée. Au niveau du genou, où elle s'achève, la peau est plissée par des cicatrices, mais le reste est lisse. Le spectacle ne me trouble pas le moins du monde. Au contraire, il me fascine un peu. Quoi qu'il en soit, son moignon semble tout aussi naturel que le reste de son corps. Il n'est pas moins beau que ses oreilles en pointe, ses yeux couleur grenat ou son imposante carrure.

Je m'approche pour me poster entre ses jambes. La tête en arrière, il me caresse les mollets, les cuisses. Je me penche afin de l'embrasser tendrement sur les lèvres.

— Tu es très beau, Elliot.

Il pousse un soupir tremblant, puis remonte les mains sur mes hanches. Nos baisers se font de plus en plus fougueux. J'entrouvre la bouche pour lui permettre d'y glisser sa langue, avant de monter à califourchon sur lui. Il m'empoigne par les fesses pour nous installer au milieu du lit. Ses mains se perdent dans mes cheveux tandis que je me déhanche contre son bassin, impatiente d'approfondir notre lien, de sentir pleinement sa chaleur, sa virilité. Lentement, je m'empale sur lui jusqu'à ce qu'il me comble. Une vague de sensations se déclenche en moi, mêlée aux palpitations de mon cœur prêt à déborder.

— Bon sang ! gémit-il. Comment ai-je fait pour vivre sans un plaisir pareil ? Sans toi ?

J'engloutis sa question en capturant sa bouche. Elliot change de position afin de s'étendre sur moi, en appui sur les coudes. Nous nous remettons à chalouper d'une manière nouvelle. Pour l'attirer plus près encore, je passe les jambes autour de sa taille et lui enlace les reins de mes bras. Bientôt, nous trouvons une cadence familière. C'est comme si nous n'avions jamais cessé de danser dans la bibliothèque. Nous ondulons l'un contre l'autre et, peu à peu, un brasier dévorant me consume. Je plonge les yeux dans les siens pour admirer le grenat de leurs iris, je savoure le désir que j'y lis pour moi à chaque battement de nos cœurs. Ils tambourinent en parfaite harmonie jusqu'à ce qu'une explosion de plaisir nous submerge au même instant.

36

Trempés de sueur et épuisés, Elliot et moi nous allongeons sur son lit, dont nous avons repoussé les draps. Il fait bien trop chaud dans la pièce pour se couvrir. Je pose la tête sur sa poitrine, un bras en travers de son torse, et j'entortille une jambe autour de la sienne. Bercée par le rythme de son cœur et les mouvements de sa main qui me caresse les cheveux, je me sens profondément détendue. Chaque centimètre carré de ma peau en contact avec la sienne brûle comme un soleil et le rougeoiement des braises se charge de réchauffer le reste de mon corps exposé à l'air libre. Les yeux fermés, je me love plus près d'Elliot. Il me plaque un baiser sur le front.

— J'ai vécu plus de mille ans. Pourtant, j'ai l'impression que ma vie commence tout juste, confesse-t-il à mi-voix. C'est donc ce qu'on ressent quand on goûte à l'éventail d'émotions et de sensations dont jouissent les êtres humains ?

Je me redresse et pose le menton sur son torse pour le regarder. Du bout de l'index, je trace les contours de sa mâchoire barbue.

— La vie est-elle si différente sous ton apparence unseelie ?

— Oui. Avant, j'étais d'ailleurs fier de ne jamais m'être transformé.

— Les faés choisissent-elles souvent de rester sous leur forme unseelie toute leur vie ?

Il confirme d'un hochement de tête.

— Il y a très longtemps, c'était notre seule option. Seelie et unseelie étaient encore des concepts inconnus. Nous n'étions que des créatures, des esprits, plus complexes que les animaux, mais très différents des êtres humains. Dès leur arrivée sur l'île, leur présence a commencé à nous affecter. Certaines faés les ont pris pour modèles. Elles ont adopté leur voix quand on leur a enseigné la parole humaine, changé de silhouette pour porter leurs vêtements. C'est de là qu'est née notre capacité à adopter des formes seelies, puis à éprouver des émotions et des sentiments humains. Mais tous mes congénères ne jugeaient pas cette aptitude comme un don. Ceux qui ont conservé leur apparence d'origine se sont appelés unseelies et le fossé qui s'est créé parmi les faés a entraîné des conflits et alimenté les guerres qui nous opposaient aux humains. C'est malheureux, mais j'ai passé ma vie entière à me battre contre leur espèce. Si ça n'avait tenu qu'à moi, on les aurait éradiqués ou du moins chassés de l'île.

Ses paroles me donnent des frissons. Quand je me suis lancée en quête du 33 Whitespruce Lane, c'est un loup manipulateur qui a croisé mon chemin. Je n'ai donc aucun mal à imaginer cette version de lui, froide et cruelle. Il n'y a pas si longtemps, il méprisait encore l'humanité. Est-il possible qu'il ait tant changé en si peu de temps ? Ou suis-je la seule, de toute mon espèce, qu'il ait appris à estimer ? Il semble lire l'inquiétude sur mon visage. Il roule sur lui-même pour me faire face.

— Tu m'as changé, Gemma. Tu as fait de moi un homme que je ne pensais pas vouloir devenir. La douleur, le plaisir… jamais je n'aurais imaginé souhaiter les éprouver, ou les préférer à la liberté de l'ignorance. En effet, ça a influencé le regard que je porte sur les tiens. Pour le moment, je n'en ai pas rencontré beaucoup qui méritent mon respect ou mon affection, mais je suis prêt à croire qu'ils ne sont pas tous pareils, comme tu l'affirmes.

Je lui pose la main sur la joue. Il incline la tête pour m'embrasser le poignet.

— Toi aussi, tu m'as changée. Tu m'as rappelé ce qu'est la confiance, que mes souffrances passées ne m'interdisent pas d'éprouver un jour l'amour. Après coup, je me sens idiote d'avoir presque renoncé à vivre à cause d'un homme.

— Dois-je en conclure que tu n'as plus l'intention de partir ? demande-t-il, une lueur d'incertitude dans le regard. Tu as le droit. Je sais que ta terre natale te manque. Je ne te retiendrai pas ici, malgré tout l'amour que j'ai pour toi...

Je pose l'index sur ses lèvres.

— Je n'irai nulle part. L'indépendance n'exige pas de s'enfuir pour vivre en ermite. Je peux être libre tout en vivant en communauté. Je ne pardonne pas le monde des humains pour autant, mais j'ai le sentiment que la Faérie est bien plus vaste que ce que j'en ai vu jusqu'ici. Et, même si je découvre que toutes les villes de l'île sont aussi étouffantes que Vernon, eh bien... je t'aurai toujours toi.

— Oui, mon amour. Je suis à toi et je le serai aussi longtemps que je vivrai.

Il m'embrasse. Ses mains parcourent mon dos comme s'il cherchait des terres inconnues qu'il n'a pas encore revendiquées. Je fais la même chose. J'explore ses muscles, ses cheveux, je goûte le sel de sa peau. Se réveille une étincelle de désir que nous continuons d'attiser tard dans la nuit, jusqu'à ne plus pouvoir bouger le moindre muscle et nous endormir dans une douce étreinte.

*

À mon réveil, je suis seule. Dans cette chambre inconnue, éclairée par les premiers rayons du soleil qui filtrent par les fenêtres, il me faut un moment pour me rappeler où je me trouve. Quand tout me revient brusquement, je me détends. Au souvenir de nos ébats de la veille, je serre les cuisses. Le bras tendu, je roule sur le flanc pour chercher à tâtons un peu de chaleur laissée par Elliot. Mais son côté du lit est froid. Seul un léger creux indique où il était étendu.

Où est-il passé ? Subitement, je me redresse quand la réponse s'impose à moi. Le sortilège ! Il a dû partir le rompre. Je repousse les draps en désordre pour me ruer à la fenêtre. D'ici, la vue est très différente de celle de ma chambre. On ne voit pas le jardin, seulement la forêt et la cime des montagnes voisines. Je repère ma robe de bal sur le sol et m'empresse de la revêtir avant de quitter la pièce, à l'affût du moindre signe du roi. Mais les couloirs sont déserts. Après un bref détour par ma chambre pour enfiler bas, bottes et cape, je me précipite au rez-de-chaussée pour me rendre droit aux jardins.

Comme je l'avais prédit, Elliot se trouve dans la roseraie, assis sur le banc. Il a remplacé sa jambe de bois par sa béquille et ne porte rien de plus qu'un pantalon et une chemise – les vêtements que je lui ai ôtés la veille, à n'en pas douter. À cette pensée, une bouffée de chaleur m'envahit, mais la vue de la posture du roi ne tarde pas à l'étouffer. J'espérais le voir arborer un sourire triomphant ou en proie à une agitation fébrile. Hélas, il est nimbé de l'aura caractéristique de l'échec.

Les coudes appuyés sur les genoux, les épaules avachies, il tient un pétale de rose. La terreur me prend aux tripes. Craignant le pire, je porte aussitôt le regard à la fleur. Elle a beau faner peu à peu, elle compte encore quelques pétales intacts. D'un pas lent, je m'avance dans la cour. Elliot croise brièvement mon regard avant de reporter son attention sur le pétale au creux de sa main.

Mon ventre se serre, mon cœur bat la chamade malgré tous mes efforts pour garder mon calme. Quelque chose ne va pas. Je me racle la gorge et tente de parler sur un ton léger, détaché.

— Alors, tu vas le faire ?

L'œil hagard, le roi me jette un bref regard. Lorsqu'il prend la parole, sa voix est rauque.

— Je ne peux pas.

Un vent de panique s'abat sur moi. Mes jambes semblent prêtes à flancher, mais je m'efforce de ne rien laisser paraître.

— Comment ça, tu ne peux pas ? Hier soir, tu as dit que tu connaissais la solution.

Il secoue la tête.

— Je le pensais, dit-il, à fleur de peau. Mais maintenant… Je ne peux plus renoncer à ce qu'exige le mauvais sort. Je sacrifierais tout, mais pas ça.

Mon sang se fige. Glacée jusqu'à la moelle, j'ai l'impression que le monde entier bascule, que je m'apprête à flotter dans les airs pour m'écraser au sol une seconde plus tard. Nous y sommes. C'est le moment où tout s'effondre. Toutes les joies que j'ai connues se sont terminées de cette manière. D'abord, la mort de ma mère, puis la trahison d'Oswald.

Après quelques inspirations tremblantes, je ravale la boule qui m'obstrue la gorge et trouve enfin ma voix. Les mots qui sortent de ma bouche sont un écho de ceux que j'ai prononcés par le passé, le reflet cruel d'une situation dont je pensais m'être remise.

— Tu m'as menti.

— Non. J'avais l'intention de le faire.

Sa voix est si sincère que je le croirais presque. Mais je ne me ferai plus avoir. À quelques mots près, c'est exactement la réponse que m'a fournie le vicomte quand notre liaison s'est ébruitée. Après qu'il avait juré de se battre pour moi.

— Tu m'as roulée. Hier soir…

— Si seulement je pouvais retourner en arrière ! se lamente-t-il en fermant les yeux, la tête rejetée. Revenir dans le temps, avant d'apprendre que tu m'aimes aussi. Effacer tout ce qui est arrivé ensuite. J'aurais au moins l'espoir de retrouver ma liberté sans perdre la seule chose qui compte à mes yeux.

Acérées comme des épines, ses paroles me tordent les entrailles.

— Tu voudrais effacer ce qu'on a fait hier soir ? Tu le regrettes ?

Il plonge de nouveau le regard dans le mien. L'éclat de folie que je distingue dans ses yeux me rappelle le loup que j'ai rencontré dans les bois.

— Tu ne comprends pas. Quelque chose a changé.

Les ombres du passé menacent de me submerger. Elles sont si puissantes que je crains qu'elles ne suffisent à me faire flancher. Je respire lentement dans l'espoir de leur résister. Le cœur bardé contre leurs assauts, je concentre toute ma douleur sur l'instant présent. Les bras croisés, je laisse le chagrin se changer en fureur.

— Au contraire, tout est clair. Maintenant que tu as obtenu ce que tu voulais, tu te rends compte que ça n'en valait pas le coup. Tu es comme Oswald. Dans le feu de l'action, tu fais plein de belles promesses. Mais, quand la réalité te rattrape, tu te dégonfles. Je n'aurais jamais dû te faire confiance.

La béquille calée sous le bras, il se lève et traverse la cour pour venir à ma rencontre.

— Je n'ai pas d'autre solution.

— Donc rien que pour garder ta précieuse forme de loup, tu vas épouser Imogen, répliqué-je, méprisante.

Il fait mine de ne pas saisir – quel culot ! –, mais je continue sans lui laisser le temps de m'interrompre.

— Je comprends, sincèrement. Rien ne compte plus pour toi que ton apparence unseelie. À tes yeux, elle est synonyme de liberté. Je le sais bien. Mais rien ne t'obligeait à me mener en bateau. Tu n'avais pas besoin de mentir pour m'attirer dans ton lit…

— Je n'ai pas menti, affirme-t-il entre ses dents. J'en suis incapable. Et quand bien même, je ne te mentirais jamais.

Je lui jette un regard assassin.

— « Je suis à toi et je le serai aussi longtemps que je vivrai. » Aurais-tu déjà oublié cette promesse ?

— J'étais sincère et je le suis toujours. Tu n'as pas idée. Si seulement je pouvais…

— Quoi ? Faire de moi ta maîtresse ? Me retenir prisonnière dans une caverne pour me rendre visite une fois de temps en temps, quand tu en as assez d'être un loup ? Ou peut-être te glisser dans mon lit après avoir accompli ton devoir d'époux avec Imogen ? Si c'est le cas, tu rêves.

Chaque mot qui franchit ma bouche me lacère le cœur pour laisser derrière lui une plaie béante. Le roi s'avance d'un pas, mais je bats en retraite.

— Ce n'est pas ce que j'essaie de t'expliquer.

— Libère-moi de notre pacte, exigé-je, furieuse. J'ai joué le jeu, mais ça suffit, je n'irai pas plus loin. Tu n'as qu'à finir de mener à bien notre plan sans moi. Je ne veux ni de ton argent ni de tes remerciements. Je ne veux plus jamais te revoir. Libère-moi, c'est tout ce que je te demande. Comme ça, je pourrai faire comme si ce dernier mois n'était jamais passé.

De violents sanglots menacent d'étouffer mes paroles, mais je les ravale. Des larmes de rage ruissellent sur mes joues – des larmes que je préférerais lui cacher.

Le visage déformé par le chagrin, il me regarde m'effondrer sous ses yeux. Soudain, son expression se durcit. Il semble avoir pris conscience d'une chose.

— Tu as raison, reconnaît-il d'une voix éteinte. C'est la seule issue. Mieux vaut se séparer maintenant pour que tu puisses m'oublier.

— Alors, c'est possible ? On peut rompre le pacte ? (Les paupières closes, il fait signe que oui.) Dans ce cas, vas-y.

Il reste figé un moment, secoué de tremblements. Puis il rouvre les yeux. Une nouvelle grimace de douleur déforme son expression, mais il se ressaisit une fois de plus.

— Gemma Bellefleur, je te libère de notre pacte. Je le considère comme accompli et rompu.

Je n'éprouve aucun souffle magique, aucun mystérieux picotement. Rien qui symboliserait la rupture d'un accord faérique. À moins que je ne sois trop hébétée pour m'en apercevoir. Ni une ni deux, je tourne les talons pour me sauver dans l'allée.

— Gemma ! m'appelle Elliot d'une voix tremblante.

Je jette un coup d'œil par-dessus mon épaule pour voir son regard implorant. J'ignore de quoi il me supplie, mais ça ne suffit pas à m'amadouer. Au contraire, ma fureur ne fait que redoubler. J'aimerais le faire souffrir, lui faire goûter à la peine qu'il m'a infligée. Mais mes mots sont mes seules armes. La voix suintante du venin qui m'empoisonne le cœur, je lance :

— Va te faire voir, Elliot ! Allez au diable, Imogen et toi.

37

Je passe les jours suivants dans la solitude et le silence. Dans la maison de ville de mon père, ma chambre me fait l'effet d'un tombeau. Ma présence entre ses murs est plombée par l'échec. Je m'efforce de ne pas compter les jours ni les pétales qui doivent tomber dans la cour d'un certain manoir à Whitespruce Lane. Je tente aussi de ne pas comparer cette pièce étroite, bien qu'élégante, aux vastes appartements que j'ai occupés le mois passé ni à ceux où j'ai vécu une unique nuit de plaisir. Sous prétexte d'être souffrante, je prends mes repas dans ma chambre et refuse toute visite. Quand je ne peux pas échapper à la compagnie de mon père ou de Nina, j'endure les regards triomphants du premier et les coups d'œil compatissants de la seconde.

Au bout d'une semaine, malgré tous mes efforts pour oublier, je sais précisément combien de pétales sont tombés et combien restent encore sur la fleur. Si mes précédentes estimations étaient justes, Elliot Rochester n'a plus qu'un jour à vivre avant de succomber à son maléfice.

— Pourvu qu'il ne survive pas, marmonné-je, insensible.

Allongée sur mon lit, je parcours du regard les pages d'un roman. Je n'appellerais pas ça lire, puisque les mots que j'ingère n'ont pour moi aucun sens ni aucune saveur. Mais l'activité me fournit un semblant de distraction. L'effet est de courte durée, cependant. Mes pensées ne tardent pas à vagabonder de nouveau du côté d'Elliot, du maléfice et des pétales de rose.

Je redoute autant que j'attends la chute du dernier pétale. Une fois le compte à rebours terminé, cette histoire sera derrière moi pour de bon. Finis les doutes et les interrogations, les envies folles de rentrer au manoir pour me jeter au cou d'Elliot et lui promettre de le délivrer du sort moi-même.

Je m'en veux d'être aussi faible et irréfléchie dès qu'il est question de lui. Même si le roi méritait mon affection, rien ne vaut la peine de sacrifier ma liberté. Cette affirmation n'a jamais été aussi vraie.

Cela dit, je n'ai aucune raison de croire que le sortilège n'a pas été rompu. Qui sait ? À l'heure qu'il est, peut-être Elliot a-t-il épousé Imogen. Il faudrait être idiot pour attendre le dernier moment. Si ça se trouve, ils se sont même mariés le jour où j'ai fui le manoir. Barricadée dans ma chambre, j'ai évité le plus possible de communiquer avec l'extérieur. J'ai ignoré toutes les lettres d'Imogen, refusé chaque fois qu'elle a demandé à me parler. Sans exactement multiplier les tentatives, elle s'est tout de même présentée assez souvent à la maison pour que je finisse par me sentir malade pour de bon.

Je chasse ces pensées de mon esprit pour reporter mon attention sur mon roman. Concentrée de toutes mes forces, j'approche de la fin d'un paragraphe lorsqu'on frappe rapidement à la porte de ma chambre. Je reconnaîtrais ces coups entre mille. C'est mon père. Sans attendre ma réponse, il ouvre.

— Change-toi. Gavin Aston vient prendre le thé cette après-midi et tu vas le recevoir.

Sans plus d'explications, il s'apprête à refermer. D'un bond, je sors du lit pour me ruer sur la porte.

— Comment ça ? Je ne peux pas recevoir de compagnie. Je suis malade.

Mon père s'esclaffe d'un rire sans joie.

— Tu mens, nous le savons l'un comme l'autre. Je me suis assez plié à tes caprices. Il est temps que tu fasses ton devoir de fille.

Je le dévisage, hébétée.

— Pourquoi M. Aston vient-il prendre le thé avec moi ?

Les lèvres pincées, il agite la mâchoire de droite à gauche avec impatience. Le geste fait frémir sa moustache noire.

— Il souhaite te demander en mariage et tu vas accepter, répond-il à toute allure.

Sitôt le dernier mot prononcé, il tente de fermer la porte, mais je m'empare de la poignée. Une vague de terreur et de rage m'envahit.

— Qu'avez-vous dit ?

— N'essaie pas de discuter, ordonne mon père en élevant la voix. Il m'a déjà demandé la permission et j'ai dit oui. Maintenant que tu es revenue sous mon toit, tu me dois obéissance. Tu vas accepter sa proposition et nous allons mettre ce dernier scandale derrière nous.

Je tombe des nues.

— Comment ça ? De quel scandale parlez-vous ? Je n'ai fait qu'accepter un emploi, qui a pris fin parce que M. Rochester va s'installer ailleurs.

Mon père secoue la tête, un rire jaune aux lèvres.

— Personne n'est dupe, Gemma. Pensais-tu vraiment pouvoir abuser de mon hospitalité en revenant ici ? Reprendre tes mauvaises habitudes et recommencer à envoyer ta candidature en douce ?

Je serre les dents. Je ne peux pas le contredire sur ce point. C'est exactement ce que j'ai l'intention de faire. Du moins, quand j'aurai trouvé la force de sortir de ma chambre et de voir du monde.

— Tu ne sais donc pas ce qu'on raconte à ton sujet ? ajoute-t-il.

Je lève les mains en l'air.

— Je ne suis qu'une femme qui a accepté un emploi. Qu'y a-t-il de si condamnable à ça ?

Les yeux exorbités, il rougit subitement.

— Tu as vécu sous le toit d'un homme célibataire, passé on ne sait combien d'heures en sa compagnie sans chaperon et dansé avec lui à un bal privé alors qu'il courtisait Imogen Coleman. Tout ce que tu as fait est condamnable. Je me moque qu'il cache à tout le monde qu'il est le roi et que les rumeurs qui circulent à ton sujet soient vraies ou non. Une chose est sûre : désormais, plus personne ne t'engagera, à moins que tu n'aies l'intention de proposer tes services à une maison close.

Ses paroles me transpercent le cœur comme autant d'éclats de verre. Le pauvre organe, déjà meurtri, agonise de plus belle. Malgré tout, aucune riposte ne me vient à l'esprit. Rien. Le dégoût dans son regard est tel que je me ratatine devant lui, réduite à un grain de poussière. Qu'est-ce qui a bien pu transformer mon père pour qu'il devienne si cruel ?

— C'est une chance que quelqu'un veuille t'épouser, ajoute-t-il. Tu vas accepter de recevoir M. Aston cette après-midi et, quand il te fera sa demande, tu vas dire oui. Sinon, je te chasse d'ici dès ce soir.

Sur ces mots, il claque la porte. J'ai les jambes si flageolantes que je dois m'appuyer contre le mur. Je cligne des paupières, mais pas une larme ne coule. Elles se sont taries depuis longtemps.

*

Une heure plus tard, je revêts ma personnalité factice avant d'entrer dans le petit salon. Je suis un peu en avance, mais je préfère me préparer dès maintenant au triste sort auquel je suis condamnée plutôt que d'attendre qu'on conduise Gavin Aston à ma rencontre. En m'approchant de l'âtre, je chasse les souvenirs d'une autre cheminée, dans un autre salon, et je m'installe dans un fauteuil qui ne ressemble en rien à celui que j'aimais tant voir occupé par un certain roi grincheux.

À la vue des flammes, mon regard se perd dans le vague. Je m'applique à faire le vide dans mon esprit.

Trop tôt à mon goût, la porte s'ouvre et ma gorge se serre. Tétanisée, je me cramponne aux accoudoirs de mon siège. Mais ce n'est pas Gavin qui entre : c'est Nina. Rassurée, je pousse un soupir et me laisse aller contre le dossier. Ma sœur s'approche et s'assied à côté de moi. Sans avoir à la saluer ni à croiser son regard, je sens la pitié qu'elle éprouve à mon égard. Après un court silence, elle demande d'une voix douce :

— Tu ne vas pas l'épouser, si ?

Le ton de sa voix me laisse perplexe. Est-ce de l'appréhension que j'y décèle ? Ou plutôt des reproches ?

— Que veux-tu que je fasse ?

Elle se penche vers moi.

— Dis non. Il faut que tu refuses.

Cette réponse me prend au dépourvu. Lentement, je plonge le regard dans celui de ma cadette, où brûle une lueur de défi. J'aimerais que la même flamme anime le mien, mais en vain.

— Depuis quand m'encourages-tu à désobéir à notre père ?

— Depuis que je t'ai vue danser avec M. Rochester.

Mon cœur fait un saut périlleux avant de se serrer douloureusement. Je me retourne vers le feu.

— Qu'est-ce que tu racontes ?

Nina se rapproche davantage pour prendre ma main entre les siennes.

— J'ai essayé de te laisser tranquille, de ne pas t'assommer de questions. Mais il est arrivé quelque chose entre M. Rochester et toi et j'aimerais que tu m'en parles.

Je me dégage de sa prise.

— Tu te trompes. Il n'y a rien eu entre nous.

Elle se redresse.

— Je sais ce que j'ai vu, réplique-t-elle sèchement. Les regards que vous vous lanciez. Tous les convives pourvus d'un minimum de jugeote ont dû le remarquer aussi.

Un rire moqueur m'échappe.

— Ça tombe bien, ils n'étaient pas nombreux dans cette catégorie.

— Vous êtes tombés amoureux l'un de l'autre.

Je pivote sur mon fauteuil pour lui faire face.

— Ne dis pas n'importe quoi. Les êtres faériques ne sont pas capables d'aimer comme nous autres. Les contes de faés ne mentaient pas sur ce point.

— Alors, arrête de me repousser et dis-moi ce qui s'est passé ! Je sais que tu souffres et j'ai envie de te soutenir. Je t'aime.

Je t'aime. Ces mots résonnent dans ma tête, prononcés à la fois par la voix de ma sœur et celle d'Elliot. Ils ravivent une blessure encore trop fraîche, trop douloureuse, m'arrachent à ma cachette et réduisent à néant le voile obscur de ma façade.

— Il m'a brisé le cœur, ça te va ? avoué-je, incapable de dissimuler la fêlure dans ma voix.

— Je vois, répond Nina avec calme et délicatesse. Raconte-moi, je t'écoute.

— Je… je ne suis pas la seule concernée. Il y a des choses à son sujet que je ne peux pas révéler.

— Dans ce cas, donne-moi ta version.

Je réfléchis en silence, surprise par le soulagement qui m'envahit à l'idée de lui dévoiler ne serait-ce qu'un fragment de ce que j'ai gardé secret jusqu'ici.

— Je me suis ouverte, finis-je par dire dans un souffle. Je lui ai accordé ma confiance, offert mon cœur. J'ai pensé que les choses allaient marcher entre nous. Il a promis de faire le nécessaire pour nous offrir une chance et je l'ai cru. Mais le moment venu, il a baissé les bras, comme Oswald. Il n'a pas pu se résoudre à sauter le pas.

— Qu'est-ce qu'il devait faire ?

— Renoncer à ce qui comptait plus que moi à ses yeux. (En le disant, je sens les remords m'assaillir, faire remonter à la surface d'autres aveux.) Je comprends pourquoi il a refusé. À sa place, j'aurais été incapable de faire le même sacrifice. L'un comme l'autre, nous tenons trop à la liberté. C'est pour cette raison que nous ne sommes pas faits pour être ensemble.

Nina ne me demande pas de développer.

— T'a-t-il donné une explication ?

— Inutile.

Malgré cette affirmation, un malaise m'étreint. Il a bien tenté de se justifier, mais j'ai parlé à sa place au lieu de l'écouter. Mon raisonnement tenait la route, contrairement aux sornettes qu'il s'apprêtait à débiter. Pour autant, Nina marque un point.

— Tu sais que tu as tendance à te méfier des gens…

— Me suis-je souvent trompée ? Si j'avais été sur mes gardes depuis le début, je n'aurais jamais accordé ma confiance à Oswald.

— Et pourtant, ça ne t'a pas empêchée de te rapprocher de M. Rochester.

— En effet et je m'en mords les doigts !

Ma sœur pousse un soupir de frustration.

— Ce que j'essaie de te faire comprendre, c'est qu'il ne faut pas renoncer au bonheur à cause d'un goujat. Malgré ce qui est arrivé avec le vicomte du Brekshire, tu as réussi à tourner la page au point de laisser sa chance à M. Rochester. Même si ça n'a rien donné, ça valait le coup d'essayer. J'ai vu la joie sur ton visage quand tu dansais avec lui. Je refuse de croire que tu regrettes tout de A à Z.

Ses paroles me rappellent la conclusion à laquelle je suis parvenue au bal, pendant cette fameuse danse. À ce moment-là, je m'étais résignée à le perdre. L'idée que sa simple présence ait rendu ma vie plus belle m'avait d'ailleurs permis d'accepter cette perspective. *Même si certaines histoires ne sont pas vouées à l'éternité, elles n'en sont pas moins vraies.*

Mais il a tout gâché, remplacé la tendresse que je ressentais à son égard par de la haine. Sans cette merveilleuse nuit passée ensemble, j'aurais supporté qu'il épouse Imogen sans rien éprouver de pire qu'un pincement au cœur. Au lieu de quoi, j'écume de rage.

Un nouvel écho s'insinue dans mes pensées : *Si seulement je pouvais revenir dans le temps... avant d'apprendre que tu m'aimes aussi. Effacer tout ce qui est arrivé ensuite. J'aurais au moins l'espoir de retrouver ma liberté sans perdre la seule chose qui compte à mes yeux.*

Mal à l'aise, je change de position sur mon fauteuil. Je préfère ne pas analyser ses paroles. Pourquoi notre nuit d'amour l'aurait-elle dissuadé de renoncer à sa forme unseelie ? Au contraire, ce que nous avons partagé aurait dû l'y encourager, lui fournir une raison tangible de procéder au sacrifice. D'ailleurs, il n'aurait même pas dû y songer avant de découvrir mes sentiments. Nina doit deviner à mon expression le conflit intérieur qui m'habite.

— Tu ferais peut-être mieux de le laisser s'expliquer.

— Il est trop tard, m'étranglé-je. Et puis tu es trop indulgente envers les autres. Aucun de ses arguments ne suffirait à me faire changer d'avis. C'est fini et je n'ai plus envie de parler de lui.

— Et toi, qu'est-ce que tu vas devenir ? Tu as vraiment l'intention de renoncer à tes rêves ? Je sais qu'être la femme de quelqu'un n'a jamais fait partie de tes ambitions. Ce que tu veux, c'est être libre, trouver le grand amour…

— Je ne veux pas d'amour.

— Si tu le dis, mais je doute que tu veuilles épouser Gavin Aston.

Un accès de colère me tire de mon apathie.

— Je n'ai pas d'alternative ! Toutes tes mises en garde se sont réalisées. Si je n'accepte pas la proposition de M. Aston, père va me mettre à la porte et je n'ai plus aucune chance de trouver un emploi dans cette ville.

Nina se lève de son fauteuil pour s'agenouiller devant le mien. Elle s'empare de mes mains. L'amour et l'admiration que je lis dans ses yeux me font de la peine.

— Tu es belle, intelligente, et tu n'as jamais baissé les bras.

Je ferme les paupières pour ne plus la voir. La foi inébranlable qu'elle a en moi est trop dure à supporter.

— Je n'en peux plus de me battre.

— C'est normal d'en avoir marre, mais n'abandonne pas. Ne laisse pas s'éteindre la flamme qui brûle en toi. C'est ce qui fait ton identité.

Les paupières toujours closes, je l'entends se lever pour quitter la pièce. Une fois sûre d'être seule, je rouvre enfin les yeux. Un torrent de pleurs s'en échappe. Moi qui me croyais à court de larmes, j'éclate en sanglots. Mais cette fois, ils ne me font pas l'effet d'une effusion de chagrin, mais d'une catharsis. Quand le flot tarit enfin, le sentiment que j'ai éprouvé à la fin de ma valse avec Elliot m'envahit – le même que m'a procuré l'histoire de l'orphelin et du chien. Une sérénité douce-amère, aussi déchirante que réconfortante.

38

Gavin arrive peu après deux heures de l'après-midi. En tête à tête, nous nous asseyons de part et d'autre de la table basse, lui sur un fauteuil, moi sur le divan. Susan, la bonne, nous apporte thé et biscuits. Un silence gênant s'installe alors entre nous. Pour une fois, je résiste à l'envie de me couler dans mon personnage. Après ma conversation avec Nina, j'ai pris la décision d'affronter cette épreuve sans faux-semblants, de me montrer vulnérable, désarmée… authentique.

Gavin nous sert une tasse à chacun. Les mains tremblantes, il porte la sienne à ses lèvres afin de prendre une gorgée. Je l'imite.

— Je ferais sans doute mieux de révéler la raison de ma venue, même si vous l'avez sûrement devinée, dit-il en reposant sa tasse sur la soucoupe. Je vous ai manifesté très ouvertement mon admiration – en tout cas, j'en ai fait part à votre famille et vos amis. Ma visite ne doit guère vous surprendre.

— Non, je m'y attendais, avoué-je d'une voix morne.

Ma réponse semble l'encourager. Souriant, il se lève pour s'approcher du divan. Lorsqu'il s'assied à côté de moi, je quitte ma place pour aller m'installer de l'autre côté de la table, face à lui. J'affiche une curiosité sincère, sans dédain ni mon sourire hautain savamment étudié.

— Qu'est-ce qui vous plaît chez moi, M. Aston ?

Pantois, il balbutie avant de trouver ses mots.

— Vous devez savoir que je vous trouve très belle, répond-il, le rose aux joues.

— À part ça ?

Il redresse sa cravate et s'éclaircit la voix.

— Eh bien, vous êtes la jeune femme la plus éclairée de Vernon.

— Qu'en savez-vous ? Auriez-vous discuté avec toutes les femmes de la ville ?

— Inutile de faire leur connaissance pour me rendre compte que votre esprit est sans pareil. Nos quelques conversations ont suffi à m'en convaincre.

— Et qu'est-ce qui vous dit que je suis si brillante ?

— Je vous ai vue avec mon livre préféré à la main. Le fait que vous admiriez les mêmes œuvres éloquentes que moi…

— Vous ne m'avez donc pas vue rendre le livre à M. Cordell ?

Il penche la tête, l'air songeur.

— Ah, si, c'est vrai.

— Voyez, depuis le début, vous vous trompez sur mon compte. L'idée de tomber sous le charme d'une personne parce qu'elle partage nos préférences en matière de lecture est tout à fait romantique, je le reconnais. Mais, même si ça avait été notre cas, ce n'est pas une garantie de compatibilité et encore moins d'amour. Pour tout vous dire, je n'ai pas lu *Souffrance infinie au Jardin du hasard* et je n'en ai pas l'intention. Il m'a suffi d'un coup d'œil pour comprendre que c'est l'œuvre la plus ennuyeuse que j'aie jamais eue entre les mains. En fait, elle était rangée sur la mauvaise étagère. Pour ma part, je préfère les romans d'amour. Les histoires de coups de foudre, de liaisons passionnées, les fins heureuses. Voilà qui je suis.

Les yeux rivés sur la table basse, il se masse la nuque et s'empourpre de plus belle. Après un bref éclat de rire, il reporte le regard sur moi.

— Quelle amusante rencontre, quand on y pense ! Tout ça à cause d'un livre mal rangé. Et dire que vous redoutiez que cet aveu change l'opinion que j'ai de vous. Au contraire, je vous admire encore plus.

Je serre les dents.

— Ce n'est pas parce que j'avais peur que vous me trouviez moins intelligente que je vous ai dit la vérité, mais pour souligner le fait que vous ne me connaissez pas. Du moins, pas assez pour me déclarer votre flamme et me demander en mariage, comme vous êtes venu le faire.

Le regard plein de ferveur, il se lève et contourne la table pour se planter devant moi. Il s'empare de mes mains.

— C'est faux. Je vous aime depuis que j'ai posé les yeux sur vous. Je suis tout à fait disposé à ignorer les rumeurs cinglantes qui circulent en ville vous concernant. Voilà toute l'étendue de mon amour ! Je vous aime tant que je suis prêt à vous sauver de ce scandale et à faire regretter à tous ces médisants d'avoir osé vous calomnier.

Je me dérobe à sa poigne et recule d'un pas. Le fou rire au bord des lèvres, j'esquisse un sourire.

— Je n'ai pas besoin d'être sauvée, parce que ces ragots sont sans doute avérés. J'ai bien travaillé pour M. Rochester, vécu dans son manoir et passé de nombreuses heures avec lui, sans chaperon.

— Je ne suis pas aussi conservateur que certains de nos concitoyens. Vous êtes adulte et responsable de vos actes. Jusqu'au mariage, du moins. J'ai confiance en votre jugement…

— Je suis tombée amoureuse de lui, le coupé-je brusquement. Nous avons même eu une aventure. Très physique, si je peux me permettre de le préciser.

Les yeux ronds, il ravale ses arguments en ma défense.

— Avant que ma famille n'emménage ici, j'ai eu une autre liaison avec le vicomte du Brekshire. Les rumeurs qui courent à ce sujet sont vraies, elles aussi. Excepté le fait qu'on m'en présente comme l'instigatrice. Dans les deux cas, j'étais amoureuse et consentante. Je ne regrette pas d'avoir laissé libre cours à mes passions. Uniquement de m'être laissée duper par la sournoiserie de mes amants.

Gavin blêmit. Un voile de transpiration luit sur son front.

— Il… il serait hypocrite de ma part de refuser à une femme le droit de… de faire ce qu'il lui plaît de son corps. Les hommes n'ont pas l'obligation d'être chastes, eux. (Il semble ravaler la bile qui lui monte dans la gorge.) Mais les dames ne devraient pas parler de ces choses-là si ouvertement, ajoute-t-il à mi-voix. Surtout à un de leurs prétendants. Il en va de même pour les gentlemen, qui ont tout intérêt à garder secret leur… leur passé amoureux.

Je recule de quelques pas, avant de m'asseoir dans un fauteuil. Le dos droit, je croise les jambes et me cramponne fermement aux accoudoirs.

— Si vous attendez de moi que je corresponde à l'idée que la société se fait d'une dame, vous vous fourvoyez encore plus sur mon compte que je ne le croyais. Je vous l'ai dit : je lis des romans à l'eau de rose, je n'ai pas la langue dans ma poche et je ne supporte pas les ragots. Jamais je n'essaierai de m'intégrer dans une ville comme Vernon. En revanche, j'ai bien l'intention de trouver ma place quelque part. Une chose est sûre : ce ne sera pas parmi la haute société humaine. Qui plus est, je me suis éprise d'Elliot Rochester et je l'aime toujours. Nous ne pourrons jamais être ensemble. De toute manière, je le déteste autant que je l'aime, pour le moment. Et je ne suis pas prête à passer à autre chose.

Je n'en reviens pas de mon honnêteté. Un nouvel aveu affleure à mes lèvres.

— Un jour, je tournerai la page. Mais quand ce jour viendra, quelque chose me dit que vous et moi ne serons toujours pas faits l'un pour l'autre. Voyez-vous, je veux être aimée par quelqu'un qui sait tout de moi, qui voie dans les événements de mon passé les différentes pièces qui me constituent, pas une série de caprices. Et cet homme ne me demandera pas de me cacher, de nier ou de taire une partie de moi ou de mon passé. Il m'aimera comme je suis. Alors, dites-moi, M. Aston… pensez-vous correspondre à cette description ?

De plus en plus pâle, mon prétendant se ratatine à vue d'œil. L'expression neutre, je soutiens son regard. C'est sa seule chance de me prouver que je me suis trompée à son sujet. Nina a raison : je me montre trop méfiante avec les gens. Je suis donc prête à accorder à cet homme le bénéfice du doute. Peut-être est-il plein de surprises, comme Elliot. Qui sait ? Nous pourrions nous découvrir des atomes crochus.

Gavin détourne le regard avant de faire un pas en arrière, puis un autre. Muet, il tourne les talons pour s'éclipser, sans avoir prononcé sa demande en mariage.

*

Comme je m'y attendais, mon père entre après son départ. Il me trouve plantée devant la fenêtre, absorbée dans la contemplation de la rue où fourmillent piétons, voitures et carrosses. La circulation a déjà fait brunir la fine couche de neige tombée aujourd'hui. Quand mon père se met à fulminer, je me concentre sur les flocons qui tourbillonnent paresseusement du ciel aux pavés. La vue de leur forme complexe m'apaise. Elle me rappelle le calme des montagnes et m'aide à supporter la fureur de mon père. Je le laisse continuer de s'égosiller sans le regarder ni l'interrompre. Ses éclats de voix se terminent par une question que je n'entends pas. Lentement, je me tourne vers lui. Il la répète.

— Pourquoi t'obstines-tu à causer ta ruine ?

Il a le souffle court, le visage écarlate. Je réponds à son interrogation par une autre :

— Et vous, pourquoi me détestez-vous autant ?

Les yeux exorbités, il recule d'un pas comme si je venais de le poignarder.

— Je ne te déteste pas, Gemma. J'ai fait des pieds et des mains par amour pour toi. Mais je ne peux plus te sauver, tu t'en es assurée. Tu es trop indisciplinée. Si tu as l'impression que j'aime tes sœurs plus que toi, c'est uniquement parce qu'elles savent obéir. Elles ne me donnent aucune raison de me fâcher.

Je secoue la tête, atterrée.

— L'obéissance n'a rien à voir avec l'amour. Obliger votre fille à se marier contre sa volonté, ce n'est pas de l'amour.

— Tes sœurs s'en sont accommodées. Pourquoi pas toi ?

Je me tourne vers lui.

— Parce qu'elles le voulaient. Elles sont tombées amoureuses de leurs premiers prétendants respectifs, qui les aimaient eux aussi.

Menaçant, mon père m'agite l'index sous le nez.

— Tu aurais pu connaître la même chance si tu n'avais pas jeté ton dévolu sur un homme fiancé.

Je ferme les yeux et m'efforce de maîtriser ma rage.

— J'ai commis des erreurs, mais pas celles auxquelles vous pensez. J'en ai assez d'espérer qu'un jour, vous comprendrez mon point de vue, de m'acharner à être la fille que vous voudriez avoir et de m'opposer sans arrêt à votre volonté. En fin de compte, je ne vous connais pas et vous ne me connaissez pas non plus. Le père que j'ai aimé est mort en même temps que ma mère et l'homme qui l'a remplacé ne mérite ni mon obéissance, ni ma colère, ni même mon indiscipline.

— Comment oses-tu ? lance-t-il dans un sifflement. Espèce de sale petite…

Il lève une main, mais suspend son geste. Comme frappé par une souffrance physique, il fait la grimace et bat en retraite. Les larmes aux yeux, il secoue la tête.

— Tu veux que je te dise pourquoi je te déteste ? reprend-il d'une voix brisée.

Les poumons douloureusement comprimés, je suffoque. Je me contente de hocher la tête.

— Parce que c'est toi qui me rappelles le plus ta mère.

Ces mots sonnent faux dans sa bouche. Ils devraient être dits avec tendresse, nostalgie. Au lieu de quoi, ils transpirent le dégoût. C'est assez pour faire monter un sanglot dans ma poitrine. Je le ravale de toutes mes forces.

— Elle était sauvage et rebelle, comme toi, poursuit mon père. Et regarde où ça l'a menée.

— De quoi parlez-vous ?

— Être une épouse ne lui suffisait pas. Je lui ai tout donné : des enfants, une maison, des chevaux à dresser et des poules à élever. Ce n'était jamais assez. Elle tenait absolument à s'immiscer dans mon entreprise, à rendre visite à nos employés dans les mines, à veiller à leur bien-être… Le jour où la mine s'est écroulée, elle n'avait rien à y faire. D'ailleurs, quand on m'a signalé l'instabilité des tunnels les plus profonds, je lui ai même interdit d'y descendre. M'a-t-elle écouté ? Non. Elle s'est mis en tête d'aller voir les ouvriers en personne, de s'assurer qu'ils allaient bien après avoir découvert que certains étaient morts de maladies respiratoires. C'est ce mépris des règles qui l'a tuée.

J'éprouve un élan de compassion, qui me paraît indécent compte tenu de la manière qu'il a de condamner les actions de feu sa femme. J'en viens à me demander s'il a vraiment été l'homme que je m'imaginais, avant la mort de ma mère. À l'époque, il semblait gentil… heureux.

— Rien ne t'obligeait à te laisser endurcir par son décès, répliqué-je, la voix pleine de larmes contenues. À renoncer à l'amour et à nous repousser.

Il serre les dents.

— Je n’y ai pas renoncé, mais je le fais maintenant. Ta désobéissance finira par avoir raison de toi, comme elle a causé la perte de ta mère. Pour ma part, je n’ai pas l’intention d’assister au désastre.

Ce disant, il tourne les talons et gagne la porte d’un pas raide. Avant de s’éclipser, il marque une pause sur le seuil.

— C’est la dernière nuit que tu passes sous mon toit. Je veux que tu sois partie à l’aube. Peu m’importe où tu vas.

39

Le lendemain, je me lève aux aurores pour faire mes bagages. Dans mon sac, je ne glisse qu'un seul livre : le tout premier tome de *La Gouvernante amoureuse*. C'est celui qui m'a donné le goût de la lecture et que j'ai relu le plus. Une présence rassurante pour m'accompagner tout au long de cette nouvelle étape de mon parcours. Abandonner ma collection me fend le cœur, mais j'aurai bientôt l'occasion de me racheter des livres et la place de les stocker.

Dans mon porte-monnaie, je compte les cristaux de quartz que j'ai gagnés au service de M. Rochester. En lui demandant d'annuler notre pacte, j'ai renoncé aux vingt mille perles qui m'étaient promises, mais les trois mille cristaux que j'ai en poche suffiront au moins à me payer une chambre d'hôtel pendant quelques semaines et financer mon voyage vers une nouvelle ville. Le temps de réfléchir à la suite des événements, je vais rester une nuit ou deux à Vernon. Une fois installée ailleurs, je pourrai commencer à chercher du travail. Il va sans doute falloir revoir mes critères à la baisse mais, au moins, je serai loin de cette ville, des rumeurs et de tout ce qui me rappelle Elliot. Libre, comme je l'ai toujours voulu. Peut-être pas de la manière que j'espérais, mais tout de même. C'est un maigre réconfort, une triste réussite.

Vêtue de ma robe et ma cape les plus chaudes, je quitte ma chambre, mon sac à la main. Les yeux humides de larmes, Nina m'attend dans le couloir.

— Excuse-moi. Je n'aurais pas dû t'encourager à t'opposer à père. Je ne pensais pas qu'il oserait te chasser pour de bon.

Un sourire triste aux lèvres, je lui pose une main sur l'épaule.

— Je suis contente que tu l'aies fait. Tu m'as rappelé qui je suis.

Les traits déformés par une grimace de chagrin, elle se jette à mon cou et éclate en sanglots dans mes cheveux.

— Je ne veux pas que tu t'en ailles !

Une boule en travers de la gorge, je lui caresse le dos.

— Je sais. Mais on va se revoir. Je ne vais pas trop m'éloigner.

— Où comptes-tu aller ?

Je hausse les épaules. J'ai abandonné l'idée de retourner en Isola – faute de moyens, en grande partie –, mais je n'ai pas encore choisi ma prochaine destination.

— Je vais peut-être attendre que la rénovation de l'hôtel Vérité soit terminée. Ensuite, j'irai rendre visite à mon ami Foxglove au palais de Maplehearth.

Les yeux rouges, Nina se recule pour me regarder.

— Promets-moi d'être heureuse.

— C'est promis.

Après une dernière étreinte, elle me libère. Côte à côte, nous descendons l'escalier. Un mélange de terreur et d'euphorie me submerge. Je ne sais pas à quoi m'attendre. Je n'ai jamais ni voyagé ni vécu seule. Mais je sais que j'en suis capable. Et, comme je l'ai juré à ma sœur : je serai heureuse ainsi.

Nous atteignons les dernières marches quand des pas pressés approchent. Une fraction de seconde, je me demande si c'est mon père qui vient me dire au revoir ou même me retenir. Je me fais des illusions, bien sûr. J'en prends conscience avant même que Susan n'apparaisse au coin du mur.

— Mademoiselle Bellefleur ! chuchote-t-elle, haletante. Vous avez de la visite.

Une bouffée d'angoisse m'envahit. Pourrait-il s'agir d'Imogen ? D'Elliot ? Voire des deux à la fois ? L'idée a beau être absurde, elle me met dans tous mes états.

— Qui est-ce ?

— Je ne la reconnais pas. Elle dit simplement être votre amie.

Aussi soulagée que déçue, je redescends sur terre. Après quelques inspirations, la tête cesse de me tourner.

— Je vais l'accueillir à la porte, qui qu'elle soit.

L'air aussi perplexe que moi, Nina reste à mes côtés.

À tous les coups, ce n'est qu'une voisine que j'ai croisée et qui souhaite faire plus ample connaissance, me dis-je. *À moins que ce ne soit une odieuse journaliste venue prendre ma déclaration concernant le dernier scandale qui circule en ville.*

Plus nous nous approchons du vestibule, plus je redoute la confrontation qui m'attend. Cependant, rien n'aurait pu me préparer à la vue de la silhouette postée à la porte. Ahurie, je me fige brusquement.

— Bertha ?

Un large sourire aux lèvres, la femme-faé franchit la distance qui nous sépare. Sans me donner le temps de réagir, elle me serre dans ses bras. Hébétée, je lui rends son étreinte.

— Qu'est-ce que vous faites ici ? demandé-je dès que nous nous sommes séparées.

— C'est M. Rochester qui m'envoie, mais je lui ai promis de ne pas m'attarder.

Un frisson me glace. Une foule de questions affleurent à mes lèvres. *Comment va-t-il ? Est-il déjà redevenu un loup ? Les enfants sont-ils heureux que le sort ait été rompu ?* Je remise ces interrogations dans un coin de ma tête pour me rabattre sur une alternative qui me paraît moins déchirante.

— Qu'est-ce qu'il peut bien me vouloir ?

Sans un mot, elle m'indique la porte et sort sur le perron. Nina et moi échangeons un bref regard avant de la suivre. Les doigts de ma sœur se referment sur les miens et les serrent affectueusement. Malgré moi, les larmes me montent aux yeux.

Nous rejoignons Bertha dehors. J'aperçois deux des domestiques de mon père qui transportent un coffre imposant. Ils semblent l'avoir sorti d'une voiture garée le long du trottoir – un véhicule que je n'ai encore jamais vu. Perplexe, je me tourne vers Bertha.

— De quoi s'agit-il ?

Elle désigne tour à tour la malle et la voiture.

— Tout est à vous, trésor. Cadeau de M. Rochester.

Soudain, je comprends l'utilité du coffre. Je plisse les yeux.

— Je lui ai dit que je ne voulais pas de son argent.

Elle fait la grimace.

— J'ai bien peur que vous n'ayez pas le choix. Il refuse de le reprendre et il en va de même pour la voiture. Il n'en a pas besoin. Elle est à vous, maintenant.

Je m'apprête à protester quand Nina me donne un coup de coude, avant de me jeter un regard éloquent. Sans qu'elle ait à prononcer le moindre mot, je saisis le message. Elle a raison. Étant donné les circonstances, je ne peux pas me permettre de refuser de l'argent par orgueil. En revanche, la voiture me laisse perplexe. Il ne me l'a tout de même pas léguée, si ? Une pensée terrifiante me traverse soudain l'esprit. Peut-être Elliot a-t-il eu vent de ma situation et décidé de m'épargner l'humiliation de me rendre à l'hôtel à pied. Mais comment la nouvelle a-t-elle pu se répandre si vite ? Et pourquoi se soucierait-il de mon sort ?

— Où voulez-vous qu'on dépose ce coffre ? demande l'un des domestiques lorsqu'ils gagnent le perron.

— Je crois qu'il vaut mieux le remettre dans la voiture, dis-je d'une voix lente.

Un nouveau plan prend forme dans ma tête. Tout compte fait, je ne suis peut-être pas obligée de passer quelques nuits à l'hôtel ici. Je pourrais me rendre directement dans une ville plus attrayante. Mais où ?

Après une courte pause, les domestiques font demi-tour.

— Jetez au moins un coup d'œil à l'intérieur, me conseille Bertha.

Une fois de plus, les hommes s'arrêtent pour me consulter du regard.

— Très bien, soupiré-je. Posez-le dans l'entrée.

Nina et moi nous écartons du passage pour leur permettre de porter le coffre au milieu du vestibule. Les deux hommes se postent ensuite le long du mur, en attente de nouvelles instructions. Quand je m'approche de la malle, une appréhension soudaine s'empare de moi. Lentement, je m'agenouille avant de m'apercevoir que je n'ai pas la clé.

Comme si elle lisait dans mes pensées, Bertha surgit à côté de moi pour me tendre une clé de cuivre. Je l'accepte d'une main tremblante, puis l'insère dans la serrure. Après l'avoir déverrouillée, j'ouvre les loquets. La main sur le couvercle, j'hésite un instant, le cœur battant. Pourquoi ai-je si peur de l'ouvrir ? Je sais déjà ce que renferme ce coffre – vingt mille perles de quartz. Le paiement d'un pacte dont j'ai accompli ma part, bien que j'aie contraint Elliot à le rompre.

Nina s'accroupit à mes côtés pour me poser une main douce sur le dos.

— Vas-y, murmure-t-elle.

Après une profonde inspiration, je soulève le couvercle. Au fond du coffre brille une myriade d'orbes de quartz lisses, nettement plus étincelants que les petits cristaux irréguliers que contient mon porte-monnaie. Sans avoir à compter, il me semble que le coffre renferme bien plus de vingt mille perles. Mais, au-dessus du tas, un objet attire bien vite mon attention : une lettre.

Je m'en saisis et parcours du regard les lignes manuscrites. Jusqu'à présent, je n'avais vu cette écriture que sur quelques bouts de papier – c'est celle d'Elliot. Ma gorge se serre.

Chère Gemma,
Je t'offre ces cent mille perles de quartz. N'essaie pas de me les rendre, je ne les reprendrai pas. Je te cède également ce carrosse à quatre chevaux, dont j'ai déjà payé l'entretien et le cocher pour un an. J'ai donné l'ordre à ce dernier de rester avec toi sous peine de mort. Oui, il sait désormais qui je suis et ne se risquera pas à me désobéir. Inutile, donc, d'essayer de renvoyer la voiture. Tu ne me résisteras pas non plus, car j'ai pour toi une ultime requête, un dernier cadeau d'adieu.
Pars, Gemma. Sois libre. Et où que tu ailles, sache que je t'aimerai toujours.
Elliot.

Le message me laisse si perplexe que je reste interdite un bon moment. Je parcours les mots d'Elliot une deuxième fois, puis une troisième, avant d'en comprendre le sens. Pourquoi m'offrir tant d'argent ? À quoi bon me rappeler son amour alors que nous nous sommes séparés en de si mauvais termes ?

Pars, Gemma. Sois libre.

Et qu'est-ce qui lui a pris de formuler cette missive de manière si solennelle, comme s'il s'agissait d'un testament, par tous les saints ? Je m'apprête à chercher des réponses auprès de Bertha, mais elle a disparu.

*

Après avoir bouclé quelques valises supplémentaires et empaqueté tous les livres que je possède afin de charger le tout dans mon carrosse, je m'apprête à affronter le voyage qui m'attend avec un enthousiasme nouveau. Je n'ai toujours pas choisi ma destination mais, en attendant de me décider, je peux au moins demander au chauffeur de me conduire à une ville voisine. Une seule chose me mine le moral : la peur qui me taraude depuis la lecture de la lettre d'Elliot et que Nina ravive à chaque instant.

— Tu ne comptes même pas passer chez lui pour le remercier ? s'indigne-t-elle.

Pendant que je descends mon dernier bagage dans le vestibule, elle se hâte de me suivre dans l'escalier.

— Non, Nina, lui répété-je pour la cinquième ou sixième fois.

Elle n'arrête pas de me demander si je vais lui écrire, le remercier ou l'envoyer, elle, lui transmettre ma gratitude. Ma réponse à chacune de ses interrogations reste la même : non, non, hors de question.

— Mais c'est un si gentil geste ! Et de toute évidence, il t'aime encore.

Nous gagnons le perron, où je confie mon sac à Susan, qui le remet ensuite au cocher. Puisque l'entrée est désormais vide, ce devait être le dernier bagage. Un sourire forcé aux lèvres, je me tourne vers ma sœur. Inutile de partir fâchée – elle est sentimentale, ce n'est pas sa faute. Je la prends dans mes bras.

— Je t'aime, Nina. Prends soin de père tant que tu le peux.

— Est-ce que tu rentreras pour mon mariage ?

— Bien sûr.

Nous nous séparons peu à peu. Je m'efforce d'ignorer le chagrin qui m'étreint.

— Tu vas me manquer, ajouté-je.

— Toi aussi, tu…

— Qu'est-ce que tu as fait ? siffle une voix si importune qu'elle me donne la chair de poule.

La mâchoire crispée, je lâche ma sœur pour me tourner vers Imogen. Plantée au pied des marches, les mains sur les hanches, elle me foudroie du regard. Ses boucles blondes sont en pagaille. À sa mine, on croirait qu'elle n'a pas fermé l'œil depuis une semaine. À moins qu'elle n'ait pleuré.

Sur mes gardes, je descends les marches pour lui faire face.

— Comment ça ?

— Qu'est-ce que tu as fait ? répète-t-elle en crachant chaque mot entre ses dents serrées.

Je pousse un soupir de frustration.

— Je ne vois pas de quoi tu parles et je dois partir. Bonne continuation.

Je lui tourne le dos pour m'approcher des portières ouvertes de la voiture.

— Tu retournes chez lui, c'est ça ?

Je me fige avant de faire volte-face, les sourcils froncés.

— Non, je quitte Vernon.

Un rire jaune lui échappe. Elle s'avance de quelques pas.

— Mais bien sûr ! Je sais ce que tu mijotes. Tu t'es mis en tête de rompre son maléfice toi-même.

Mon cœur se met à battre la chamade.

— Je ne sais pas d'où tu tiens une idée pareille. (Soudain, une question que je redoute de poser franchit mes lèvres.) Vous ne vous êtes pas mariés, M. Rochester et toi ?

Elle lève les mains en l'air.

— Non, Gemma. Ne fais pas l'idiote. Je sais que tout est ta faute.

À toute allure, Nina descend l'escalier pour épingler l'intruse.

— Je te défends de parler à ma sœur sur ce ton !

— Méfie-toi ou ses vices finiront par ternir ta réputation, rétorque mon ennemie.

Outrée, ma sœur s'avance davantage. Si je ne la connaissais pas, je pourrais m'imaginer qu'elle se prépare au combat.

— Comment oses-tu ? Pour qui te prends-tu, au juste ?

— Ce n'est rien, dis-je avec douceur. Je m'en occupe.

Nina jette à Imogen un regard meurtrier, mais se résigne à reculer. Les poings serrés, je me tourne vers l'importune.

— Bien, je ne le répéterai pas. Je n'ai pas la moindre idée de ce que tu me reproches. Cesse tes insinuations et exprime-toi franchement.

Quelques passants se sont arrêtés pour suivre la scène, ahuris. Je ne leur prête aucune attention. Une seule chose est certaine : si Imogen ne s'explique pas d'ici quelques secondes, je me chargerai personnellement de lui tirer les vers du nez.

— J'ai attendu qu'il me fasse sa demande, comme tu me l'avais promis, dit-elle enfin, dédaigneuse. Mais il n'a pas voulu me voir de toute la semaine. Je me suis présentée au manoir tous les jours et chaque fois, c'était la même rengaine : « M. Rochester est occupé, revenez demain. » Pensant qu'il préparait nos noces, je lui ai laissé le bénéfice du doute. Puis, aujourd'hui, il a enfin accepté de me recevoir. Je l'ai trouvé dehors, dans une cour envahie de ronces, occupé à regarder une affreuse rose fanée. Pendant plusieurs minutes, il n'a pas décroché un mot. Alors j'ai fini par abandonner toute convenance et je lui ai demandé s'il comptait m'épouser. Tu sais quelle a été sa réaction ?

Elle attend ma réponse, mais je ne peux pas me résoudre à ouvrir la bouche.

— Il a secoué la tête, poursuit-elle. Et quand j'ai voulu savoir pourquoi, il a n'a prononcé qu'un mot. Devine lequel ! « Gemma ». C'est à cause de toi qu'il refuse de m'épouser. Il n'a pas daigné me dire un mot de plus, ni même me regarder. Pourquoi ? Qu'est-ce que tu as fait ?

Mon regard se perd dans le vague et un frisson me remonte le long de la colonne vertébrale. Il n'a pas épousé Imogen ni rompu le sort par lui-même. Ce qui signifie que… Oh non !

— Dis-moi ce que tu as fait !

Imogen se rue en avant et me saisit le poignet. Je tente de me dégager, mais elle s'agrippe de toutes ses forces.

— Lâche-moi !

Nina tire sur l'autre bras de mon ennemie.

— Ne la touche pas, espèce de folle !

— Pas avant que tu aies avoué ! insiste Imogen, indifférente à l'intervention de ma sœur. Dis-moi la vérité. Dis-moi que ma mère avait raison sur ton compte et ton père aussi. Tu n'es qu'une catin, une tentatrice. Tu m'as laissée tomber amoureuse de M. Rochester pour le seul plaisir de me l'arracher !

Les remords me tordent les entrailles. Elle n'est pas très loin du compte. J'ai mis au point ce plan dans le but de la piéger, de la punir pour l'aversion qu'elle m'inspire et pour les méchancetés qu'elle m'a dites. Malgré tout, il est clair qu'elle souffre, qu'elle se sert de son chagrin pour alimenter sa fureur. J'ai l'impression de voir mon reflet dans la glace.

— Je t'ai causé du tort, avoué-je, sans desserrer les dents. J'en suis désolée. Je n'aurais jamais dû te présenter à M. Rochester, ni te mentir.

Perplexe, Nina nous observe tour à tour, Imogen et moi. Les yeux de mon ennemie s'écarquillent.

— Alors, tu l'admets ! Tu n'es qu'une traînée sans vergogne !

— Pense ce que tu veux de moi, ça m'est égal. Je regrette sincèrement de t'avoir fait du mal et je le regretterai pour le restant de mes jours. Mais si tu ne me lâches pas immédiatement, ajouté-je sur un ton plus sévère, je te casse le bras.

Elle soutient mon regard quelques secondes avant de pâlir. À contrecœur, elle se recule alors d'un pas, puis retire les doigts qui me serraient le poignet. L'air mauvais, Nina s'interpose pour obliger Imogen à prendre ses distances. Dans d'autres circonstances, j'aurais pu admirer la ferveur de ma sœur en ma défense. Mais le temps presse. Il est peut-être même trop tard. Sans connaître la gravité de la situation, ma cadette semble comprendre.

— Vas-y ! chuchote-t-elle.

Je m'élance à l'avant du carrosse.

— Conduisez-moi au 33 Whitespruce Lane, ordonné-je au cocher. Vite !

40

Quand j'arrive au manoir, il y règne un silence de mort. J'ouvre la porte d'entrée et découvre avec surprise que le vestibule est peuplé de loups. Pas les hommes et femmes-loups auxquels je suis habituée, mais de véritables canidés. Certains sont assis sur leur arrière-train, tête baissée, d'autres étendus sur le ventre ou sur le flanc. Fébrile, une poignée d'entre eux arpente la pièce de long en large. Lorsque je franchis le seuil, tous s'interrompent pour me regarder. Une dizaine de paires d'yeux se braquent sur moi comme sur une proie.

Soudain, tout s'éclaire. Il y a près d'un mois que je suis tombée dans le piège d'Elliot en m'aventurant ici. Une lunaison s'est écoulée et la lune doit être à nouveau pleine. C'est le moment où le sortilège permet aux loups du manoir de reprendre leur forme unseelie.

J'ai beau savoir que ces bêtes sont les créatures auprès desquelles j'ai vécu ces dernières semaines, leur présence silencieuse m'angoisse malgré tout.

— Où est le roi ? demandé-je, la gorge serrée.

Un loup au pelage fauve s'avance à pas feutrés, mais un de ses congénères au poil hirsute – le premier que j'ai vu à mon arrivée ici – surgit devant moi en grondant.

— Qui êtes-vous ?

C'est le timbre grinçant de Grise, où suintent une méfiance et une rage qui lui ressemblent peu. Je recule d'un bond.

— C'est moi… Gemma, dis-je d'une voix tremblante.

— Vous ne me dites rien.

Le loup fauve s'interpose pour me cacher à sa vue.

— Tout doux. On la connaît.

Cette voix-là appartient à Barbe Noire.

— Pas moi. Je ne sais même pas qui tu es, répond Grise.

Mon cœur se serre. Elle a perdu la mémoire. Dois-je en conclure que le sortilège… Non. Si Barbe Noire a conservé ses souvenirs – une partie, du moins –, c'est que le maléfice n'est pas encore parvenu à son dénouement.

— Tout va bien, insiste le mâle dans un grondement sourd, presque apaisant. C'est une amie.

Après un jappement de frustration, Grise traverse le vestibule pour disparaître dans l'escalier. Tête baissée, Barbe Noire s'approche doucement.

— Il est dans la cour.

C'est tout ce que j'ai besoin d'entendre. À tire-d'aile, je passe devant les loups présents en priant pour ne pas être interceptée par quelqu'un d'autre qui m'aurait oubliée. L'énergie du désespoir m'empêche de ralentir ou d'éprouver la peur que devrait m'inspirer la présence de ces créatures. Mais, au moment de gagner la porte qui mène aux jardins arrière, je me fige brusquement. Blottis contre un mur, quatre louveteaux poussent des geignements. À ma vue, l'un d'eux lève la tête avant de se ruer vers moi.

— Pourquoi tu es partie ? demande la voix de Micah, furax.

Un autre jeune loup réagit.

— Est-ce qu'on… est-ce qu'on connaît cette dame ?

C'est Jenny. Une boule me brûle le fond de la gorge.

— Je suis désolée, murmuré-je. Je ne voulais pas vous abandonner…

— Alors pourquoi tu l'as fait ? lance Micah avec un grognement rageur. Tu ne nous as même pas dit au revoir !

Il a raison. J'étais tellement pressée de quitter Elliot que je n'ai fait mes adieux à personne. Une fois habillée, je suis partie à pied sans un regard en arrière. Au souvenir de la promesse que j'ai faite à Grise – celle de veiller sur les enfants si le pire venait à arriver –, les remords m'assaillent.

— Je pensais que tout s'arrangerait, que le sort allait être rompu. À l'heure qu'il est, j'étais persuadée que vous seriez redevenus des loups et que vous gambaderiez dans les montagnes. Sinon, je ne serais jamais partie.

Les épaules de Micah continuent de s'agiter au rythme de ses pleurs. Hésitante, je tends la main jusqu'à toucher la fourrure de son crâne. Il pousse un jappement qui ressemble davantage à un sanglot. L'instant suivant, un spasme violent le secoue de la tête à la queue. Les poils disparaissent pour laisser place à la forme seelie du petit garçon, qui se jette dans mes bras.

— J'ai peur. Je n'ai pas envie de perdre la mémoire ni que tout le monde meure !

Je le serre contre moi et inspire profondément afin de ne pas fondre en larmes à mon tour.

— Moi non plus.

Les joues humides, il lève les yeux vers moi.

— Qu'est-ce qui va nous arriver ?

Je m'accroupis à sa hauteur.

— Je ne sais pas. D'abord, il faut que je parle au roi.

Il renifle avant de s'écarter à contrecœur. D'une main tremblante, il m'indique le jardin. Le pas lourd, je quitte les enfants pour y pénétrer. Aux abords de la roseraie, mon cœur s'accélère, j'ai la nausée au bord des lèvres. Une seule pensée m'obsède : *Et si j'arrivais trop tard ?*

Je marque une pause à l'entrée de la cour. Sous son apparence de loup, Elliot est allongé sur le ventre. Je suis frappée par sa beauté et la tristesse qu'il dégage. Son pelage est blanc comme neige, sa puissante carrure, avachie. Il a la tête posée sur les pattes et une profonde souffrance se lit sur son expression canine. Mon regard se porte aussitôt sur la rose. Au milieu d'un nid de ronces entremêlées, elle pique du nez, la tige noircie. De son cœur pend un ultime pétale.

Le roi lève la tête et pousse un gémissement sourd.

— Tu n'étais pas censée revenir, se lamente-t-il d'une voix éteinte, épuisée. Tu aurais dû être en route vers une nouvelle vie, à l'heure qu'il est, partir et m'oublier.

Prudente, j'entre dans la cour en passant bien au large de la fleur, de peur que le moindre pas fasse tomber son dernier pétale. Le mélange de terreur, de confusion et de chagrin qui m'assaille me donne envie de hurler, mais je m'exprime d'une voix douce.

— Explique-moi ce qui se passe ici. Je ne comprends pas.

À mon approche, le roi loup s'assied sur son derrière. Puis, parcouru du même spasme qui a traversé Micah, l'animal s'évapore pour céder la place à l'homme que je connais. Il reste assis par terre, sans la moindre trace de sa canne ou de sa prothèse. Il a replié une jambe contre lui. Son moignon, en revanche, est étendu sur le côté. Elliot change de position comme s'il s'apprêtait à se lever, mais je me laisse tomber à ses côtés.

— Ne bouge pas. Dis-moi simplement ce qu'il en est.

Il me quitte des yeux pour observer la rose.

— Le sortilège va bientôt s'abattre sur nous.

— Mais… tu allais pourtant épouser Imogen. Elle devait conjurer le sort.

Les traits déformés par la douleur, il plonge le regard dans le mien.

— Non. Après le bal, j'ai pris conscience que je ne pourrais jamais m'y résoudre.

Le souvenir des autres événements survenus ce soir-là – sa promesse de rompre le maléfice lui-même – déclenche en moi une bouffée de colère. Je savais qu'il était revenu sur sa décision, qu'il n'a finalement pas eu la force d'accomplir le sacrifice, mais je ne pensais pas qu'il renoncerait aussi à son mariage avec Imogen pour choisir la mort. Je serre les poings.

— Tu ne vas donc rien faire ? Tu comptes attendre docilement que le mauvais sort vous emporte, toi et les autres résidents du manoir ? Condamner les enfants à grandir sans le moindre repère ?

— Ils s'en sortiront. C'est le plus important. Quant aux autres, ils sont résignés au destin qui les attend. Eux non plus ne sont pas prêts à perdre une partie d'eux-mêmes pour conjurer la malédiction. C'est tout ou rien.

Je me rappelle les paroles de Grise et Barbe Noire, qui m'ont en effet confié préférer la mort à une délivrance partielle. Mais… ce que ces loups peuvent être bornés, pour l'amour des saints ! Je lève les mains vers le ciel.

— Et toi ? Tu m'as pourtant dit que tu ne haïssais plus mon espèce. Ton apparence de loup compte-t-elle tant à tes yeux que tu préfères mourir plutôt que de rester prisonnier d'une enveloppe humaine ?

Il serre les dents, mais soutient mon regard.

— Si je pouvais la sacrifier, je le ferais.

— Qu'est-ce que ça veut dire ? Qu'il est trop tard ? Le lendemain du bal, tu as dit que tu ne voulais plus procéder au sacrifice.

Il fuit mon regard et remarque un pétale tombé, qu'il ramasse. Le bras appuyé sur son genou plié, il l'observe d'un œil absent.

— Ce matin-là, je suis sorti pour rompre le sort, comme je l'avais dit. Au moment où je tenais la tige de la rose entre mes doigts, j'ai pris le temps de réfléchir à ce que je m'apprêtais à abandonner. Et, tout à coup, j'ai eu une révélation.

La peine dans son expression me tord les entrailles. Je brûle de m'approcher, de le prendre dans mes bras. Mais je me contrains à rester aussi immobile que possible.

— Laquelle ?

— Tu te souviens des termes qui me permettent de conjurer le sort ?

— Oui. Si, parmi les quatre choses que tu risques de perdre, tu sacrifies de ton plein gré celle qui compte le plus à tes yeux, tu conserveras les trois autres.

Il acquiesce.

— Quand on m'a lancé ce sortilège, je savais que ma forme unseelie était ce que j'avais de plus cher. J'y tenais plus qu'à la vie. Et c'est resté le cas jusqu'à ce que… jusqu'à ce qu'un changement se produise : ton arrivée dans ma vie. Je ne sais pas exactement quand mes priorités ont basculé. En tout cas, c'était bien avant que je t'avoue mes sentiments, j'en suis certain. Mais jusqu'à cette fameuse nuit après le bal, je crois que j'arrivais encore à me convaincre du contraire. À partir du moment où je t'ai tenue dans mes bras et où j'ai su que tu m'aimais aussi… j'ai trouvé un trésor plus précieux encore.

— Lequel ? Et pourquoi est-il si dur pour toi d'y renoncer ?

Lorsqu'il croise mon regard, ses yeux sont embués de larmes. Il me gratifie d'un sourire déchirant.

— C'est évident, Gemma. Ma mémoire. Avant toi, je me moquais éperdument qu'elle s'efface. Je n'avais aucun souvenir qui vaille la peine d'être préservé. Je savais que l'instinct me permettrait de survivre, de devenir une version de moi similaire à celui que j'étais, même s'il me fallait recommencer à zéro. Si je n'arrivais pas à me rappeler mon passé, je courais le risque de perdre ma couronne. J'aurais même pu oublier ma nature faérique. Du moment que je pouvais vivre sous ma forme de loup, ces deux issues m'étaient bien égales. Mais maintenant… si je perds la mémoire, je te perds toi, je perds tout ce que nous avons vécu ensemble. Je perds l'homme que je suis devenu.

Le souffle court, je sens un sanglot me monter dans la poitrine. Peu à peu, tout s'éclaire. Les paroles qu'il m'a dites le matin de mon départ prennent leur sens – des paroles que j'ai interprétées d'une manière tout autre. Je me rappelle ce qui m'a le plus blessée : lorsqu'il a dit regretter la nuit que nous avions passée ensemble et affirmé que, sans cet épisode, il aurait pu rompre le sort sans perdre la seule chose qui comptait le plus pour lui. Désormais, je comprends.

Il doit voir cette prise de conscience dans mon regard, car il ajoute :

— Si je n'avais pas eu de souvenirs aussi forts à chérir, j'aurais pu me persuader que ma forme unseelie restait mon bien le plus cher, y renoncer et garder le reste. Mais après cette nuit-là... impossible de revenir en arrière. Même les plus astucieux enchantements faériques n'auraient pas pu m'aider à cacher la vérité. Je l'ai compris dès que j'ai touché la rose. Dorénavant, rien n'a plus de valeur à mes yeux que mes souvenirs. Les sacrifier reviendrait à te perdre toi et, par conséquent, à me perdre aussi.

Les larmes roulent sur mes joues.

— Pourquoi tu ne me l'as pas dit ? Pourquoi m'avoir laissée partir dans une telle colère ?

Il tend la main pour essuyer une larme sur ma joue du revers de ses doigts. Une caresse si tendre, si contrite qu'elle me donne l'impression que mes poumons vont flancher.

— J'allais le faire, mais je me suis rendu compte que la vérité t'inciterait peut-être à me délivrer toi-même. Pour moi, c'était hors de question. Je refuse que tu sacrifies ce que tu as de plus cher. La liberté est trop importante. Je n'ose pas imaginer ce que le sortilège te réserverait si tu venais à y renoncer et je préfère ne jamais le découvrir.

— Mais tu vas mourir, sangloté-je.

Il se penche et me prend le visage entre ses deux paumes.

— Dans ce cas, je mourrai en paix et heureux de t'avoir aimée. Avant toi, je n'avais jamais connu l'amour. Ni même le bonheur, d'ailleurs. Est-ce que tu te rends compte ? Depuis ma naissance, l'instinct de survie guidait mes pas, quand ce n'était pas la passion, qui se manifestait généralement sous forme de haine ou de vengeance. Courir dans la forêt était ma plus grande source de joie.

— Alors, saisis ta chance. Renonce à nos souvenirs ensemble pour retourner dans les bois. Cette échappatoire ne peut pas être pire que la mort.

De la pulpe du pouce, il intercepte une nouvelle larme sur ma joue.

— Au contraire. Ce serait mourir aussi. Quand j'étais loup, ma vie n'avait rien de très honorable. Je n'étais ni aimable ni heureux. Je ne savais pas ce que je manquais avant que tu m'ouvres les yeux. Maintenant, je ne peux plus redevenir celui que j'étais… ni repartir à zéro.

— Je croyais que tu détestais ce corps.

— Longtemps, ç'a été le cas. Il m'a donné bien des tourments, m'a contraint à faire de nouvelles expériences, à découvrir des émotions qui m'étaient inconnues. Pour la première fois, j'ai dû faire face à toutes les fautes que j'ai commises étant loup, les vies que j'ai ôtées… et pas seulement celles des chasseurs qui m'ont valu d'être puni, mais les nombreuses victimes que j'ai faites pendant la guerre et en dehors. À l'époque, je prenais plaisir à tuer. J'en étais fier. Mais sous cette forme, j'ai appris à regretter, à ressentir ce que vous appelez l'empathie. J'ai passé tant d'années à mépriser ce corps. Mais… si je perds la mémoire, je redeviendrai ce loup, ou pire encore. Ça n'a peut-être aucun sens pour toi, mais je préfère mourir avec mes souvenirs plutôt que de vivre l'éternité dans la peau d'un loup qui ignore tout de ton existence.

Je me rapproche pour poser une main sur son torse, à l'endroit où se trouve son cœur. Il la recouvre de la sienne. De l'autre, il continue de me caresser la joue.

— On peut prendre un nouveau départ, balbutié-je entre mes larmes. Je t'aiderai à reconstruire ce que tu auras perdu.

— Non. Dès que ma mémoire sera effacée, je ne te reconnaîtrai plus. Sous ma forme de loup, je risque même de te dévorer sur-le-champ. Si j'oublie tout, la personne que je suis – ou que j'ai été – disparaîtra. Je pourrais devenir à peine plus intelligent qu'un animal et je ne veux plus m'en contenter. Il en va de même pour le reste de ma meute. Au moins, les louveteaux vivront une vie entière en tant qu'enfants humains. Certes, ils perdront la mémoire, mais il leur reste l'espoir de trouver le bonheur malgré notre absence.

Ses mots me fendent le cœur. Je ne veux pas le voir mourir, mais je comprends sa réticence à l'idée de ne plus se reconnaître. Que choisirais-je face au même dilemme ? Qui deviendrais-je si j'oubliais le roi de l'Hiver et le temps que nous avons passé ensemble ? En seulement un mois, il m'a transformée. Il m'a appris à retrouver foi en l'amour, à accorder ma confiance à nouveau. Même quand j'ai cru qu'il m'avait trahie, j'ai conservé, au fond de mon cœur, une trace de ce que m'a apporté mon séjour auprès de lui. C'est Nina qui m'a aidée à la retrouver. En dépit de la souffrance que m'a causée notre histoire, Elliot a rendu ma vie plus belle.

Pour autant, serais-je prête à mourir pour préserver ces précieux souvenirs ? Alors qu'y renoncer pourrait me permettre de me sauver moi ainsi que d'autres…

Ma respiration se coupe. Je manque même de m'étrangler. Si renoncer à mes souvenirs avec Elliot… pouvait me permettre de le sauver lui… le ferais-je ?

Soudain, je me sens toute chose. Les priorités du roi ne sont pas les seules à avoir changé – les miennes aussi. J'ai découvert qu'il est une chose plus importante encore que la liberté et l'indépendance. Au fond, peut-être l'ai-je toujours su. Je ne cesserai jamais de me battre bec et ongles pour conserver l'une et l'autre, mais elles ne m'empêchent pas de tomber amoureuse… tant qu'il s'agit d'un amour véritable, sincère. Oui, en fin de compte, l'amour est ma priorité. Et en cet instant, rien n'est plus cher à mes yeux que ma relation avec Elliot.

Je me jette à son cou et l'embrasse avec force. L'espace d'une seconde, il reste pétrifié dans mes bras, comme s'il avait peur de me rendre mon baiser. Peu à peu, il se détend et ses lèvres cèdent sous la pression des miennes. Je savoure leur chaleur, leur douceur, consciente que c'est la toute dernière fois que je les embrasse. Les larmes continuent de ruisseler sur mes joues, mais je ne romps pas le contact avant de perdre haleine, avant de trouver la force de m'écarter. Je lui prends le visage en coupe et plonge les yeux dans les siens.

— Tu risques de devenir un monstre si ta mémoire s'efface… mais pas moi. J'apprendrai peut-être à aimer à nouveau, même si te perdre est le prix à payer.

Le roi fronce les sourcils.

— Qu'est-ce que tu racontes ?

Je le gratifie d'un sourire tremblant.

— J'ai lu le livre sur l'orphelin et son chien. Tu t'en souviens ? À la fin, le cabot meurt. Il se sacrifie pour sauver son ami.

Elliot fait signe que oui.

— C'est un de ceux que je t'ai dit avoir lus, que j'ai eu envie de jeter à l'autre bout de la pièce après l'avoir fini.

Un rire triste lui échappe.

— J'ai ressenti la même chose. Pourtant, c'est une très belle histoire, qui m'a marquée. Pendant notre danse au bal, quand j'ai pris conscience de mes sentiments pour toi, je me suis sentie comme le petit garçon du roman à l'idée de devoir te perdre. J'étais prête à te laisser partir. Je savais qu'épouser Imogen était pour toi la meilleure solution, aussi déchirante soit-elle.

Il ferme les yeux et plaque son front contre le mien.

— Mais tout compte fait, je ne suis pas l'orphelin, ajouté-je. Je suis le chien.

Il s'écarte légèrement, le regard affolé.

— Gemma…

— Où que tu ailles, n'oublie jamais que je t'aime, Elliot Rochester.

D'un bond sur le côté, je m'empare de la tige de la rose fanée et la brise en deux.

41

Une épine me perce la peau, mais je n'en fais aucun cas. Seule compte la fleur cueillie entre mes doigts, dont l'ultime pétale est encore intact. Les yeux fermés, je m'empresse de dire :

— Je renonce de mon plein gré à ce que j'ai de plus précieux.

Le cri de panique d'Elliot est la dernière chose que j'entends. Ensuite, c'est le néant. Ou plutôt, une obscurité dont les bords se parent de mauve. Je cligne des yeux dans l'espoir d'y voir plus clair. Peu à peu, la couleur se répand au point d'engloutir complètement le noir. Ne reste plus qu'une vision troublante du lieu que je viens de quitter – la roseraie. Sauf que je n'ai pas l'impression d'y être vraiment. Je me sens comme plongée dans une espèce d'entre-mondes, une époque hors du temps. Mon corps me paraît à la fois trop lourd et trop aérien, mon esprit, ralenti, embrumé et, paradoxalement, débordant d'énergie.

Serais-je… morte ? L'idée devrait me terrifier davantage. Je regarde à côté de moi, à l'endroit où se trouvait Elliot. Il est toujours là, mais semble figé, telle une statue, la main tendue vers moi comme s'il s'apprêtait à m'empêcher de cueillir la rose. Je suis étonnée de le reconnaître car, à force de l'étudier, je m'aperçois que son corps n'est pas normal. Sa silhouette paraît constituée de millions de particules frémissantes de lumière violette. À bien y regarder, la cour tout entière se compose de tourbillons lumineux identiques, aussi bien le sol pavé que la neige qui tombe du ciel, le banc et les ronces. Mes mains aussi ne sont guère plus que deux halos pourpres. En revanche, la rose a disparu.

— Vous souhaitez rompre le sort, annonce une voix désincarnée, mélodieuse.

Je n'en vois pas la source, mais elle semble venir de partout, chanter par le biais des particules de lumière. Un phénomène magique, c'est la seule explication.

Il me faut un certain temps pour trouver ma propre voix. Quand je réponds, elle me paraît sourde, atone.

— Oui. Je suis venue sacrifier ce qui m'est le plus cher.

Soudain, l'aura violette se met à dessiner des arabesques dans les airs avant de laisser apparaître la scène qui s'est écoulée quelques minutes plus tôt. À moins que ce ne soit plusieurs heures… ou seulement une poignée de secondes.

Elliot et moi sommes accroupis sur les pavés de la cour, front contre front. Puis, comme si nous nous animions à l'envers, je le vois essuyer une larme sur ma joue. Vient ensuite le moment où je me suis laissée tomber par terre à ses côtés. Les particules se déplacent pour former une autre scène que nous avons vécue dans la roseraie. Dans celle-ci, nous nous disputons. La haine que je lis sur mon visage me fend le cœur – du moins, ce qu'il en reste dans ces lieux étranges. Je suis soulagée quand le tableau disparaît pour me transporter à la veille, au soir où il m'a avoué qu'il m'aimait. Je regarde tous les événements en sens inverse, de nos corps nus entremêlés à notre premier baiser dans la bibliothèque. Mon seul regret est de ne pas lui avoir confié mes sentiments à ce moment-là. Au moins, c'est fait, maintenant.

Le spectacle de lumière et de souvenirs se poursuit. Je le regarde du début à la fin. J'y vois chaque instant partagé avec Elliot, jusqu'à celui où je me suis agenouillée au chevet d'un loup pour découvrir qu'il s'était enduit de sauce tomate. Je me rappelle encore ma fureur. Désormais, j'ai plutôt envie de glousser… et de pleurer à la fois. Je suis tiraillée entre rires et larmes, joie et chagrin.

— C'est ça, votre trésor le plus précieux ? demande la voix. Le temps que vous avez passé avec le Roi Loup ?

La vérité me pèse sur le cœur.

— Oui.

L'éclat violet s'agite de nouveau pour me montrer une version de moi qui parcourt les rues de Vernon. Mon sourire est froid, cruel, particulièrement hautain. Je ne croise le regard de personne. Plusieurs gentlemen séduisants s'arrêtent pour lever leur chapeau, mais je ne remarque rien, trop absorbée dans mon rôle. Ensuite, Imogen me rejoint et nous discutons sur le trottoir. En retrait, Ember me sourit. Je lui retourne l'amabilité, mais je sais que nous ne deviendrons pas amies dans cette version de la réalité, car mon seul objectif est d'échapper aux conversations. Jamais je ne m'ouvrirai ni n'avouerai la peine que m'a causée le scandale survenu à Bretton. Je resterai éternellement hypocrite. Protégée… mais terrifiée. Voilà la personne que je me condamne à redevenir si je renonce aux changements qu'Elliot a provoqués en moi.

— C'est pour ça que vous êtes prête à sacrifier ce qui vous est le plus cher ?

J'ai beau connaître ma réponse, je prends le temps de réfléchir. Certes, Elliot a rendu mon existence plus belle – et fait de moi une personne meilleure –, mais la vie ne s'arrête pas là. Si j'ai appris à aimer et faire confiance, rien ne m'empêche d'y parvenir une nouvelle fois. Et quand bien même, si c'est la condition pour qu'Elliot et sa meute aient la vie sauve et conservent leur mémoire… alors ce sacrifice en vaut la peine.

— Oui, je l'accepte.

La voix éthérée s'exprime une dernière fois :

— Dans ce cas, le sortilège est rompu.

Tout à coup, la lumière pourpre se met à tournoyer autour de moi tel un ouragan, avant de disparaître subitement. Me voilà de retour dans la roseraie, où le temps reprend son cours. Elliot fond sur moi, manquant de me faire basculer en arrière. Il cherche mes mains, mais elles sont vides.

— La rose ! s'étrangle-t-il.

Je jette un regard derrière moi, pensant la trouver à sa place et découvrir que les derniers instants passés dans cet étrange lieu plein de magie n'étaient rien de plus qu'un rêve, une hallucination. Mais la fleur a disparu.

Les larmes aux yeux, le roi me saisit par les épaules.

— Qu'est-ce que tu as fait, Gemma ?

Les mots meurent sur mes lèvres. Si j'ouvre la bouche, je crains d'être emportée dans l'univers que j'ai entrevu, de me retrouver prisonnière de ce monde où notre rencontre n'a jamais eu lieu, où je l'oublie.

Je me contente d'admirer le roi, de mémoriser la couleur de ses iris, les contours de sa bouche, les mèches de cheveux qui lui tombent devant les yeux, le son de mon nom entre ses lèvres, le timbre de sa voix caverneuse, la mélodie de son cœur…

Allez-y, effacez tout, pensé-je. *Je suis prête.*

— Dis quelque chose.

Derrière Elliot jaillit un éclair de lumière plus aveuglant encore que le soleil. De concert, nous sursautons avant de nous tourner vers cette lueur, mais elle s'évapore aussi vite qu'elle est apparue. À sa place se tient une femme d'une beauté à couper le souffle. D'un seul coup d'œil, je devine qu'il s'agit d'une faé. Malgré la distance qui nous sépare, je vois qu'elle me dépasse de plusieurs centimètres, je remarque sa silhouette élancée, la pâleur de sa peau et ses oreilles en pointe. Ses cheveux argentés lui tombent juste sous le menton. Ils sont lisses et plaqués en arrière – un style que je n'ai jamais vu porté par une femme, humaine comme faé. Sa tenue est des plus étonnantes : elle est vêtue d'un pantalon noir moulant et d'un corsage ajusté qui évoque davantage un gilet de costume qu'un chemisier.

En appui sur sa seule jambe valide, Elliot se lève à la hâte. Sitôt debout, il ouvre la main et sa béquille de bois s'y matérialise. Après l'avoir calée sous son bras, il s'avance vers la faé, menaçant.

— Nyxia, gronde-t-il. Qu'est-ce que tu viens faire…

— Tiens, tu as donc retrouvé la mémoire ! le coupe l'intéressée, affublée d'un sourire aux canines pointues, avant de considérer son bâton. Et tes pouvoirs, on dirait.

Elliot marque une pause, confus. Lentement, je me lève à mon tour pour aller le rejoindre. Lorsque je parviens à sa hauteur, il tend le bras devant moi, les yeux rivés sur la nouvelle venue.

— N'approche pas, Gemma, chuchote-t-il.

La faé croise les bras et balance une hanche de côté, l'air faussement innocent.

— Pourquoi une telle méfiance ?

— Je me souviens, maintenant, dit le roi. C'est toi qui m'as lancé le maléfice.

Elle hausse les épaules.

— En effet. Et comme j'en suis à l'origine, j'ai senti qu'il touchait à son terme et je suis venue transmettre mes respects, explique-t-elle avant de me considérer du regard. C'est vous qui l'avez rompu, je présume.

Le monarque se tourne brusquement vers moi.

— Qu'est-ce que tu as sacrifié ?

J'ouvre la bouche, mais je suis encore trop ahurie pour parler. Nyxia prend la parole avant moi.

— Rien, Flauvis.

Flauvis ? Serait-ce le vrai prénom d'Elliot ? Pour l'heure, ça n'a aucune importance. Je surgis des profondeurs de la stupeur qui m'habite pour me planter face à la femme-faé.

— Vous vous trompez. J'ai bien cueilli la rose et renoncé à mon trésor le plus cher, mais… pourquoi ça n'a pas marché ? Comment se fait-il que le sort ait été rompu si… s'il ne m'est encore rien arrivé ?

La panique m'envahit. Mon sacrifice prendra-t-il effet petit à petit, comme la perte de mémoire d'Elliot ? La tête rejetée en arrière, Nyxia éclate d'un rire chantant.

— Au contraire, votre démarche a porté ses fruits, charmante humaine. Vous étiez prête à renoncer à votre trésor le plus précieux, comme le stipulaient mes conditions.

Hébétée, je l'observe en attendant qu'elle développe. Elle lève les yeux au ciel.

— Pour annuler le sort, il suffisait qu'un être humain accepte de procéder à ce sacrifice. Rien n'obligeait l'individu en question à l'accomplir véritablement. Tout est dans la formulation.

— Quoi ? m'exclamé-je, outrée.

Un grondement sourd résonne au plus profond de la poitrine d'Elliot.

— Tu as fait de mon maléfice une énigme ?

Indifférente à la colère du roi, Nyxia étudie ses ongles un instant.

— J'ai beau être sournoise, je ne suis pas cruelle. À quoi bon faire souffrir une humaine pour toi plus que de raison ? Pour qu'elle ait une quelconque estime de toi, il a fallu qu'elle passe un certain temps en ta compagnie – ce qui, en soi, est déjà une vraie torture. Ce serait franchement diabolique de l'obliger en plus à faire un tel sacrifice. Toi, naturellement, tu n'y aurais pas échappé, si tu avais décidé de te délivrer par toi-même.

Elle ajoute cette précision avec un sourire ravi, comme si ses propos l'amusaient. Elliot prend une inspiration rageuse.

— Ta petite devinette aurait pu me coûter la vie !

Elle lui jette un regard noir.

— Crois-moi, c'est un risque que le conseil Alpha se languissait de prendre.

Cette remarque me met hors de moi, me fait monter le feu aux joues. Je m'attends à voir le roi s'emporter – l'espace d'un instant, il semble d'ailleurs sur le point d'exploser. Mais il grommelle un chapelet de jurons, tête baissée.

— Peux-tu vraiment nous jeter la pierre ? questionne Nyxia.

Elliot se masse la nuque.

— Non, je l'admets, marmonne-t-il en me lançant un regard gêné avant de reporter son attention sur la femme-faé. Nous n'étions pas en très bons termes, n'est-ce pas ?

Elle arque un sourcil.

— Toi et moi, tu veux dire ? Ou toi et le reste du monde ? Parce que si c'est la seconde option, je te le confirme.

— Maudite faé ! crache-t-il. J'ai compris, d'accord ? Maintenant, fais-moi le plaisir de déguerpir de mon domaine !

Elle prend une mine choquée.

— Tiens donc ! Tu te considères encore chez toi, maintenant que le sort est rompu ? Dois-je en conclure que tu as fini par prendre goût aux habitations humaines ?

— Tu comptes remuer le couteau dans la plaie longtemps ? Qu'est-ce que tu veux ? Des applaudissements ? Une tape dans le dos ?

Elle pouffe d'un rire moqueur avant d'ouvrir un curieux poudrier d'argent.

— À la prochaine ! lance-t-elle en agitant délicatement les doigts.

De la petite boîte jaillit la même lumière éblouissante qui a précédé l'apparition de Nyxia. En un clin d'œil, elle emporte la faé. Sans un mot, Elliot et moi scrutons un moment l'endroit où elle se tenait. Puis je me tourne lentement vers le roi. Après ce que je viens d'apprendre et de vivre, j'ai le cœur qui bat à cent à l'heure, l'esprit en ébullition. Un soupçon d'appréhension me saisit – et ne fait que grandir face à la rigidité de la posture d'Elliot. Dans ses yeux, je lis de l'incertitude.

Maintenant qu'il est délivré du maléfice, les choses ont-elles changé entre nous ? Il a retrouvé ses pouvoirs, l'immortalité et la mémoire – y compris la capacité de reprendre sa forme unseelie. Ses sentiments pour moi demeurent-ils aussi forts que lorsqu'il était victime du sortilège ? Ou dois-je m'attendre à ce que tout dérape à nouveau, comme à chaque… Non. Cette fois, il n'est pas question que je me prépare au pire. Si les choses doivent dégénérer, qu'il en soit ainsi. Je ne me laisserai pas submerger par le doute.

J'ouvre la bouche, mais il me devance.

— Je ne sais pas quoi dire.

Mon cœur fait un bond dans ma poitrine. On dirait le début d'une douche froide…

— Tu… tu as brisé le sort, reprend-il. Tu as fait l'impensable. Et moi, je… j'ai retrouvé mes souvenirs. Des faits que je n'avais pas conscience d'avoir oubliés me sont revenus. J'ai l'impression qu'ils sont placardés sur mon visage.

Je plisse le front.

— Qu'est-ce que tu racontes ?

— Tu t'en aperçois forcément. Tu as d'ailleurs dû le voir dans les yeux de Nyxia. Je n'ai pas été un bon loup, Gemma. Mais je promets de devenir meilleur.

Haletante, je peine à saisir où il veut en venir. Penaud, il porte une main tremblante à ma joue.

— Est-ce que tu m'aimes toujours ? Sinon, je le comprendrais, mais… mais j'espère sincèrement que tes sentiments n'ont pas changé.

Une vague de chaleur m'inonde le cœur. Je suis tiraillée entre soulagement et exaspération.

— Bien sûr, gros bêta ! Penses-tu que j'aurais sacrifié notre relation pour rien ?

Un sourire triste se dessine sur ses lèvres.

— Je craignais simplement… Après ce qu'a dit Nyxia sur le conseil Alpha et moi… Il va falloir beaucoup d'efforts pour rétablir mes relations avec les autres faés de sang royal. En attendant, elles vont jaser, se poser des questions et sans doute continuer de me détester. Tu as déjà été la cible de commérages et je ne veux pas…

Sans le laisser finir, je me pends à son cou.

— Qu'ils jasent, ça m'est égal. Si quelqu'un, noble ou non, se permet de me faire une réflexion en face, je ne manquerai pas de lui lancer quelques noms d'oiseaux de mon cru. Tout ce qui compte pour moi, c'est toi, Elliot. L'homme que j'aime.

Ses lèvres s'étirent davantage. Je retrouve enfin son sourire franc, celui que j'ai entraperçu dans son petit salon, il y a maintenant des semaines.

— Je t'aime aussi, Gemma.

Il m'embrasse, puis jette sa béquille pour me prendre dans ses bras. Je l'attire contre moi, soucieuse de ne pas perturber son équilibre précaire. Je savoure le contact de son corps, son parfum, les battements de son cœur contre le mien. Quand nous nous séparons, je souris jusqu'aux oreilles.

— Alors, comme ça, c'est Flauvis, ton vrai nom ? Je devrais peut-être arrêter de t'appeler Elliot Rochester.

— Elliot, Flauvis… peu m'importe comment tu m'appelles, tant que je t'appartiens.

Épilogue

Un an plus tard.

Du haut de l'escalier, j'appelle les enfants dans leur chambre, au bout du couloir.

— À table !

J'entends un cri de joie, suivi d'un jappement. Trois silhouettes surgissent à toute allure pour s'élancer dans le corridor en sautillant. Micah et Jenny se montrent sous leur apparence seelie. Charlie, lui, trottine à pas feutrés sous sa forme de loup.

L'absence de Franklin me fait un pincement au cœur. Le quatrième enfant a quitté le manoir le mois dernier, quand sa mère est enfin venue le chercher. J'ai beau être heureuse qu'il ait retrouvé sa famille biologique, dire au revoir à ce louveteau auquel je me suis attachée au cours de l'année passée a été pour moi un vrai déchirement, dont je ne me remettrai peut-être jamais. Mais je dois me faire une raison : maintenant qu'ils sont délivrés du sort, tous les enfants risquent d'être récupérés un jour ou l'autre par leurs parents. En attendant, je vais continuer de les aimer de tout mon cœur, comme s'ils étaient les miens.

— Qui mange quoi ? demandé-je lorsqu'ils approchent.

Charlie aboie, Micah répond : « Du pain ! » Jenny, elle, danse d'un pied sur l'autre, indécise. Puis, avec un frémissement, elle se transforme en une boule de fourrure noire et grise avant de pousser un jappement enthousiaste.

— Très bien. Vous connaissez le chemin.

Au pas de charge, ils s'élancent dans l'escalier. Je les suis à une allure plus calme. Une fois dans la salle à manger, Micah s'installe à la longue table. Ses deux amis, eux, jouent de l'autre côté de la pièce en remuant vigoureusement la queue. Bertha entre après moi, un plateau garni de pain frais dans une main, une énorme soupière de ragoût dans l'autre.

— Attends, je vais t'aider, dis-je en lui prenant le pain.

— Ah, merci, trésor !

Nous déposons les plats sur la table, déjà chargée d'un généreux festin. Les mains libres, la cuisinière se tourne vers moi et se met à fouiller la poche de son tablier.

— J'ai failli oublier ! Tu as reçu du courrier.

Parmi les lettres qu'elle me remet, je trouve quelques missives peu engageantes. En dessous du paquet, en revanche, se cache une enveloppe portant un nom familier : Ember Montgomery. Peu après que le sortilège a été levé, Mme Coleman a quitté Vernon avec ses filles et sa belle-fille. Je ne peux que supposer que sa relation avec mon père n'a pas survécu, car lui habite toujours en ville. Une ville peuplée par des créatures faériques de plus en plus nombreuses et d'autres individus intéressants qu'il me tarde de rencontrer. Pour autant, je n'ai pas cessé de penser à mon amie aux cheveux turquoise, à ses talents de pianiste et à sa triste situation, enchaînée à son odieuse belle-famille. J'ai eu beau la supplier de m'écrire après son départ, c'est la toute première lettre qu'elle m'ait adressée. Je me languis tant d'ouvrir l'enveloppe que les doigts se mettent à me picoter…

— Où sont les autres ? demande Bertha, coupant court à mes pensées. Ils savent que le dîner est servi à six heures. Ah ! Je n'ai rien dit, je les entends qui arrivent.

À cet instant retentit le martèlement de pattes sur les dalles du vestibule. Quelques secondes plus tard, plusieurs loups entrent dans la pièce. Deux s'entraident pour porter un énorme cadavre de cerf. À sa vue, je secoue la tête. Je glisse les lettres dans une poche de ma robe, bien décidée à lire celle d'Ember sitôt le repas terminé. Pour l'heure, j'ai une affaire plus pressante à régler.

— Vous allez mettre du sang sur le marbre ! lancé-je aux loups chargés du cerf. Et ce n'est pas la première fois ! J'espère que vous êtes de corvée de nettoyage ce soir.

Les deux prédateurs portent l'animal à l'extrémité de la pièce, où attendent Charlie et Jenny. Quand les louveteaux bondissent en avant, impatients de mordre à pleines dents dans leur dîner, les adultes leur font signe d'attendre que tout le monde soit là. D'autres arrivent, dont certains adoptent leur forme seelie pour se joindre à Micah à la table, tandis que le reste se dirige vers le fond de la salle. Apparaît enfin mon bien-aimé loup blanc, qui ferme la marche.

Dans un spasme, il quitte sa forme unseelie pour reprendre son apparence humaine, en équilibre sur sa jambe valide. Une seconde plus tard, sa béquille se matérialise dans sa main et il la cale sous son bras. Ces derniers temps, il utilise tout autant sa prothèse, mais je crois qu'il garde une préférence pour le bâton. J'observe le roi de la tête aux pieds. Il porte son plus beau pantalon, mais ne l'a assorti ni d'un gilet ni d'un veston et sa chemise est sortie de sa ceinture. Par chance, le dîner de ce soir est décontracté. Inutile de l'envoyer se changer.

Il traverse la pièce pour me rejoindre et me prend par la taille. Une main posée sur sa poitrine, je lève la tête pour l'embrasser. Au contact de ses lèvres, je m'imprègne de son odeur : un mélange de pin et de neige où je dénote l'arôme persistant de la fourrure de loup – un parfum auquel j'ai curieusement pris goût. Quand je m'apprête à m'écarter, Elliot m'embrasse de plus belle et me serre plus fort encore. Une nuée de papillons se met à danser dans ma poitrine et je sens la température monter en moi. Je m'abandonne, j'entrouvre la bouche pour lui permettre d'y glisser sa langue. Elle caresse la mienne, assez discrètement pour ne pas attirer les regards. Moi, en tout cas, je suis aux premières loges.

Quand nous parvenons enfin à nous séparer, le roi, toujours agrippé à ma taille, me mordille tendrement la lèvre inférieure. Je lui adresse un sourire amusé.

— Tu n'es sorti chasser que quelques heures. Pourtant, on dirait que tu ne m'as pas vue depuis des jours.

— Que veux-tu ? Les bois et le ciel sont beaux, mais toi, tu me coupes le souffle.

Le rouge aux joues, je me penche pour lui réclamer un nouveau baiser qui, une fois encore, s'éternise plus que de raison.

— C'est l'heure de passer à table, marmonné-je tout contre ses lèvres.

Il pousse un grognement de frustration.

— Tu es sûre ?

Je pouffe de rire avant de m'écarter.

— Certaine. Et n'oublie pas que j'ai invité ma sœur.

— Rien ne nous empêche de nous éclipser dans la chambre une petite minute.

Un sourire malicieux se dessine sur mes lèvres.

— Crois-moi, quand je t'aurai pour moi toute seule, ce soir, une minute ne suffira pas !

Face à son expression, aussi taquine que la mienne, je me dérobe avant qu'il ne puisse m'attirer à nouveau contre lui. Tout émoustillée, le cœur en joie, je me dirige vers la table. Le roi prend place à une extrémité et me transperce de son regard pénétrant pendant que j'aide Bertha à disposer les derniers plats. Je décoche à mon homme-loup un sourire espiègle.

— Cesse de me fixer, Elliot. Tu n'apprendras donc jamais ?

Il me lance un clin d'œil.

— Non, jamais. Tu es bien trop belle.

Barbe Noire, qui a choisi de conserver son nom d'adoption bien qu'il ait recouvré la mémoire, simule un haut-le-cœur avant de s'asseoir.

— Gardez ça pour la chambre à coucher, merci.

Le roi lève une main en l'air.

— Ce n'est pas faute d'avoir proposé ! Elle insiste pour qu'on mange d'abord.

Ellen, la louve qui, jusqu'alors, se faisait appeler Grise, entre dans la pièce sous sa forme unseelie.

— C'est l'heure de manger ? Excusez-moi, je prenais un bain.

— Enfin ! la raille Barbe Noire.

Ellen fronce ses sourcils canins avant de se joindre aux autres loups, attroupés autour du cerf. Bertha et moi posons le tout dernier plat sur la table au moment où nos invités arrivent.

— Gemma ! s'exclame Nina, qui se rue sur moi.

Je la prends dans mes bras.

— Alors, cette lune de miel ? demandé-je quand nous nous séparons.

Le rose aux joues, elle affiche un large sourire. Elle jette un coup d'œil à James, son époux, qui se dandine d'un pied sur l'autre, l'air gêné. Le regard du jeune homme passe de Nina à la table de la salle à manger, puis à la meute de loups.

— C'était merveilleux.

Je me tourne vers lui.

— Quelle joie de vous revoir ! Et de vous recevoir à dîner. Cela dit, j'espère que ma sœur vous a averti… Notre maisonnée n'est pas tout à fait conventionnelle.

James m'adresse un sourire timide.

— Elle m'a beaucoup parlé de vous et… et de Sa Majesté.

Il se penche brusquement pour faire la révérence. Je pivote sur moi-même et m'aperçois qu'Elliot nous rejoint.

— Pas de ça avec moi ! lance-t-il avant de saluer ma sœur d'une étreinte affectueuse. Lors d'occasions comme celle-ci, appelez-moi Elliot.

Ce disant, il serre la main du jeune homme, qui bafouille avant de trouver ses mots.

— Elliot ? Je croyais que c'était Flauvis, votre nom.

Après une grimace, le roi me jette un sourire en coin.

— Seulement quand je m'attire des ennuis. Pas vrai ?

Je lui donne une tape taquine sur le torse, puis je me tourne vers notre troisième et dernier invité.

— Bonsoir, monsieur Cordell. Je suis ravie que vous soyez là.

— Oh, ne mentez pas ! pouffe-t-il tandis que je lui donne une accolade. Je sais que c'est uniquement parce que je vous apporte le dernier tome de *La Gouvernante amoureuse*.

J'écarquille les yeux.

— Vous plaisantez ! Il est déjà sorti ?

De la sacoche de toile qu'il porte à l'épaule, le vieil homme tire un objet rectangulaire enveloppé de papier brun.

— Je vous préviens : vous n'allez pas dormir de la nuit.

— C'était déjà prévu, glisse Elliot, ce qui lui vaut une nouvelle tape de ma part.

Il salue ensuite le libraire, que nous invitons souvent.

— Asseyez-vous où vous voulez, dis-je maintenant que les civilités sont derrière nous. Je vous conseille de choisir une place dos aux loups. Tout le monde ne supporte pas la vue de leur menu.

James blêmit. Nina, elle, se contente de glousser. Pendant qu'Elliot regagne son siège, je conduis nos convives à la table. Je prends place à côté du roi, face à Barbe Noire. À l'autre extrémité, Micah saute de sa chaise pour s'emparer de celle voisine à la mienne. Amusée, Bertha secoue la tête et s'assied de l'autre côté du petit garçon. Nos convives suivent mon conseil et s'installent à côté de Barbe Noire, le dos tourné aux loups et à leur festin peu ragoûtant.

— Mangeons, suggéré-je.

Tout le monde tend les bras et se met à faire passer les plats. Il faut un moment à James pour s'acclimater à notre désordre organisé, mais Nina et M. Cordell prennent soin de l'aider. Rires et conversations retentissent bientôt autour de la table, accompagnés de grognements et de jappements enjoués.

Je balaie du regard l'assemblée, les visages des loups et de ceux et celles qui sont devenus ma nouvelle famille – sans oublier Nina, qui l'a toujours été. Malgré les liens de sang qui nous unissent, nous nous sommes rapprochées depuis un an. Il faut dire que j'ai appris à m'ouvrir comme jamais auparavant. La bouche pleine, ma cadette me sourit lorsqu'elle me surprend à l'observer. Je lui rends son sourire avant de me tourner vers mon loup, qui croise mon regard à son tour. La joie qui brille dans ses yeux fait écho à la mienne.

Je reporte mon attention sur mon assiette, mais je suis presque trop heureuse pour manger. Un an plus tôt, jamais je n'aurais imaginé me sentir aussi comblée. À l'époque, je m'étais persuadée que l'amour n'était qu'une illusion, ou que seul un amour éternel comptait véritablement. J'ai compris, depuis, que ce n'est pas si simple. Ma première histoire s'est mal terminée et j'ai bien failli gâcher la deuxième. Mais, même si j'en avais vécu une troisième, une quatrième ou trente de plus… je n'en regretterais aucune. Parce que l'amour vaut toutes les peines.

Que je doive perdre quelqu'un qui m'est cher, comme l'orphelin du roman, me sacrifier pour le bien d'un autre, à l'image du chien… ou encore vivre un amour à l'épreuve des obstacles, destiné à une fin heureuse, comme la gouvernante de mes livres… Je ne perdrai plus jamais foi en l'amour.

Lorsqu'une main chaude se pose sur la mienne, je jette un nouveau regard à Elliot. Je retourne la paume de manière à mêler mes doigts aux siens, puis je me perds dans les profondeurs de ses prunelles rubis. « Me perdre » n'est pas le terme exact. Car, au fond, j'ai trouvé ma place.

Le roi se penche vers moi et je l'imite. Au creux de mon oreille, il chuchote les paroles qui sont devenues notre plus profonde expression d'adoration.

— Tu me fais le même effet que les livres.

Sans lui laisser le temps de s'écarter, je tourne la tête pour lui voler un long baiser.

— Toi aussi, mon amour, murmuré-je quand nous nous séparons enfin. Mon loup, mon Flauvis, mon Elliot Rochester, mon tout. Je t'aime aussi.

Le Cœur du Prince Corbeau

TESSONJA ODETTE

Héritier du trône de la Cour de la Lune, le prince Franco est l'idéal masculin que toutes les jeunes femmes du royaume rêvent d'embrasser ou même d'épouser. Mais, après une multitude de rendez-vous insatisfaisants, le prince a totalement renoncé à l'amour. Et cela lui pose un vrai problème : il doit montrer à ses sujets qu'il est le digne héritier du trône et qu'il n'est pas célibataire. Franco conclut donc un pacte avec Ember, une pauvre domestique mi-faé, mi-humaine, qui est prête à tout pour enfin gagner sa liberté. Ember devra se faire passer pour la petite amie du prince, jusqu'au bal de la Pleine Lune. Mais faire semblant d'aimer cet homme arrogant qu'elle déteste par dessus tout risque de ne pas être facile. Surtout dans ce monde de mensonges et d'illusions où tout a un envoûtant et irrésistible parfum d'interdit…

Le best-seller international de fantasy-romance.